名家讲学

文学是什么

——文学原理简易读本

杜书瀛　著

中国社会科学出版社

图书在版编目（CIP）数据

文学是什么：文学原理简易读本／杜书瀛著．—北京：中国社会科学出版社，2018．6

ISBN 978－7－5203－2286－7

Ⅰ．①文…　Ⅱ．①杜…　Ⅲ．①文学理论—通俗读物
Ⅳ．①I0－49

中国版本图书馆 CIP 数据核字（2018）第 065195 号

出 版 人　赵剑英
责任编辑　郭晓鸿
特约编辑　席建海
责任校对　石春梅
责任印制　戴　宽

出　　版　中国社会科学出版社
社　　址　北京鼓楼西大街甲 158 号
邮　　编　100720
网　　址　http：//www．csspw．cn
发 行 部　010－84083685
门 市 部　010－84029450
经　　销　新华书店及其他书店

印刷装订　北京君升印刷有限公司
版　　次　2018 年 6 月第 1 版
印　　次　2018 年 6 月第 1 次印刷

开　　本　710×1000　1/16
印　　张　19．75
插　　页　2
字　　数　249 千字
定　　价　58．00 元

出版说明

一位学者能够达到的学术高度，和他的基础学养密切相关；一个民族的学术能够达到的峰值，与她的学术基础成正比。博采众长、触类旁通，需要有坚厚的学术基础来奠基。中国社会科学出版社推出这套“名家讲学”文丛，正是在复兴强国的春风中，在广大读者的期盼里，送来的一份沉甸甸的礼物。

学术可以是高深的鸿篇巨制，也可以是有趣的大家小书。这套丛书风格平易近人。一卷在手，无须太多的准备，听凭兴趣引导，就很容易被它吸引，开始一段奇妙的旅程。它与现实生活有着密切关系，却又在生活之上，纵览人生，给人以智慧和启迪。

一个年轻的学子，为好奇心所驱使，想到其他的学科去畅游一下，却往往会被艰深的术语、门槛高得可怕的专业知识储备给拦在门外。现代学术的专业、细分，仿佛垒砌起高高的门墙，禁止外人去窥探内院的好风景。这套丛书就是台阶，让攀登事半功倍。丛书的每一本都是邀请该学科的名家写作完成，他们是最好的向导，让读者站在风光最佳处一览众山小，为入门者讲解每一学科的曲径通幽之处，也为百思不得其解者指点迷津。他们用生动、平实的语言，告诉读者这边的风光独好。

中国社会科学出版社致力于学术的传播工作。我们出版的著作既有学术前沿的精深之作，比如《剑桥中国史》系列，也有为普通读者打造的悦读品牌“鼓楼新悦”。“名家讲学”是新推出的通识类图书，每位有兴趣到学术花园探险的人，都不可错过这套丛书。

目　录

序　一

钱中文

不久前我收到杜书瀛先生给我的信，说他正在写作一本《文学是什么——文学原理简易读本》，说是为大学生、研究生们写的，希望我为它写篇序文。

我看了他发给我的写作宗旨，《读本》的提纲和一些章节（稍后发来了全部书稿），立刻给他回信，说对他书稿的写作宗旨，深为赞同，它打破了原有的文学概论的框架，极有新意，愿为效劳。

几十年来，文学基础理论的课程教学，甚为艰辛。老师说文学理论课不易讲好，学生说听文学理论课枯燥无味，当然情况也并不完全如此，也有不少老师的文学理论课很受学生的欢迎。我曾经在有的会议上说过，如果让刚进大学的、并未读过多少文学作品的一年级学生，去听老师有关文学理论的高头讲章，或是照本宣科，大讲理论体系，听众哪能接受得了！面对年轻的一年级大学生，老师恐怕只能就经典文学作品做些导读工作，从中抽象出一些文学常识、概念来，文学理论的系统课程最好移到高年级去学习。至于文学理论的研究生课程，我以为研究生们对文学理论已经有了一定的系统知识，所以不能再按教程一类的书籍讲解。老师最好找出当今文学理论中最为现实的、最有争议性的问题去提问、去讲解，就自己在专题、著作研究中所获得的点滴心得、最新成果，和研究生们进行交流，帮助同学确立问题意识，提高发现问题、分析问题、设法解决问题的能力，让他们熟悉学术研究的思路。同时我还主张要请持有不同观点的学者为研究生们开设文学理论讲座，这样做可以展现不同学者治学的各有特点的思路，凸显多样的研究方法，鼓励学生多读不同的理论著作，比较短长，开阔他们的理论视野。所以后来我对研究生讲课，不讲系统的一般知识，只讲我对当前诸多文学理论问题的把握，介绍我在多种专题研究中的心得。

长话短说，就从 20 世纪 90 年代说起吧。不少从事文学理论教学的老师，纷纷更新了文学的观念，批判继承了我国文论原有的传统，借鉴了西方文学理论中不少有用的成分，著书立说，对文学理论教学起到了积极作用，其中有的优秀著作影响极大。

90 年代后现代主义思潮大举进入我国，文学理论、批评界得风气之先，一些年轻学者纷纷争说后现代主义，使得西方的文化研究思潮、解构主义流行起来，并且影响了其他学科。几个不断出现的后现代主义的词语，如反中心、边缘化、颠覆、不确定性等，据说曾经使得一些原来站在中心位置、手握相当权力的文化官员为之心惊肉跳。90 年代末，西方后现代主义哲学、文学理论书籍进一步被介绍过来，反本质主义、反逻各斯中心主义、反大叙事、反整体性、削平深度、平面化、碎片化等一整套完整的解构主义思想，对于我国思想界发生了巨大的冲击力。这时在我国文论界，特别是高校文学理论教学界，继 80 年代之后，又一次发出了文学理论革新、文学理论课程改革的强大呼声，言辞激切，活跃了理论思维。新世纪之初，艺术终结论、文学消亡论、文学是什么、文学不可定义、文学的扩容与越界等尖锐的重大问题的争议，随着外国学者来华的学术交流与在我国研讨会的发声，终于爆发出来，在有的中国学者那里，文学研究几乎被规定为：当今“后现代文学研究的任务”就是研究“文学性”，就是去研究各种具有文学性的文化现象，甚至有些审美色彩的实物存在，而非文学自身、文学文本。

确实，在信息、媒介文化迅速发展的形势下，文学存在的形式发生了巨变，原有的文学理论自然会受到严厉的检验。几位颇有实力的中年老师，很快出版了几种由他们主编的新的文学理论教科书。这些著作虽然沿袭了原有教科书的方式设置章节，但在对于文学的理解上都已改弦更张，它们把以往的文学观念全都归结为本质主义文学观，进行批判，同时共同引入了西方后现代文学理论家有关文学的核心观念，对文学是什么重新做了界定。这些著作改变了原有文学理论的面貌，面对文学新的形态的生成与飞速发展，及时地对文学进行扩容，介绍了新生的文学现象，引进了不少新知识，令人耳目一新，启迪了原有思维模式的变化，产生了积极的影响。同时，我们看到，这些编著都是以解构主义的反本质主义的核心观念为其出发点的，这样围绕着什么是文学这一讨论了不知多少年的老问题，必然又要引起争论，而且这场争论历时久长，至今没有将息。

在这种情况下，要给研究生写本系统的文学理论教材，真是难乎其为的任务了。但是《读本》另辟新路，第一，它给我最深的印象是强烈的问题意识。所谓问题意识，就是作者一下就进入了当前难以回避、最为敏感而又极为重要的问题，即文学是什么的问题，这也是读者最想了解的那些被弄得似是而非、令其捉摸不透的问题。极有特色的是，《读本》从书名与各章的设置，都是在提问，向他者提问，进行论辩，在启发读者提问，激发读者加入对话。在文学理论著作中，就形式而论，这种写法甚为别致，它打破了原有的一般文学概论教科书的框架，即那种面面俱到的写作程式。《读本》删繁就简，突出主要线索，并且贯穿到底，一下就抓住了读者的求知心理；同时一扫以往文学理论的沉闷学风，显出了理论的生气与活力，极有创新意义。

第二，《读本》的问题意识，使得作者切入文学是什么这种重大问题时，有着明确的论争对象，直奔论争的目的而去，所以行文充满了论辩性。有两种论辩，一种通常是抓住对方提出的问题，引用经典作家的标准答案进行核对，再进行一般常识性的强制阐释。另一种是抓住重大的问题，探究对方思想的理论渊源，揭示其演变的来龙去脉，给予实事求是的评价，同时在话语的交锋中形成自己的新思想。这是在理论上有所充实、有所丰富与有所增值的论争。我以为《读本》作者所进行的论辩正是增值的论辩。

后现代哲学、文学理论思想在我国流行了一些时候，它们通过前面提到的几本文学理论教科书，更把后现代主义文学理论的主导思想系统化了。不少学者对此都有过质疑，但未有更多地深入，我也只是在一些论文中点到为止。《读本》的可贵之处是在这方面做了真正的理论深入。它批判了独断论的本质主义的长期的专横与肆虐，同时抓住了“后学”的核心——反本质主义哲学观念并进行分析，指明了这一核心观念在英美文学理论中的演绎，以及如何统领了特里·伊格尔顿与乔纳森·卡勒等人的几本被翻译过来的、在中国极有影响的文学理论著作。接着《读本》梳理了中国学者主编的两本文学理论教科书，如何贯彻了绝对的相对主义思想，揭示了它们在引证与完全认同外国学者的后现代文学基本观念的基础上，做出了文学不可定义、文学是什么至今是个未知数，或是它不过是社会上某个集团的某种看法的结论，再终以后现代主义的泛理论观代替了文学理论自身。后现代的泛理论思想，把各种社会科学、人文科学中的不同门类，都在“文学性”的帽子下变成了没有区别的门类了，这既与这些学科的历史发展形态不符，也与它们的现实的实际的形态相异，而且还要把文学理论作为社会科学、人文科学各门学科的理论基础与出发点，即要把文学理论作为各种社会科学、人文科学的元理论来对待。一些人说解构主义也有建构，这话也对，但是看来这种建构很可能是一种失去了根柢的绝对的相对主义的建构。《读本》所进行的有根有据的论辩、追根究底的分析，每每见解独到，有着很强的说服力，显示了《读本》作者深厚的理论修养，达到了探索问题所要求的深刻性，表现了求索真理的原则性。

《读本》的各章设置都是文学理论研究中不断出现争论的问题，有作者的新观点与新材料的丰富。其中“中国文论有何独特之处”的一章的观点，《读本》作者在已出版的专著《从“诗文评”到“文艺学”》中有着详尽的论说。书稿中这一章的大量提问、思想材料的认真比较、细致的论证，从一个方面揭示了中西文论的“似是而非”与中国“诗文评”深厚的民族文化的底蕴，显示了《读本》理论上的原创精神，成为一家之新说。

第三，《读本》给我的启迪是，对于文学理论研究来说，作者与理论写作的独立自主性是两个很重要的问题。这些问题贯穿于30多年来的文学理论自身建设的不断论争之中，同时也陪伴了不少学者的学术个性的形成。要使文学理论成为一种独立的自主性的理论，在这里我仅从《读本》和外国文论的相互关系来说。几十年来外国文论的大量输入是必要的，它可以从一个方面激活我们的理论思维，扩大我们的理论视野。但是我们自身应有定力，要秉持一种新的文化立场，即我说过的一种“新理性精神”，面对各种各样的外国文论，要有批判意识，要有必要的鉴别，进行取舍，使那些真正有用的成分，经过改造而融入具有我国民族特色的、具有创新力的文论建设。我们不能一会儿西化，一会儿苏化，接着又是西化，在文学理论的一些根本性的问题上，总是在外国学者后面跟着说，跟着说不是接着说，更遑论对着说。确实，理论中往往会不断出现新的思想与大量时尚性的东西，要区别它们各自的真正价值，那些被人大肆炒作的东西未必一定就是新的，而被嘲弄的所谓守旧，未必就一定不新。我以为《读本》自身与其作者，表现了真正的个人与理论的自主性，学者的个性特色，就是在说着自己的话语，并在表达着个人创新思想的过程中形成的。《读本》努力表现了当今我国文论的自主性的立场与民族文化特色的追求，而使我深为感佩。

我与杜书瀛先生在文学研究所已共事了 50 多年，情谊悠长，各知短长。在他年轻的时候，文艺理论室的年长同事称他为“小杜”，我也这么称呼过他。如今我已年过八十而他也到了望八的年龄了，所以早就“老钱”“老杜”相称。在我们研究室里，老杜是最孜孜不倦、勤奋治学的一位，著作最多的一位学者。近 10 年来，进入了暮年，他以不同的文体写作，几乎每年会出版一本新著，《读本》可能是融会了他几十年来对于文学的探索与体验的一本总结性的著作。他常常要请年轻的学者、学生为他的新书作序，在学界也是别具一格。我从《读本》中获益良多，自然愿当他的一位学生，于是欣然为先生写序了。

2016 年 12 月 22 日

时年八十有四

序　二

张婷婷

从还不怎么识字的孩童时代起，文学在我心里就是那样的神圣和奇妙。每到暑假，爸妈都会把我和妹妹送回奶奶那儿，奶奶是位刚刚退休的中学语文老师，肚子里有讲不完的故事，“哪吒闹海”“神笔马良”“龟兔赛跑”……寂静的星空下，凉爽的藤床上，姐妹俩每晚都伴着奇幻的文学想象入梦……值得庆幸的是，成年后的我选择了文艺学教师职业，获得了继续探讨文学奥秘的机会。今天，当我面对尊敬的导师杜书瀛先生的新著《文学是什么》的时候，又忽觉“怦然心动”了。

文学是什么？这显然是一本文学入门书，一位学养深厚、成果卓著的文论宿将，驰骋大半生之后居然又回到了这个初始性话题，令我不胜感动与钦佩！在先生身上恍惚又看到那些潜心于科普写作的大科学家，将深邃奥妙的道理用最朴实浅近的话语娓娓道出，和婉平实的解说中蕴含着文理兼容的厚重、慎思明辨的智慧和谦逊古雅的情怀。面对先生和他的新作，似乎又回到了那个“孩童听故事”的时刻，在初识文学之魅力的同时，“牵住文学的‘牛鼻子’进而骑上文学的‘牛背’信步前行”（杜先生语），终于领略到了文学那美丽风景背后的无限奥秘。

围绕文学的基本问题，先生从不同角度揭示文学的内涵。他从“文学可以定义吗，如何定义?”正面切入，引出文学起源与人类精神生存方式之内在关联，老问题有了新答案；他从文学生成与发展之特殊机理入手，揭示“文学有‘进步’吗”及“文学会‘消亡’吗”的命题之疑问，回应了当代文艺思潮领域对文学现实意义的质疑与挑战；他聚焦文学存在方式之“意识”与“物质”属性，在文学之口传方式、文字方式及网络方式的多维发展中呈现其存在的永恒性；他针对西方现代艺术“机械复制”思潮下文学创造性受到挑战的新问题，智慧地捍卫了文学之精神独创品格；他在与西方文论比较当中考察中国文论之独特样貌，并充分肯定了其在文学理论及批评中的审美意义；最后杜先生又针对当下的批评现状，提出以“‘理性思考’与‘感性体验’兼具、‘逻辑思维’与‘形象思维’并美”为目标“改造我们的批评”之建议。通读书稿，感喟先生敬业精神之余，重新领略了先生之学术人格的厚重与澄澈。在这里，鲜明的问题意识与独立的学术品格正是其中最动人，也是长期以来在弟子心目中留下最深刻印记的部分。

在先生看来，文学理论的生命活力并不在于理论体系内部的自圆其说，理论概念之间的相互印证，而在于不断面对现实世界和创作土壤上生长出来的新问题，理论的生长点和生机活力获得于不断面对新问题的阐释努力当中。按照常理，一部文学入门书很自然会追求大而全的结构体系，四平八稳、面面俱到。而我们从本书目录上那一连串“ ?”就可以看出，先生的思路早已从体系化结构上拓展荡开去，把论题聚焦在了读者接触文学时最想知道的几个基本问题，读者最需要知道的、与当代文学现状相关联的几个重点和关键问题上。他果断省略、删弃那些体系内自圆其说的冗长部分，穿越现象、直抵根里，让他的理论于新颖明确的观念表述中焕发出蓬勃旺盛的阐释活力。

先生是鼓励“抬杠”的。学生们都知道导师最喜欢“满脑子怀疑精神的人”，他常说：“突破固有套路说自己的话是学术研究者的底线标准。”在他看来“自由之思想、独立之精神”是学人必备之品格，而“人云亦云”则无异于学术视域的自我框囿，精神禁区的自我设置。先生不满意一些文学理论教科书，就在于它们往往连篇累牍地重复别人说过的话。正如先生自己所言，这部书的写作就是“试着说出自己的话”：

> 力求写出自己的心得，写出不同于以往著作的新意来。所谓自己的心得，所谓不同于以往著作的新意，就是：别人没有说过的，我重点说或大说特说；别人已经说过的，我尽量不说或少说；别人说过而我有疑义，则要花费笔墨和口舌说清道明，努力辩出青红皂白。

这种“自由之思想、独立之精神”的治学之道，自然也包含了对学子们阅读和思考自由空间的充分包容与尊重。入门之初先生的那番话至今言犹在耳：带学生如同放羊，我的做法是散养，哪个山头上的草都可以去吃……面对学生，先生所教着重两个方面：一是教如何掌握基本问题，二是教如何“抬杠”，即发现提出问题——通过思考展开问题争论——找出解决问题的路径。学子们在先生和颜悦色的注视下“抬杠”，尽享思想碰撞的畅快，观念争论的“过瘾”，即使争得面红耳赤，内心深处也是愉快和惬意的。

文如其人，阅文如睹人。一个平常而丰赡的选题，一部反思精神与文学常识兼容一体的著述，尽显先生的澄澈而厚重的学术人格、深厚而精湛的治学功力和博大宽宏的人文情怀，先生以几十年艰辛磨砺而成，值得吾辈以终生去追随和学习。

记得先生在 20 世纪 90 年代谈治学精神时说过：做学问要“以热心肠坐冷板凳”，这是先生大半生治学之路的真实写照。在当今这个繁华异常的时代，有位白发老翁始终背对喧哗，在清冷和寂寞中“独钓寒江”……学术思考在他这里不再只是职业习惯、生活方式，更是他生命存在的精神支撑和意义所在。

导师成书，嘱序于我。诚惶诚恐之余，磕磕巴巴地用心说出了上面的话，谨以代序。

2016 年 12 月于魏公村

前　言

我为什么和怎样写这本书

一

多少年来，我和文学研究所文艺理论研究室的同事们，每年都要为我们中国社会科学院研究生院新入学的博士研究生和硕士研究生，讲授文学理论课。该课总题为“文艺学通论”，课时一个学期，每周四上午授课一次，每次三个半小时；没有统一和固定的教材，参与授课的老师，依据平时所研究的课题和兴趣自选题目，每人每学期讲一次或两次不等。

“文艺学通论”课已经连续进行了将近二十年。它的优点在于可以发挥每位教师的学术专长，每人可以讲自己最拿手的题目、最新的研究成果。但，它也有缺点：每位老师，各自为政，你讲的题目和他讲的题目常常是完全不搭界，看起来东一榔头西一棒槌。又像进了菜市场，你卖你的萝卜，我卖我的白菜，他卖他的黄瓜……每人的菜都是新鲜的好菜，只是有点“杂乱无章”，不成系统。如果把参与“文艺学通论”的授课老师比喻为一个军乐队，虽然名称统一，但是，一没有统一的指挥，二没有统一的服装，乐手们穿着五花八门的衣服，各奏各的调，各吹各的号。

稍微有点儿遗憾。

鉴于此，我总想为研究生们写一本带点儿系统的文学理论教材。[①] 终于，五年前，中国社会科学院老学者科研基金为我立了项，书名为《文学原理读本》。

这是一本怎样的书呢？我想，它应该是一本关于文学的入门书。

“文艺学通论”是一门基础课和公共课，虽然中国社会科学院研究生院的学生学的都是人文学科（文史哲）和社会科学（经济等），但有许多并非文学系；即使是文学系的研究生，学的也不都是文学理论或美学；即使学的是文学理论和美学，他们刚一入学，也要按中国社会科学院研究生院的标准，给他们重新打下一个文学理论和美学的不一样的基础。因此，需要有一本文学入门书。

但是，入门书也不能炒冷饭、说套话。应该把最新的思考传达给学生和青年人。

作为文学研究所以美学和文学理论为主攻方向的研究员，多年来，我给自己定的任务是努力研究并真正把握文学理论的基本问题，给予新的答案。这是一项艰巨的任务。问题很多，以往学者也论述了很多，近几十年更出现了许多新的问题。例如：文学可否定义？文学有没有“进步”（可否用“进步”来衡量文学史的过程）？文学会不会“消亡”？文学还是否需要“创造”？等等。众说纷纭，甚至尖锐对立。作为专业的文学理论工作者，应该回答这些新问题，以及长期存在的老问题。所以我想集中力量探索、考察、研究、分析以上的新问题和老问题，做出自己的判断，给

① 此书在2017年3月基本定稿，但还要等出版，也许要等一年，就让它静静地停放在我的电脑里。2017年6月12日我参加了由教育部某司召开的一部书稿的评审会，教育部一位负责教材出版的同志说，现在国家已经成立了“国家教材委员会”，教育部相应成立了“教材司”，以后高校（是否也包括我们中国社会科学院研究生院?）教材都要统一编写。如此，则我自认为给我们的研究生编写的“教科书”可能就不是国家规定的教材，它能否作为研究生的教材，未可知也。那么，我就将此书作为研究生和大学生有关文学理论问题的读物吧。

出自己的答案——尽管我的探索和答案很难保证“正确”和“圆满”；但是，即使错误的或不圆满的探索和答案也许能对人们进一步研究有用吧？如果有人把它看作“反面教材”，不是也有“警示”价值和“对照”作用吗？

社会上流行着各种文学理论著作，各个高校也使用着许多文学理论教科书。它们大都有各自的特点和优点，有的也颇受学生和读者欢迎。但是，某些著作和教科书，对于初入文学之门者，特别是对社科院的研究生，也有相当程度的不适应：它们往往动辄三四十万字甚至更多，内容繁复、庞杂，学生和读者不易掌握；老师教起来，别说一个学期，即使一个学年也难讲完；而且它们大都追求面面俱到，学生和读者最想抓住的问题反而不突出。

这么多问题，如何抓起又如何论述？我想把论题集中化、简化，把那些冗长的该省略的地方省略掉，把需要突出的重点问题和关键问题突出出来——写一本观点新颖而又简明扼要的《文学是什么——文学原理简易读本》。

上文我说过，这是一本文学入门书；既然是文学入门书，初入这门学科的人，一进来就应该让他们比较容易地抓住文学的“牛鼻子”；进而，再骑在文学的“牛”背上，信步前行，窥其奥妙。

所谓抓住“牛鼻子”，也就是掌握关键、抓住要害、抓住核心。中国古人讲，戏有“戏核”，诗有“诗眼”，一本书也有“书核”“书眼”。我们这本书的“书核”“书眼”何在？它就是“文学是什么”。读者接触文学，最想知道的问题，除了“文学是什么”还有什么呢？许多文学理论书，许多文学理论教材，讲了几十万字，绕来绕去，最终不就是要让学生和读者知道“文学是什么”吗？

这本书怎样写呢？颇费思考。

我想，它要围绕“文学是什么”这个“书核”“书眼”，讲讲学生和读者想要知道和应该知道的有关文学的一些基本问题。我所追求的效果是：一方面要讲新问题、新题目；另一方面，即使所讲题目看起来可能是“老”题目，也不要讲人家讲了千百遍、使人耳朵“起茧”的老话——要讲出点儿新鲜意思来。

二

本书的几个主要章节，就是从各个方面、各种角度，步步深入回答“文学是什么”的一些基本问题，并且努力寻求新的角度，挖掘新的资料，提出新的观点，给予新的解说。

第一章“文学可以定义吗？如何定义？”，讲的是文学的基本性质和特点，它正面切入“文学是什么”的问题核心，就某些热点问题进行争辩，说说自己的“一家之言”。

第二章“文学是如何发生的？”，讲文学的起源——为什么会有文学，人们何以需要文学，努力对老问题给予新解说、阐发以往人们并不在意却包含深意的思想学说、介绍人们常常忽略或忘记的有贡献的学者和著作，特别是中国学者和他们的著作。

第三章和第四章“文学有‘进步’吗？”和“文学会‘消亡’吗？”，涉及的是文学的历史问题——它的发展变化的历史轨迹有什么特殊性？在这两章，我试图对一两百年以来西方美学和文学理论界有关文学艺术是否有“进步”和是否会“消亡”的问题（这也是我国近年来出现的新问题）给予我的解答，也可以说是对目前我国文学艺术领域出现的新挑战给予新回答。

第五章“文学怎样‘存在’？”，谈文学的存在方式和形态，努力以新的观点阐述和论说：（1）文学之“意识”中的存在和“物质”中的存在；（2）文学之三种存在形态——口传文学、书写文学、网络文学；（3）文学存在于阅读之中，并且在阅读中永生。

第六章“文学还需要‘创造’吗？”，回答近百年尤其是近几十年以来出现的关于文学创作的新问题——本雅明所说“机械复制”时代以及所谓“后现代”，文学艺术是否还需要“创造”。

第七章“中国文论有何独特之处?”，论述中国文学理论和文学批评（古代以“诗文评”称之）的民族特色，即所谓“中国经验”，考察中国文论与西方文论的异同——力求提出与流行观点不同的新见。

第八章“怎样改造我们的批评?”，针对目前的批评现状，提出当前迫切的任务是改造我们的批评。如何改造？仅就学术范围而言，一、须要“细读文本”；二、坚持“知人论世”；三、批评家须“理性思考”与“感性体验”兼具、“逻辑思维”与“形象思维”并美，既能“入乎其内”又能“出乎其外”；四、批评家须是鉴赏家。

谈完了这些基本问题，我想读者会对“文学是什么”有一个大致了解。

关于文学，人们历来见仁见智，这是正常现象。现在还没有哪一种文学理论是放之四海而皆准的超时代、超历史适用于一切社会人群的永远不会发展和变化的亘古之至论——恐怕将来也没有。

芸芸众生如我辈者，努力的目标很低：一家之言而不人云亦云。这大概是学者写作的底线。

以往学界人云亦云（或者不同程度的人云亦云）的论著，不在少数。我自己何尝不如是！我只是在自我反省之中引以为戒，尽力避免人云亦云，唯恐跌破学者写作的底线。

就是说，我所追求的，不过是说一点儿属于我自己的话——虽然它绝非不刊之论；但，在我，则自以为是符合学术规范的、对学术发展有益的话。不然，我何必费时费力去说。我说的这些自以为有道理的一家之言，祈望作为批评对象引起讨论和反思，在方家评说中对文学原理的学术研究有所助益，有所推进。

说自己的话，同说真话一样，看来是件容易的事，其实在中国的一定时期，并不容易。

方外之人或问：说自己的话怎么不容易？答曰：因为自己没有自己的思想，跟着模式说套话；时间稍长，成为习惯；久了，遂成自然。要突破固有的“套话”模式，实践证明有相当大的难度。像我这把年纪的“过来人”，都有体验。你不信？倘若翻翻近几十年来印在纸上、摆在书架上的许多或厚或薄的书，自会得出一定的结论。

积习顽固，不易改啊！

改革开放以来，我的思想稍稍解放，逐渐试着说自己的话。近些年写的几本书，就是想说“自己的话”的实践。

勉力为之而已。

三

还有一些想法必须在这里强调一下，并对读者着重讲清楚：我虽然写的是一本文学入门书，但是，第一，这是一本学术性的文学入门书；第二，它主要是为研究生写的文学入门书。

因此，首先我要以“试着说自己的话”的心态告诉大家我准备怎样写学术著作：如前所言，学术就要有学术的品格，必须坚持学术研究者的基本规则和底线标准——不人云亦云，力求写出自己的心得，写出不同于以往著作的新意来。所谓自己的心得，所谓不同于以往著作的新意，就是别人没有说的，我重点说或大说特说；别人已经说过的，我尽量不说或少说（为了学术阐述的连接和承续，有些问题不能不略微叙及）；别人说过而我有疑义，则要花费笔墨和口舌说清道明，努力辩出个青红皂白。本书不想面面俱到。我不太满意于某些著作和教科书者，就在于它们用大量篇幅重复别人已经说过的话，追求所谓“全面”。这样的“全面”，其实是占有不该占有的学术空间，尸位素餐。

其次我要说：研究生必须是善于思考的人，善于寻找问题、具有问题意识的人，满脑子怀疑精神的人。所以，我的这本书，每个章节的题目都带有问号，意在找出有疑问的地方下笔。可以说，本书虽是教科书，却并非只教学生（主要是研究生）追求四平八稳，仅仅懂些人人公认而颠扑不破的所谓“真理”和“大道理”；毋宁说，它是一本“抬杠”（学术辩论）的书，在一定意义上也是教学生（主要是研究生）如何“抬杠”的书。我认为，学术研究需要“抬杠”——当然不是故意“找茬”，而是按照学术规则、遵循真理发展规律“抬杠”。从学生（主要是研究生）入学起，一方面教他们掌握基本问题，另一方面教他们“抬杠”——教他们开动脑筋，找出问题，思考问题，辩论问题，解决问题。学生应该和必须如此，研究生尤其应该和必须如此。

我主张学生尤其是研究生，必须学会寻找问题、发现问题、提出问题、抓住问题、辩论问题进而解决问题；我提倡学生尤其是研究生，必须学会辩论、善于辩论。我希望学生和读者同我辩论，最好把我驳倒。

我主张和提倡学生要超过老师。不能超过老师的学生不是好学生。部分超过老师，只是半个好学生；全面超过老师，才是完整的全面的好学生。只有学生超过老师，学术才会进步，才能发展，才有前途。

如果人们读了此书，觉得我之所言，还有那么一点儿道理，可以作为参考，就是对我的嘉奖；或者发现书中谬误，进行辩论或批驳，我视为对我的诚恳帮助。不管如何，如果此书能从正反两个方面使你得到些许收益，我将感到欣慰。

第一章

文学可以定义吗，如何定义？

内容提要 对于中国学人而言，以往的文界和学界似乎对“文学可以定义”从不怀疑。文学可否定义，在国外是20世纪才出现的问题，传入中国则始自近年。它的起因不自文学本身，而自哲学和美学，其源头应追溯到英国哲学家路德维希·维特根斯坦（1889—1951）。在其早期作品《逻辑哲学论》中，维特根斯坦认为，关于“人生”“理想”这类“不实在”的事物，即使你巧舌如簧，也难说得清楚明了，“对于不可说的东西我们必须保持沉默”。在《哲学研究》中，他提出“家族相似说”来处理包括“游戏”这些“不实在”的事物，后来一些人引申、发挥了维特根斯坦对“不可说”的事物应该沉默的思想，把艺术、文学都看作“不可说”的“神秘事物”，提出艺术不可定义、文学不可定义。维特根斯坦的忠诚追随者莫里斯·韦茨（1916—1981）发挥“家族相似”思想，高举反本质主义的大旗，明确提出“艺术不可定义”，认为给艺术下定义，是试图定义不可定义之物；而且“艺术”是一个开放概念，“任何封闭的艺术定义都将使艺术创造不再成为可能”。20世纪80年代，一些学者提出“文学不可定义”，说定义文学就像定义“什么是杂草”一样——你无法把杂草和非杂草区别开来，也无法把文学与非文学区别开来，最后只好说：“文学就是一个特定的社会认为它是文学的任何作品。”21世纪，中国学者追随西方学者，在反本质主义的名义下，也在某些教科书中传播文学很难定义的思想。其实这是一个假命题。从方法论上说，他们的失误同他们所反对的本质主义的失误相似：本质主义崇尚绝对的“绝对”——他们把“绝对”推向极端、推向绝对（认为存在着绝对的永恒的不变的本质，并以之为追求目标），成为极端的、绝对的绝对主义者；反本质主义的“文学不可定义”论者则崇尚绝对的“相对”——他们把“相对”推向极端、推向绝对（认为本质永远是相对的、不定的甚至是不可把握的），成为极端的、绝对的相对主义者。我认为文学有自己的本质（性质），文学的本质（性质），不是不可认识、不可把握的，因为它有客观的自身规定性。因此，文学可以定义。我给它的定义是：文学是以语言文字为媒介而进行的人类审美价值之创造、抒写、传达和接受。

第一节　关于文学，从前中国无人怀疑它可以“定义”

一

数年前，一位老学者指着一本书对我说：“它说文学不可定义、不能定义！难以理解，难以理解……”面对着他一头银发和堆积在皱纹间的深刻疑虑，我报以同情的理解和微笑。

我能体会他的困惑和拒斥。对于中国学人而言，以往的文界和学界似乎没有出现过类似的问题。人们对“文学可以定义”从不怀疑。

考察中外历史，人们会看到历来有各种关于“文学”（在现代“文学”概念形成之前常常指“诗”“文”“剧”“曲”等等）的说法，它们或是一种感性描述，或是一种理性判断，或是经过慎重思考和周密推敲而做出的严格理论表述……我们可以宽泛而笼统地把它们都算作种种“定义”。

譬如西方：

诗是自然的摹仿（亚里士多德《诗学》①）；

诗“寓教于乐”（贺拉斯《诗艺》②）；

如果一件东西好像被罩在一块面纱下面而完成，而且出色地完成，那末，它就是诗，而且也只能是诗（卜迦丘《异教诸神谱系》③）；

诗，因此是一种摹仿艺术，它是一种再现，一种仿造，或者形象的表现；用比喻来说，就是一种说着话的画图，目的在于教育和怡情悦性（锡德尼《为诗一辩》④）；

按照诗的本质，一个人不能既是崇高的诗人，又是崇高的哲学家，因为哲学把心从感官那里抽开来，而诗的功能却把整个的心沉没在感官里；哲学飞腾到普遍性相，而诗却必须深深地沉没到个别事例里去（维柯《新科学》⑤）；

---

① ［古希腊］亚里士多德、贺拉斯：《诗学　诗艺》，罗念生等译，人民文学出版社1962年版。

② 同上。

③ 伍蠡甫主编：《西方文论选》（上），上海译文出版社1979年版，第179页。

④ 同上书，第231页。

⑤ ［意大利］维柯：《新科学》卷二第五章，朱光潜译，人民文学出版社1986年版。维柯强调诗与哲学的对立和分野，认为诗是感性的，而哲学是理性的；人类初期感性胜，而人类越发展，理性越胜，所以随人类历史的前进，从感性走向理性，随之从诗走向哲学。按维柯的思路，诗必然走向终结或灭亡。但客观事实却并非如此。诗确实是感性的，哲学确实是理性的。人类初期也的确感性强而理性弱，那时的艺术（诗）也确实纯感性的因素多乃至被感性所占据。但是人类的发展并没有以理性驱逐了感性或取代了感性，而是感性本身也随之发展。在现代社会的人类精神世界中，理性升华了感性，感性积聚在理性之中并且隐秘在理性之中；反过来，理性又融化在感性之中、沉积在感性之中，或者用李泽厚的话说“理性积淀在感性之中”。现代艺术（包括文学）与人类初期的艺术（包括文学），表面看都是感性的，但现代艺术（包括文学）是充分隐含着理性的艺术（包括文学），而人类初期的艺术（包括文学）则理性因素较弱或很弱。但感性永远不会消亡，艺术（包括文学）也永远不会消亡。

文学是现实的复制或再现（车尔尼雪夫斯基《生活与美学》①）；

文学是情感的传染（列夫·托尔斯泰《艺术论》②）；

诗是强烈感情的自然流露（华兹华斯《抒情歌谣集·序言》③）；

诗“直接目的是乐趣而不是真理”（柯尔律治《文学生涯》④）；

“艺术是一种完全特殊的直觉”，“艺术是诸印象是表现”，“艺术是纯直觉或纯表现，是与概念和判断毫不相干的直觉”（克罗齐《美学原理》⑤）；

艺术即经验（杜威《艺术即经验》⑥）……

再看中国的某些表述：

诗言志（《尚书·尧典》）；

诗者，志之所之也。在心为志，发言为诗（《毛诗序》）；

诗缘情而绮靡（陆机《文赋》）；

文章者，盖性情之风标，神明之律吕（萧子显《南齐书·文学传论》）；

诗者，根情，苗言，华声，实义（白居易《与元九书》）；

---

① ［俄］车尔尼雪夫斯基：《生活与美学》，周扬译，人民文学出版社 1958 年版。

② ［俄］托尔斯泰：《艺术论》，丰陈宝译，人民文学出版社 1958 年版。

③ 刘若端编：《十九世纪英国诗人论诗》，人民文学出版社 1984 年版，第 22 页。

④ 同上书，第 106 页。

⑤ ［意］克罗齐：《美学原理 美学纲要》，朱光潜等译，人民文学出版社 1983 年版，第 18、19、316 页。

⑥ ［美］杜威：《艺术即经验》，高建平译，商务印书馆 2005 年版。

文者以明道（柳宗元《柳宗元集》卷四十三《报崔黯秀才论为文书》）；

文所以载道也（周敦颐《通书·文辞》）；

夫诗有别材，非关书也；诗有别趣，非关理也（严羽《沧浪诗话·诗辨》）；

文不论繁简难易，惟求其美而已（杨慎《论文》）；

文章者，以有文字著于竹帛，故谓之文；论其法式，谓之文学（章炳麟《国故论衡·文学总略》）；

文学者，游戏的事业也（王国维《文学小言》）；

诗歌者，感情的产物也（王国维《屈子文学之精神》）。

近数十年更流行"文学是上层建筑的一部分"，"文学是一种特殊的意识形态"，"文学是现实生活的形象反映"，"文学是阶级斗争的特殊工具"，"文学是一种审美意识形态"……

请看，历来的文人学者不都在给文学下定义吗？

二

但是要看到，这些所谓"定义"总是五花八门、各言其是、变动不居。有些或许存在相通或相近之处；有些则风马牛不相及，几乎不可"通约"。中外历史上从来没有各个时代、各个社会、各个群体的人们一致认可、绝对统一的文学定义。这是历史事实。不论在中国还是在外国，数千年来，"文学"的内涵和外延都曾发生变化。"文学"观念的这种变动不居，是正常现象。现在也还没有哪一种文学理论可以给文学下一个适用所有时代、所有人，放之四海而皆准的定义。我想将来也不会有。

就中国而言，孔子时代的"文学"二字含义与今天大不相同；两千多年来的"文学"观念也几经变迁，许多学者对文学这个词以及文学观念的变化进行过梳理。[1] 文学的内涵和外延常常在“缩编”和“越界”中游弋。

在西方，古希腊只有“悲剧”“喜剧”“史诗”等概念，并没有把它们综合在一起的类似现代的所谓“文学”。古罗马以及后来欧洲其他国家和民族也大体如是。许多现代西方学者指出，“文学”（literature）的现代观念的形成，不过是近200年来的事情。例如，美国学者查尔斯·E. 布莱斯勒说这个概念开始出现于1800年斯塔尔男爵夫人《从文学与社会制度的关系论文学》一文[2]。我国学者方维规更考证说，西方现代“文学”观念“是进入二十世纪之后的产物”。他认为：古拉丁语和中拉丁语中“文学”（literature）一词源于字母 litera，多半指“书写技巧”“作文知识及其运用”；16世纪时发生变化，指向“学识”，指获得“学问”或“书本知识”之义，后来扩展为“知识整体”；18世纪，“文学”逐渐变成多层面的同音异义词，其含义包括：一、“学问”或“博学”；二、研究修辞格和诗学，兼及语文学和史学的学术门类；三、文献索引；四、所有书写物。在所有书写物中，又细分出“美文学的倾斜和词义收缩”，这种“美文学”的倾向和词义收缩，尤其发生于18世纪下半叶；最迟到19世纪30年代又发生如下变化：“文学”之“学问”、“学术门类”、“文献索引”等含义逐渐走下坡路，后来的“文学”词义初现雏形。昔日之“所有书写物”，在语文学或文学史语境中，则指“所有文学文本”，凡基于文字的记录、写本、书籍等皆属文学；今之“文学”一词是进

① 例如王一川《文学理论》（2003年版）关于“文学含义”和“历史上的文学观念”就梳理得比较清晰，可参阅。见王一川《文学理论》，四川人民出版社2003年版，第一章“文学含义”（第12—26页）、第二章“文学属性”（第27—68页）。又，偶尔读北京大学出版社2012年出版的陈伯海著《文学史与文学史学》第二章“民族文学的特质”，对中国古代“文学”含义梳理得也非常清晰（见该书第40—44页）。

② ［美］查尔斯·E. 布莱斯勒：《文学批评》，赵勇等译，中国人民大学出版社2015年版，第15页。

入20世纪之后的产物。①

三

发生这种情况并不奇怪。文学是“人学”，是“人化”之物；“人化”者，文化也。故文学是整个社会文化的一分子，与社会文化的整体及其各个方面有机联系着。从人类历史的长时段说，社会的物质世界和精神世界不断变化，“文学”观念及对“文学”所下的种种“定义”，也必然在与外界互动或受动以及内在基因变异之下，或强或弱、或隐或显发生变化。各个时代、各个社会、各个民族、各个地域、各个阶层的人们，站在不同立场上对文学的观察，对文学所做出的描述或判断，所写出的各种文学理论著作，定然会见仁见智、众说纷纭，“文学”（或“诗”“词”“文”“曲”等）的“定义”也不能不花样百出——从历时性角度说，前后或有继承、或有革新，从共时性角度说，彼此或有交流、或有争辩，因此这些“定义”有的可能相近或区别小些，有的则非常不同甚至截然对立。在西方，譬如古希腊，柏拉图和亚里士多德两位大理论家虽是师徒，而对“文学”——其实当时还没有形成“文学”的概念，他们说的主要是“诗”（史诗或抒情诗）和“剧”（悲剧和喜剧）——就有非常不同的看法。他们虽然都持模仿说，但柏拉图说诗模仿的是理念的影子，和真理隔着三层；亚里士多德则说诗模仿的是真实的、实实在在的自然，比历史更富哲学意味。古代中国亦如此。儒家、墨家、道家、法家，都对诗、文做出各自的表述和判断，说法竟水火不容、势不两立，儒家爱诗，道家贬诗，法家和墨家仇诗（见杜书瀛《从诗文评到文艺学》，不赘）。

这些所谓“定义”虽然变动不居、五花八门，但历史上这些

① 方维规：《西方“文学”概念考略及订误》，《读书》2014年第5期。

下定义者，总是充满自信，话说得斩钉截铁、不容置疑，从不怀疑自己的正确性和准确性，都认为自己是绝对真理的拥有者。

他们的执着，今天看来显得有些可笑，但又非常可爱。

这种执着说明什么？说明人类社会的很长时段里，虽然人们关于文学的“定义”五花八门，很难统一，但是对“文学可以定义”并无异议和疑义——只是他们各有各的“定义”而已。

我们已经习惯于这种状态和这种思维。

那么，什么时候情况开始变化了呢？

第二节　文学“可否定义”是20世纪才出现的问题

一

文学可否定义，在国外是20世纪才出现的问题，传入中国则始自近年。

它的起因不在文学本身，而在哲学和美学，其源头应追溯到英国哲学家路德维希·维特根斯坦（1889—1951）。在早期作品《逻辑哲学论》中，维特根斯坦认为世上事物有两种，一种是“可说”的；一种是“不可说”的。譬如，他认为关于“人生”“理想”这类“不实在”的事物，即使你巧舌如簧，也难说得清楚明了。“对于不可说的东西我们必须保持沉默。”① 在成书于20世纪中期的《哲学研究》一书中，维特根斯坦提出著名的“家族相似说”来处理包括“游戏”在内的这些“不实在”的事物：“我想不出比‘家族相似’更好的说法来表达这些相似性的特征；因为家族成员之间各式各样的相似性就是这样盘根错节的；如身材、面相、眼睛的颜色、步态、脾性，等等。——我要说：各种

① ［英］维特根斯坦：《逻辑哲学论》，韩林合译，商务印书馆2013年版，第6、7节。

‘游戏’构成了一个家族。”[①]维特根斯坦只是想说明，只含相似性的概念也可正常使用，以往所谓的定义对于概念并非必需。后来一些人引申、发挥了维特根斯坦对“不可说”的事物应该沉默的思想，把艺术、文学都看作“不可说”的“神秘事物”，提出“艺术不可定义”“文学不可定义”。譬如，维特根斯坦的忠诚追随者莫里斯·韦茨（1916—1981）发挥“家族相似”思想，高举反本质主义的大旗，明确提出“艺术不可定义”。在《理论在美学中的作用》一文中，他认为传统美学致力于为艺术下定义，统统都失败了。原因之一，为艺术下定义，是试图定义不可定义之物，因为我们称之为“艺术”的这种东西，不存在共同的性质，只存在相似性网络。原因之二，“艺术”是一个开放概念，新条件、新实例不断出现，新艺术形式、新艺术运动不断产生，“艺术的那种扩展性、冒险性品质，它那不断涌现的变化和新奇的创造，使它在逻辑上不可能承受任何种类的可定义性质”，不能用一个封闭性的定义来锁死艺术的开放性脚步，“任何封闭的艺术定义都将使艺术创造成为不再可能”[②]。

《理论在美学中的作用》发表于1956年[③]，此后，围绕艺术是否能够定义的问题，西方学界争论了几十年，支持者和反对者各执己见。莫里斯·韦茨的支持者仍然从“家族相似”“艺术的

① ［英］维特根斯坦：《哲学研究》，陈嘉映译，上海人民出版社2001年版，第49页。

② ［美］莫里斯·韦茨：《理论在美学中的作用》（亦有人译为《理论在美学中的地位》），程介未译，《江淮论坛》1988年第1期。之前我请教过高建平博士，他2016年2月13日来信说：“艺术不可定义”的确是莫里斯·韦茨的观点。他从维特根斯坦的著作中受到启发，提出各种艺术品之间没有共同点，只是像一家人之间长得相似，但说不出究竟有哪一个共同点一样，是一种“家族类似”。他的著作没有人作过认真介绍，中国学界也一般持否定态度。我翻译的《西方美学简史》的作者门罗·比厄斯利也反对这种观点。只是这种观点对于比厄斯利来说，太当代了，是他的同时代人的观点，因此在书中没有重点讲。

③ 该文发表于《美学和艺术批评》（*The Journal of Aesthetics and Art Criticism*）杂志，1956年9月第15卷第1期。

开放性”等方面继续阐发艺术不可定义的理由；而反对者，如乔治·迪基就从莫里斯·韦茨的所谓“开放性”入手提出了反对意见。乔治·迪基认为，艺术的“次属概念”如小说、戏剧等是开放的，但艺术的“总概念”则是封闭的，因此艺术是可以定义的。不过乔治·迪基自己的所谓“艺术制度”理论和“艺术习俗”理论，也引起了争议。

但中国学者好像长时间对这场争论置若罔闻——其实是把自己放在与外界隔绝的罐头盒里，根本就没有听到外面的世界嚷些什么、争些什么——据我所知，大概直到1988年，莫里斯·韦茨讨论艺术不可定义的文章《理论在美学中的作用》才有人译成中文；又过了一二十年，进入21世纪，中国学者才有几篇文章对艺术可否定义问题做出反应①——这与该问题在西方最早出现，差不多滞后了50年。

二

艺术“不可定义”必然联系到文学，因为西方许多人把文学视为艺术之一种，中国亦如是。但是专谈文学不可定义的文章和论著却迟迟没有现身——我孤陋寡闻，据我所知，专谈文学是否可以“定义”的问题，大概是在20世纪80年代。对这个问题说得比较直白，许多中国学者也比较熟悉的，是美国当代学者乔纳森·卡勒。他在1981年出版了一本书《当代学术入门：文学理论》，全书中心思想充满对文学能够定义的怀疑以至否定。但是我

① 我所知道的，以发表时间先后，有以下文章：胡健：《艺术是不可定义的——韦兹的分析美学思想》，《承德民族师专学报》2003年第2期；王亮、章建刚：《如何规定艺术》，《哲学研究》2004年第5期；徐子方：《艺术定义与艺术史新论——兼对前人成说的清理和回应》，《文艺研究》2008年第7期；黄应全：《莫里斯·韦兹的艺术不可定义论》，《首都师范大学学报》（社会科学版）2011年第3期；匡骁、杜松：《论西方当代艺术的定义危机》，《杭州师范大学学报》（社会科学版）2013年第1期；郭春宁：《“艺术是什么？”的问题转换》，《艺术教育》2013年第1期。

很奇怪，他谈文学不可定义，居然没有联系到维特根斯坦，也没有提到莫里斯·韦茨，好像这个问题是在文学领域孤立出现的。这简直不可思议，也不合逻辑。

这且按下不表，我们看看乔纳森·卡勒的主要观点。

问题集中表现在该书第二章，它的标题是“文学是什么？它有关系吗?”这所谓“有关系吗”指的是“文学是什么”的问题与文学理论是否有关系。他的回答是否定的：“文学是什么？你也许会认为这是文学理论的中心问题，但事实上，它并没有太大的关系。”① 为什么？卡勒的看法是：首先，现代的“理论”既然已经把哲学、语言学、历史学、政治理论、心理分析等各方面融合在一起，那么理论家为什么还要劳神看看他们所要解读的文本是不是文学呢？文学和非文学可以同时研读，研读方法也相似，这说明“文学是什么”已不是“理论”的中心问题。这里必须说明的是：他以“理论”取代了“文学理论”。乔纳森·卡勒所处的学术研究的那个时段，“文化研究”兴起，大有以“文化研究”取代“文学研究”之势。卡勒本人也顺势推波助澜，提出“理论”的概念而力图取代“文学理论”。“理论”是什么？卡勒说：“我们归入‘理论’的那些著作，都有本事化陌生为熟识，使读者用新的方式，来思考他们自己的思想、行为和惯例。虽然它们可能依赖熟悉的阐发和论争技巧，但它们的力量……不是来自某个特定学科的既定程序，而是来自其重述中洞烛幽微的新见。”② 所谓“不是某个特定学科”，就是说不是“某个特定”的文学或哲学或语言学或历史学……而是它们的综合。因此他心目中的“理论”是“文化研究”的概念，它已经把哲学、语言学、历史

① ［美］乔纳森·卡勒：《文学理论》，李平译，辽宁教育出版社、牛津大学出版社 1998 年版，第 19 页。

② ［美］乔纳森·卡勒：《论解构·序》，陆扬译，中国社会科学出版社 1998 年版，第 3 页。

学、政治理论、心理分析等各方面融合在一起；如此，他的“理论”成为跨学科的概念，上述那些学科都是它的对象。在以“理论”取代“文学理论”之后，“文学是什么”当然不是他所谓的“理论”的中心问题了。其次，卡勒认为人们已经在非文学著作中找到了“文学性”——既然“文学性”并非文学著作所专有，也可说明“文学是什么”并非文学理论的中心问题。这样，卡勒就把“文学是什么”问题的理论必要性取消了。

这里必须表明我的态度：不能以“文化研究”取代“文学研究”。卡勒以“理论”取代“文学理论”，就是以“文化研究”挤压和取代了“文学研究”——这在前一段时间的中国学界和文界，也成为一种时髦，对此，许多学者已经提出了批评意见——这个问题只有在另外的地方讨论了。

接下来卡勒着重论述文学的不可定义性。他的方法与韦茨论证艺术不可定义一脉相承。他说，要回答“文学是什么”极其困难（不能回答“文学是什么”自然也就不能给文学下定义）。因为文学作品的形式和篇幅各不相同，而且大多数文学作品似乎与通常认为不属于文学作品的东西有更多的相同之处，而与公认的文学作品反而相同之处不多。《简·爱》更像一篇自传，与十四行诗共同之点很少；彭斯的诗“我的爱就像一朵红红的玫瑰”与莎士比亚的剧相似之处很少。“那么，诗歌、剧本、小说是否有一些共同的特点使它们与歌谣、对话的文字记录，以及自传区别开来呢？”① 而且如果把欧洲之外的文化也考虑进来，问题就更困难了。最后只好说：“文学就是一个特定的社会认为它是文学的任何作品。”② 这就像定义“什么是杂草”一样——怎样把杂草和非杂草区别开来？任你伶牙俐齿也难说清楚，无可奈何，最后只好说

① ［美］乔纳森·卡勒：《文学理论》，李平译，辽宁教育出版社、牛津大学出版社1998年版，第21页。

② 同上书，第23页。

“杂草就是花园的主人不希望长在自己园里的植物”。总之，既然很难把文学与非文学区别开来，因而在他看来，也就很难为文学下定义，以往种种文学定义都是无稽之谈。

三

西方吹来的这股反本质主义的“文学不可定义”之风，在20世纪末到达中国。当时的中国学界和文界，“西风”和“东风”交汇，新说和旧论杂陈，各派思想相交、相争、相克、相融，呈现出百余年来少有的活跃而复杂的局面。

面对此情此景，中国的文界和学界的“老革命”真正遇到了“新问题”：在“老革命”们眼里，“文学不可定义”的问题似乎是不可思议的，他们的词典里根本不存在这类判断和命题。不但这些中国“老革命”的老祖宗从来都是毫不含糊给文学下定义；而且当代的理论大家和著名的文学理论著作（20世纪20、30、40、50、60……直到80年代童庆炳主编的《文学理论教程》），也都曾毫不犹豫地抛出过自己关于文学的各种定义，而且都坚信自己的定义是最正确的，甚至是放之四海而皆准的真理。

当20世纪末刮来这股西风，借助强劲的“后现代”之力，吹得中国现代文学理论的百年老旗摇摇晃晃，“老革命”们节节抵抗又有点儿不知所措的时候，中国当代文坛和学界的新锐们，对这股西风欣然接受且如鱼得水。得西风之先并且写出了颇有影响的文学理论教科书者（当然很难说这些是成熟之作），有两位代表人物，一位是南方的南帆，一位是北方的陶东风。

百余年来，中国现代文学理论的孕育和发展历程，粗线条地说，有五变：

19世纪与20世纪之交，梁启超、王国维们接受西方学术思想，筚路蓝缕，现代文学理论初现雏形，这是中国文论在古今之交发生的第一次蜕变；

20 世纪 20—40 年代，以西方学术思想为主体建立的现代文学理论成型，学术圈内，各派竞生共存，其中马克思主义一派具有强大生命力；

20 世纪 50—70 年代马克思主义文学理论、毛泽东文艺思想一统天下——其中在教科书中表现为以群主编《文学的基本原理》和蔡仪主编《文学概论》发挥重要影响，然而学术思想走向封闭；

20 世纪 80 年代至 20 世纪 90 年代，西方学术思想潮水般涌入，文学理论出现重要革新，众声喧哗，而文学自主、学术自主、“向内转”思潮甚嚣尘上；

20 世纪 90 年代末至 21 世纪初，南帆、陶东风等人在西方新潮哲学家罗蒂、利奥塔、德里达以及新潮文学理论家乔纳森·卡勒、伊格尔顿影响下，活跃于学坛，文学理论又为之一变。他们在中国文界和学界特别是在高校文学理论教学领域发起了一股反本质主义的“热潮”以及理论思想和体制上小小的“运动”。

第三节 “西风”吹开的“中土”之花

一

南帆和陶东风对于乔纳森·卡勒、伊格尔顿等人的新潮学术思想十分欣赏，几乎对他们的观点照单全收，这主要表现在南帆和陶东风近年来所主编和撰写的文学理论教材中。

2002 年，即乔纳森·卡勒《当代学术入门：文学理论》中文版出版四年、伊格尔顿《二十世纪西方文学理论》① 中文版出版五年之后，南帆主编了一本“高等院校文科实验教材”《文学理论（新读本）》，由浙江文艺出版社印行——这是这股“西风”吹到中国所开的第一朵花。虽然该书总体上显得匆忙和粗糙些，但

① ［美］伊格尔顿：《二十世纪西方文学理论》，伍晓明译，陕西师范大学出版社 1987 年版。

有“新”思想、“新”体制[①]，看得出他和他的合作者们试图革新的努力。这种努力，从全书总体面目可以感觉到；而最能表现其思想之新者，是南帆亲笔撰写的全书导言“文学理论：开放的研究”。这篇思维开阔、语言隽秀的万字“导言”，是全书的灵魂。“导言”开头几句话就表现出革新的雄心和气势：“既有的文学理论正在遭受全方位的挑战——也许已经到了重新考察种种文学理论基本问题的时候了。”[②] 接着，作者眼观古今中外，耳听六路八方，纵横捭阖、引经据典，“考察”和论说中国百年“种种文学理论基本问题”。他以怎样的视角“考察”？细读“导言”全文即可知道，他是从乔纳森·卡勒和伊格尔顿等人那里借鉴、吸收和化用反本质主义理论视角来“考察”中国问题。“导言”的引文很多，表面看，南帆是公允地陈述，细体味，对其中许多人的话持批判或中立的态度，但引用乔纳森·卡勒和伊格尔顿的话则是赞同的。南帆要表达的主旨就是：批判那种认为“文学是独立的，纯粹的，拒绝社会历史插手；文学理论的目的就是揭示文学的极终公式，破译‘文学之为文学’的秘密配方”观点，而倡导乔纳森·卡勒和伊格尔顿等人否认文学具有某种固定本质的观点。他特别强调地引述了伊格尔顿下面这句话：“‘什么是文学’仅仅是一个历史性的问题，人们无法也没有必要为文学设计一个无懈可击的形而上学定义。”[③] 前面我们说到的乔纳森·卡勒《文学理论》中关于文学不可定义及其他反本质主义的话，南帆也几乎全都以赞同的态度引入“导言”。全书其他章节也都努力贯彻“导言”这一思想。这是我所看到的第一部表现着反本质主义色彩的

---

① 我说“新”，是说他们的观点和思想在中国算是新的，但在国外并不新，只是南帆和陶东风们把国外某些学术观点引进而成为中国之“新”。即使如此，他们的观点也是有价值的。

② 南帆主编：《文学理论（新读本）》，浙江文艺出版社在 2002 年版，第 1 页。

③ 同上书，第 3 页。伊格尔顿的话见他的《二十世纪西方文学理论》，伍晓明译，陕西师范大学出版社 1987 年版，第 12 页。

高校文学理论教材。6 年以后，即 2008 年，南帆又与两位青年博士刘小新、练暑生合作撰写了一本《文学理论》，由北京大学出版社出版，思想更圆熟了，但理论趋向没有变。

二

陶东风主编的《文学理论基本问题》作为“21 世纪文学系列教材”之一，2004 年由北京大学出版社出版。此书与南帆主编的那本教材南呼北应，陶东风与南帆是反本质主义的思想盟友，他们都从乔纳森·卡勒和伊格尔顿那里汲取思想营养并积聚火力，共同向文学理论中的“本质主义”发起攻击。与南帆相比，陶东风的主张更加直截了当，用力更加猛烈，更加锋芒毕露。他在亲自执笔的“导论：文艺学的学科反思和重建”中，列举新时期以来最流行、均发行 40 万册以上的三本教科书：以群主编的《文学的基本原理》（上海文艺出版社 1980 年第 1 版、1983 年第 3 版）；十四院校编写的《文学理论基础》（上海文艺出版社 1981 年第 1 版、1985 年第 2 版）；他的老师童庆炳主编的《文学理论教程》（高等教育出版社 1992 年第 1 版、1998 年第 2 版），进行批判分析。他把三本书中“本质主义”的表现，作为活标本，放在解剖台上，用反本质主义的显微镜细细考察。如，指出以群“把历史上各种各样的文学观点统统归入‘唯心’与‘唯物’两种，实际上也就是‘真理’与‘谬误’两种”，这就“否定了文学理论与文学本质的多元性”，主张“只有一种是正确的、科学的，合乎文学‘本质’的”[①]；陶东风发现，在上述三本书中，几乎都提出了“文学创作阶段说”等模式化、凝固化的论断，提出了“文学类型特征说”等教条化、机械化的论断，提出了“戏剧文学特点”须语言“个性化”、人物时间场景“高度集中”等俗之又俗的论

① 陶东风主编：《文学理论基本问题》，北京大学出版社 2004 年版，第 4 页。

断——它们对文学各种变动不居的性质做脱离历史的凝定性的判断，都是本质主义作怪。[①] 陶东风在肯定了童庆炳主编《文学理论教程》的贡献之后，也毫不留情地批评他所谓把“审美”视为文艺的“内在性质”、把“意识形态”视为“外在性质”，这种定义性的表述，也是一种本质主义的表现。[②]

陶东风主编的这本书，在 2005 年和 2006 年又出了第 2 版和第 3 版，基本取向未变。

三

前面我曾说南帆和陶东风的教材并非成熟之作，所谓“不成熟”，主要表现为主编者反本质主义的“革新”思想明确而坚定，“革新”宏愿气势如虹，与他们之前的“旧”教材划出明显界线；但是，很可惜，主编者思想在全书各个章节贯彻并不十分有力，更不彻底，不时显出“旧”的影子，“老”思想、“老”套路的尾巴不断摇晃。这且不论，下面着重说说两位主编的功过是非——摘其要点述之。

第四节　南帆、陶东风的功过是非

一

南帆和陶东风是我非常敬重的两位青年理论家。南帆虽然接触不多，但读其文，是一种享受；东风更是我接触比较多的好友之一，他的新锐思想每每给我以启发。上述南帆和陶东风分别主编的文学理论教材，是近几十年来继以群、蔡仪、童庆炳等之后，最引人注目的教材。它们像沉甸甸的石头掉在地上砸出个坑，扔到水里掀起波澜，在 21 世纪的文坛和学坛，产生了影响，发挥了

① 陶东风主编：《文学理论基本问题》，北京大学出版社 2004 年版，第 6—7 页。
② 同上书，第 5 页。

作用，对其功过是非，应予评说。

其功也何？一句话：给文学理论中的本质主义的弊端猛烈一击。无论南帆还是陶东风，都对本质主义深恶痛绝，他们的子弹，击中要害。

本质主义的毛病不在于企图给文学找出某种本质，而在于要一劳永逸地给文学找出永恒的亘古不变的本质、找出所谓“终极真理”；而正是本质主义的这种所谓“永恒本质”“终极真理”，把文学理论引入死胡同——关于这一点我在30年前曾有所触及。但是，我在那时（20世纪80—90年代）所写的一系列文章，如《拨乱反正，“正”在那里》，虽然对所谓“永恒本质”“终极真理”做过初步批判，却并不彻底，也并无清醒、自觉的反本质主义的鲜明立场。

本质主义相当一个时期僵化得像木乃伊，坚硬得像花岗岩。而时至今日，本质主义的思维，即使在自觉“并不保守”的学者头脑里，也或隐或显地以各种变态出现，且人们习而不察，不以为病；而有些过于保守的学者，是否至今仍坚守“老阵地”，执迷不悟，也说不定。我并非只说别人——“文化大革命”前和“文化大革命”中，甚至改革开放初期，我自己头脑中就曾有本质主义的“阴魂”长期盘踞不散，只是在20世纪80年代才有所觉悟。

南帆、陶东风比我先进。他们方向明确，自觉地集中火力，对本质主义穷追猛打，使其狼狈不堪。陶东风引述罗蒂《后哲学文化》一书中的思想，说：“此处我们所说的‘本质主义’，乃指一种僵化、封闭、独断的思维方式与知识生产模式。在本体论上，本质主义不是假定事物具有一定的本质而是假定事物具有超历史的、普遍的永恒本质（绝对存在、普遍人性、本真自我等），这个本质不因时空条件的变化而变化；在知识论上，本质主义设置了以现象/本质为核心的一系列二元对立，坚信绝对的真理，热衷于建构‘大写的哲学’（罗蒂）‘元叙事’或‘宏伟叙事’（利奥塔）以及‘绝对的主体’，认为这个‘主体’只要掌握了普遍的认识方法，就可以获得超历史的、绝对正确的对‘本质’的认识，创造出普遍有效的知识。”① 正是依据上述这个基本思想，陶东风在《文学理论基本问题·导言》之“文艺学中的本质主义思维方式”一节里举例对本质主义做了分析批判。总体而言，他的批判不无道理。

南帆也在他主编的《文学理论（新读本）·导言》中，列出文学理论中的两条线索，一条是本质主义的，认为文学理论的目的就是“揭示文学的终极公式”，破译“文学之为文学的秘密配方”；另一条是反本质主义的，认为文学并没有什么终极公式，文学的秘密配方由历史老人调制，并且时不时就会发生变化。② 南帆当然主张后者，坚决批判本质主义。

他们不仅攻其表，而且捣其里。他们的作战是有效的。

二

南帆和陶东风的教科书也有过。其过何在？在于对乔纳森·卡勒和伊格尔顿过于言听计从、百般信赖，对他们的“歪理”也不加清理、批评。

例如，对乔纳森·卡勒取消“文学是什么”的理论必要性，南帆和陶东风都没有批评，实际上是予以默认。

在我看来，乔纳森·卡勒认为“文学是什么”不是文学理论的中心问题、和文学理论没有关系，这种观点属于“歪理”，值得检讨。

第一，卡勒的问题前设就不合情理。卡勒操着浓浓的“后”学腔调说，现代的“理论”已经把哲学、语言学、历史学、政治理论、心理分析等各方面“融合”在一起了，而哲学、语言学、

① 陶东风主编：《文学理论基本问题》，北京大学出版社 2004 年版，第 3 页。

② 南帆主编：《文学理论（新读本）》，浙江文艺出版社 2002 年版，第 3 页。

历史学、政治理论、心理分析等文本同文学文本一样，都包含文学因素。正是依据这个理论前设，卡勒断言“文学是什么”已经不是文学理论的中心问题。这样他就取消了“文学是什么”的理论必要性。

但是，哲学、语言学、历史学、政治理论、心理分析等真的“融合”在一起了吗？非也。这不符合历史事实。不错，文明发轫之初期至“轴心”时代，各种理论之萌芽的确曾经有过融合不分的情形，如中国先秦，文史哲三家混沌一体、难以厘清。先秦散文，既有今天所谓“文”的因素，也有“哲”的因素，还有“史”的因素。直到汉代，《史记》的编写精神也是文史一家，今天既把它作为文学，也把它作为历史。但是随着历史的发展和学术研究的需求，各个学科还是逐渐趋于独立、分化，包括卡勒所谓哲学、语言学、历史学、政治理论、心理分析等科都是分化的结果。各个学科的学者们在自己的领域进行特殊的研究，界限相对分明；而且直到目前，这种学科的分立，对学术研究是有利的，各个学科都取得了各自的重要成就。当然，在这个过程中，一方面各个独立的学科自身会有发展、变化；另一方面不同学科之间也会有交流、交叉甚至会有超学科现象。但是，这些学科是否如卡勒所说重新融合在一起了呢？没有，至少在现今的历史阶段还没有。中外皆如此。一个明显的事实是，中国和外国的大学，并没有把政治理论与心理学（心理分析）融为一体，也没有把哲学和历史学合并到一起；近些年来在世界好多地方召开了多次世界哲学大会、世界历史学大会、世界心理学（包括心理分析学派）大会，但它们是分学科单独举行的，并没有“融合”在一起召开。

第二，卡勒认为，在非文学作品中找到了所谓“文学性”，理论家不需要“劳神看看他们所要解读的文本是不是文学”了，就是说，文学作品和非文学作品既然都有所谓“文学性”，就不需要细分你所看到的文本是不是文学作品了。在卡勒看来，这也就取消了专门研究文学作品的必要性，进一步，“文学是什么”也就“不是文学理论的中心问题”了。我们要问：一些非文学作品，如严复所译《天演论》开头部分的文字，声情并茂，带有文学性，难道它就可以看作文学作品，与狄更斯的小说同日而语吗？弗雷泽《金枝》许多段落的文字（尤其是开篇和结尾部分）十分优美，富有强烈的文学感染力，难道就可以说它是一部文学作品吗？黄仁宇《万历十五年》写得有声有色，富有文学性，难道它就成为一部文学作品而不是历史书了？在我看来，文学作品与科学作品、与政论文字、与历史作品，仍有质的区别，不能混为一谈。因此，所谓在非文学作品中找到了“文学性”，理论家就不需要“劳神看看他们所要解读的文本是不是文学”的论调，是荒谬的。由此而认为研究“文学是什么”不再是文学理论的中心问题，也是荒谬的。文学理论如果不研究“文学是什么”，在我看来就是它的失职；大学的文学理论课如果不讲“文学是什么”，此课即可取消。我认为“文学是什么”就是文学理论的中心问题和首要问题，对于文学理论家来说，就是要尽力说清文学是什么，尽力解说文学的性质，对此，必须直面，不容回避、不能“转换”①。大学里教文学理论课的老师，尤其如此。学生们眼巴巴等着他解说“文学是什么”呢，不能以“文学是何种概念”来偷换了“文学是什么”的关键命题。

说清“文学”的性质，就像说清“美是什么”一样，的确很难；但是，难并不是拒绝或逃避解说的理由。

南帆和陶东风主编的文学理论教材，赞同卡勒的观点。这为他们后面更重要的理论失误埋下了种子。南帆、陶东风更重要的

① 韦茨在《理论在美学中的作用》中明确提出应该将“艺术是什么？”这一问题转换成“艺术是属于哪一种类的概念？”即从追问其本质是什么，转换成考察它的用法和如何使用。类此，他们也将“文学是什么？”这一问题转换成“文学是何种概念？”即从追问其本质为何，转换成考察它的用法和如何使用。这是对问题的回避。

理论失误是什么？是他们跟在卡勒们屁股后头，对文学的性质（本质）如何形成和怎样认定下了不当判断，进行了不当解说。

三

从方法论上说，卡勒等人的失误同他们所反对的本质主义的失误相似。

本质主义崇尚绝对的“绝对”——它把“绝对”推向极端、推向绝对（认为存在着绝对的永恒的不变的本质，并以之为追求目标），成为极端的、绝对的绝对主义者；

卡勒崇尚绝对的“相对”——他把“相对”推向极端、推向绝对（认为本质永远是相对的、不定的甚至是不可把握的），成为极端的、绝对的相对主义者。

陶东风步卡勒等人的后尘，几近走上绝对的相对主义。

对于“文学是什么、它有本质吗、它的本质何在”诸问题，卡勒等学者要么认为文学没有自己的本质（性质），因而认为“文学是什么”不好把握甚至不可把握；要么认为文学的本质（性质）是任人主观随意“建构”的——其最后结果，也导致文学没有自身的规定性，找不到文学自身的本质。卡勒等人的中国追随者，如陶东风，虽然有时也比较清醒，说“并不意味着我们认为文学根本没有本质，因而也就根本不存在什么关于文学的‘理论’”，并且说“也不否认，在一定的时代和社会中，文学活动可以呈现出相对稳定的一致性特征，从而一种关于文学特征或本质的界说可能在知识界获得相当程度的支配性，得到多数文学研究者乃至一般大众的认同”[①]；但是，他的这种思想并没有认真贯彻，总体说还是滑向卡勒等人的基本主张。

而我，则与卡勒等人的观点相反，认为文学有自己的本质

---

① 陶东风主编：《文学理论基本问题》，北京大学出版社2004年版，第11页。

（性质），而且，我认为文学的本质（性质），不是不可认识、不可把握的，因为它有客观的自身规定性。

请容我比较具体地进行辨析。

四

南帆和陶东风都一再以赞赏或默许的态度引述卡勒这句话："文学就是一个特定的社会认为它是文学的任何作品。"卡勒所谓"特定的社会"也就是陶东风转述伊格尔顿所谓"研究者以及他所代表的社会集团"。这句话的毛病在哪里？毛病在于它界定"文学是什么"的主观随意性——卡勒、伊格尔顿和他们的中国追随者的上述言论，认为文学本质（性质）是主观建构的。陶东风大段介绍伊格尔顿等人关于文学"本质"问题的思想，指出伊格尔顿认为根本不存在什么文学的"本质"；"文学"是一种纯形式的空泛的定义，"我们根本无法找到文学的固有的内在特征"；文学的"本质"是"研究者以及他所代表的社会集团的一种建构"①。这就是说，卡勒和伊格尔顿的上述言论，可以使人得出文学的性质乃"研究者"主观认定的结论。他们忽略了独立于"研究者"之外的文学自身的规定性。陶东风据卡勒和伊格尔顿的思想加以发挥，把"文学"视为一种"话语建构"②，突出强调文学性质的所谓"话语建构"性——陶东风所谓"话语建构"者，有意或无意地强调了"人"（伊格尔顿所说的"研究者"）的主观"认定"，而忽略了独立于"研究者"之外的文学自身的客观规定性，这就出现了偏差。

从知识论上说，世界上的任何事物、任何现象，不管是物质现象还是精神现象，只要是实际存在着的，那么它的本质（性质）的认定就绝非单单听命于人的主观，绝不是人颐指气使而成，绝

① 陶东风主编：《文学理论基本问题》，北京大学出版社 2004 年版，第 8—9 页。

② 同上书，第 8 页。

不是任凭人随心所欲"说它是它就是、说它不是它就不是"。也就是说事物的本质（性质）并非都因人们主观认定而变幻无常，而是还有独立于人的主观的一面，即有它的客观的自身规定性，任何事物皆如是。换句话说，它的本质（性质）绝非纯粹的"研究者"的"话语建构"；恰恰相反，它的本质（性质）在"研究者"的"话语建构"之前，其实已经在人的客观历史实践之中"建构"而成了。

这里要特别提请读者诸君注意：我所说的"建构"与卡勒、伊格尔顿、陶东风等所说的"建构"，二者用语一样，而内涵完全不同。

五

我要特别说说作为一种精神现象的文学的本质（性质）之"建构"，以此进一步表明我与陶东风等人的观点出入。

我也肯定文学本质（性质）是一种"建构"，但它不是人（如伊格尔顿的"研究者"）凭主观任意"建构"，而是一种客观历史实践（包括人的精神实践）的"建构"，是在各个历史时期、在人们的客观历史实践中、在种种主客观历史条件作用下的"建构"。在这种"建构"中，人作为历史主体，的确起主要作用；但这里的"人"是"大写的人"，是作为历史主体通过客观历史实践去"建构"。这种"建构"，与卡勒所谓"文学就是一个特定的社会认为它是文学的任何作品"的那种"建构"、与伊格尔顿所谓"研究者以及他所代表的社会集团"的那种"建构"、与陶东风所说的所谓"话语建构"，是根本不一样的——他们的"建构"，是作为单独的个体，即"小写的人"，在意识里主观随意地去"建构"。再强调一次："大写的人"作为历史主体进行的历史实践的"建构"，与"小写的人"（如伊格尔顿的"研究者"）作为个人或部分人群的意识里的"建构"，其间有着本质差别。细细体味卡勒、伊格尔顿、陶东风的“建构”，就会知道他们说的只是“小写的人”的“建构”，从中总会嗅出某种浓浓的主观任意“建构”的味道。

前面我们已经强调，由人的客观历史实践所“建构”而成的这种事物（譬如作为精神现象的文学）的本质（性质），当然不是凝固的、亘古不变的，而是历史的、发展的、变化的。事物本质的这种发展变化的情况，主要表现在如下两个方面：一是作为历史主体的人（“大写的人”）不断发展变化，他们的客观的历史实践不断发展变化，因而他们通过客观历史实践所“建构”事物的本质也必然不断发展变化；二是历史发展了、社会变化了，不同历史社会中各种变化着的不同民族、不同阶层的人，会对事物本质（性质）有不同的认定，做出不同的判断。

但是不论历史实践“建构”的事物本质（性质）的这种变化，还是不同历史社会的人们的变化着的认定，都是在种种历史条件下有它自身的某种运行轨迹，而且常常表现出某种规律性。正是因为事物、现象有它自身的某种运行轨迹、常常表现出某种规律性，才可认识、可把握。

六

有人说，世界上的事物总是处于永恒运动、不停变化的状态，如何把握得住？不错，世界上的任何事物、任何现象，不论物质现象还是精神现象，总是处于永恒的运动状态，但这并不否定它也有相对稳定、相对静止的一面，或者说阶段性的稳定和静止的一面。如果事物只有运动而没有相对稳定、相对静止的一面，人根本不能在地球上存活，人对地球上的任何事物和现象也都无法把握。

卡勒所谓“文学就是一个特定的社会认为它是文学的任何作品”，伊格尔顿、陶东风等所谓文学本质是“研究者”（“小写的人”）的“话语建构”，不但否定了文学本质有其自身规定性，并且否定它也有相对稳定、相对静止的一面——或者说阶段性的稳定和静止的一面（“小写的人”可随时、任意“建构”）。这就把文学变成永远没有定形、像鬼魂那样谁也抓不着的东西，变成“说它是它就是、说它不是它就不是”的主观随意性的东西；同时，也取消了评判事物的任何客观标准，公说公有理，婆说婆有理。

其错误根源，如前所述，从方法论上说就是绝对的相对主义在作怪，“彼亦一是非，此亦一是非”“一生死，齐彭殇”“万物齐一”……表现在卡勒那里，就是借口在哲学、政治理论、心理分析、历史文本中都发现了所谓“文学性”，把它们“齐一”化，混为一谈，不辨皂白。依此，他们也就模糊了文学与其他精神现象（如所谓“哲学、政治理论、心理分析、历史文本”）的区别和界限，进而取消了文学本质（性质）的独立性，进而取消了研究“文学是什么”的理论必要性。

客观的历史实践否定了卡勒等人绝对的相对主义的理论。文学文本、历史文本、政治理论文本、心理分析文本、哲学文本……真的混沌一体了吗？这不符合人类客观历史实践所创造和“建构”的历史事实，也违反了人们与事物接触过程中的常识。一个有正常意识和中等学识的人在图书大厦，他不会把《战争与和平》《红与黑》《简·爱》《三国演义》《红楼梦》……与《几何原理》《时间简史》《天演论》等归于一类，也不会认为《资本论》是一部小说。什么是文学作品，什么是科学作品，什么是经济学作品、什么是历史作品、什么是心理分析……他大体是分得清楚的。因为他心目中，文学是什么，科学是什么，经济学是什么……有客观历史实践所形成和“建构”的基本标准，即使他一时说不清这些标准的具体内容，那也不至于青红不分、黑白不辨。

那么，文学究竟是什么？它的性质究竟怎样，以后我会按我的想法予以解说。现在我只是想说：

第一，文学没有永恒的亘古不变的超时代、超历史的本质，因而也就没有这样的绝对意义上的定义——文学的那种超时代超历史的绝对本质，那种放之四海而皆准的亘古不变的定义是没有的。追求文学的绝对本质，下一个本质主义的超时代、超历史、亘古不变的定义，是一种幻想。两千多年来的“文学”观念几经变迁，文学的内涵和外延常常在“缩编”和“越界”中游弋。时代一变，历史老人就把它修正了，甚至把它推翻了。一千五百多年前的刘勰在《文心雕龙·时序》中就说：“文变染乎世情，兴废系乎时序。”谁能奈何？

第二，文学虽然没有那种终极的永恒的凝固的亘古不变的本质，但是却非没有相对意义上的本质；而这相对意义上的本质是由人类客观历史实践所建构的，因而是随历史、随时代而变化的。前人的种种定义，就是如此。我们说文学的本质是历史的、建构的，但不是说它是某个人（小写的人）的任意所为、任意“建构”，像乔纳森·卡勒所说的那样“文学就是一个特定的社会认为它是文学的任何作品”；而是说，文学的本质由人类（大写的人）的客观历史实践所建构，文学的本质有其相对意义上的客观规定性。

第三，因为文学的本质有其相对意义上的客观规定性，因而文学就有其相对意义上的可认定性、可把握性、可定义性。我们已经看到，历来人们给文学下了各种各样的定义。这是谁也否定不了的客观存在。因此，说文学不可定义，这是一个假命题。

既然，一方面文学没有亘古不变的永恒的超历史、超时代的定义，另一方面又不是不可定义，那么，应如何把握文学的本质给它下定义呢？

第五节　我的一家之言

一

既然“文学不可定义”是伪命题，那么，应如何把握文学的本质给它下定义呢？这一节就请读者诸君听听我的一家之言——芸芸众生如我辈者，努力的目标很低：一家之言而已。

然而，如我在本书前言中所说，这大概也是一个学者写作的底线：说自己心里的话，说自己想说的话，说不同于别人而从自己心里流出来的话——“自己的”很重要，哪怕在别人看来浅薄。

前面我已说过，文学的本质（性质）是人作为历史主体在客观的历史实践中不断建构的。人在发展变化、历史在发展变化，这不断变化着的历史主体在不断发展着的历史实践中所建构的文学本质（性质），必然是历史地变化着。同时，不同历史、不同社会的变化着的人，对文学本质（性质）的把握和认定，也必然不同。因此就出现了历来对文学的种种不同说法、不同定义。

当然，这其间有传承也有革新。这是正常现象。

历史的现阶段，21 世纪的文学性质，当然与两千多年前先秦《尚书》“诗言志”不同、与孔夫子“兴观群怨”不同；与魏晋南北朝时期陆机“诗缘情而绮靡”不同、与萧子显“文章者，盖性情之风标，神明之律吕”不同；与唐代白居易“诗者，根情，苗言，华声，实义”不同、与柳宗元“文者以明道”不同；与宋代“文所以载道也”不同、与严羽“夫诗有别材，非关书也；诗有别趣，非关理也”不同；与近代章炳麟“文章者，以有文字著于竹帛，故谓之文；论其法式，谓之文学”不同；甚至与 20 世纪 50—60 年代以来“文学是上层建筑的一部分”“文学是一种特殊的意识形态”“文学是现实生活的形象反映”“文学是阶级斗争的特殊工具”“文学是一种审美意识形态”等亦不同。但是，如前所述，这其中又不是没有借鉴、承续和吸收。

那么，历史发展到今天，在我眼里，人的客观历史实践所“建构”的文学是怎样的呢？

二

文学本质（性质）具有多元性和多重性。

历史上人们不但往往追寻文学的永恒不变的绝对本质（性质），而且往往认定永恒不变的绝对本质（性质）具有单一性甚至排他性：是甲，就不是乙，也不是丙、丁……其实，这是某些人的一种错觉。文学的本质（性质）和品格不但是历史的、变化的，而且是多元的、多重的[①]：是甲，同时也是（或包含）乙，也是（或包含）丙、丁……这些本质（性质）和品格常常是共生共存的。

为什么文学本质具有多元性、多重性？根本原因在于它是人类客观历史实践“建构”的产物。详细地说，人类在客观历史实践中，把文学“打造”成一种特殊的精神文化现象；它作为艺术之一种，是通过人类的历史实践根植于人类社会，成为人类精神文化这棵大树上开出的一朵小花。离开人类社会、离开人类精神文化这棵大树，文学无法存活。它与大树、与大树的枝枝叶叶有着千丝万缕且息息相关的联系，因而，造成文学本质（性质）的多重性、多元性。这需要从“头”说起。

自从人类诞生以来，人类社会的历史就是人类自身生生不息的活动史，就是作为主体的人通过历史实践不断地对世界（外在世界和内在世界）进行掌握从而“建构”文化的历史。人类历史实践（对世界的掌握），大体分为三类：一是“物质—实践的”，它所“建构”的是物质文化；二是“实践—精神的”，它所“建

① 陶东风也说到过“文学本质的多元性”（《文学理论基本问题》第4页），我很同意。

构”的是伦理道德文化、宗教信仰文化、审美愉悦[1]文化、政治文化等；三是“精神—理论的”，它所“建构”的是科学文化、哲学文化等。文学（以及其他艺术）属于“实践—精神的”那一类之中的审美愉悦文化。[2]

但是，文学既然是人类社会和人类精神文化这棵大树上的有机成分，那么它不但同“实践—精神”类的伦理道德文化、宗教信仰文化、政治文化等亲如手足、密切关联，而且同科学文化、哲学文化、物质文化等也不能割舍。因此，作为审美愉悦文化，它自然以审美价值和以它为根柢而溢发出来的审美愉悦性为其不可或缺的基本性质和品格，但还常常融合着哲学的、道德的、政治的、科学的、宗教的等多种因素，组成一种以审美价值和审美愉悦性为灵魂的有机文化生命活体。但是须注意：在以审美价值和审美愉悦性为灵魂的有机文化生命活体里，其他因素并无独立性。在此我想起了克罗齐《美学原理》中的一段话，尽管我不同意克罗齐总体的美学思想，但这段话中的某些意思还是可以批判地吸收。克罗齐说：“混在自觉品（艺术品）里的概念，就其已混化而言，就已不复是概念，因为它们已失去一切独立与自主，它们本是概念，现在已成为直觉品的单纯原素了。”他又说：“一个艺术作品尽管满是哲学的概念，这些概念尽管可以比在一部哲学论著里的还更丰富，更深刻；一部哲学论著也尽管有极丰富的描写和直觉品；但是那艺术作品尽管有那些概念，它的完整效果仍是一个直觉品的；那哲学论著尽管有那些直觉品，它的完整效果也仍是一个概念的。”[3]

---

① 审美愉悦中的“愉悦”二字，说的不是日常生活中的“逗乐子”“解闷子”，而是应作宽泛的理解，即对人类灵魂的娱乐；如果从哲学的意义上来说，那就是人类对自身本质的欣赏、确证和肯定。

② 此处借鉴了苏联美学家 M. C. 卡冈的观点。

③ ［意］克罗齐：《美学原理 美学纲要》，朱光潜等译，人民文学出版社 1983 年版，第 8—9 页。

融合在文学作品中的哲学的、道德的、政治的、科学的、宗教的等多种因素虽无独立性，但这文学作品却因此而常常带有哲学的、道德的、政治的、科学的、宗教的等性质和品格，我们也就可以分别从上述方面对文学进行解说，对文学作多角度、多侧面、全方位地透视和解剖，可以找出文学的哲理性、伦理性、政治性、科学性等（这就是文学本质的多元性和多重性），分别为文学下定义。例如，有所谓“哲理诗”（如苏轼《题西林壁》），有所谓“政治诗”（如田间抗战时写的“假使我们不去打仗，/敌人用刺刀/杀死了我们，/还要用手指着我们骨头说：/‘看，这是奴隶！’”），有所谓“政治小说”（如法国都德《最后一课》），有所谓“伦理剧”（中国有许多古典戏曲如《琵琶记》等都可归入“伦理剧”之列），有所谓“科幻小说”（法国的儒勒·凡尔纳和中国当代的刘慈欣的作品即是杰出代表），有所谓“宗教诗”（如西方教堂里唱诗班演唱的作品）……

三

我们还要再次强调：尽管从总体说，文学本质（性质）具有上述多元性和多重性，但是在众多文学作品中，并不是所有性质和品格都必须样样具备，有的作品这种性质和品格突出，有的作品那种性质和品格突出。然而，有一种性质和品格不可或缺，这就是审美价值以及以它为根柢的审美愉悦性。审美价值以及以它为根柢形成的审美愉悦性是文学的灵魂，也是文学的酵母——如果一部作品、一个文本，单单具有哲学的，或道德的，或政治的，或科学的，或宗教的性质和品格，它不能成其为文学文本或文学作品，而只是哲学道德文本，或伦理道德文本，或政治文本，或科学文本，或宗教文本；只有同时具有审美价值和审美愉悦性，才能激活其他性质和品格成为文学文本或文学作品的有机成分。

《琵琶记》具有突出的伦理道德的劝谕色彩，但如果仅仅如此而没有审美价值和审美愉悦性，能称之为文学作品吗？

都德的《最后一课》具有反抗侵略的政治感情色彩，但如果仅仅如是而没有审美价值和审美愉悦性，能是小说吗？

列夫·托尔斯泰的《复活》等宣扬宗教感情，如果仅仅如是而没有审美愉悦性，能是一部不朽的小说吗？

法国科幻小说家儒勒·凡尔纳的《格兰特船长的儿女》《海底两万里》《神秘岛》《气球上的星期五》《地心游记》《机器岛》《漂逝的半岛》《八十天环游地球》等20多部长篇科幻历险小说及我国当代科幻小说家刘慈欣的《三体》，如果没有审美价值和审美愉悦性，能是享誉世界的文学作品吗？

苏轼《题西林壁》："横看成岭侧成峰，远近高低各不同。不识庐山真面目，只缘身在此山中。"多么富有哲理性，但它不是哲学而仍然是诗，因为它包含审美情趣让人玩味无穷。

禅宗《菩提偈》：神秀"身是菩提树，心如明镜台，时时勤拂拭，勿使惹尘埃"，慧能"菩提本无树，明镜亦非台，本来无一物，何处惹尘埃"；六世达赖仓央嘉措的《问佛》："我问佛：'如何才能如你般睿智？'佛曰：'佛是过来人，人是未来佛'"，不是可以从中体味出某种审美情趣吗？

司马迁《史记》，本是史书，但其中大多篇章充满审美情志（特别像《鸿门宴》等），理所当然被当作"无韵之《离骚》"，是绝好的文学作品。

这样的例子不胜枚举。

四

所以，文学也有它最为本分的本质（性质）：在我看来，"文学"，从根本上说是一种审美文化现象，是人类审美实践活动的一种，是艺术的一种。从这个角度，我给它的定义如下：

文学是以语言文字为媒介而进行的人类审美价值之创造、抒写;传达和接受。

其关键词为:语言文字;审美价值;创造;抒写;传达;接受。

第一个关键词是语言文字,这是文学的不可或缺的基本媒介(区别于艺术的其他样式如绘画、雕塑、音乐、舞蹈、建筑以至于电影、电视等所使用的媒介)。人们常说,文学是语言的艺术(其实,从发生学的意义上说,“语言”可以说就是“原诗”,我将在另外的地方阐述)。此话不假,然而还要加上文字。在没有文字之前,人类原初文学萌芽时,那是口传“文学”(如果可以称为“文学”的话);有了文字,文学活动总是与文字形影不离。今天的文学活动,倘若离开语言文字这个媒介,将憋死在意识里,密封在脑海中,永无面世之日。语言文字是文学行走之脚,无此,寸步难行。

第二个关键词是审美价值(特别是人类审美情志之价值形态),这是文学之魂,是文学的“审美愉悦性”之根源(审美愉悦性问题我已在中国社会科学出版社出版的《美学十日谈》中做了论述)。

第三个关键词是创造。文学根本上是审美价值的创造活动,无创造即无文学。还是那句老话:第一个将女人比作花的是天才,第二个是庸才,第三个是蠢材。文学家的书写总是与“第一个”“天才”相联系,因为那是创造。看起来文学家使用的是人们使用了千百年的普通语言文字,字似乎还是那些字,词似乎还是那些词,却在文学家笔下神奇般地创造出新的意味,新的审美价值。

第四个关键词是抒写。文学家创造的审美价值需要表现出来。表现,就要用他那支饱含情感的生花妙笔抒写一挥洒。文学家的才能,至少一半体现在抒写上。

第五个关键词是传达。克罗齐不重视传达,认为那不是文学艺术本身(不是直觉、表现、审美),只是机械的活动,是与

“直觉”“表现”等文学艺术的“认识”活动不同的所谓“实践”活动。这就有可能让人们忽视传达、鄙弃传达，甚至误解文学艺术是不用传达而只是藏在意识里的精神现象。其实传达是艺术创造的不可或缺的一部分。没有传达也就没有艺术。

第六个关键词是接受。文学实现于接受之中。这是接受美学的贡献。文学生命在接受中得以存活，在接受中得以增殖，以至在接受中得以永生。

乔纳森·卡勒认为不同类型不同品种的文学作品之间，既不相同也不相似，几无共同之处，因而无法下定义。卡勒仅看事物的外表现象而没有看它的内在实质，若从内里、从实质，我们会找到这些文学文本众多相同、相通的地方。现在我可以明确说，从内在实质看，就是依“文学是以语言文字为媒介而进行的人类审美价值之创造、抒写、传达和接受”的定义来考察，卡勒那些所谓不同类型不同品种的文学作品，不是很容易找到相同、相似之处吗？像《简·爱》与十四行诗、彭斯的诗与莎士比亚的剧，不管表面上看来如何不同，但它们都是“以语言文字为媒介而进行的人类审美价值之创造、抒写、传达和接受”，都是文学作品。

五

以上就是我对21世纪的文学应当如何定义的考察和探索。

这定义包含两方面的因素：

一是人类现阶段的历史实践对文学的“建构”——从这个角度说，文学的本质（性质）有其自身规定性，绝非主观随意“认定”。

二是我作为当下历史时期的人对文学的观察——从这个角度说，这是我的一家之言，因为别人也可以有别人的观察。

这定义与一千年前、两千年前的定义不同；与一千年后、两千年后的定义，也应该不同。

这就看历史老人如何“建构”以及人们如何观察了。

2016年3月18日草本章，2016年5月4日修改。

2016年5月25日补记

今日从《文艺报》第3版读到南帆《博弈场中的文学视角》一文，再次领略到南帆的睿智，他的大部分观点我是赞同的。但他有一段话值得思考：“何谓文学？这个问题的意义在于阐明，当经济话语、政治话语、法律话语、科学话语以及众多娱乐新闻占据了大部分大众传媒的时候，文学由于哪些特征因而不可能被彻底淹没？在我看来，与其依靠渺不可见的‘文学本体’谋求答案，不如在多种话语类型的比较之中确认文学的独异之处。”

南帆所说需要“确认文学的独异之处”，很对。那么，文学的“独异之处”是什么？在我看来就是文学的特质即特殊性质或特殊本质。而这“独异之处”哪里寻找？这里我和南帆就出现了分歧。南帆认为不应“依靠渺不可见的‘文学本体’谋求答案”，而应“在多种话语类型的比较之中确认文学的独异之处”。我则相反，认为主要应在“文学本体”之中寻找；次之，也可以“在多种话语类型的比较之中确认文学的独异之处”。

首先应该辨明南帆赋予“文学本体”的含义。他说：“本体的考察意味着追溯表象背后的形而上本源。通常的研究梦想是，获取某种可以解释或者概括众多表象的普遍性。例如，水的分子式不仅可以描述长江或者黄河，还可以描述密西西比河或者印度洋。‘文学本体’的考察试图提供文学史的某种本源。从五言诗、侦探小说到《红楼梦》或者电视肥皂剧，‘文学本体’充当的是所有文学共同发源的轴心。另一个意义上，‘文学本体’亦即文学之为文学的本质规定。许多语境之中，‘文学本体’与‘文学本质'的互换并不会产生多少误解。"这段话中，南帆赋予"文学本体"两个方面的含义，第一种含义是把"文学本体"形而上化，第二种含义是"'文学本体'亦即文学之为文学的本质规定"，并认为"许多语境之中，'文学本体'与'文学本质'的互换并不会产生多少误解"。南帆在该文中所说第一种含义，即是本质主义者的含义——他们虚构出一个"文学本体"并把它虚无缥缈化，使之"渺不可见"，这当然是应该摒弃的。而第二种含义更适合于今天的理论需要，我认为应该取第二种含义。通俗地说，"文学本体"在今人看来主要就包含"文学本质"（"文学之为文学的本质规定"）于其内。

如果取第二种含义，那么文学的特质（独异之处）就主要应在"文学本体"之中寻找；其次也可以"在多钟话语类型的比较之中"去寻找。因为，"文学本体"（"文学本质"、"文学之为文学的本质规定"）虽是历史的、建构的，但它并非"渺不可见"。每个历史时期都有该时期历史实践所建构的"文学本体"，文学的"独异之处"即主要表现在这"文学本体"之中，当然也可以表现在"文学话语"上。就此而言，南帆所谓"与其依靠渺不可见的'文学本体'谋求答案，不如在多种话语类型的比较之中确认文学的独异之处"，失之偏颇。每个历史时期所建构起来的文学之"独异之处"，其"本"，藏于"文学本体"（文学本质）之中；而表现于文学"话语类型"之中者，其"末"（"表"）也。

本章主要阅读书目

［英］《逻辑哲学论》，韩林合译，商务印书馆 2013 年版。

［英］《哲学研究》，陈嘉映译，上海人民出版社 2001 年版。

［美］莫里斯·韦茨：《理论在美学中的作用》，程介未译，《江淮论坛》1988 年第 1 期。

［英］伊格尔顿：《二十世纪西方文学理论》，伍晓明译，陕西师范大学

出版社 1987 年版。

［美］乔纳森·卡勒：《文学理论》，李平译，辽宁教育出版社、牛津大学出版社 1998 年版。

［美］乔纳森·卡勒：《论解构》，陆扬译，中国社会科学出版社 1998 年版。

［美］查尔斯·E. 布莱斯勒：《文学批评》，赵勇等译，中国人民大学出版社 2015 年版。

刘若端编：《十九世纪英国诗人论诗》，人民文学出版社 1984 年版。

以群主编：《文学的基本原理》，上海文艺出版社 1980 年版。

蔡仪主编：《文学概论》，人民文学出版社 1979 年版。

童庆炳主编：《文学理论教程》，高等教育出版社 1992 年版。

王一川：《文学理论》，四川人民出版社 2003 年版。

南帆主编：《文学理论（新读本）》，浙江文艺出版社 2002 年版。

陶东风主编：《文学理论基本问题》，北京大学出版社 2004 年版。

方维规：《西方“文学”概念考略及订误》，《读书》2014 年第 5 期。

第二章

文学是如何发生的？

内容提要 以往关于文学艺术发生（“起源”）的各种假说，最著名的如“模仿”说、“劳动”说、“巫术”说、“游戏”说等，的确从某些方面对文学艺术发生的研究做出了各自的贡献，但是又不能完全令人信服。关于文学起源问题，人们大都把目光聚焦在亚里士多德《诗学》、康德《判断力批判》、席勒《审美教育书简》、泰勒《原始文化》、弗雷泽《金枝》、格罗塞《艺术的起源》、普列汉诺夫《没有地址的信》等上面。然而，有一位理论家和他的著作被忽视了，这就是俄国19世纪下半叶的维谢洛夫斯基和他的《历史诗学》。还有，人们更遗忘了中国学者如陆侃如、冯沅君等人的独特建树。在艺术起源的研究上，其实最接近真理的是18世纪意大利的维柯写作的《新科学》，他的许多观点至今富有启示。本书提出自己的假说：文学（诗）是人的历史实践的产物，是应人的内在的本性欲求和诉求，自然而然发生的，也是必然发生的。诗源于语言，语言是诗之母，最初的语言显现出诗的最原初的本性，最初的语言本身就是最原始的诗，就是最早的原始形态的文学。

第一节　对流行观点的反思

一

以前的有关论著、教科书，已经提出各种假说谈文学艺术的发生（他们大多用“起源”），其中最常见的，是征引古希腊哲人、康德、席勒、斯宾塞、格罗塞、弗雷泽、普列汉诺夫、鲁迅……的论述，形成所谓“模仿”说、“劳动”说、“巫术”说、“游戏”说等。这些理论假说，的确从某些方面对文学艺术发生的研究作出了各自的贡献，但是又都不能完全令人信服和满意——我仅就上述四个最有代表性、最流行的说法进行评述，并提出质疑。

表面上看，它们都与文学艺术的发生（起源）有关系，但大多数论者并没有说到要紧处；而从实质上说，却有诸多可疑或可商榷的地方。

二

“模仿”说在西方的代表主要是古希腊哲人德谟克利特和亚里士多德等人。特别是亚里士多德在《诗学》中说：“一般说来，诗的起源仿佛有两个原因，都是出于人的天性，人从孩提的时候起就有模仿的本能，人对模仿的作品总是感到快感。”又说：“模仿出于我们的天性，而音调感和节奏感也是出于我们的天性，起初，那些天生最富于这种资质的人，使它一步步发展，后来就由临时口占而作出了诗歌。”

中国也有类似说法。秦吕不韦《吕氏春秋·古乐》谈到原始的乐歌是“效八风之音”“听凤凰之鸣”而产生的；晋代阮籍在《乐论》中也指出原始乐歌具有“体万物之生”的特征；南宋罗泌所撰《路史》卷二十《后纪十一》写道：帝尧“命质放山川溪谷之音，以歌八风，作大章之乐”。[①] 这实际上也是一种文学艺术起源于模仿的观点。

“模仿”，尤其是由“模仿”而产生的“快感”，的确可视为文学艺术发生的契机之一。但文学艺术真的主要是由模仿而发生吗？许多人对此感到不踏实，有人开玩笑说，猴子最善于模仿，却发生不了猴子文学。玩笑话当然可一笑置之。仔细考索，总会觉得仅仅“模仿”以及由“模仿”而产生的“快感”，似乎并非文学艺术发生的充足根由。文学艺术的发生有着人类生存发展更内在、更根本、更具实质意义的原因，从人的本性和内在需求考察，“模仿”也许并非文学艺术发生的主因——后面我们将会详细讨论。

三

“劳动”说的影响和势力最大。较早提出艺术起源于劳动的，大概是 19 世纪晚期的一些理论家，而最有权威的学者则是俄国马克思主义者普列汉诺夫。他在 1899—1900 年间发表于《开端》、《科学评论》等杂志上的《没有地址的信》中，以唯物史观搜索和考察世界各地原始民族大量“劳动先于艺术”“实用先于审美”“劳动先于游戏”的实证资料，又吸收了德国学者卡·毕歇尔（1847—1930）“劳动、音乐和诗歌三位一体”而劳动是“基本的组成部分”、其余部分“只具有从属意义”[②] 的观点，提出劳动是原始艺术（音乐、舞蹈、诗歌等）之源，并予以马克思主义的论证。普列汉诺夫的论述有理有据，细致入微，譬如他谈到“节奏”对于原始艺术的发生具有重要意义，而“歌的节奏总是严格地由

① 《吕氏春秋·古乐》的说法是：“帝尧立，乃命质为乐。质乃效山林溪谷之音以歌。”

② ［俄］普列汉诺夫：《没有地址的信　艺术与社会生活》，曹葆华译，人民文学出版社 1962 年版，第 40 页。

生产过程的节奏所决定”，于是认定原始音乐是“从劳动工具与其对象接触时所发出的声音中产生出来的”①，顺理成章。

普列汉诺夫是“劳动”说的最具有征服力的理论家，在我国有众多忠实信徒和追随者，包括鲁迅。为了证实原始文艺与劳动的亲密关系，我国一些学者在中国古籍中找到了许多例子：如《吕氏春秋·古乐》的《奋五谷》是歌唱农事的，《总禽兽之极》是歌唱狩猎的；《吕氏春秋·淫辞》与《淮南子·道应训》之“前呼邪许，后亦应之”乃“举重劝力之歌”，等等。

原始文艺的确与劳动有密切相关。“劳动”生产就是人类的历史实践，从这个意义上说，人类的一切文化包括文艺，根本离不开人类历史实践，因此，说原始文艺的发生（起源）与劳动（人类历史实践）密切相关，大体不错。但是原始文艺（特别是诗歌）的发生，并非如此简单。譬如说，原始诗歌的发生与原始语言的产生恐怕有更直接、更重要的关系，因此，劳动、语言、诗歌，在源头上究竟怎样互相缠绕，需要细细考究；而“劳动”说的主张者们并未解说其中根由和它们的关系。

四

谈到“巫术”说时，人们往往举出19世纪英国人类学家爱德华·伯内特·泰勒和詹姆斯·乔治·弗雷泽等作为最主要的代表人物，其实泰勒的《原始文化》（中文本由连树声译，上海文艺出版社1992年版）和弗雷泽的《金枝》（中文本由徐育新、汪培基、张泽石译，中国民间文艺出版社1987年版），只是人类学著作，他们对世界各地现存的原始部族的文化（例如巫术、宗教、舞蹈、诗歌及其他艺术等）进行了深入考察和描述，资料极其丰富生动，但他们并没有直接提出艺术起源于巫术的论断。马奇在

① ［俄］普列汉诺夫：《没有地址的信　艺术与社会生活》，曹葆华译，人民文学出版社1962年版，第40页。

《艺术的社会学解释》一书中说，直接提出艺术起源于巫术的是法国考古学家所罗门·雷纳克——他在泰勒和弗雷泽提供的资料的基础上提出这一论断。马奇引述了雷纳克《艺术与巫术——关于驯鹿时代绘画和雕塑的谈话》一书中的话："我们在这里所遇到的事实是艺术本身起源于巫术，因为艺术旨在施行某种巫术来招引部落赖以维生的动物。"[①] 雷纳克的思想及其表述值得玩味——他其实是把艺术视为施行巫术的一种手段；这与一般人对艺术（包括原始艺术）的看法存在不小落差。

对于"巫术"说，质疑者不少。论者不是主张原始艺术都起源于巫术吗？而英国人类学家马林诺夫斯基却找出一些实例，说，某些原始部族只有艺术并无巫术——"天下乌鸦一般黑"，而他找出了"白乌鸦"加以反驳。马克思主义者则提出，"巫术"说的主张者视原始文艺发生的唯一动力为一种精神活动，而不见隐藏于精神活动后面的物质实践活动，因而出现了偏差。

我认为，巫术与原始文艺，其实是相伴而生的，它们都不是"源"，而是"源"之"流"。

五

"游戏"说可追溯到德国的美学家康德、席勒和英国哲学家斯宾塞。[②] 康德《判断力批判》多次提到"游戏"，认为诗歌是"想象力的自由游戏"。席勒沿康德思想前进，在《审美教育书简》中提出审美就是自由游戏，他说："在有力的可怕王国与法制的神圣王国之间，审美的创造冲动不知不觉地建立起第三个王国，即游戏和假象的快乐王国……在审美国家中，人与人只能作为形象

---

① 马奇：《艺术的社会学解释》，中国人民大学出版社 1988 年版，第 47 页。

② 康德等人之前，16 世纪意大利哲学家马佐尼（1548—1598）在《〈神曲〉的辩护》中把诗看作"模仿的游戏"，但未展开论述。《〈神曲〉的辩护》中文译文见《世界文学》1961 年第 8、9 月号，又见伍蠡甫主编《西方文论选》下，上海译文出版社 1979 年版，第 199 页。

彼此相见，人与人只能作为自由游戏的对象相互对立。通过自由给予自由是这个国家的基本法则。”① 文学艺术即是这个王国的骄子。19 世纪英国哲学家斯宾塞对席勒的观点作了补充，指出艺术和游戏的本质是人们发泄过剩精力的自由模仿活动。由此，人们归结为席勒—斯宾塞的艺术起源之“游戏”说。

“游戏”说可疑处也不少。马克思主义者普列汉诺夫从唯物史观出发对“游戏”说提出批评：艺术并非起源于游戏，而是起源于劳动，因为“劳动先于游戏”。这就是说，“游戏”和“艺术”都是劳动的儿子，它们是兄弟而并非父子。

我认为，把“游戏”视为艺术之源，理由并不充足；也许在某些时候，“游戏”可视为文学艺术活动的一种伴生状态，而不是发生之源。

第二节　被忽视的维谢洛夫斯基

一

截至目前，中外研究艺术起源问题的理论家们，大都把目光聚焦在亚里士多德《诗学》、康德《判断力批判》、席勒《审美教育书简》、泰勒《原始文化》、弗雷泽《金枝》、格罗塞《艺术的起源》、普列汉诺夫《没有地址的信》等上面——前面我曾说过，上述理论家的主张虽然可以找出各种疑点，存在许多可以商榷之处，但他们的学术成就和就艺术起源问题做出的贡献，的确应该得到重视，这与他们在学术史上的地位是相称的。然而，有一位理论家和他的著作，对艺术起源问题同样作出了出色的论述，却“门前冷落车马稀”，很少或较少有人提到他的名字和他的著作，

① ［德］席勒：《审美教育书简》，冯至、范大灿译，北京大学出版社 1985 年版，第 151—152 页。

这就是俄国19世纪下半叶的一位大学者维谢洛夫斯基和他的《历史诗学》——当然，俄罗斯学界可能要除外，他们对自己民族的包括维谢洛夫斯基在内的传统学术一贯珍视；而西方学界对维氏和他的《历史诗学》却很少关注（只有少数几个学者如韦勒克《近代文学批评史》提到维谢洛夫斯基的成就，但又很遗憾地说，维氏“为文学理论所做的重要贡献直到20世纪才引起重视”）。中国学界更少有人知道维谢洛夫斯基的名字，如果你到全国各个大学的许多中文系问一问学生们：维谢洛夫斯基何许人？《历史诗学》是一部什么样的著作？绝大多数，甚至包括学习文艺学和美学的同学在内，大都会一脸茫然。

对于维谢洛夫斯基，这是不公平的。他的许多重要的学术研究成果长期埋没而不能发挥应有的作用，也实在可惜。因此，本书要花些笔墨予以介绍。

二

亚历山大·尼古拉耶维奇·维谢洛夫斯基（1838—1906）是19世纪的俄罗斯科学院院士，被公认为“俄国比较文学之父”、历史诗学研究的创始人，学界泰斗。其学术成就集中体现在他的《历史诗学》一书中。我手头有一本中文版《历史诗学》（百花文艺出版社2003年版），该书译者、俄罗斯文学专家刘宁教授写了一篇学术质量很高的“译者前言”。此书为我打开了维谢洛夫斯基辉煌的学术天地。这里仅就其艺术起源（发生）问题的研究做些评说。

维氏历史诗学体系首先涉及的就是文学艺术的起源（发生）问题。他的《历史诗学三章》，约25万言，依据民间文学、民俗学、人类文化学及考古学的大量实证资料，深入研究文艺及其样式的起源（发生）。我将《历史诗学三章》与人们所极力推崇的泰勒《原始文化》、弗雷泽《金枝》、格罗塞《艺术的起源》、普列汉诺夫《没有地址的信》等权威著作作了一下对比研究，发现无论从资料的丰富、还是考据的严谨、抑或论证的缜密等方面，维氏与其他理论家相比毫不逊色——他们都达到了那个时代所能达到的最高学术水平。虽然维谢洛夫斯基也同上述理论家一样，有许多可质疑之处，但维氏论证文学艺术的起源（发生），又独具慧眼，表现出自己的高明见解，作出了独到贡献。

三

维谢洛夫斯基有一个著名观点：在人类社会初期，存在着原始艺术的"混合性"，或称"混合艺术"，原始的诗即从这种"混合艺术"中产生出来。关于"混合性"或"混合艺术"，他是这样说的："它的历史阐释就在于原始诗歌的混合性，我把这种混合艺术理解为有节奏的舞蹈动作同歌曲音乐和语言因素的结合。"[①]对原始艺术的这种描述，是基本符合历史事实的。大概中国和西方及世界其他民族原始艺术发生的初期，都是如此。

维氏的这个观点立刻使我想到中国自古以来所谓"诗乐舞"三位一体的思想。不同之处在于，中国是说"诗""乐"和"舞"，而维谢洛夫斯基说的是"语言因素""歌曲音乐"和"舞蹈动作"——"诗"与"语言因素"这两个用语是有区别的；但总体思想高度一致。

当然，在我看来，无论中国的"诗乐舞"还是维氏的"混合艺术"，说的只是原始艺术已经发生之后的存在状态（不过维氏所谓"语言因素"不同于诗，这为他论证诗的发生留有余地，后面我将论及）。其实不只是维谢洛夫斯基，我看到的人们推崇的几乎所有谈艺术起源的著作，包括泰勒《原始文化》、弗雷泽《金枝》、格罗塞《艺术的起源》、普列汉诺夫《没有地址的信》，再

① ［俄］维谢洛夫斯基：《历史诗学》，刘宁译，百花文艺出版社2003年版，第264页。

加上博厄斯《原始艺术》，所论大都是原始艺术已经发生之后的状态，而极少涉及原始艺术怎样发生、为什么会发生及发生的契机。而现在我要考究的正是后者，即原始艺术（特别是诗歌、文学）将要发生、怎样发生、何以发生以及它得以发生的契机如何。打个比方："诗乐舞"和"混合艺术"以及其他论著中所论的原始艺术，说的是已经从蛹蜕变之后的蝴蝶以及最初蝴蝶扑打翅膀开始飞翔的状态；而我所要探究的，是蝴蝶将要或正在从蛹中爬出的情形，即它怎样由蛹蜕变为蝴蝶以及它从蛹蜕变为蝴蝶的契机是什么、它为什么必然由蛹蜕变为蝴蝶。

但是，必须指出维谢洛夫斯基与其他理论家的不同之处也是高明之处，即他按照自己的思路和设想考察了诗歌如何发生——如何从原始艺术中萌芽、生长出来。在他看来，原始的"混合艺术"中，"语言因素"还不算诗，而是诗赖以发生的温床或赖以发生的材料，正如孕育蝴蝶的蛹。真正的诗（蝴蝶）正是从"语言因素"（蛹）生发（蜕变）而来。维氏清晰地描述了诗歌由"蛹"到"蝶"的蜕变过程和契机——这在19世纪其他理论家中，是少见的、可贵的。他说："在这种远古的'结合'（按即'混合艺术'——笔者注）中节奏起着主导作用，它始终一贯地规范着旋律，以及伴随着旋律而发展起来的诗歌文本。应当假定后者的作用起初是相当微不足道的；只是一些呼喊，情绪的表达，某些没有意义的、缺乏内涵的词汇，节拍与旋律的载体。"① 又说："节奏旋律在古代混合艺术组成中占优势地位，而歌词文本只起辅助作用……为了表达内容因素需要具备比较发达的句法，这也就要求以更加复杂的精神的和物质的需求为前提。当这种演变实现时，感叹和缺乏意义的词句，就转化为某种更为完整的东西，

① ［俄］维谢洛夫斯基：《历史诗学》，刘宁译，百花文艺出版社2003年版，第264页。

成为真正的文本，诗歌的萌芽。”① 在维谢洛夫斯基看来，“语言因素”在“混合艺术”中最初是附属品，是“没有意义的、缺乏内涵的词汇，节拍与旋律的载体”，后来才逐渐“演变”为“更为完整的东西，成为真正的文本”，于是“萌芽”为诗歌。维谢洛夫斯基还引述了卡罗克印第安人、巴塔哥尼亚人、巴布亚人等几十个原始民族的例子，详细叙述了从“语言因素”到“诗歌萌芽”的演变。②

维谢洛夫斯基虽然描述了诗歌的诞生过程和契机，按他的思路也自圆其说。但是我认为他的描述和推论存在一定的危险性，很可能不符合历史事实，而是更近于臆测。虽然维氏所说“混合艺术”中有些无意义的“感叹词”等作为附属品的情况是会存在的。但是，不能因此就排除远古时代诗歌与“乐”“舞”一起产生或独自产生的可能。我认为，诗并非一定要作为附属品而产生于“乐”“舞”之后，而可能与“乐”“舞”同时产生，甚至可能早于“乐”“舞”出世。按我的假说，其实当语言发生时，诗歌也就跟着“萌芽”了（详后），可能并不必须先在“混合艺术”中做附庸。

四

维谢洛夫斯基还花费大量文字探索和讨论诗歌的各种样式如抒情诗、叙事诗、戏剧（包括悲剧、喜剧等）的起源问题，他不但列举世界各地如大洋洲、非洲、美洲、亚洲以及欧洲现存的许多原始民族的实证资料，而且征引古希腊、古印度等文献资料，还引述当时许多著名学者的相关著作，予以辩驳和参证，表现出一个严肃学者的科学态度。

---

① ［俄］维谢洛夫斯基：《历史诗学》，刘宁译，百花文艺出版社 2003 年版，第 271 页。

② 同上书，第 267—280 页。

维氏的许多观点有自己的独到的学术心得，值得关注。例如，他认为原始艺术“在合唱表演的基础上”发生了“有序的分化……走上了发展的轨道。在以后诗歌发展的历史上，我们遇到了这样一些或多或少确定的类型，如叙事体，抒情体，戏剧；它们同混合的、合唱的诗歌（我们有理由认为其形态是最古老的）之间是什么关系呢……”[①]他还说：“我们把叙事诗和抒情诗看作古代仪式合唱解体的产物；戏剧在其最初的艺术表现中则保留了它的全部混合性，包括表演、叙述，对话等因素……可以在理论上这样设想戏剧的发展。从祭祀中分离出来是它在艺术上诞生的契机；形成艺术性的条件则在于神话的人化的和人性的内容，由此而滋生出各种精神兴趣，并提出了道德秩序，内心冲突，命运和责任等问题。”[②] 而且他还指出不同民族，其叙事诗、抒情诗、戏剧等文学样式的产生虽然也有某些相同或相似之处，却又有各自不同的产生契机和途径。

这些观点当然不是没有可以商榷之处，然而，是不是对今天研究各种文学样式的发生，具有某种启示意义呢？

第三节　被遗忘的陆侃如、冯沅君

一

如果说维谢洛夫斯基是被忽视的，那么，中国学者对中国文学艺术起源（发生）所做出的非常有价值的探索和论述，却是被遗忘的。例如，中国学者的杰出代表、文学史专家陆侃如、冯沅君教授，就遭到这样的命运。

全人类文化是一个整体，而中华民族五千年灿烂文化，包括

---

① ［俄］维谢洛夫斯基：《历史诗学》，刘宁译，百花文艺出版社 2003 年版，第 319—320 页。

② 同上书，第 282 页。

它的文学艺术，是其重要的不可或缺的组成部分。若不探讨和研究中国文学艺术的发生，那么对于全人类文学艺术起源问题的研究，就失去了一个重要的支撑点。

中国文学艺术的起源问题，对于研究者来说，是一座“富矿”。因为中国五千年文明基本没有中断过，关于文学艺术起源和发展的各种文献资料极为丰富，而且有着两三千年不中断的连续线索——不但有文学艺术开始萌生和原始形态的各种文献记载，而且有历代文人学者对文学艺术起源（发生）问题的探讨和解说。这在世界各民族文化中，可谓得天独厚。许多中国学者正是对这个“富矿”进行开采，取得收获。一辈子孜孜不倦、潜心研究文学史而献出全部心血的陆侃如、冯沅君教授，正是中国学者的杰出代表。

但是，过去一二百年世界学界由于“欧洲中心主义”作怪，中国的学术和学者以及他们的研究成果，往往入不了人家的法眼，很长时间以来成了世界学苑里“被遗忘的角落”——原因当然不止“欧洲中心主义”一个，需要认真考究和总结。

比起俄罗斯的维谢洛夫斯基院士的被忽视，中国学者如陆侃如、冯沅君关于中国文学艺术起源的研究成果被遗忘更是不公平的。

二

陆侃如（1903—1978），19 岁考入北京大学，大学一年级时便出版了《屈原》，大学毕业时又出版《宋玉》一书。1924 年入清华大学研究院专攻中国古典文学。毕生致力于中国古代文学的研究和教学工作。冯沅君（1900—1974），自幼学习四书五经、古典文学及诗词。毕业于北京女子高等师范学校国文系并考取北京大学研究所研究生，研习中国古典文学。1931 年，陆侃如、冯沅君二人合作出版 60 万字的《中国诗史》（1931 年大江书铺），

1932年二人又合作出版《中国文学史简编》（1932年大江书铺），这两部书的开头都论述了中国文学的起源，不过前者主要说诗，后者也说到文。

陆冯二位教授首先以极其严谨的科学态度对古代文献中关于文学起源的材料进行辨伪（例如《尚书》和《山海经》等），“再从真的材料中试探一下中国原始作品的情状”。这“真的材料”有二：一是卜辞，二是金文。

首先说卜辞。

卜辞乃是商人在龟甲兽骨上所刻的贞卜文辞。它们是光绪二十四、二十五年（1898—1899）间，河南彰德西北小屯的农民，在种田时无意中发掘的许多甲骨，上面保留了从盘庚至帝乙（盘庚相传在公元前1401年即位，帝乙相传在前1155去位）这二三百年中的卜辞。两位学者从中探索有无文学的真的痕迹。

一是卜辞与诗歌的关系，即诗歌是怎样发生的？前面说过，远古时代“诗乐舞”是一体的，两位学者研究发现，卜辞中虽无诗字，然多乐字与舞字。乐字作“[illegible]”。罗振玉说：“从丝在木上，琴瑟之象也，或增‘θ’，以象调弦之器。”此外乐器尚有“鼓”“磬”“言”“㲃”“龢”等，由此可见商乐已很精工了。这两三百年中既然舞盛而乐精，定有许多舞歌和乐章，由于没有用文字记录下来，现在都失传了。然而陆冯两位教授发现，在卜辞中间，有一段很像是当时的歌曲：“癸卯卜：今日雨？其自西来雨？其自东来雨？其自北来雨？其自南来雨？”（载郭沫若《卜辞通纂·第三五七片》①）作者说：“这首简单而朴素的古歌，恐怕是我们诗史上年代最早而又最可靠的作品了。”②

二是卜辞与散文的关系。作者说，卜辞本身并无文学（按今

① 郭沫若：《卜辞通纂·第三五七片》，见《郭沫若全集·考古编》第二卷，科学出版社1983年版，第95页。

② 陆侃如、冯沅君：《中国诗史》上，百花文艺出版社2011年版，第5页。

天的标准）的意味，而且每段的字句极短。不过其中也偶有较长的，未尝不可当作原始的散文看，如下图所示。

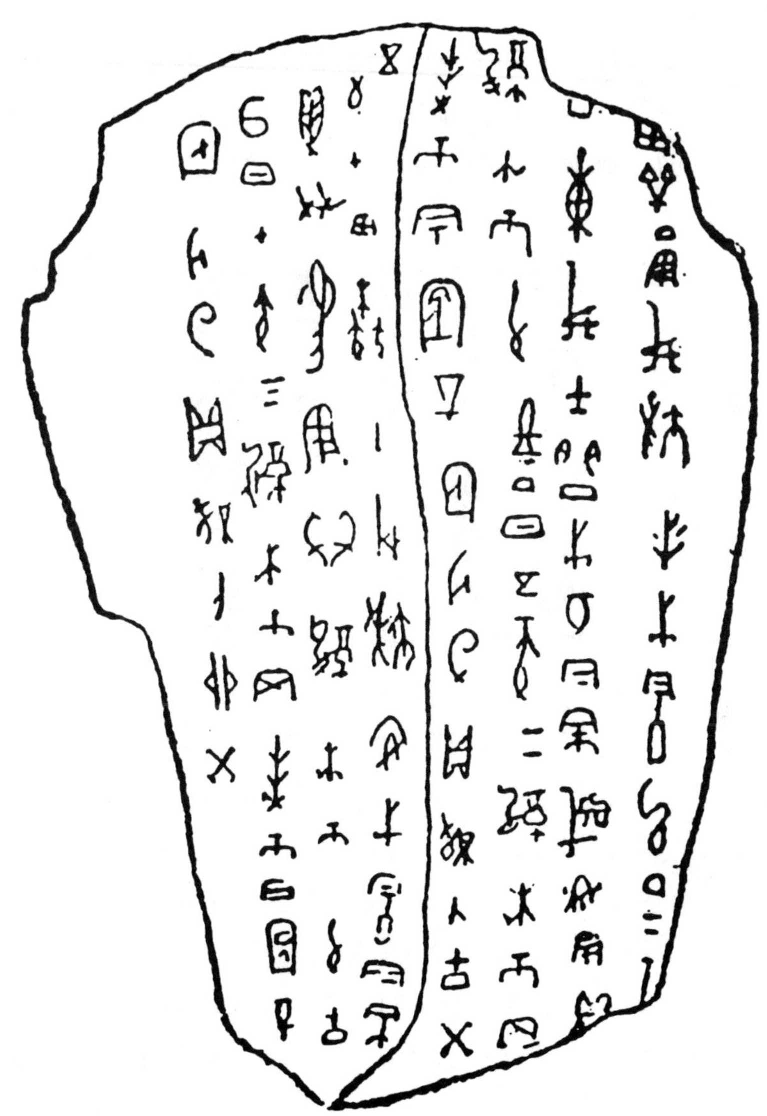

作者说：“此见《殷虚书契精华》第二页，记土方与𢀛方侵伐

商人之事，实为原始的叙事散文之一例。”①

三

其次说金文。

金文是金属器物上的文字。商为新石器时代的末期，金石并用。陆冯二位教授说，虽然前人所著录的商代铜器多不可靠，然未尝没有真品。例如下图为《殷文存》里的《戊辰彝》。

这里记日（戊辰）在记月（“在十月”）之前，而记年（“惟王二十祀”）则在最后，与卜辞文法相同。以戊辰日祭妣戊，又称“叠日”，亦与商制相合。这是可信的。余如薛尚功所收“乙酉父丁彝”“己酉戍命彝”“兄癸彝”等，吴式芬所收“艅尊”“王宜人甗”等，也还可信（马衡说）。我们拿这些铜器上的文句来和上文所引较长的卜辞合看，便可明了中国散文起源的状况了。② 陆冯二位教授还在殷商金文中找到武王时的《大丰段铭》：“乙亥，

① 陆侃如、冯沅君：《中国文学史简编》上编第一讲“中国文学的起源”，原有上海大江书铺 1932 年版；2007 年山东画报出版社重版，书名改为《中国文学史二十讲》。此图见该书第 5 页。

② 陆侃如、冯沅君：《中国文学史二十讲》，山东画报出版社 2007 年版，第 6 页。

王有大丰，王凡三方。王祀于天室降，天亡尤王。殷祀于王丕显考文王，事熹上帝。文王监在上，丕显王则相，丕肆王则唐，丕克三殷王祀。丁丑，王飨大房，王降亡得爵复觵。惟朕有庆，敏扬王休于障享。”① 此可作为散文，也可作为韵文。

四

陆冯二位教授还进一步研究了商以后周、楚、秦几个古民族的文学起源的情况。

他们认为：“中国的文学史，应该托始于周民族。原来中国古民族是很多的，但文献可征的，却只有四个民族，即商周楚秦。商民族的卜辞与金文，虽能借以推测文学起源的情状（如上文所论述的），但严格讲来还不能算文学的作品。故我们现在讲古民族的文学，只周楚秦三者。”②

二位教授的这个观点，在我看来是值得商榷的。所谓“卜辞与金文，虽能借以推测文学起源的情状，但严格讲来还不能算文学的作品”，其实正说明了原始文学发生的真实情况。所谓“不能算文学的作品”只是按成熟文学的标准而言。最初的文学萌芽，怎能用成熟文学的标准衡量?

二位教授依次考察了周楚秦三个古民族文学起源的情况。例如周民族最早的韵文，《诗经》里的《周颂》共三十一篇，包括舞歌、祭歌、杂诗：“它们不但是《诗经》中最早的部分，而且是现存中国文学中最早的作品。”两位教授还说：“但是它们在文学上的价值是很低的。呆板的堆砌，抽象的教训，浮浅的赞颂，充塞于字里行间，使读者不感兴趣。其中技术较高的，要推《载芟》与《良耜》中叙农家生活的几段。这种生动的描写是很难

① 陆侃如、冯沅君：《中国诗史》上，百花文艺出版社2011年版，第5页。

② 陆侃如、冯沅君：《中国文学史二十讲》，山东画报出版社2007年版，第7页。

得的。”①

这里又可以提出商榷：正因为它们看起来“呆板的堆砌，抽象的教训，浮浅的赞颂，充塞于字里行间，使读者不感兴趣”，却恰好说明它们的原始性。这对于研究文学起源，更具价值。

周民族最早的散文，比较可信者，当推西周的《大诰》，我们可据以考知周民族前期散文的状况。《大诰》旧说是成王时为三监及淮夷的叛乱而作，不知确否。篇中全是警戒百官之辞。就文学的观点言，这是一篇极幼稚的作品。前后重叠的地方很多。这种没有组织的缺点，在原始作品里是常见的。《易卦爻辞》也是较早的散文之一。我们对于《卦爻辞》的时代的假定是：始于周初而写定在东周。既谈不到哲理，更谈不到文艺。然而在六十四卦的《卦辞》及三百八十四爻的《爻辞》中，也未尝不偶有一二写得很好的。例如《小畜》及《震》的《卦辞》，又如《睽》上九及《中孚》九二的《爻辞》之类，或写景如画，或抒情深刻，都可为古代文学渐渐进步之征。

楚民族文学的起源，当远溯之于《诗经》中的《二南》。其中时代可考者，如《汝坟》述东迁、《甘棠》颂召虎、《何彼秾矣》称平王，都在公元前8世纪。

《诗经》中除《二南》外，还有《陈风》也属于楚民族。不但陈是灭于楚的，而且其官制、方言、服饰也多与楚同。《陈风》共十四篇，其时代可考者仅《株林》一篇，指灵公与夏姬事，约在公元前七世纪的末年。各篇的内容，以言儿女情者为多，如《宛丘》《东门之枌》《东门之杨》《防有鹊巢》《月出》等都是。《二南》各篇也多与女性有关系。后来屈宋之作喜以美人香草为喻，恐与它们有点儿渊源。

秦民族文学的起源，应该上溯《诗经》的《秦风》和《尚

① 陆侃如、冯沅君：《中国文学史二十讲》，山东画报出版社2007年版，第8页。

书》的《秦誓》。《秦风》共十篇，其时代可考者计三篇：《小戎》叙庄公事，约当公元前800年；《终南》叙文公事，约当公元前750年；《黄鸟》则哀三良，作于公元前621年。这都在东西周之交，是秦民族开始兴盛的时候。至于其散文的起源，则似更迟。《史记》说文公十三年（前753年）“初有史以纪事”，似前此尚无记载。然即此文公时之记载，今亦无从考知。见存散文之最早者，当推前627年之《秦誓》。

陆冯二位教授探讨周、楚、秦三个古民族文学起源，对今天研究者也有一定参考价值。

五

最后，陆、冯二位教授作出如下结论：“我们已经知道：一，现存周以前的散文如《虞书》之类皆伪；二，现存周以前的韵文如商颂之类亦伪；三，从殷虚卜辞所记舞与乐的情形知道那时必有许多已佚了的歌辞；四，从商末金文及较长的卜辞知道原始的叙事散文业已产生。”①

我认为，陆、冯二位教授对于中国文学起源的研究，比西方一些学者的论述更为可信。因为许多西方学者所据材料多是现在尚存的一些原始民族文学艺术活动情况，由此推论和猜想数千年（乃至数万年）前文学艺术的发生，这不能不产生或大或小的误差，也可能全然不对——谁能断定数千年、上万年前人类的先民真相究竟如何呢？陆、冯二位教授则与此不同，他们依据的是千真万确的考古发现，是经过专家用科学手段证实为数千年前的“真品”，确凿无疑。在这样坚实的基础上得出的结论，使人觉得可信。

① 陆侃如、冯沅君：《中国文学史二十讲》，山东画报出版社2007年版，第6页。

第四节　最接近真理的是维柯

一

人类进入文明社会以后，各个民族在每个发展阶段上，都会出现自己的杰出人物和杰出作品，维柯（1668—1744）就是18世纪前期意大利的一位学术精英，他不但对意大利，而且对全人类的思想文化，做出了令人不能忘怀的贡献。然而，中国有一句古话“文章憎命达”，这话很适合维柯，他的一生，学术辉煌，命运多舛。他自传中说，七岁从楼顶跌到楼底，头盖骨碎了，碎骨刺进肉里很深，五小时没有动弹，医生“预言这孩子活不长，否则也会长成一个呆子。凭老天爷的恩惠，这预言没有成为事实”①。后来维柯兢兢业业、尽心尽力从事学术事业，颇有心得，写出了划时代著作《新科学》，然而生活上却穷愁潦倒，艰难度日。当他的《新科学》改写本完稿之后，原来答应资助出版的恩主却食言、毁约，维柯只好“卖掉一只嵌着五颗纯水色钻石的金戒指”②支付印刷费和装订费。

虽然这部出版于1725年的著作在18世纪默默无闻，但到了19世纪，却引起广泛注意，维柯被认为是美学的先驱——克罗齐《美学史》说，美学这门新科学的真正的奠基人并不是鲍姆加登而是维柯。

而我此处所关注的，是维柯在研究艺术起源问题上的巨大贡献。在我看来，在所有研究艺术起源的学者及其著作中，维柯和他的《新科学》离真理最近。

---

①［意］维柯：《新科学》，朱光潜译，人民文学出版社1986年版，第612—613页。

② 同上书，第666页。

二

在《新科学》中，维柯按古代埃及的观点，把以往世界分为三个时代：神的时代、英雄的时代和人的时代；相应的，三个时代用三种语言：象形符号的或神的语言、象征的或比喻的语言（英雄的语言）、书写的或凡俗的语言（即人的语言）。[①]

所谓“神的时代”，即是原始人的时代——因为原始人把自己感觉到而对之惊奇的那些事物的成因都想象为“神”的安排，如碰见雷电交加，不知道原因，就大惊大骇，抬头一看，看见天，于是把天想象为一个巨大的有生命的物体，把打雷闪电的天叫作“天神”或“雷神”。

维柯说，这些原始人是些“愚笨的、无情的、凶狠的野兽……就其和动物本性相似来说，具有这样一种特性：各种感官是他认识事物的唯一渠道”[②]。维柯强调：“原始人心里还丝毫没有抽象、洗炼或精神化的痕迹，因为他们的心智还完全沉浸在感觉里，受情欲折磨着，埋葬在躯体里。”[③] 就是说，这些原始人没有推理的能力，却浑身是强旺的感觉力和生动的想象力。原始人“在他们的粗鲁无知中却只凭一种完全肉体方面的想象力”来创造事物，而且就是用这种方式，原始人创造出了第一个神话故事——这就是最早的诗，这样的原始人就是最早的诗人。维柯认为这就是诗的起源。

虽然维柯认为最早的诗（文学）是神话故事，还值得商榷（说不定最早产生的诗只是几句短语，或者一首短短的伴着舞蹈的唱词，叫它短诗也行；当然也可能是简短的神话故事；若更复杂一些的带有情节的故事，那得等到后来）。但是，不论如何，维柯

---

① ［意］维柯：《新科学》，朱光潜译，人民文学出版社1986年版，第96页。

② 同上书，第161页。

③ 同上书，第163—164页。

的这个猜测合情合理，榫卯切合，是接近事实的。这是维柯的巨大贡献。

三

维柯认为，在“神的时代”即原始人的时代，原始人所具有的是一种“诗性的智慧”。它的特点是用“感觉”来把握世界，而不是用“理智”。“诗性的智慧”，用“感觉”来把握世界，是原始人的“本性”。

所谓用“感觉”来把握世界，是说原始人通过他们“感官”的“感受”，把大自然视（“想象”）为有生命的物体。凡是原始人“所看到的，想象到的甚至他们自己所作为的，他们都相信那就是天帝约夫（即天神——笔者注），并且对进入他们视野的全部宇宙以及其中各个部分，他们都赋予生命，使之成为一种有生命的实体存在”①。原始人相信“电光箭弩和雷声轰鸣都是天神向人们所作的一种姿势或记号……他们相信天帝用这些记号来发号施令，这些记号就是实物文字，自然界就是天帝的语言”②。这里，维柯说的就是原始人的“诗性的智慧”，即原始人用“肉体”进行“感受”“感觉”和“想象”，他们以此来把握世界，而不同于后来文明社会中的人们用“推理”“理智”“抽象的智慧”把握世界。“人类最初都致力于感性主题。”③

维柯断言：“推理力愈薄弱，想象力也就成比例地愈旺盛。”④“原始人知解力有限，但是具有最广阔的想象力和最暴烈的情欲。”⑤“诗人们可以说就是人类的感官，而哲学家们就是人类的

---

① ［意］维柯：《新科学》，朱光潜译，人民文学出版社 1986 年版，第 164 页。

② 同上书，第 165 页。

③ 同上书，第 230 页。

④ 同上书，第 98 页。

⑤ 同上书，第 366 页。

理智。”[1] 而具有“诗性的智慧”，用“感受”“感觉”“想象”来把握世界的原始人，就是“天生的诗人”——维柯在他的《新科学》里数十次反复强调这种“原始人所具有的诗的本性”：

“最初各民族人民到处都是些天生的诗人。”[2]

“凡是最早的民族都是些诗人。”[3]

“最初的各族人民都是些人类的儿童，首先创造出各种艺术的世界。”“儿童都特别长于摹仿；各种艺术都只是对自然的摹仿，因此在某种意义上都是实物的诗。”[4]

“在世界的童年时期，人们按本性就是些崇高的诗人。”[5]

“原始人在他们的粗鲁无知中却只凭一种完全肉体方面的想象力。而且因为这种想象力完全是肉体方面的，他们就以惊人的崇高气魄去创造，这种崇高气魄伟大到使那些用想象来创造的本人也感到非常惶惑。因为能凭想象来创造，他们就叫作‘诗人’，‘诗人’在希腊文里就是‘创造者’。”[6]

“在推理能力最薄弱的人们那里我们才发现到真正的诗性的词句。这种词句必须表达最强烈的热情，所以浑身具有崇高的风格，可引起惊奇感。”[7]

原始民族“在起源时一定都具有诗的特性”[8]。

维柯的有些说法可能太绝对，如：他把“诗性的智慧”与“理性的智慧”绝对对立起来；再如，认为原始人的世界是诗的世界，而后来社会发达了，诗就被哲学取代，等等。这些都是有待商榷的。但是，总体说来，他对原始人的“思维”（其实主要是

① ［意］维柯：《新科学》，朱光潜译，人民文学出版社 1986 年版，第 152 页。
② 同上书，第 147 页。
③ 同上书，第 219 页。
④ 同上书，第 231 页。
⑤ 同上书，第 98 页。
⑥ 同上书，第 162 页。
⑦ 同上书，第 29 页。
⑧ 同上书，第 101 页。

“感觉”“感受”“想象”等）特点的猜测，是有道理的，这对探索诗的发生（起源）极富启示意义，功不可没。

四

前面提到，维柯在谈“三个时代”时，还曾说到“三种语言”，其中“原始人时代”所用的是“象形符号的或神的语言”。从“语言”和“文字”（稍后才产生）的角度探讨原始人的特点以及诗（文学）的起源，是一条非常重要的、极其有价值的思路。

维柯说：“我们发现各种语言和文字的起源都有一个原则：原始的诸异教民族，由于一种已经证实过的本性上的必然，都是些用诗性文字来说话的诗人。这个发现就是打开本科学的万能钥匙，它几乎花费了我的全部文学生涯的坚持不懈的钻研，因为凭我们开化人的本性，我们近代人简直无法想象到，而且要费大力才能懂得这些原始人所具有的诗的本性。”①

从原始人的语言和稍后出现的文字如何能够懂得“原始人所具有的诗的本性”呢？因为在维柯看来，原始人最初的语言都从“自然”而来，都是“感性”的也即“诗性”的“自然语言”。他说：“语言在初产生的时代，原是哑口无声的，它原是在心中默想的或用作符号的语言。”② “哑巴用于所要指的意思有些自然联系的姿势或实物来使人们懂得自己所要说的意思。这条公理就是象形符号或象形文字的原则，在第一次野蛮时代，一切民族都运用这种象形文字的语言。”③ 而且这种语言“是一种幻想的语言，运用具有生命的物体的实体，而且大部分是被想象为神圣的”④。这种“自然语言”，“一定是在歌唱中形成的”⑤。

---

① ［意］维柯：《新科学》，朱光潜译，人民文学出版社1986年版，第28页。

② 同上书，第177页。

③ 同上书，第106—107页。

④ 同上书，第178页。

⑤ 同上书，第106—107页。

很显然，这种伴随着歌唱而形成的幻想的、想象的“自然语言”，就是原始人的“诗性语言”。

“诗性语句是凭情欲和恩爱的感触来造成的，至于哲学的语句却不同，是凭思索和推理来造成的，哲学语句愈升向共相，就愈接近真理；而诗性语句愈掌握住殊相（个别具体事物），就愈确凿可凭。”①

从这种“诗性语言”，才更能懂得这些原始人所具有的诗的本性。

由此我们可以得到启示：诗的发生，与原始人的语言的发生密切相关。

第五节　我的猜想和假说

一

文学的发生可以从两个方面探讨：

一是历史的考证，发掘原始状态的文学现象，找出文学发生的史实。在这方面，中外学者做了许多有效的工作，特别是有关中国文学的发生，以陆侃如、冯沅君二位教授为代表的中国学者进行了令人信服的探索，我没有新的资料，不去多讲。

二是逻辑的探索，从哲学意义上去考索，探究文学发生的逻辑依据——当然，实际上得出的结论只是一种假说。这方面，我倒是可以多费些口舌。

格罗塞《艺术的起源》第三章“原始民族”第一句话就说：“艺术的起源，就在文化起源的地方。”② 这话很对。

文化即是人化。人脱离动物界的那一刻，就是人作为人的起点，也就是人化的起点，也就是文化的起点——按照格罗塞的说

① ［意］维柯：《新科学》，朱光潜译，人民文学出版社 1986 年版，第 105 页。

② ［德］格罗塞：《艺术的起源》，蔡慕晖译，商务印书馆 1984 年版，第 26 页。

法，文化起源的地方就是艺术起源的地方，以此，也就是艺术的起点。可惜，格罗塞只是简单地说了这么一句话，然后他就大量论述起源之后的原始艺术的种种状况——其实在我看来那不是最初的“发生时候”的艺术，而是“发生之后”的艺术。

那么，“发生时候”的艺术（包括文学）是什么样的呢？我认为那就是原始人的最早的（第一步的）人化状态、文化状态的样子。我在《价值美学》（中国社会科学出版社 2008 年版）第九章谈到从石器上看审美的胚芽，就说到最初的人化—文化。

以中国原始人的石器制造和加工为例。

据考古资料，中国迄今所发现的最早的人类化石以及石器工具，经测定是在早更新世，距今大约一百至二百万年前。旧石器以“打制石器”为特征，其典型器型为石核、砍砸器、刮削器、三棱尖状器、石锥、砸击石片、手斧、雕刻器、石叶、石镞等等。[①] 早期的旧石器工具，据我对有关考古资料的观察，有的可能近乎石头的原生状态（当然有原始人的加工痕迹，但很少，也不十分明显），原始人使用它实现自己的某种意图，打上了原始人的印记，因而它不再是纯自然物而成为原始人的石器工具；有的可能是经过了少许加工或者是粗加工，留下的人化痕迹稍明显一些。那些被原始人破天荒第一次制造出来的最初的石器，其作为人的工具，我认为起初大多是因势而用之——即取石头的原始形状之适用者而用之，譬如，某块石头适于原始人方便地把它抓起来抵御和猎取野兽，另一块则适于砸开坚果；第三块适于砍削树棒，等等。假如这些近乎原生状态的石块用起来不顺手、不得力，其形状不利于原始人使用它达到期望的目的，那么原始人就可能稍作修理或者粗加工，使之用起来更方便、更顺手、更得力、更宜于实现自己的意图。原始人有意识地对石器进行一次加工或者二

① 这是就中华大地的情况而言，世界其他地区的旧石器时代，或早一些，或晚一些，但是基本情况相近。

次加工，这行为本身就表明原始人对外界事物的某种规律性有了一定的把握（当然是偏于“感性”的把握），如对某种石头是软是硬、是否易碎等性质有了一定的认识，对石头可能会顺着怎样的方向开裂也有了一定的判断，等等。还有，这种对石器加工的实践，对石头的触摸、观察，训练了原始人关于对象（石头）形式的体悟，培养原始人的形式感（哪怕是朦胧的）和对某种形式规律的初步把握（哪怕是十分感性的和粗略的），如对平衡、对称的把握。切不可小看原始人运用近乎原生状态的石块实现自己意图的行为，尤其是不要小看原始人为了更好地实现自己的意图而对石块“少许加工”或“粗粗加工”的行为：它表现出了原始人的哪怕是最初级、最原始的自觉意识、意志、意图，它表现出了原始人哪怕是最朦胧、最原始的价值诉求。正是因此，它具有划时代的意义，它标志着人迈出了与动物揖别的最关键的一步。以此为起点，从“人猿”变成了“猿人”，从“它”变成了“他”，从动物界的地狱进入了由人自己所创造的天堂般的人间。原始人的这种劳动实践，锻炼了原始人的主观认识和感受能力（包括形式感），并且凸显出原始人的主观意图和价值取向。这最初的石斧等工具，就是最早的人化物，最早的文化产品，最早的艺术。

如果原始人看到这最早的工具，泛出欣喜之情，发出（或是唱出）欢悦的声音（最初可能只是感叹词），那就是最早的歌词或诗——我们不能以现在的标准看当时的“发生时候”的文学艺术，最早的文学艺术作品就是那个样子。

二

说到诗（文学）的发生，这就要提到维柯的启示：语言的发生就是文学的发生。刚才我们从原始人对最初的石器工具的创造，窥探了艺术的发生。其实原始人还有一种最伟大的工具创造，那就是语言以及稍后的文字。原始人创造了最初的语言文字，也就创造出了文学艺术。在此，我们不能忘记维柯的贡献。

前面说到，维柯认为原始人最初的语言都是“感性”的“自然语言”即“诗性语言”，而且这种最初的“诗性语言”“一定是在歌唱中形成的”。这种猜测离诗的发生的真实情形，很接近了。

维柯《新科学》中多处谈到语言最初发生的情形：

> 语言在初产生的时代，原是哑口无声的，它原是在心中默想的或用作符号的语言。斯特拉博在一段名言中说，这种语言存在于有声语言之前……因此，最初的民族在哑口无言的时代所用的语言是从符号开始，用姿势或用实物。①
>
> 值得注意的是在一切语种里大部分涉及无生命的事物的表达方式都是用人体及其各部分以及用人的感觉和情欲的隐喻来形成的。例如用“首”（头）来表达顶或开始，用“额”或“肩”来表达一座山的部位，针和土豆都可以有“眼”，杯或壶都可以有“嘴”、把，锯或梳都可以有“齿”，任何空隙或洞都可以叫作“口”，麦穗的“须”，鞋的“舌”，河的“咽喉”，地的“颈”，海的“手臂”，钟的“指针”叫作“手”，“心”代表中央，船帆的“腹部”，“脚”代表终点或底，果实的“肉”，岩石或矿的“脉”，“葡萄的血”代表酒，地的“腹部”，天或海“微笑”，风“吹”，波浪“呜咽”，物体在重压下“呻吟”，田地“干渴”，流脂的树在“哭泣”……这一切事例都是那条公理的后果：人在无知中就把他自己当作权衡世间一切事物的标准，在上述事例中把自己变成整个世界了。②

这些拟人化的语言本身，饱含情欲，形象灵动，充满“诗”

① ［意］维柯：《新科学》，朱光潜译，人民文学出版社 1986 年版，第 177 页。

② 同上书，第 180—181 页。

味儿，不就是最早的诗吗？

中国最初的语言文字更是如此。中国最初语言的声音资料不可能留下来，我们已经很难知道当时的具体情形，猜想那也会是具有感性的情感的“诗”味儿的。至于文字，则有据可凭。中国的甲骨文、金文、大篆、小篆等这些比较古老的象形文字或会意文字，书画一体，形意结合，一个字就是一幅画，或者一个字就是一个小故事。如，“鼠”字，甲骨文就像一幅关于老鼠的写生画，上面是一只腾空跳跃的老鼠，头后仰，嘴巴大张；“虎”字，甲骨文就是一只老虎的形状，头在上尾在下，四肢朝左，很传神；“老”字，甲骨文里，它就是一位驼背弯腰的老人，拄杖而行；“身”字，甲骨文中，它是有孕在身的妇女。再如，以下面几个会意字为例：“为”字，甲骨文中，它下面是一只大象，大象鼻子上是一只手，手牵大象；“州”字（甲骨文、金文、大篆），表示陆地的菱形块变成椭圆形或实心的黑块，《说文》谓其“水中可居曰州”；“美”，《说文》谓“羊大为美”，等等。这些文字，形象鲜明，具有强烈的视觉冲击力，而且一幅画可以令人想象、演绎成一段简短情事，满含寓意和情感，富有可“感受”性，给人强烈的情感冲击力。这些文字就是原始形态的文学，就是原始形态的诗。

最早的语言文字显现出诗的最原初的本性。诗就是在语言文字中发生的。

由此我们可以提出这样的假说：最初的语言文字本身就是最原始的诗，就是最早的原始形态的文学。

三

在中国古籍中，有不少关于文学艺术如何发生、为何发生的猜测和描述。有许多资料，其实大家耳熟能详，不过没有从文学发生的根本原理上去思考，如《尚书·舜典》说：“诗言志，歌永言，声依永，律和声。”《礼记·乐记》说：“凡音之起，由人心生也。人心之动，物使之然也。感于物而动，故形于声。”《毛诗序》说：“诗者，志之所之也。在心为志，发言为诗。情动于中而形于言。言之不足故嗟叹之，嗟叹之不足故咏歌之。”从这些论述中，可以想见先人是从人的本性，以及人的物质的和精神的根本需求出发，来猜测文学艺术的起源的。这些猜测和论述不是很有道理吗？

人从何处来？西方的基督教说，人是上帝创造的，中国古代神话传说也说，女娲抟土造人。我们则说：人是由动物（类人猿）变来的，而这变的关键，还在于人自己：人自己创造了自己——通过自己的劳动，通过自己的漫长的、千百万年的历史实践，渐渐地由人猿变成了猿人，再逐渐在历史实践中变成了今天的人类。恩格斯在《劳动在从猿到人转变过程中的作用》[①]一文中曾经对劳动创造人（包括人的大脑、语言、感觉器官、意识、抽象能力、推理能力、审美器官、审美能力等）做了经典论述：

> 首先是劳动，然后是语言和劳动一起，成了两个最主要的推动力，在它们的影响下，猿的脑髓就逐渐地变成人的脑髓；后者和前者虽然十分相似，但是就大小和完善的程度来说，远远超过前者。在脑髓进一步发展的同时，它的最密切的工具，即感觉器官，也进一步发展起来了。正如语言的逐渐发展必然是和听觉器官的相应完善化同时进行的一样，脑髓的发展也完全是和所有感觉器官的完善化同时进行的。
>
> 所以，手不仅是劳动的器官，它还是劳动的产物。只是

① 恩格斯：《劳动在从猿到人转变过程中的作用》。这本是《自然辩证法》中的一篇文字，见《自然辩证法》中译本，人民出版社 1971 年版，第 149—161 页；又见《马克思恩格斯选集》（第 3 卷），人民出版社 1972 年版，第 508—520 页；亦见《马克思恩格斯文集》（第 9 卷），人民出版社 2009 年版，第 553—554 页。

> 由于劳动，由于和日新月异的动作相适应，由于这样所引起的肌肉、韧带以及在更长时间内引起的骨骼的特别发展遗传下来，而且由于这些遗传下来的灵巧性以愈来愈新的方式运用于新的愈来愈复杂的动作，人的手才达到这样高度的完善，在这个基础上它才能仿佛凭着魔力似地产生了拉斐尔的绘画、托尔瓦德森的雕刻以及帕格尼尼的音乐。
>
> 由于手、发音器官和脑髓不仅在每个人身上，而且在社会中共同作用，人才有能力进行愈来愈复杂的活动，提出和达到愈来愈高的目的。劳动本身一代一代地变得更加不同、更加完善和更加多方面。除打猎和畜牧外、又有了农业，农业以后又有了纺纱、织布、冶金、制陶器和航行。同商业和手工业一起，最后出现了艺术和科学；从部落发展成了民族和国家。法律和政治发展起来了，而且和它们一起，人的存在在人脑中的幻想的反映——宗教，也发展起来了。

人类通过自己的劳动实践实现了“从猿到人”的伟大“转变”；并且，这之后为了谋生存、谋发展，人类经受了无数磨难，无数物质的、精神的磨难。这是一个苦难的历程。在这个过程中，人无意或有意地进行物质的和精神的创造，也在物质（生理上的躯体）和精神（心理、感觉、思维）上逐渐成长、成熟。这其中，有痛苦，也有愉快。同时也不断产生物质的和精神的欲求，“情动于中而形于言，言之不足故嗟叹之，嗟叹之不足故咏歌之”，就是最基本的精神欲求和精神诉求之一。于是，如前所述，随着最初语言文字的产生，文学也就发生了。

探讨文学的发生，不要从人之外找原因。文学（诗）是人的历史实践的产物，是应人的内在的本性欲求和诉求自然而然发生的，也是必然发生的。

本章主要阅读书目

［意］维柯：《新科学》，朱光潜译，人民文学出版社 1986 年版。

［德］席勒：《审美教育书简》，冯至、范大灿译，北京大学出版社 1985 年版。

［英］爱德华·泰勒：《原始文化》，连树声译，上海文艺出版社 1992 年版。

［英］詹姆斯·乔治·弗雷泽：《金枝》，徐育新、汪培基、张泽石译，中国民间文艺出版社 1987 年版。

［德］格罗塞：《艺术的起源》，蔡慕晖译，商务印书馆 1984 年版。

［俄］普列汉诺夫：《没有地址的信　艺术与社会生活》，曹葆华译，人民文学出版社 1962 年版。

［俄］维谢洛夫斯基：《历史诗学》，刘宁译，百花文艺出版社 2003 年版。

陆侃如、冯沅君：《中国诗史》上，百花文艺出版社 2011 年版。

陆侃如、冯沅君：《中国文学史简编》，大江书铺 1932 年版（2007 年山东画报出版社重版，书名改为《中国文学史二十讲》）。

刘大杰：《中国文学发展史》（上卷），中华书局 1941 年版；《中国文学发展史》（下卷），中华书局 1949 年版。

中国科学院文学研究所、中国文学史编写组编：《中国文学史》，人民文学出版社 1962 年版。

游国恩等主编：《中国文学史》，人民文学出版社 1963 年版。

第三章

文学有“进步”吗？

内容提要 文学艺术自产生以来数千年，究竟经历了怎样的变化过程：是“进步”呢，抑或不能用“进步”概念指称之？或者按中国古人的观念，是一代比一代差（“今不如昔”）呢，还是一代比一代好（“今胜于昔”）？

西方学者近一二百年来对文学“进步”与否争议不断。持线性史观的人，认为文学有“进步”，这是自古希腊起直到19世纪占主导地位的理论思维；19世纪之后，现代艺术的产生及相应的现代美学理论的出现，对能否以“进步”为标准指称文学艺术的运行轨迹，提出了尖锐的批判和质疑，他们认为文学是“情感的表现”，无论古今，只要是成功的文学艺术作品，其表现情感同样动人，古今都一样，无所谓进步。

中国的情况有些特殊，在中国古代，许多权威人士有着根深蒂固的“唯古是从”“唯古是尊”的思想，在他们心目中，古文、古诗最优秀，“文必秦汉”“诗必盛唐”，而越往后就越走下坡路，逐代衰退，总之，今不如昔。但也有相反的观点：明代中期的思想家、文论家李贽，主张“与世推移、其道必尔”“如岁时行、昼夜更迭”，坚决反对“复古”“退步”说，提出诗文是可以和应该今胜于昔的。

那么，文学艺术能不能以“进步”衡量？是“今不如昔”还是“今胜于昔”？我认为，从“小历史”观（微观历史或局部历史）来说，或者单以“情感论”看，可能“进步”说面临重大挑战和压力。但是，从“大历史”的观点看，文学总是有进步的。“表现”说的否定“进步”，在大历史看来，不过如地球人夜间看北斗，只是看不出宏观运动以及在宏观运动中的“进步”而已。

第一节 小序：“进步”与否，这是一个问题

大家都很熟悉莎士比亚《哈姆雷特》中一句经典的台词：“‘生存’还是‘死亡’？这是一个问题。”它是如此顽固地困扰着这位执着地思考人生命运的王子，使他寝食难安。当本书进入文学艺术的历史问题考察时，我发现，其中也有一个非常顽固的问题，曾经困扰着思考文学艺术历史命运的许多美学家、理论家和文学艺术家，这就是，文学艺术自产生以来数千年的历史轨迹，究竟经历了怎样的变化过程：是“进步”呢，抑或不能用“进步”概念指称之？是一代比一代差（“今不如昔”）呢，还是一代比一代好（“今胜于昔”）？

中国的普通读者乍一看，似乎觉得这不是问题——他们可能从来不思考这个问题。

其实不然。这的确是一个问题。为什么？因为它背后牵扯到文学艺术的根本性质（是再现性的，还是表现性的，抑或其他），牵扯到对文学艺术如何定义（“现实的反映”“情感的表现”“赋予某物以意义”，等等），牵扯到如何看待文学艺术的本质（你认为它是亘古不变的，还是历史地建构着）。

这是一个历史上的问题，也是一个现实中的问题。在西方，不但历史上有争论，而且现在一些学者也在考察和研究有关这个问题的理论遗产，作出评价，以期对建立新理论有所裨益。再仔

细琢磨中国美学史和文论史，类似情况何尝不是如此？

近年来，当代中国的一些美学家和文艺理论家也开始注意这个问题，特别是注意考察西方美学史上和文艺理论史上对这个问题的研究和争论。需要今天的学人留心和思考的是，有些研究美学和文艺理论的学者，他们的眼睛往往只盯着西方，只关注西方理论家、文学艺术家的思想观点，而且是遵循着西方的理论思路、操着西方的理论术语探讨这个问题；而不顾中国自家老祖宗的理论思想。这表现了当今理论界少数人常犯的一个毛病：“崇西”而“轻中”，唯西方是瞻。正如楼宇烈教授所说：“在20世纪中国文化发展的过程中，（中国）传统文化和西方文化的比例明显失衡。汤显祖和莎士比亚是同时代的人，一个是英国的剧作家，一个是中国的戏曲家。但很多人可能只知道莎士比亚的《哈姆雷特》，却不知道汤显祖的‘临川四梦’，甚至连《牡丹亭》都不一定知道。”①他把对西方文化的盲目崇拜比喻为“怀揣宝珠，沿街乞讨”。

我不认为中国文化（包括理论思想）一定比西方的好，或者西方文化一定比中国的好。而且我以为专门寻找不同民族的文化谁优谁劣，分出高低贵贱，其出发点就是值得质疑的②。站在丰富多样、异彩纷呈的世界各民族文化之林面前，不管它姓“洋”还是姓“中”，只要是“好”的，我们就应该学习和吸收，即唯“优”是取；或者说，对于人类文化，评价和取舍的标准，既不是“洋”，也不是“中”，而是经过实践检验的、适合中华民族历史发展的真

① 见“光明网”2016年8月10日发布的杜羽文章《楼宇烈：信息时代如何重拾传统文化的珍宝?》。

② 这种做法使我想起了希特勒，他在1938年迎新酒会（对纳粹高级军官）致辞时说：“德意志是真正的优秀民族！我们日耳曼人是最优秀的人种，只有我们日耳曼人才能做到这一点！那些劣等种族像蚂蚁一样繁衍，占据并浪费着地球上最宝贵的资源，这是世界秩序的不公！伟大的德意志有义务改变这一切。德意志要战斗，德意志要复兴。”他在《我的奋斗》中也说：“我们区分人类为三个范畴——文化的建设者、文化的维持者、文化的破坏者，那么可以说惟有雅利安人种可以代表第一个范畴。”而在他看来犹太人是最末一种。多么可怕的法西斯言行！人类应该永远记取并给予彻底批判和根除！

理。实践证明，中国与西方，其文化各有自身的价值，各有优长，各有千秋，既不可贱中贵西，也不可贱西贵中。中西文化可以互相交流，互相学习，互相启发，取长补短，以丰富和营养自己。

譬如，如何看待和表述文学艺术的历史运行轨迹（“进步”与否，“今不如昔”还是“今胜于昔”），其实类似的理性思考在中国和西方的美学史和文艺理论史上都存在过，而且都有过激烈的争论——这些理论思想（包括争论），不管今天看来是否合理和正确，都是宝贵的遗产，它们都值得重视、值得研究、值得借鉴。但是因为中国和西方各自历史文化、思想传统、思维方式的不同，因而问题的提问方式、理论表述和概念术语，都有显著差别。

用“进步”与否这个概念来论说文学艺术的历史运行，是西方自古希腊起直到19世纪占主导地位的理论思维；19世纪之后，现代艺术的产生及相应的现代美学理论的出现，对能否以“进步”为标准指称文学艺术的运行轨迹，提出了尖锐的理论挑战，展开了激烈的争论。然而，其间，不论“进步”说的拥护者还是反对者，他们在问题的提法、思维方式、概念和术语的使用等方面，充分表现了西方学术的运思特点。究其根源，则是西方自古以来的文化传统、哲学思想、认知方式所致。

类似的理论问题，在中国古代表现出来的则是另一种提问方式和运思方式，用的也是另一种概念、术语，并且也有过激烈的争论：古人不使用“进步与否”的概念，而是通过“崇古”还是“贵今”的方式来展示自己的思想倾向——有些人认为文学艺术不可企及、不可超越的典范是在古代，“文必秦汉”“诗必盛唐”，而秦汉以后之文，盛唐以后之诗，越来越退化，一代不如一代，这就是富有中国特色的“退化”或“退步”论（西方不使用“退步”这个概念）；有些人则相反，如李贽（卓吾）主张历史发展“与世推移”，“如岁时行，昼夜更迭”，响亮地喊出“文何必古选、诗何必盛唐”的口号，认为后代完全可以胜于前代。这就是中国的“进步”论。

近些年来当代中国学者对文学艺术历史运行是否有“进步”这一问题的关注，是因西方的有关理论思想和理论著作的引进和传播而起，连“进步”等概念、术语都是沿袭了西方人的用法。因此，先谈谈西方的情况。

第二节　西方的“进步”说及其反对者

一

关于西方的“进步”说之缘起和发展脉络，许多美学家和文艺理论家（例如《艺术的终结》一书作者美国艺术哲学家阿瑟·丹托，中国美学家高建平等人）指出，它作为技术进步、“线性历史”观和“再现”（模仿）说的伴随物，其理论思想在文艺复兴时期开始形成，其代表人物可以举出文艺复兴时期的里昂·巴蒂斯塔·阿尔贝蒂和乔尔乔·瓦萨里。阿尔贝蒂在《论绘画》中对透视法作了理论阐发，依此理论，艺术家学习和掌握透视的技巧越精湛，模仿和描绘对象就越“真”、越“像”、越“进步”，而且后代总要超过前代。瓦萨里则从文艺复兴时期卓越艺术家的实践肯定了艺术“进步”的脚印——关于瓦萨里，丹托这样说：“模仿有历史，这是瓦萨里巨大的洞察力所在，而我们如果审视一下从奇马布埃到米开朗琪罗的一连串模仿，我们就必须承认艺术家越来越好地掌握了它，因此在征服视觉现象方面有了明确无误的进步。”①

“进步”说的完备形态是在19世纪——即现代艺术和“表现”理论出现之前形成的，德国古典哲学巨擘黑格尔无疑是“进步”说的权威理论家。

而“进步”说的源头，则可以追溯到古希腊的柏拉图和亚里

---

①［美］阿瑟·丹托：《艺术的终结》，欧阳英译，江苏人民出版社2001年版，第181页。

士多德。大家知道，美学和文艺理论上的模仿说，在古希腊已经被提出。虽然柏拉图说的是“模仿理式”，而他的学生亚里士多德强调的是“模仿自然”，但是诗（包括戏剧、史诗）以及绘画，要以外在的参照物为模仿的对象，这在他们师徒二人那里是一致的。既然是模仿，那就要模仿得“真”、模仿得“像”。这种“真”和“像”，如亚里士多德《诗学》所说，有几种情况：可以按“自然”的本来面目如实写（即写事物本来的样子），也可以写得更美或更丑、更好或更坏（即描写它应有的样子）；可以写过去有的或现在有的事（即历史上或现实中实际存在的事），也可以写传说中的或人们相信的事（即应当有的事）；而且诗与历史不同，诗人的特点在于按可然律或必然律去模仿，“即按照可然律或必然律可能发生的事”，因此，与历史比较起来，写诗这种活动更具有哲学意味。

这样，写诗（文学）就有写得“真”不“真”、“像”不“像”，“真”到什么程度、“像”到什么程度的问题，因而也就有技巧高低的问题，就有手法和技巧提高的问题，就有随着历史的前进、技艺的提高而是否写得越来越“真”、越来越“像”、越来越好的问题，就有发展和进步的问题。拿荷马史诗与后来的叙事文学（如塞万提斯、雨果、巴尔扎克等人的小说）来比较，情节、人物、结构等方面，其再现生活的手段，都是后胜于前，有长足发展；再拿古希腊戏剧与莎士比亚戏剧比较，莎剧创作在艺术成就上对古希腊戏剧有重大超越。①

① 中国现代文艺理论在很长一段时间袭用的是西方自亚里士多德以来的模仿和再现思想，因此许多中国现代理论家满脑子都是西方传统的“进步”观，他们阐发了当年西方理论家的思想观点。如许多文章论述莎士比亚的“进步”：比起古希腊戏剧情节单一、一线到底、少有旁支，莎剧情节更为丰富和生动，常常是多线或双线；莎剧还总是通过广阔的社会生活背景（福斯塔夫式）提供人物性格形成发展的典型环境展现现实社会；在人物性格塑造方面，莎剧从古希腊戏剧的类型化人物发展到完全个性化的人物形象；语言丰富而富于形象性更是莎剧的特点，等等。参见曹晓青《论莎士比亚对古希腊戏剧的传承与越狱》，《河北师范大学学报》2004 年第 6 期。

这就是“进步”。

二

这种“进步”说，在绘画、雕刻等造型艺术领域，更容易被人理解。许多美学家和文艺理论家都详细论述过所谓“征服视觉”的问题。在西方，长期以来评价绘画的好坏，就看你的画与所描绘的对象相对照，“真”不“真”、“像”不“像”，即要征服人的视觉。有一个故事：公元前5世纪在古希腊的雅典，有两位著名画家比赛绘画，一位是帕尔哈西奥斯，一位是宙克西斯。宙克西斯画的是一个女孩儿头上顶着一筐葡萄，那葡萄简直能够以假乱真，竟惹得天上的飞鸟下来啄食。看起来是宙克西斯得胜了。但当宙克西斯洋洋得意要把帕尔哈西奥斯画面上的幕布揭掉的时候，却忽然发现那幕布是帕尔哈西奥斯画上去的……

两位画家“模仿自然”、再现生活，都极“真”、极“像”，如此巧夺天工的技巧和功夫，若不千锤百炼，哪能得到？

而且越是后来的文学艺术家，在继承前人优秀传统和技巧的基础上加以发展、提高，在“征服视觉”上获得越来越大的成就，艺术水平也就越是高超，越是进步。

“征服视觉”是西方自古希腊以来长期占统治地位的技术进步、“线性历史”观和“模仿”（“再现”）说美学传统的体现。到了文艺复兴时期，由于绘画领域“透视法”的发明，这种思想传统得到进一步发展和理论上的阐述，使之成为有系统的成体系的理论思想。如里昂·巴蒂斯塔·阿尔贝蒂的名著《论绘画》[①]，就对视觉法则作出了详细的理论阐释，论述了自己有关透视建构的技巧和方法，并依此对绘画给予新的定义。乔尔乔·瓦萨里在

① ［意］阿尔贝蒂：《论绘画》，胡珺、辛尘译，江苏教育出版社2012年版。

《意大利艺苑名人传·中世纪的反叛》[①] 中极力赞赏了文艺复兴时期重要画家的逼真再现能力。现代德国艺术史家汉斯·贝尔廷认为瓦萨里建立了一种艺术历史学的规范："文艺复兴时期的历史编撰学还建立了一种价值的规范，而且尤其是一种理想的或古典美的标准。向着规范不断完善的进步对瓦萨里来说，意味着艺术向着一种普遍的古典主义的历史性进步，而所有其他的时代都必须根据这种古典主义的风格规范来加以比较和衡量……在瓦萨里看来，未来的艺术史将会发现没有必要修改这些规范，即使艺术本身，出于对自身的怀疑，也将不再去追求完善这些规范。只要这些规范被承认，历史就绝不会否定他的观点。这样，瓦萨里就是在写一种规范的历史。"[②] 阿尔贝蒂和瓦萨里等人的理论成为"进步"说的经典。到德国古典哲学代表人物黑格尔，其皇皇巨著《美学》，描绘了人类历史上从象征艺术到古典艺术再到浪漫艺术的必然轨迹，从哲学原理上阐发了"进步"说——就黑格尔的哲学体系本身来说，达到了理论极致。

本来这种"线性历史"观和"模仿"（"再现"）说在19世纪随着现代艺术的产生和现代艺术理论的建立有了一个"终结"（本书第四章将论及），但是20世纪还有人"顶风"（不顾对"进步"说的所谓"终结"）承续"模仿"说并予以深化。高建平博士指出："20世纪西方美术史论家恩斯特·贡布里希承续了这一思想线索，但在论证细节上有一大创新。他认为，艺术走向视觉相似性，不能只从技术能力的积累传承这一方面看，其背后还有一个重要的因素：怎样才能产生视觉相似性的需要。埃及人的程式化的艺术维持了几千年不变，到了希腊人那里，仅仅在两代人

① ［意］乔尔乔·瓦萨里：《意大利艺苑名人传》，刘耀春译，湖北美术出版社、长江文艺出版社2003年版。

② ［德］汉斯·贝尔廷：《艺术史的终结?》，常宁生等编译，中国人民大学出版社2004年版，第275页。

时间里一下子产生了巨大的变化。他说，在大英博物馆，从埃及馆走向希腊馆的那几步，你会非常真切地感受到这种‘进步’的概念。僵硬的埃及人仿佛罩在脸上的面纱，一下子活了起来。这固然是由于技能的进步，但技能进步的背后，是观念的解放。具体说来，就是通过‘匹配’来拉近与视觉的距离，重视视觉对图像的改造功能。”①

这样，“进步”说从“技能进步”和“观念解放”两个方面得到更全面的说明。

但是，恩斯特·贡布里希的理论是在“进步”说遭到许多人质疑甚至否定之后提出来的。

随着近一二百年来现代主义艺术的兴起和“表现”说的出现，就牵扯到对文学艺术的根本性质的界定（是再现性的还是表现性的）和对文学艺术如何定义——如果定义它是“现实的反映”，就有反映得越来越真、越来越深刻、越来越进步的问题；如果定义它是“情感的表现”或是定义它是“赋予某物以意义”（丹托），那么，无论古今，只要是成功的文学艺术作品，其表现情感同样动人，古今都一样，无所谓进步。就是说，现代派艺术和与此相应的理论“表现”说一出现，关于文学艺术“进步”的理论，必然受到质疑。丹托指出：“因此其他人会断定根本就没有进步可言，有的只是我们在博物馆多元文化的走廊和馆舍里发现的肩并肩的象征形式——X 的、Y 的、Z 的艺术——的那种相对性。可进步是有过的，而且是辉煌的进步：这就是黑格尔在其惊人的美术讲座中十分有力地描述过的从艺术向哲学的进步。”②

① 高建平：《从“终结”看“进步”：向死而生的艺术及其在今天的命运》（为张冰《丹托的艺术终结观研究》序），见张冰《丹托的艺术终结观研究》，中国社会科学出版社 2012 年版，第 3 页。

② ［美］阿瑟·丹托：《艺术的终结》，欧阳英译，江苏人民出版社 2001 年版，第 189 页。

三

但是在现代派理论家看来，既然文学艺术是“表现”，是“表现”人们的感情，而感情是一种个体存在，不同时代的人有自己独特的个性化的感情，鲜有可比性，也没有什么历史的连续性和进步性。如此，则不同时代各有不同的“表现”，古代作品的“表现”与现代作品的“表现”同样有魅力、同样感人，因此文学艺术史上的“今”与“昨”，很难说有所谓“进步”。他们常常这样申说：就情感的表现、艺术魅力和感染力而言，你能说塞万提斯、狄更斯、雨果、巴尔扎克、托尔斯泰等的作品比荷马史诗“进步”了吗？你能说莎士比亚比古希腊戏剧“进步”了吗？中国当代的某些理论家更是搬出马克思做理论后盾——马克思在《政治经济学批判导言》中有一段话：“困难不在于理解希腊艺术和史诗同一定社会发展形式结合在一起。困难的是，他们何以仍然能够给我们以艺术享受，而且就某方面说还是一种规范和高不可及的范本。一个成人不能再变成儿童，否则就变得稚气了。但是，儿童的天真不使它感到愉快吗？他自己不该努力在一个更高的阶梯上把自己的真实再现出来吗？在每一个时代，它的固有的性格不是在儿童的天性中纯真地复活着吗？为什么历史上的人类童年时代，在它发展的最完美的地方，不该作为永不复返的阶段而显示出永久的魅力呢？有粗野的儿童，有早熟的儿童。古代民族中有许多是属于这一类的。希腊人是正常的儿童。他们的艺术对我们所产生的魅力，同它在其中生长的那个不发达的社会并不矛盾。它倒是这个社会阶段的结果，并且是同它在其中产生而且只能在其中产生的那些未成熟的社会条件永远不能复返这一点分不开的。”①

---

① 《马克思恩格斯选集》（第 2 卷），人民出版社 1972 年版，第 114 页。

这的确是一个需要认真研究的问题。

当然，否认文学艺术有“进步”可言，只是一种观点，尤其只是现代派艺术及现代派理论的一种看法；而对这种否定艺术有进步的观点提出质疑者大有人在，如前面已经提到的著名艺术史家贡布里希就是最有代表性的一位。

事实上，并非现代派艺术和现代派理论一产生，现实主义艺术家和美学家马上就缴械投降、销声匿迹——直至今日，他们仍然是一支有生气的队伍，他们对现代派艺术和现代派理论，持有不同程度的排斥态度。

西方理论界就文学艺术运行轨迹是“进步”抑或不能用“进步”称谓之，展开了数十年争论，至今仍在继续。

第三节　中国古代的争论

一

前面提到，关于文学进步与否，中国古代也有与西方不同的理论。那么中国与西方这种不同之处在哪里呢？叶秀山曾经打过一个比方：如果把“时间”分成“过去—现在—未来”，也许可以简单化地把欧洲人的“注意力”“定位”在“现在”，中国（儒家影响圈）“定位”在“过去”。①

是的，古代中国人的眼睛总是盯着过去。中国很久以来就形成一种传统：“崇古”“法先王”，眼睛总是瞄着“古制”“古人”，一切以“先前”为准绳，老祖宗定下的规矩就是最好的标本，就是不可超越、不能更改的典范。《论语·八佾》中记孔子的

① 叶秀山：《对于中国哲学之过去和将来的思考》，中国人民大学复印资料《中国哲学》2016年第7期。这段话原文：“如果像通常那样，把‘时间’分成‘过去—现在—未来’，那么，我们也许不妨简单化地把欧洲人的‘注意力’‘定位’在‘现在’，中国（儒家影响圈）‘定位’在‘过去’，而把印度‘定位’在‘未来’。”

话："周监于二代，郁郁乎文哉，吾从周。"《国语·鲁语》中说："有虞氏禘黄帝而祖颛顼，郊尧而宗舜；夏后氏禘黄帝而祖颛顼，郊鲧而宗禹；商人禘舜而祖契，郊冥而宗汤；周人禘喾而郊稷，祖文王而宗武王。"这种传统一直流传到现代，甚至形成国人的一种无意识，许多人会像鲁迅笔下的那个阿 Q，脱口而出"我们先前阔得多哩"。

表现在古代文论历史中，就在许多权威人士那里确立了"唯古是从""唯古是尊"的思想，古文、古诗最优秀，而越往后就越走下坡路，逐代衰退。最典型的代表人物是南宋严羽①。他在《沧浪诗话》里把这种思想表现得淋漓尽致，其中的许多话几乎尽人皆知，今节选《沧浪诗话·诗辨》（见郭绍虞《沧浪诗话校释》人民文学出版社 1961 年版）中几段：

> 夫学诗者以识为主：入门须正，立志须高；以汉、魏、晋、盛唐为师，不作开元、天宝以下人物。……工夫须从上做下，不可从下做上。先须熟读《楚辞》，朝夕讽咏，以为之本；及读《古诗十九首》，乐府四篇，李陵、苏武、汉、魏五言皆须熟读，即以李、杜二集枕藉观之，如今人之治经，然后博取盛唐名家，酝酿胸中，久之自然悟入。虽学之不至，亦不失正路。

> 禅家者流，乘有小大，宗有南北，道有邪正。学者须从最上乘、具正法眼，悟第一义，若小乘禅，声闻辟支果，皆非正也。论诗如论禅，汉、魏、晋与盛唐之诗，则第一义也。大历以还之诗，则小乘禅也，已落第二义矣；晚唐之诗，则声闻辟支果也。学汉、魏、晋与盛唐诗者，临济下也。学大

---

① 严羽是一位伟大的文论家，他对中国文论思想做出了卓越的贡献。我这里仅仅就其"退步"论这一点进行评说。

历以还之诗者，曹洞下也。……汉、魏尚矣，不假悟也。谢灵运至盛唐诸公，透彻之悟也。他虽有悟者，皆非第一义也。吾评之非僭也，辩之非妄也。

然则近代之诗无取乎？曰：有之。吾取其合于古人者而已。国初之诗尚沿袭唐人：王黄州学白乐天，杨文公、刘中山学李商隐，盛文肃学韦苏州，欧阳公学韩退之古诗，梅圣俞学唐人平澹处，至东坡、山谷始自出己意以为诗，唐人之风变矣。山谷用工尤为深刻，其后法席盛行海内，称为江西宗派。近世赵紫芝、翁灵舒辈，独喜贾岛、姚合之诗，稍稍复就清苦之风，江湖诗人多效其体，一时自谓之唐宗；不知止入声闻辟支之果，岂盛唐诸公大乘正法眼者哉！

承续严羽等人“法古”“崇古”传统的，大有人在，特别是明代中叶之后的前后七子。前七子以李梦阳、何景明为领袖。李梦阳的著名口号是“文必秦汉，诗必盛唐”——这话见于《明史·李梦阳传》：“梦阳才思雄鸷，卓然以复古自命，弘治时，宰相李东阳主文柄，天下翕然宗之，李梦阳独讥其萎靡，倡言文必秦汉，诗必盛唐，非是道者弗道。”[①] 他还提出“诗至唐，古调亡矣，然自有唐调，可歌咏，高者犹足被管弦。宋人主理不主调，于是唐调亦亡”，于是“人不复知诗矣”；并说“今人有作性气诗”无异于“痴人前说梦”[②]。后七子以李攀龙、王世贞为首，他们基本延续了前七子的文学思想，以为“文自西京、诗自天宝而

① 《明史·李梦阳传》，《明史》卷二八六，列传第一七四，文苑二，中华书局1974年版。

② 李梦阳：《缶音序》，四库全书《空同集》卷五十二，吉林出版社2005年影印本。

下，俱无足观”[1]。我这里并非全面评价前后七子的功过是非（其实他们以“复古”为革除时弊的手段，在当时也有积极意义），而只是挑出他们“复古”理论中所表现出来的一代不如一代的“退步”说作为典型例子，与西方的“进步”说加以对照而已——西方只有“进步”说而没有中国的“退步”说（他们只是说不能用进步与否来衡量，而不是说“退步”）。

二

中国既有明确的“退步”（今不如昔）说，也有与此针锋相对的“进步”（今胜于昔）说。譬如，明代中期的思想家、文论家李贽，主张“与世推移、其道必尔”“如岁时行、昼夜更迭”的历史发展观，坚决反对前后七子的“复古”“退步”说，提出诗文是可以和应该今胜于昔的。其《童心说》曰：“天下之至文，未有不出于童心焉者也。苟童心常存，则道理不行，闻见不立，无时不文，无人不文，无一样创制体格文字而非文者。诗何必古《选》，文何必先秦，降而为六朝，变而为近体，又变而为传奇，变而为院本，为杂剧，为《西厢曲》，为《水浒传》，为今之举子业，皆古今至文，不可得而时势先后论也。”[2] 李贽之后，公安三袁，是李贽思想的坚定追随者，袁宗道在《杂说》[3] 一文中几乎照抄了李贽上面的原话。特别是袁宏道，更是李贽上述思想的发扬者，他坚决反对厚古薄今，主张文学“代有升降”“各极其变”。他在《叙小修诗》[4] 中说：“唯夫代有升降，而法不相沿，

---

① 《明史·李攀龙传》，《明史》卷二八七，列传第一七五，文苑三，中华书局1974年版。

② 李贽：《童心说》，《焚书》卷三，中华书局1975年版。

③ 袁宗道：《杂说》，钱伯城标点《白苏斋类集》卷二〇，上海古籍出版社2007年版。

④ 袁宏道：《叙小修诗》，见钱伯城笺校《袁宏道集笺校》卷一八，上海古籍出版社2008年版。

各极其变，各穷其趣，所以可贵，原不可以优劣论也。”他在《与江进之》[①] 中还说：“世道既变，文亦因之。今之不必摹古者也，亦势也。”他在《丘长孺》[②] 中进一步说：“大抵物真则贵，真则我面如君面，而况古人之面貌乎？唐自有诗也，不必《选》体也；盛、中、晚自有诗也，不必初、盛也。李、杜、王、曾、钱、刘，下迨元、白、卢、郑，各自有诗也，不必李杜也。赵宋亦然。陈、欧、苏、黄诸人，有一字袭唐者乎？又有一字相袭者乎？至其不能为唐，殆是气运使然，犹唐之不能为《选》，《选》之不能为汉魏耳。……诗之奇之妙之工无所不极，一代盛一代，故古有不尽之情，今无不写之景。然则古何必高，今何必卑哉？”

请看，中国古代有关文学艺术“进步”抑或“退步”的理论思想，不是也很有研究和借鉴的价值吗？

三

其实，人是历史的人，任何时代和历史之中生活的人，都不可能跳出时代、跳出历史而存在，今天的我们也是一样。因此，以今天的眼光看，不论西方的“进步与否”，还是中国的“今不如昔”和“今胜于昔”，都存在历史的局限和偏颇（后之视今亦犹今之视昔，再过千年万年，那时人们评价今天的我们，同样有局限和偏颇）。我认为文学艺术既是再现的，也是表现的；既是现实的反映，也是情感的表现；文学艺术的创作也必然赋予对象以意义。

随着历史的发展和人们观念的变化，从宏观和微观的不同视角，可以得出不同的限于自己历史时代的结论。然而，从“大历

① 袁宏道：《与江进之》，见钱伯城《袁宏道集笺校》卷六，上海古籍出版社2008年版。

② 袁宏道：《丘长孺》，见钱伯城《袁宏道集笺校》卷六，上海古籍出版社2008年版。

史”的角度看，“进步”是必然的。

第四节　从“大历史”看“进步”

一

近来从史学界传来最新的学术信息：世界史学领域建立了一个新的分支学科：“大历史”。

“大历史”学科是20世纪20年代起由许多历史学家共同建立的；而“大历史”的概念则是20世纪90年代由美国历史学家大卫·克里斯蒂安明确提出的。

以往作为人文学科的“历史”都是讲数千年来的人类文明史。而“大历史”则不同，它的革命性创意在于：讲历史不能像以往那样自人类“文明”讲起（只限于人类文明史），而要自宇宙大爆炸讲起。这“大历史”真可谓中外学术界旷世未有之“大”也。

大卫·克里斯蒂安的履历很有意思：他在纽约出生，在尼日利亚度过童年，在英国读大学，在牛津大学获博士学位，1975至2000年间在悉尼麦考瑞大学教授历史，后又在美国的一所大学执教。他的“大历史”概念萌生于在悉尼教学期间。1991年，他在《世界历史》杂志发表《为“大历史”辩护》一文，倡导史学家应该从整个宇宙的时段研究历史。“大历史”研究宇宙大爆炸到产生人类这130多亿年发生的事情及其互动关系，重点当然是人类史。不难看出，这“大历史”要有大视野、大胸怀，它必须把目光推到“开天辟地”之初，极想象之所能到达130多亿年前宇宙产生的那个时候；它要求“大历史”学者掌握和运用自然科学和人文学科的各种知识和方法，把人类文明放在整个宇宙发展的历史框架中考量。在这样的“大视野”之下，于是出现了宇宙、恒星星系（太阳系）、行星星系（地球的形成、多分子有机生物出现到生物圈的诞生）、人类史（人类进化到文明诞生）的“大历史”体系。从宇宙大爆炸至今的这130多亿年，“大历史”将其分为三个时期，即物理进化、生物进化和文化进化；又可以分为七个阶段，即粒子、星云、恒星、行星、化学、生物和文化阶段。[①]而人类文明史，在“大历史”中不过是“一瞬”；但这却是我们最看重的“一瞬”。如果为人类写传记，“一瞬”之前，不过是“前传”，是“铺垫”；人类史才是精雕细刻的要紧处。

进入21世纪，大卫·克里斯蒂安撰写和出版了《时间地图：大历史导论》（中译本由上海社会科学院出版社2006年出版，晏可佳等译）、《极简人类史：从宇宙大爆炸到21世纪》（中译本由中信出版社2016年出版，王睿译）等著作，使用“大历史”的叙述方式，将物理学、地质学、生物学、化学、宇宙学等诸多学科融入全球通史研究，构成一个单一却连贯清晰的历史叙事，为人类知识提供统一框架，大大改变了人们观察历史的观念、态度和眼界。大卫·克里斯蒂安在接受《彭博新闻》采访时说：“我们不仅要看到人类历史的细节，还要看到大图景。……以十年为尺度，你可以了解一些进程（如政治变革），但是以300年为尺度，你就可以了解一些缓慢的变革，如饮食或生活方式上面的变化。所以，同样的原理可以在更大的尺度上起作用吗？如果我们回看过去20万年，你可以看到整个人类历史的轨迹。如果你回看过去5亿年，你可以看到其他的东西，比如人类在历史中扮演的角色是非常独特的，没有任何一种物种像人类这样占领生态圈。当然，还有更大的尺度，如最高的138.2亿年，这是整个宇宙的年龄。每一个尺度上都有可以看到和学到东西，所以学习过去很重要……大多数社会，包括中国，都有将人类看成整个宇宙一部分

---

① 参见宋云伟《在“大历史”框架中考察人类史》，《中国社会科学报》2016年4月25日第4版。

的知识传统。"[①]

"大历史"打破了狭隘的人类视野和学科界限，视人类文明为宇宙史之一部分。站在这样一个制高点上，看人类文明，看地球上各个地区或国家的纷争或合作，看世界上各个民族的创造，看人类文明的各个分支，看科学、艺术、宗教、道德……感觉上会比以前大不相同。如果单把文学挑出来，特别是把我们目前所要考察的文学的历史问题挑出来，应该会得出与以前不同的结论。

二

从"大历史"的宏观视野来看人类文化史，它的所有分支、部门、因素，无论科学、艺术（包括文学）、宗教、道德……它们怎么可能不在"大历史"框架中，按照各自的特性和方式产生、发展、进步、终结和消亡呢？不错，它们在"运动"中建构起各自的本性和特征，它们各自产生的条件可能很不相同，发展的形态可能很不相同，进步的方式可能很不相同，终结和消亡的途径可能很不相同……但是，它们能够逃脱"产生、发展、进步、终结和消亡"这样的总体命运吗？单拿文学来说，自文学产生至今数千年来，按照"大历史"观，它的历史无疑是伴随着逐渐"进步"而走过来的；发展到某个时候，它会有（黑格尔意义上的）"终结"；而且到遥远未来的某个时候，也必将会有（真正意义上的）"消亡"。从"逻辑的"和"历史的"两个方面来看，都是如此。

先从"逻辑的"方面来说。在"大历史"看来，整个历史上的任何事物和现象，任何文化事物和现象，都在不断地产生、发展、进步、成熟、衰老、终结、消亡，具体说，都有"进步"；难道唯独文学如某些学者所说没有"进步"？假如否认文学史上的这

① 见"凤凰网"2016年6月28日发布的"大卫·克里斯蒂安接受《彭博新闻》采访"。

种“进步”，在逻辑上讲得通吗？

再以历史事实看，也是如此。从文学的最初发生时“语言即诗”的粗陋形态（从内容到形式），到今天繁复多样的文学种类和细致入微的内容蕴含，难道看不出其间的“进步”吗？

举中国的例子。

从商代的卜辞（商人刻在龟甲兽骨上的贞卜文辞）和金文（商人和周人刻在金属器物上的文字），到司马迁的《史记》，再到鲁迅为代表的现代作家的构思精美、思维深刻缜密的小说和散文作品，这其间，从形式到内容，难道没有“进步”可言吗？

从古代的《弹歌》“断竹，续竹；飞土，逐宍”，到白居易的《长恨歌》《琵琶行》，再的现当代（郭沫若、艾青、北岛、舒婷为代表）的诗歌，从形式到内容，难道没有“进步”可言吗？

从古代原始歌舞，到汉代民间“角抵戏”《东海黄公》，到南北朝“歌舞戏”《拔头》《代面》《踏摇娘》，到唐代“参军戏”，到宋南戏，到元杂剧，到明清传奇，到现代话剧……从形式到内容，难道没有“进步”可言吗？

三

各个民族文学的历史起点和发展道路，并不相同，但各有各的光辉；它们的历史长度并不一样，但一般都有数千年或更长一些的里程。而从《大历史》角度，它们各有各的“进步”史。

有人说，希腊艺术，如马克思所说，能够给我们艺术享受，就某一方面说还是一种规范和高不可及的范本，显示出永久的魅力；就是说，它的艺术魅力不仅不逊于后来（直至今天）的艺术，甚至是后来的艺术不可企及、无法超越的。因此，现代艺术与之相比，难说“进步”。

从“微观史学”[①] 的角度，把文学史的局部的、相对短暂的时间放大为“长时段”，此言可能有一定道理。近日我从凤凰网上看到“凤凰文化”的一篇通讯《曹文轩：历史可以原谅文革，文学史不可以》（2016 年 7 月 25 日 14:50 发布，作者冯婧），其中记述了国际安徒生奖得主、北京大学教授曹文轩的许多精彩观点，我非常赞同。其中有一段话曹文轩是这样说的：“文学的标准有今天和昨天的区分吗？文学也在进化论的范畴之中吗？那这么说来，徐志摩是不是应该比李白好，我是不是要超过几百年前的本家曹雪芹，是不是每个人都应该比鲁迅好？”（这是曹文轩 2016 年 7 月 24 日在香港书展上做题为“混乱时代的文学选择”主题演讲中的话）。在曹文轩看来，从李白到徐志摩、从曹雪芹到曹文轩，似乎过了“很长很长”时间，但“文学的标准”却没有变，因而，徐志摩并不比李白好，曹文轩也没有超过几百年前的本家曹雪芹。但是要知道，曹文轩眼里的“几百年”甚至上千年，在“大历史”看来，不过是“一瞬”之下的“一瞬”啊[②]。这“一瞬”之下的“一瞬”，的确不能看出明显的“进化”和“进步”。可是，能够因此而否定“大历史”观下文学的“进步”吗？如果放在真正的“长时段”，譬如将文学刚刚发生时候的状况与李白的诗、徐志摩的诗、曹雪芹的小说相比，又会是怎样的呢？

所以，我的观点是：从宏观史即“大历史”的角度，仍然不

① 有人把“微观史学”定义为“日常生活史学，是历史学的一个全新领域，它偏重于事无巨细地描绘日常生活，用细微的事件、事物来洞察整体社会的特质与变迁，它既可研究一个或几个人，亦可研究一所院落，一座村庄或一个城市等”。（《中国现代文学研究丛刊》2016 年第 7 期王小惠《“微观史学”与“复调”叙事》）这里所谓“微观史学”是与通常的“历史学”相对而言，格局小矣；我所谓“微观史学”，乃与“大历史”相对，整个人类文明史，人类文明史的各个分支如政治史、经济史、文化史、文学史，以及各个民族的历史和它的分支（如中国文学史、欧洲文学史等等），在“大历史”眼里，都是“微观史”。它们不过是“大历史”的“一瞬”而已。

② 连人类文明史都是“大历史”的“一瞬”，那么，曹文轩所说的中国文学史中的一段，更是“一瞬”之下微不足道的“一瞬”了。

能否认文学艺术的"进步"。即使拿已经发展到相当阶段上的古希腊艺术与后来的艺术相比，也难说没有"进步"。例如，荷马史诗与巴尔扎克、列夫·托尔斯泰等的小说相比，古希腊戏剧与莎士比亚、布莱希特、梅兰芳的戏剧相比，如果细细考察，会看到"进步"——不只是形式和"技术"，也包括内容，包括表现的思想感情；不只从"再现"的意义上，而且从"表现"的意义上。《伊利亚特》"阿喀琉斯的愤怒"与列夫·托尔斯泰《战争与和平》安德烈在奥斯特里茨战场上将死时的复杂心理活动，从内容的性质和表现的细腻，不可同日而语。古希腊悲剧中俄狄浦斯王，与莎士比亚悲剧李尔王相比，从内容性质和对它的艺术表现，也不难看出其间的发展、变化和"进步"。

不过话又要说回来，在"微观"上，在"短时段"里，应该承认这种"进步"的确很难分辨。

四

如前所述，在曹文轩看来，"从李白到徐志摩、从曹雪芹到曹文轩"，似乎过了"很长很长"时间，是一段历史长河（虽然在"大历史"上不过"一瞬"之下的"一瞬"而已）。

这里有不同立场上"历时性"和"共时性"的变幻："大历史"上的"一瞬"，在那里本是"共时性"（"从李白到徐志摩、从曹雪芹到曹文轩"，在"大历史"眼里，不过是"同时代人"，具有"共时性"）；但在"微观史"上却被视为历史长河，变为"历时性"（"从李白到徐志摩、从曹雪芹到曹文轩"，在"微观史"眼里，却是"不同时代的人"，具有"历时性"）。曹文轩是从"微观史"立场看"从李白到徐志摩、从曹雪芹到曹文轩"数百年乃至上千年那"大历史"的"一瞬"的，就好比他用显微镜放大那"一瞬"，放大为"历史长河"。于是他得出结论说：此间无"进化"、无"进步"。曹文轩的话，相对而言，确有一定道理。在“一瞬”间，的确很难看出“进化”和“进步”。

其实曹文轩的观点并不新鲜。这是西方近百年来，持“进步”说的学者，与反“进步”说的学者，一直争论的问题。下面我们不妨先把“大历史”悬置，仅从“微观史”的角度对“进步”说与反“进步”说做一番考察。

五

在“微观史”的范围内，以往只有持线性史观和再现说的人才容易得出文学“进步”的结论。而对线性史观有疑义以及持“表现”说的学者，则认为不能用“进步”衡量之。乍一看，他们的说法确有道理。因为，历史的确不是如有些人想象的那样，沿着一条直线行进，也非如黑格尔所设定的那样走一个“正反合”的宿命之路；再者，文学艺术的确有再现、有表现，仅仅把文学艺术死定为“再现”，是有问题的。如此，历史上文化艺术繁荣时期确实不能机械地以时间前后论，后来的文学艺术家及其作品未必比他们的先人更好——即使今天，在诗人中间，能够超过屈原、李白、杜甫、白居易的，有多少？

但是，表现说的否定“进步”，从大历史看来，不过如地球人夜间看北斗，只是看不出宏观运动以及在宏观运动中的“进步”而已。

不但从大历史看来人类文化（包括文学艺术）总是在“进步”之中，而且必然有一天会“终结”，或者消亡。那大概是在上百亿年之后的事情了——宇宙自大爆炸诞生起，已经过了130多亿年了，还能存在多少亿年？

2016年8月25日于北京安华桥寓所

本章主要阅读书目

《沧浪诗话·诗辨》，见郭绍虞《沧浪诗话校释》，人民文学出版社1961年版。

《明史·李梦阳传》，《明史》卷二八六，列传第一七四，文苑二，中华书局1974年版。

李梦阳：《缶音序》，四库全书《空同集》卷五二，吉林出版社2005年影印本。

《明史·李攀龙传》，《明史》卷二八七，列传第一七五，文苑三，中华书局1974年版。

李贽：《童心说》，《焚书》卷三，中华书局1975年版。

袁宗道：《杂说》，钱伯城标点《白苏斋类集》卷二〇，上海古籍出版社2007年版。

袁宏道：《叙小修诗》，见钱伯城笺校《袁宏道集笺校》卷一八，上海古籍出版社2008年版。

［意］乔尔乔·瓦萨里：《意大利艺苑名人传·中世纪的反叛》，刘耀春译，湖北美术出版社、长江文艺出版社2003年版。

［英］恩斯特·贡布里希：《艺术与错觉——图画再现的心理学研究》，杨成凯等译，广西美术出版社2015年版。

［英］恩斯特·贡布里希：《艺术的故事》，范景中译，广西美术出版社2011年版。

［美］大卫·克里斯蒂安：《时间地图：大历史导论》，晏可佳等译，上海社会科学院出版社2006年版。

［美］大卫·克里斯蒂安：《极简人类史：从宇宙大爆炸到21世纪》，王睿译，中信出版社2016年版。

［美］阿瑟·丹托：《艺术的终结》，欧阳英译，江苏人民出版社2001年版。

［德］汉斯·贝尔廷：《艺术史的终结？》，常宁生等编译，中国人民大学出版社2004年版。

高建平：《从“终结”看“进步”：向死而生的艺术及其在今天的命运》（为张冰《丹托的艺术终结观研究》序），见张冰《丹托的艺术终结观研究》，中国社会科学出版社2012年版。

第四章

文学会"消亡"吗?

内容提要　"进步"说必然与"终结"（中国人常常说的是"消亡"）说连在一起。不过，在人类发展过程之中，最终的"大限"到来之前，只能用黑格尔意义上的"终结"一词；最终的"大限"到来之时，才能称为"消亡"。黑格尔的命题只是说"终结"而不是如中国人常所说的"消亡"。黑格尔《美学》所说的"终结"，从哲学意义上讲，是"扬弃""转化"——向它"后"面的宗教和哲学转化，自己超越自己。艺术"终结"之后，仍然有表现"艺术家的主体性"的人道的艺术存在。如果说"显现理念"的艺术是黑格尔"体系"之内的艺术，那么，表现"艺术家的主体性"的人道的艺术，则是黑格尔"体系"之外的艺术。这样的"体系"之外的近代艺术，没有"终结"，更不会死亡。黑格尔逝世一个半世纪之后，文学艺术的"终结"问题，又被一些美学家和艺术理论家如美国艺术哲学家阿瑟·克莱蒙·丹托热炒起来，而且至今热度未减。丹托的所谓"终结"，承续了黑格尔，又不同于黑格尔。"艺术的终结"，在黑格尔那里是指艺术要让位于宗教和哲学，在阿瑟·丹托那里则是指艺术要被哲学剥夺。对于丹托来说，艺术终结的命题包含艺术被哲学化，失去历史意义，耗尽发展与进步的可能性，以及宏大叙事的结束。"终结"后，艺术仍然会存在，但这时的艺术，就已经具有完全不同的意义。其实，丹托所谓“哲学取代艺术”“哲学对艺术的剥夺”，同黑格尔一样，也具有虚构性即反真实性。哲学真的对艺术进行了“剥夺”吗？哲学真的“取代”了艺术吗？非也。21世纪到来的最初十来年，丹托的“终结”在中国艺术界和学界喧嚣的同时，又有一位美国的著名教授希利斯·米勒，给中国文学界带来“文学的时代将不复存在”的信息——许多人理解为“文学末日”或“文学消亡”。米勒说，在电信技术王国时代，给整个世界造成了三个后果：“民族独立国家自治权力的衰落或者说减弱、新的电子社区或者说网上社区的出现和发展、可能出现的将会导致感知经验变异的全新的人类感受”，于是文学存在的前提和共生条件已经改变了，文学也相应地被改变，从而“文学的时代将不复存在”，走向“终结”。此外，电信技术王国时代制造的另一个严重后果是从文字“阅读”转向视像“读图”，这也造成文学危机。文学危机是深重的。米勒的观点，我认为有许多合理的地方，应予肯定。不正视这个现实，是绝对不行的。但是，危机虽有，真如米勒所说“文学的时代”走到头了？非也。其实，米勒自己也并不真的认为文学的时代就此结束。他所谓“文学的时代将不复存在”，也像黑格尔、丹托等一样，并非“消亡”。文学不会消亡，其根本理由之一在于它的内视性特点；而且文学是语言的艺术，只要语言存在，文学就存在。在电信技术王国时代、“全球化”时代，文学受到巨大冲击，发生重大变化，出现了新形态，从创作到接受都与以前大不一样，但文学不死，它离“八宝山”还远。

大家会看到，考察文学艺术的历史问题，除了文学艺术是否有“进步”，接着就是文学艺术是否会“终结”（中国人常称为

“消亡”）。是否有“进步”和是否会“终结”（“消亡”），是无论如何都躲不开的问题，“进步”说必然与“终结”说连在一起。源有头，流有终——有“进步”，就有衰落和完结，或者叫作“终结”和“消亡”。

不过，在人类发展过程之中，人类最终的“大限”到来之前，只能用黑格尔意义上的“终结”一词；当人类最终的“大限”到来之时，才能称为“消亡”。极终时候的“消亡”，这虽是无可奈何之事，但现在的人类及其可想象的未来，大可不必“自作多情”地悲观——“消亡”还没影呢！或许还要上十、上百、上千亿年；而且到那时候，说不定人类还会找到另一个星球或另一个宇宙继续生存。

第一节　从黑格尔说起

一

“艺术的终结”，在西方，是一二百年以前由黑格尔提出来的一个命题①，不过黑格尔的命题只是说“终结”而不是如中国人所说的“消亡”。而且认真研究过黑格尔《美学》的人知道，黑格尔说的“终结”，从哲学意义上讲，也的确并非我们所谓“消亡”，而是“扬弃”“转化”。在黑格尔看来，文学艺术本身，不过是“绝对精神”发展中的一个环节而已。他说：“艺术在自然中和生活的有限领域中有比它较前的一个阶段，也有比它较后的

① 张冰：《丹托的艺术终结观研究》（中国社会科学出版社 2012 年版，第 108—109 页）曾说文艺复兴时期意大利艺术史家瓦萨里《意大利艺苑名人传》（湖北美术出版社、长江文艺出版社 2003 年版，第 31 页）中就提出了艺术终结问题。不过，从瓦萨里的话看，他只是描述了君士坦丁堡时代的艺术状况，从中看出艺术的衰落。瓦萨里的话是这样的：“在伦巴底人统治意大利之前、统治期间及之后，艺术每况愈下，直至衰败的谷底。艺术之缺乏审美性和拙劣不堪的情况，可以从罗马圣彼得大教堂门上拜占庭风格人像得到印证。”所以，明确提出“艺术终结”命题并进行理论阐述者，还是黑格尔。

一个阶段，这就是说，也有超过以艺术方式去了解和表现绝对的一个阶段。因为艺术本身还有一种局限，因此要超越这局限而达到更高的认识形式。”[①] 正是“因为艺术本身还有一种局限”，才不能不向它“后”面的宗教和哲学转化，自己超越自己。艺术将在宗教和哲学中扬弃自己，从而也保存自己，成为宗教的一个方面，也成为哲学的一个方面——黑格尔说，“从艺术向宗教的这一进展可以这样来表示，即说艺术对于宗教而言只是一个方面”[②]，黑格尔又把哲学界定为宗教与艺术的统一。显然，从黑格尔的上述言论可以看出，他认为“显现理念”的艺术虽然“终结”了，却不是艺术消亡，而是在宗教和哲学中扬弃自己，从而保存自己。

在黑格尔构想得非常“精致”的体系里，文学艺术向前发展的过程中，物质的因素渐渐下降而精神的因素渐渐上升，由此而形成“象征艺术”“古典艺术”“浪漫艺术”。“象征艺术”是物质（感性形象）胜于精神（理念内容），“古典艺术”是物质（感性形象）与精神（理念内容）相互平衡，“浪漫艺术”是精神（理念内容）超过物质（感性形象）。上述三种艺术类型不过是精神（理念内容）和物质（感性形象）之间的各种不同的关系。黑格尔认为，理想的文学艺术是以富有“生气”的“感性”形式来完满而充分地“显现”理念，他说：“艺术兴趣和艺术创作通常所更需要的却是一种生气，在这种生气之中，普遍的东西不是作为规则和规箴而存在，而是与心境和情感契合为一体而发生效用。”[③] 所谓“生气”者，总是同感性的、有生命的、有感情的、具体生动的东西联系在一起，这种富有生气、“与心境和情感契合为一体”的艺术，是“理念的感性显现”，即以感性“显现”理念。这是黑格尔的“古典艺术”，是艺术的理想状态，这个时代是

① ［德］黑格尔：《美学》第 1 卷，朱光潜译，商务印书馆 1979 年版，第 131 页。
② 同上书，第 132 页。
③ 同上书，第 14 页。

艺术的黄金时代。但是，在黑格尔体系中，“理念”（绝对精神）再往前发展，理想艺术之感性与理性的均衡被打破，抽象的理性渐强而具象的感性渐弱，即由“古典艺术”变为“浪漫艺术”。再往后，抽象的东西作为表现形式将取代感性的东西，于是“浪漫艺术”将走向“终结”。“浪漫艺术”的典型形式是诗，黑格尔自己明确说：“到了诗，艺术本身就开始解体。”[①] 为什么“到了诗，艺术本身就开始解体”呢？因为诗“拆散了精神内容和现实客观存在的统一，以至于开始违反艺术的本来原则，走到了脱离感性事物的领域，而完全迷失在精神领域的这种危险境地”[②]。由诗，艺术走向了宗教和哲学，也消失于宗教和哲学。在黑格尔那里，诗是向艺术告别的一种形式。

以上是黑格尔体系中“逻辑的”运行。

而在黑格尔那里，“历史的”现实如何呢？从现实的社会状况来分析，黑格尔认为他所生活的时代是所谓“市民社会”时代，就是文学艺术走向“终结”的时代。黑格尔说，那时“偏重理智的文化迫使我们无论在意志方面还是在判断方面，都仅仅抓住一些普泛观点，来应付个别情境，因此，一些普泛的形式，规律，职责，权利和规箴，就成为生活的决定因素和重要准则”，文学艺术中就“把更多的抽象思想放入作品里”[③]。于是，在社会现实中，不但文学艺术的理想状态就要过去了，而且整个文学艺术的时代也要“终结”了。

如此说来，在黑格尔那里，无论逻辑地看还是历史地看，文学艺术的“终结”都具有必然性。

---

① ［德］黑格尔：《美学》第 3 卷，朱光潜译，商务印书馆 1979 年版，第 12 页。

② 同上书，第 13 页。

③ ［德］黑格尔：《美学》第 1 卷，朱光潜译，商务印书馆 1979 年版，第 13—14 页。

二

但是请读者诸君注意：黑格尔在《美学》中还曾说过："我们诚然可以希望艺术还将会蒸蒸日上，并使自身完善起来，但是艺术形式已不再是精神的最高需要了。"① 所谓"艺术形式已不再是精神的最高需要了"这句话，值得玩味：虽然此时艺术不是"最高需要"即不是最高的"认识形式"了，但他并没有说艺术从此不存在了、死了，并没有对艺术的继续生存完全失去希望。②

尤其要注意的是：黑格尔还进一步阐述了艺术之所以不亡并且得以继续生存的缘由和历史事实："显现理念"的艺术"终结"之后，艺术的另一种形式、另一种状态出现了，它就是"新近时期的"艺术，或曰近代艺术——它正是以"新近时期的"艺术形式而继续存在。黑格尔说，此前，"艺术曾以意义和形象的统一，以及艺术家与其内容和作品的统一为基础。更切近地说，正是这种结合的确定的方式，曾给内容及其相应的表现提供实体的、贯通于一切作品结构的规范"。此后，"……我们就到达浪漫艺术的终结，到达新近时期的立足点，其特点我们可以看到是艺术家的主体性统驭自己的材料和自己的创作，因为他的主体性不再是被内容和形式上一种本身已确定的范围给定的那些条件所支配，反

---

① ［德］黑格尔：《美学》第1卷，朱光潜译，商务印书馆1979年版，第132页。

② 但是也有人认为黑格尔所谓"终结"就是说"死亡"。意大利美学家克罗齐在《美学的历史》中说"黑格尔的倾向……是理性的，所以也是反艺术的"，他"不愿意脱离他的体系的逻辑需要，所以他宣称艺术是要死亡的，甚至宣称艺术已经发生了死亡"。克罗齐断言："黑格尔美学是艺术死亡的悼词，它考察了艺术相继发生的形式并表明了这些艺术形式的发展阶段的全部完成，它把它们埋葬起来，而哲学为它们写下了碑文。"（见《作为表现的科学和一般语言学的美学的历史》，王天清译，袁华清校，中国社会科学出版社1984年版，第143—144页）克罗齐在《美学纲要》中又说："黑格尔断言在现代世界上艺术已经解体，预言艺术行将死亡。"（见《美学原理　美学纲要》，朱光潜等译，人民文学出版社1983年版，第321页）克罗齐是否过度发挥了黑格尔的思想？

之无论是内容还是其表现方式都由艺术家的主体性来选择和控制”①。

黑格尔这段话极为重要。

我们看到，黑格尔虽然没有把近代艺术同象征艺术、古典艺术、浪漫艺术并列起来，但也承认它是艺术的另一个阶段、另一种形态。在黑格尔看来，过去艺术表现绝对、表现原则，“被内容和形式上一种本身已确定的范围给定的那些条件所支配”，即被“理念”、被“绝对精神”所支配，是表现理念、表现绝对精神的艺术，是作为“理念的感性显现”的艺术。而现在的艺术——即黑格尔所谓“新近时期的”艺术（也可称之为近代艺术），则“由艺术家的主体性来选择和控制”，并且，它表现“主体性”，表现主体的个性、性格、感情和生活，表现人和人性的东西……可以说它是一种人道的艺术，一种直接从人出发、以人为对象而又回到人本身的艺术，一种表现“艺术家的主体性”的艺术。②

如果说“显现理念”的艺术是黑格尔“体系”之内的艺术。那么，表现“艺术家的主体性”的人道的艺术，则是黑格尔“体系”之外的艺术。黑格尔“体系”之外的这种近代艺术，以荷兰风景画和小说（小说是真正史诗的终结）为代表。

显然，黑格尔所谓“艺术终结”是“体系”之内的艺术的“终结”，并不是“体系”之外的艺术的“终结”，更不是艺术的死亡。在黑格尔那里，“体系”之内的艺术（即他所谓“象征艺术、古典艺术、浪漫艺术”）“终结”了，而他“体系”之外的艺术（即他所谓“新近时期的”艺术也即“近代艺术”）没有“终结”，更不会死亡。

---

① ［德］黑格尔：《美学》第2卷，朱光潜译，商务印书馆1979年版，第374—375页。重点号为引者所加。关于黑格尔在这里表达的重要思想，薛华研究员在他的《黑格尔与艺术难题》（中国社会科学出版社1986年版）一书中作了很好的阐发。

② 这一小节文字我参考了薛华《黑格尔与艺术难题》（中国社会科学出版社1986年版，第43页）的部分论述，已与薛华进行过沟通，这里再次对薛华表示感谢。

这里我可以再补充说明几句。前面谈到维柯的时候，我有一条注释，中心意思是说：维柯强调诗与哲学的对立和分野，认为诗是感性的，而哲学是理性的；人类初期感性胜，而人类越发展理性越胜，所以随人类历史的前进，从感性走向理性，随之从诗走向哲学。按维柯的思路，人类越发展，理性便胜过或取代了感性，哲学将独霸人类的精神世界，诗将必然走向终结或灭亡。这个思想与黑格尔有相通之处。但客观事实却并非如此。诗看来确实是感性的，哲学看来确实是理性的。人类初期也的确感性强而理性弱，那时的艺术（诗）也确实纯感性的因素多乃至被感性所占据。但是历史事实是，人类的发展并没有以理性驱逐了感性或取代了感性，而是感性本身也随之发展。在现代社会的人类精神世界中，理性中升华了感性，感性积聚在理性之中并且隐秘在理性之中；反过来，理性又融化在感性之中、沉积在感性之中，或者如李泽厚的话所说理性积淀在感性之中。现代艺术（包括文学）与人类初期的艺术（包括文学），表面看都是感性的，但现代艺术（包括文学）是充分隐含着理性的艺术（包括文学），而人类初期的艺术（包括文学）则是理性因素较弱或很弱。但感性永远不会消亡，艺术（包括文学）也永远不会消亡。黑格尔最后也不得不承认，在他的“显现理念”的艺术（黑格尔“体系”之内的艺术）“终结”之后，表现“艺术家的主体性”的人道的艺术（黑格尔“体系”之外的艺术）又发展起来。所以，艺术没有死亡，也不会死亡——除非人类灭绝了，地球毁灭了。

20世纪的德国哲学家海德格尔在《艺术作品的本源》一文中，就对黑格尔的这一思想作过很好的阐述：“黑格尔决不想否认可能还会出现新的艺术作品和艺术思潮。”[①] 就是说，黑格尔认为新的艺术形式，就是说这种浪漫艺术终结之后的新的艺术形式将

① 见孙周兴编《海德格尔选集》（两卷本）上卷，上海三联书店1996年版，第301页。

会出现，艺术仍将存在。我认为，海德格尔读懂了黑格尔的《美学》，海德格尔的话，是符合黑格尔《美学》原意的。

二

这里我们可以对黑格尔作这样的思考和评价。

本来，在黑格尔“体系”之内，按照他的“逻辑”，到浪漫艺术阶段，艺术就被宗教和哲学取代了，艺术就“终结”了——这是他“体系内”的艺术的“终结”；但是在黑格尔时代的“历史”中，新的艺术形式又出现了——“近代艺术”（如荷兰风景画和小说等等）在黑格尔活着的时候已经是客观存在，已经是不争的历史事实。在这里，“历史”与黑格尔的“逻辑”发生了冲突。为了不违反这明显的历史事实，黑格尔也不得不对他的体系作了某种变通，黑格尔顾不得他的“正反合”逻辑运行中艺术已经“终结”的铁律，只好承认艺术“终结”之后“近代艺术”的存在——这是他“体系外”的艺术的存在。前面我们引述的黑格尔所谓“我们就到达浪漫艺术的终结，到达新近时期的立足点，其特点我们可以看到是艺术家的主体性统驭自己的材料和自己的创作，因为他的主体性不再是被内容和形式上一种本身已确定的范围给定的那些条件所支配，反之无论是内容还是其表现方式都由艺术家的主体性来选择和控制”那段话，其实是他在铁的历史事实面前无可奈何，不得已而言之。这不能不说是黑格尔在历史事实面前所作的妥协和屈服。这是实实在在的“历史”对黑格尔人为建构的“逻辑”的胜利。

黑格尔“精致”的体系以及这种体系下的艺术运行轨迹和它的命运，虽具有明显的虚构性，但他仍然尽力使自己的虚构与已有的艺术历史和艺术现实相合，又用新的名词“新近时期的”艺术（我们已经指出这“新近时期的”艺术是他“体系”之外的艺术）弥补了自己体系的缺陷。

今天看来，黑格尔关于艺术的历史运行轨迹的论述，虽多是人为构想，但仍具有启示意义和参考价值。

黑格尔不愧为伟大的古典哲学家和美学家。

第二节 论阿瑟·丹托

一

黑格尔逝世一个半世纪之后，文学艺术的“终结”问题，又被一些美学家和艺术理论家热炒起来，而且至今热度未减（近二三十年来，这股热潮也传到中国）。其中代表人物，一个是曾任美国哲学学会主席、美学学会主席、美国《哲学》杂志理事会主席，20 世纪后半叶活跃于美国及世界美学舞台的美国艺术哲学家阿瑟·克莱蒙·丹托[①]；一个是曾任慕尼黑大学艺术史教授、哈佛大学客座教授、维也纳国际文化学中心主任的德国艺术史家汉斯·贝尔廷[②]。他们二位几乎同时（20 世纪 80 年代）提出艺术的“终结”问题；不同的是，贝尔廷着重说的是“艺术史的终结”，即某种艺术史写作模式的终结；而丹托则更接近黑格尔——领会了黑格尔《美学》的基本意思，说的是“艺术的终结”。

丹托的著名论文《艺术的终结》发表于 1984 年，后来又把这

① 阿瑟·克莱蒙·丹托有关著作译成中文的有：《艺术的终结》，欧阳英译，江苏人民出版社 2005 年版；《艺术的终结之后》，王春辰译，江苏人民出版社 2007 年版；《美的滥用》，王春辰译，江苏人民出版社 2007 年版；《叙述与认识》，周建漳译，江苏人民出版社 2007 年版。国内学者比较全面和深入研究丹托的著作是张冰《丹托的艺术终结观研究》（中国社会科学出版社 2012 年版）。

② 汉斯·贝尔廷著作的中译本有：《艺术史终结了吗?》，常宁生编译，湖南美术出版社 1999 年版（该书于 2004 年由中国人民大学出版社出修订版，书名改为《艺术史的终结？——当代西方艺术史哲学文选》）；《现代主义之后的艺术史》，洪天富译，南京大学出版社 2014 年版；《现代艺术之后的艺术史》，苏伟译，金城出版社 2014 年版。汉斯·贝尔廷所谓“终结”，是说像瓦萨里那种“进步”的艺术史的写作模式不适用了，现实的新的艺术实践与旧有的艺术史写作模式发生了脱节，于是艺术史“终结”了。但是艺术本身并没有“终结”。

期间写的九篇相关文章集结成册出版，即中文译名为《艺术的终结》的那本书。对中国学界来说，丹托关于“艺术的终结”问题的论述似乎更惹人注目。

丹托的所谓“终结”，承续了黑格尔，又不同于黑格尔。关于这一点，高建平研究员在2011年发表的一篇文章中说：“‘艺术的终结’，在黑格尔那里是指，艺术要让位于宗教和哲学，在阿瑟·丹托那里则是指，艺术要被哲学剥夺……对于丹托来说，艺术终结的命题包含艺术被哲学化，失去历史意义，耗尽发展与进步的可能性，以及宏大叙事的结束。丹托看到了当代艺术的处境，指出艺术的地位和性质正在发生着深刻的变化。这是艺术的终结，但并不是艺术的死亡。艺术终结后，仍然会存在，但这时的艺术，就已经具有完全不同的意义。这是艺术终结论最有价值之处，是一声用哲学语言敲响的警世钟。然而，在钟声散尽后，生活还是会按照原来的轨道前行。哲学不能取代艺术，也许事实正好相反，在哲学过时之时，艺术仍保持鲜活的生命。”[①] 翌年，高建平在为他的学生张冰博士《丹托的艺术终结观研究》一书所作的序言“从‘终结’看‘进步’：向死而生的艺术及其在今天的命运”中，对丹托的思想做了进一步的论述。

老实说，就我个人的体会而言，丹托的文章并不好读——这所谓不好读，除了今天的我们很难完全进入丹托写作时的特殊语境之外，还与丹托自身的表述有关。无疑，丹托是大家，从其文章，可以看出他知识广博，思想敏锐，善于捕捉艺术变化的苗头和动向并及时加以点明甚至试图进行理论总结，很接地气，令人佩服。但是，他的思想观点是在对各种艺术现象评述中随机而发，虽然其闪光点很多、很耀眼，却常常令人觉得对一些理论问题说得并不系统，甚至并未精心挖掘从而并未把自己的理论思想说深

① 高建平：《“审美”是审美，“艺术”还是艺术》，《文艺争鸣》2011年第7期。

说透；就其多篇文章谈同一个理论问题而言，又令人感觉所使用的概念术语并未严格界定，甚至前后并不统一。张冰曾指出丹托关于“终结”问题的论述，前后不一致：“在不同的阶段以及不同的语境中，丹托对终结的理解是存在着差异性的，他并不是在一种用法下来使用‘艺术的终结’这一短语。……由于丹托为终结规定了不止一种的内涵，因此这些不同含义的终结所带来的艺术的具体的始发点和终结点也不一致。”①

张冰清理出丹托关于“艺术的终结”的这样几种说法：

“艺术终结指向之一：哲学化”；

“艺术终结指向之二：历史意义的终结”；

“艺术终结指向之三：发展与进步可能性的耗尽”；

“艺术终结指向之四：叙事模式的终结”。②

张冰对丹托“终结”的不同含义进行了解析和评述，虽然批评了丹托“对这些问题的思考在某种程度上还处于不是十分清楚的状态”③，但是，她也没有吝啬对丹托学术贡献的肯定和赞扬。

二

丹托的美学思想特别是关于“艺术的终结”问题的论述，“终结”是个关键词，须重点加以讨论和厘清。丹托的论述前后不一致，给读者造成理解上的一定困惑，也应特别予以关注。

总体看，丹托关于“终结”的几个界定，最主要和最重要的是“哲学对艺术的剥夺”而造成“艺术的终结”。如果抓住了这层意思，丹托“艺术终结”的核心思想也就在掌握之中了。至于他的其他几个关于“终结”的说法（如“历史意义的终结”“发

① 张冰：《丹托的艺术终结观研究》，中国社会科学出版社 2012 年版，第 103 页。

② 参见张冰《丹托的艺术终结观研究》，中国社会科学出版社 2012 年版，第五章。

③ 同上书，第 104 页。

展与进步可能性的耗尽”“叙事模式的终结”)，可以附之而解。

因此，我想着重就“哲学对艺术的剥夺”这个核心问题与读者一起加以解析，并给出我的评论。

在《哲学对艺术的剥夺》《艺术品的欣赏与阐释》特别是《艺术的终结》等文章中，丹托回顾了历史上哲学与艺术的关系，从柏拉图到康德，再到黑格尔，再到叔本华、桑塔亚纳、布洛……最后说到现代艺术（如丹托举以为例的野兽派马蒂斯的《绿条》、杜桑的《泉》、沃霍尔的《布里洛盒子》等）的出现对传统艺术观念的颠覆，以及由此造成传统理论（哲学）所面临的巨大挑战，于是得出“哲学取代艺术”，逼迫艺术走上“终结”之路的论断。丹托说：“永远是以哲学取代艺术。……当艺术使自身历史内在化时，当它开始处于我们时代而对其历史有了自我意识，因而它对其历史的意识就成为其性质的一部分时，或许它最终成为哲学就是不可避免的了。而当它这么做时，好了，从某种重要的意义上说，艺术就终结了。”①

丹托上述这段话该怎样理解呢？尤其是，哲学究竟是如何取代艺术的呢？

丹托这里强调的是现代派艺术的出现对艺术的定义造成困惑，从而必须以“理论”（哲学）解困，艺术让位于哲学。这就需要特别了解传统艺术向现代派艺术转变以及现代派艺术出现之后的这段历史，并且考察现代派艺术怎样在艺术史、哲学史、美学史上“作孽”（我此处用语乃戏称而非贬义），使得（在丹托看来）哲学“取代”了艺术。

三

19 世纪末 20 世纪初，西方发生了传统艺术向现代派艺术的

---

① 丹托：《艺术的终结》，欧阳英译，江苏人民出版社 2005 年版，第 15 页。

转变。

现代派艺术有三位著名的代表人物：凡·高，高更，塞尚。这三个人，不但他们的艺术是反传统的，而且连他们的人生经历和艺术生涯，也带有反传统的传奇色彩。

凡·高，曾把自己的一只耳朵割下来送人。其代表作是像火焰燃烧般的《向日葵》。

凡·高的《向日葵》

高更，离开巴黎这繁华世界，到太平洋一个小岛上同土著民族生活在一起，画那里的生活、风土人情，然后带着自己的土著情人到巴黎办展览。

塞尚，从家乡到巴黎来画画，每逢画展，他用小推车推着自己的画来，但都遭拒绝。后来，为了安慰他，选了他很小的一幅画挂在不显眼的地方。最后，他回自己家乡普罗旺斯，在那里画了一辈子。但塞尚后来成为一代宗师，他的绘画艺术竟获得这样高的声望：倘若某人读不懂塞尚的画，他就会被认为不懂艺术。

有了这三人，于是在印象派之后，有了现代派。他们，尤其是塞尚，被称为现代艺术之父。这之前，画画是在墙上打一个洞，画从洞中看到的世界，即画那个上帝创造的世界——这是“模仿自然”的理论框架之内的艺术。塞尚则自己画世界，自己画世界也即创造世界，自己是创造者，像上帝那样。至毕加索又一变：把画画变成画自己，而不是画世界。到杜尚把小便器“变成”艺术品，更是赋予现成物以某种“意义”而成艺术品。从塞尚开始画自己创造的世界到毕加索“画自己”和杜尚赋予现成物以“意义”，就与以往的艺术观念有根本不同。[①]

在文学领域也出现了现代派和现代派理论，他们摒弃“再现”而崇尚“表现”。弗兰兹·卡夫卡的《变形记》《城堡》都是文学领域表现主义的代表作。

19 世纪末 20 世纪初，以凡·高、高更、塞尚、马蒂斯、毕加索、杜尚以及文学上的卡夫卡为代表的现代派艺术家以艺术史上的“革命者”身份出现。这些艺术家大闹传统艺术的“天宫”，是传统艺术的叛逆者、造反者。他们把传统艺术的“天宫”捅了个大窟窿，他们的作品向传统艺术的心脏刺了一把尖刀。

---

① 以上我借鉴了朱青生教授的观点。

四

丹托特别关注杜尚创作于1917年的《泉》。我们不妨以《泉》为例多说几句。

《泉》，它本是一件工业陶瓷制品，一个男性小便器。杜尚从一家名为穆特制品厂的公司生产的大量无从区别的同样形态的陶瓷制品中买了它，给予"泉"的标题，并签上"穆特先生"的名字送去艺术展览会。当时有些人认为这是一件荒唐事，最初艺术展览会也拒绝了它，几经周折才得以"如愿"。

而这"如愿"，则是对传统艺术的"革命"性挑战，提出了人们不得不思考的新问题也是新难题。当时有家杂志评论道："穆特先生……拿了件日常生活用品，用新标题和新视点安排它，使它的实用意义消失了——从而为那个物品创造出一种新思想。"① 丹托也说："杜尚不仅提出何为艺术的问题，还提出了为何某物恰好不像自身时它就是个艺术品的问题。"② 这是传统的艺术定义不可接受、不能解释的问题。一个男性小便器摆在洗洁用品商店里，不会有任何人认为它是艺术品；但是，杜尚署上"穆特先生"的名字放在艺术展览会上，使它"恰好不像自身"——即赋予了它以新的意义"泉"，于是成了所谓"艺术品"。

这个艺术展览会上的男性小便器"泉"，之所以被看成"艺术品"而被"欣赏"（这里姑且认为它是"艺术品"而被"欣赏"），不是因为它作为瓷器制品自身洁白的色泽，也不是它自身的造型（形式美）有什么可爱——不，与这些全然无关。而是因为杜尚命名"泉"而使这个男性小便器有了与它自身无关的新的意义。而且，丹托认为这个新的意义是"阐释"出来的："人们会注意到难分辨的实物，由于独特的不同阐释，变成了完全不同

① 丹托：《艺术的终结》，欧阳英译，江苏人民出版社2005年版，第32页。

② 同上书，第14页。

和独特的艺术品，因此我会想到阐释具有把实物这种材料变成艺术品的功能。阐释实际上是个杠杆，用它把实物从现实世界移入艺术世界，在这里实物时常穿上想象不到的服装。只是由于与阐释联系在一起，实物这种材料才是艺术品，它当然无须承担艺术品在任何进一步的有趣方式中涉及的情况。”[①] 在丹托看来传统的艺术定义在这里完全没有用武之地。丹托说，《泉》之所以成为艺术品，不是依靠那“实物”（“材料”）即陶瓷小便器本身“再现”了什么或“表现”了什么，也不是那陶瓷小便器的光泽和造型多么漂亮。而是因为“阐释”——“阐释具有把实物这种材料变成艺术品的功能”。艺术本来与它自身的感性形象和它所表现的情感密切相关，可以说离不开感性形象和情感因素。但是丹托认为，在这里，物品自身的感性形象、情感因素等无能为力，只能听命于“阐释”。“阐释”是什么？“阐释”是理性活动，是“理论”即哲学活动。是阐释、理论、哲学决定了某物是否是艺术品的命运。于是丹托合乎逻辑地得出了由艺术走向哲学的结论，得出了“哲学取代艺术”“哲学对艺术的剥夺”“艺术的终结”的结论。

而且，丹托在这里明显地承续了黑格尔。他说：“值得指出的是，特别要留意这一历史中的某些阶段，艺术是一个阶段，哲学则是另一个，而艺术的历史使命就是使哲学成为可能，完成这一使命后，艺术在巨大的宇宙历史范围内就不再有历史使命了。黑格尔惊人的历史哲学图景在杜尚作品中得到了或几乎得到了惊人的确认，杜尚作品在艺术之内提出了艺术的哲学性质这个问题，它暗示着艺术已经是形式生动的哲学，而且现在已通过在其中心揭示哲学本质完成了其精神使命。现在可以把任务交给哲学本身了，哲学准备直接和最终地对付其自身的性质问题。所以，艺术

① 丹托：《艺术的终结》，欧阳英译，江苏人民出版社2005年版，第36页。

最终获得的实现和成果就是艺术哲学。”① 从这段话里，读者不是可以明显看到黑格尔《美学》艺术走向哲学的影子吗？

所不同者，丹托没有黑格尔那样“精致”的体系，没有黑格尔那样严格的概念，没有黑格尔那样缜密的滴水不漏的论述，没有黑格尔的“正反合”三段论，没有黑格尔那样强大的、虽属虚构却能自洽的、令人叹服的逻辑力量。

五

其实，丹托所谓“哲学取代艺术”“哲学对艺术的剥夺”，同黑格尔一样，也具有虚构性即反真实性。

哲学真的对艺术进行了“剥夺”吗？哲学真的“取代”了艺术吗？

在我看来，在许多学者看来，非也。

丹托论证“哲学取代艺术”“哲学对艺术的剥夺”，提到了柏拉图、康德、黑格尔、叔本华等他之前的许多古典哲学家和美学家，以此描述“哲学剥夺艺术”的情形。但是，断定上述哲学家和美学家就是主张哲学对艺术进行剥夺，实在是夸大其词，柏拉图虽然想要把在他看来“坏”的艺术驱逐出他的“理想国”，但他同时也肯定了“好”的艺术的合理性存在；康德的《判断力批判》，论证了审美判断力、美和艺术的特征及天然合理性；黑格尔的“终结”思想，我们上面已作了较多阐述，指出他最后不得不给“近代艺术”留下了出路；至于叔本华，他以悲观主义为主调，写了《作为意志和表象的世界》，把艺术看作解除人类存在的痛苦的一个可能途径，并无“剥夺”之意……上述哲学家和美学家都以自己的白纸黑字的著作和实际行动，否定了所谓“剥夺”说。

丹托所谓“哲学对艺术的剥夺”，最主要和最重要的，是以现

① ［美］阿瑟·克莱蒙·丹托：《艺术的终结》，欧阳英译，江苏人民出版社 2005 年版，第 15 页。

代派艺术的出现对传统艺术观念的颠覆作为实证。尤其是，前面我们已经指出他不止一次地特别举出杜尚的《泉》为“哲学剥夺艺术”的铁证。我们现在批评丹托，还是着重说说丹托所举杜尚的《泉》为好。

第一，《泉》究竟算不算艺术品，至今是有争论的。有许多人包括艺术理论家、美学家，并不承认《泉》以及类似“物品”的艺术品性质。倘如此，丹托据以论述“哲学剥夺艺术”的基础便不存在，他得出的结论自然也不成立。

但是，我认为还是暂且保留《泉》的艺术品性质（不过它特别“另类”），或者保留它是否艺术品仍“有争论”的地位，留待历史实践来裁决。

第二，如果《泉》还被当作艺术品，那么，是否可以得出丹托所谓“哲学取代艺术”“哲学对艺术的剥夺”的结论呢？我认为这也是有疑问的。

按照一般的理解，人类历史发展到现阶段，文学艺术作品区别于其他文化现象（例如科学、哲学、道德等）的特征，在于它的感性、形象性、情感性、以形传神，在于它以自身的感性形象显示某种“意义”、传达某种“意味”……连黑格尔也是这样看待艺术品的，他认为如果“拆散了精神内容和现实客观存在的统一，以至于开始违反艺术的本来原则，走到了脱离感性事物的领域，而完全迷失在精神领域的这种危险境地”。

我们只能以人类现阶段的历史意识和历史眼光来判断文学艺术性质，我们无法超越历史，正如我们不能揪着自己的头发离开地球。

而且，我认为文学艺术作品，正是以上述这些特征表明自己的性质，并不是依靠“外力”的解释才确定自己的艺术品品格。

倘如此，那么，杜尚的《泉》，如果作为艺术品看，是否如丹托所说完全靠理论“阐释”、即完全由哲学所主宰、从而实现了

"哲学对艺术的剥夺"呢?

并非如此。

我可以与读者一起按照人们一般对艺术品的理解,来说明《泉》由其自身的特征而显示它为艺术品,而不是像丹托所说完全靠"阐释":

放在艺术展览会上、标题"泉"的那个男性小便器,在那个具体氛围中已经不是男性小便器,而是"自身"具有并显示出了一种"意义"或"意味",虽然这种"意义"或"意味"的显露,可能看起来不雅——读者可以想象有"水源",有流水的池子。总之,它以自身的感性形象显示出某种意义或意味。[①] 它符合传统艺术品应有的条件。而且它正是靠自身显示自己具有艺术品的因素,而不是靠哲学的"理论阐释"才成为艺术品的。没有哲学,《泉》也可以很容易显示自己为艺术品。正如20世纪80年代中国新时期所出现的那首标题《生活》的一字诗"网"(如果算上标题,那就是三字诗),它也是靠自身显示为"诗"的。如果没有自身所具有的这些艺术因素和内涵,任凭什么"哲学"也是不能把它"解释"为"诗"的。在这里,"哲学"并没有"剥夺"艺术(诗、画、雕塑)从而使其"终结"。

以上是从逻辑的方面对丹托"终结"论断之虚构性、不合理性和不真实性所进行的分析。

如果从历史方面即客观的历史事实看,是否亦如此呢?

现代派艺术的出现至今已经一百多年。这一百多年来,艺术发生了很大变化。别的不说,最显眼的,是电影艺术的出现,而

---

① 但是,也有学者认为杜尚以及发展了杜尚一派艺术的战后美国波普艺术的代表人物罗伯特·劳森伯格(Robert Rauschenberg,1925—2008)等人,不是创造出另一种"意义"和"意味",而是"放弃意义,放弃各种艺术标准和体制,从根本上让非艺术成为一种艺术形式,或者说,让艺术成为一种非艺术,这即是'一种新艺术的开始'"。(见汪民安《杜尚、劳斯伯格和"八五新潮"美术运动》,《读书》2016年第11期,第169页)这个问题完全可以讨论。

且从无声电影到有声电影，从黑白电影到彩色电影，以至宽银幕、立体声，还有电视艺术的出现，网络艺术的出现，日常生活的艺术化、审美化，等等。哲学自身也发生了很大变化，种种哲学流派——结构主义、解构主义，许多冠以“后”的理论接连现身……但是，这里有所谓哲学对艺术的剥夺吗？没有。哲学（结构主义、解构主义等）存在着并且发展变化着；艺术（电影艺术、电视艺术、网络文学等）也照样存在和发展变化着。在这里，人们所看到的，只是哲学与艺术、新的哲学与新的艺术发生了各种新的关系，但并没有发现艺术被哲学剥夺，特别是并没有发现各种新的艺术样式如电影、电视、网络文学等被新的哲学形态如结构主义、解构主义等所剥夺。

历史实践表明，艺术并没有被哲学主宰或被哲学“吞噬”，因此也不能从这里断定艺术被哲学取代从而“终结”。

六

丹托所谓“艺术的终结”的论证，看起来是不科学的。他只是在现代艺术的挑战之下，效仿黑格尔，从这位一百多年以前的老哲学家那里找到一个“终结”的说辞，以解自己困境而已。

然而，他和黑格尔一样，并没有把准艺术之“脉”，也不能治好他们所谓的艺术之“病”。黑格尔比丹托强，他找出“近代艺术”从而得以解脱；而丹托死盯着“哲学对艺术的剥夺”，甚至有时候钻到牛角尖里出不来。

不过，最终在历史事实面前，丹托也认识到艺术并没有真的“终结”，无可奈何地说：“艺术会有未来，只是我们的艺术没有未来。我们的艺术是已经衰老的生命形式。”① 这就是说，一部分艺术衰老了，另一部分艺术则获得了新的生命。或者说，“终结”

① ［美］阿瑟·克莱蒙·丹托：《艺术的终结》，欧阳英译，江苏人民出版社2005年版，第97页。

只是一个阶段的结束，而另一个阶段又要重新开始。在另一个地方丹托还说，“假定艺术终结了，当然，艺术创作还会继续下去”；后面谈到历史“终结”时，又说：“历史终结了，但人类并没有终结——正如故事终结，而人物并没有终结一样，他们生活下去，一直很幸福，做他们在他们的后叙事的无意义中能做的事。”[①] 这段关于“历史终结”的话，完全可以移用到“艺术终结”上来——只要把“历史”二字换成“艺术”。

倘如此，如果不用“终结”这个概念，我们照样能把文学艺术的发展把握得很好。王国维所说的中国文学史的发展过程：“凡一代有一代之文学：楚之骚、汉之赋、六代之骈语、唐之诗、宋之词、元之曲，皆所谓一代之文学，而后世莫能继焉者也。”[②] 这说的不就是一个又一个发展阶段吗？若用丹托的话，也即一个接着一个的“终结”，同时一个接着一个的开始。文学艺术史就是这样走过来的。

如此，“终结”论是否可以用发展“阶段”论取代呢？“终结”理论还有价值吗？

七

此外，丹托给予“终结”的其他几个界定，更不具有科学的严肃性。譬如丹托说：“声称艺术走向终结即意味着这种类型的批评不再合法。”[③] 某个时代的某种艺术风靡过去之后，适合这种艺术的批评模式当然就可能不再适用，但是另一种艺术就会产生并发展起来，相应的批评模式也会产生，如王国维所说“一代有一代之文学：楚之骚、汉之赋……”“批评模式”转换完全可以不

① ［美］阿瑟·克莱蒙·丹托：《艺术的终结》，欧阳英译，江苏人民出版社2005年版，第102页。

② 王国维：《宋元戏曲史·序》，见谢维扬、房鑫亮主编《王国维全集》第三卷，浙江教育出版社、广东教育出版社2009年版，第3页。

③ 丹托：《艺术的终结之后》，欧阳英译，江苏人民出版社2005年版，第30页。

用“终结”一词描述。丹托还有一种说法：“当艺术家不断向一个又一个艺术边界进攻时，发现艺术边界全被攻克了”，“艺术的宏大叙事模式终结了”……似乎艺术无法再前进了，于是“终结”了。这些说法都经不起推敲。

第三节 说说J. 希利斯·米勒

一

21世纪到来的最初十来年，丹托的“终结”论在中国艺术界和学界喧嚣的同时，又有一位美国的著名教授、美国艺术科学院院士、解构主义大师J. 希利斯·米勒，给中国文学界带来“文学的时代将不复存在”的信息——许多人理解为“文学末日”或“文学消亡”。

那是2000年金秋，米勒在北京召开的“文学理论的未来：中国与世界”国际学术研讨会上作了一个长篇发言，说全球化时代（或者说电信技术王国时代、电子媒介时代）“文学的时代将不复存在”，当时引起不小震动和争论。这个发言后来以“全球化时代文学研究还会继续存在吗？”为题，发表在2001年第1期《文学评论》上。

米勒所谓“文学的时代将不复存在”，是他引用法国闻名世界的后现代哲学家、解构主义权威德里达的一本书《明信片》里的话。德里达的原话是这样的：“在特定的电信技术王国中（从这个意义上说，政治影响倒在其次），整个的所谓文学的时代（即使不是全部）将不复存在。哲学、精神分析学都在劫难逃，甚至连情书也不能幸免。”①

米勒和德里达说“文学的时代将不复存在”，根据何在？米勒

① 转引自［美］J. 希利斯·米勒：《全球化时代文学研究还会继续存在吗？》，国荣译，《文学评论》2001年第1期。

在那次发言中阐述的根据是，在电信技术王国时代，文学存在的前提和共生条件已经改变了，于是文学也相应地被改变，从而“文学的时代将不复存在”，走向“终结”。

米勒所谓“电信技术王国”的具体内涵，是指过去一百五十年左右“照相机、电报、打印机、电话、留声机、电影放映机、无线电收音机、卡式录音机、电视机，还有现在的激光唱盘、VCD 和 DVD、移动电话、电脑、通信卫星和国际互联网”等的出现。电话、电影、电报，这些都是在 19 世纪晚期开始出现的。从那时到现在这一百五十年间，不但有电话、电报、电影放映机，而且后来又有了电视、卡式录音机，后来又有了 VCD、DVD、国际互联网，大家所看到的这种电子媒介、电信技术王国的出现，对整个世界带来了三个后果：“民族独立国家自治权力的衰落或者说减弱、新的电子社区或者说网上社区的出现和发展、可能出现的将会导致感知经验变异的全新的人类感受。”①

第一个后果即所谓“民族独立国家自治权力的衰落或者说减弱”，言外之意即是出现了一种全球化的现象，整个世界按照麦克卢汉的说法就是个地球村。这是一个很重要的、很显著的后果。全球化给审美、文学艺术的影响是潜移默化的，深层次的，进入骨髓的。例如，世界上许多地方出现的审美生活化、生活审美化倾向，逐渐变成全球性的风潮，这也是全球化的一部分。德国美学家沃尔夫冈·韦尔施写了一本书《重构美学》（张岩冰、陆扬译，上海译文出版社 2002 年版），全书宗旨就是论述审美的生活化、生活的审美化。在全球化时代，文学艺术的疆界已经打破了。过去，哪些是文学艺术，哪些不是文学艺术，似乎了了分明。现在，文学艺术溢出传统疆界之外。流行歌曲、广告词也都钻进“文学”圈内，大型晚会或群众聚会的发言和解说词都可以是文学

① ［美］J. 希利斯·米勒：《全球化时代文学研究还会继续存在吗?》，国荣译，《文学评论》2001 年第 1 期。

（例如2016年里约奥运会开幕式上，巴西奥运会组委会主席激情澎湃的讲话，再配上他那一直颤抖的手臂，就像诗朗诵；白岩松的解说，可看作一篇幽默的散文）。美容、购物中心、街心花园、超级市场、环境设计等也都进入“艺术”之宫。大学中文系事实上已将文学研究的边界扩展到了广告、电视、网络。有的说文学已经“化整为零”渗入日常生活之中。传统的文学艺术已经渐渐隐去了、不见了、“终结”了。

第二个后果是“电子社区”的出现。电子社区是什么意思呢？譬如说，现在我们的国家就是一个大的电子社区——电子媒介、互联网的普及，许多人都成了网民。在城市甚至在偏僻的农村，利用电子媒介手段进行的活动，越来越多——做生意的，进行学术交流的，教学、治病（利用网络异地诊断疾病、实施治疗甚至开刀）都可以在网上进行。于是，一个个电子社区出现了。电子媒介、互联网造成的后果之一就是把距离——空间距离甚至心理距离——拉近了，甚至取消了。有人说“趋零距离”。没有距离或“趋零距离”对文学产生了巨大的冲击，“连情书也不能幸免”。情书建立在什么基础上呢？建立在距离的基础上。因为有距离，才需要写情书。诗经中有许多写谈恋爱的诗。写自己所思念的情人（所谓伊人），“宛在水中央”，渴望相见。一个在上海，一个在武汉，两地相思，这就需要情书往来。工作一天后，晚上只剩一个人，思念就来了。在电灯底下想象着情人的音容笑貌，用燃烧的心写情书，倾诉自己的满腔感情。那都是情诗，都是文学。有人说：文学即距离。文学中“模仿”、“想象”、“反常化”（或译“陌生化”）、“修辞”等实际上都只是“距离”的另一种说法。如，关于“反常化”，什克洛夫斯基指出：“艺术的手法是事物的‘反常化’（остранение）手法，是复杂化形式的手法，它增加了感受的难度和时延。”[1] 就是说，艺术的手法或技巧就是使对象反常化，使形式变得难于把握，增加感觉的难度和时间长度，所谓“增加了感受的难度和时延”，即拉长欣赏者与其对象之间的感觉距离，于是“反常化”在创造这种距离的同时也就创造了审美。修辞同样如此，在西方，修辞或修辞格的最基本定义就是“偏离”（deviation）、“修正”（modification）或者“例外”（exception），即与日常用法的疏离，而疏离的效果即是美或诗。“文学即距离”说，它的根子在哲学，这是德里达等人的观点。因为在德里达看来，传统的哲学就是一种距离，以距离为基础。为什么呢？因为传统的哲学分主体、客体，本质、现象，中心、边缘，都是二元对立。两种东西因为有距离才分成两种；因为有主有客，所以这主体就要把握那客体。有现象、有本质，所以过去我们传统的文学理论就要把握现象，进而透过现象来把握本质。中国的戏剧艺术和布莱希特的戏剧艺术也突出距离问题。我们常说梅兰芳创立了一种艺术流派，这个艺术流派的特点是什么呢？就是间离。所谓间离就是距离，演戏的人跟台下看戏的人要有距离，演戏人和演的对象要有距离，都是讲究距离，强调距离。

空间距离和心理距离，在电子媒介时代被改变了，传统文学存在的前提和共生条件也就改变了，基础被动摇了。

第三个后果就是电子媒介将“导致感知经验变异的全新的人类感受”——即促使人的感受方式和情感方式的改变。譬如过去送亲人去远方甚至到国外，生离死别、撕心裂肺；现在可视电话、电子邮件，使距离缩短甚至“趋零”，千里之外宛如眼前，没有了生离死别的感觉。这是电子媒介时代对人们的显著影响。人的情感方式和内容、思维方式和内容的改变，文学也会因此而改变，传统的文学出现危机。

---

① ［俄］什克洛夫斯基：《作为手法的艺术》，《俄国形式主义文论选》，方珊等译，三联书店1989年版，第6页。

二

这里还有一个问题需要讨论，即图像霸权与文学危机。

从文字“阅读”转向视像“读图”，这是电子媒介时代、电信技术王国时代制造的一个严重后果。人们越来越清楚地看到，这个时代的显著特点之一是图像增殖（和增值）而文字减殖（和减值），以至于出现了图像霸权。图像欺负文字，侵占文字的地盘，成为一种司空见惯的现象。图像在许多地方把文字挤压得丢盔卸甲、落荒而逃。由此造成文学的当前危机。

以往的印刷媒介时代，文字阅读占据中心位置。不说很远，就说三四十年以前吧，有些人的所谓理想状态是：坐在办公室里，一张报纸、一支烟、一杯茶，消磨大半天时光。纸质文艺作品，小说、散文等，是像我这个年龄的人当年读大学以及后来工作时阅读的最主要的东西。“文化大革命”中，没有书读，有人从图书馆偷出《基督山伯爵》（四本），传着看，歇人不歇马，传到你手里了，你就是不吃饭不睡觉也得把它看完，再传给下一个。那时候主要是通过阅读来获取审美信息。现在不一样了，到处都是电子媒介，铺天盖地。当然广告里有文字，但是在其中图像更加重要，在现代，可以说没有图像就没有广告。在生活中，许许多多场合都是图像主宰着。图像成了人们接收外部信息、审美信息的第一重要手段。最初我们这些人做学问，获取信息和资料，靠阅读报纸杂志，订《人民日报》《光明日报》，再订各种各样的杂志。现在不通过报刊而通过其他方法（例如网络）获取外界信息。于是“读图”成为第一重要的手段了。图像取代了文字唱主角。有了图像，文字成为二等公民。

图像对文学的巨大威胁是大家都能感受到的。

这表现在两个方面。

第一，图像把文学收编了。过去文学是主帅，影视是随从；

现在电视唱主角，成了主帅，文字成为图像的随从。

这样，许多文学家、作家在创作时就要考虑：我的作品怎样有市场，怎样传播得快，怎样有可能改编成电视剧。现在电视剧很火，有些文学作品是因改编成电视剧而火，有些文学作品甚至是先有了电视剧，然后再写成小说。文学被电视、影视收编了。面对这些现象，我的年轻同事金惠敏研究员曾经作了如下分析：本来在文学文本中语言和形象是统一的，语言蕴含着图像；而在影视之中，则以图像立身，文学若想进入影视，就须臣服于图像，接受图像对语言的傲视、挤压、收编、霸权，这就造成了对文学的审美构成的改变和重组。影视对文学整编时，非常傲慢，它挑挑拣拣，只选取语言中能够转换出形象的那些部分。由于语言与图像的不相容性，影视对文学的整编、重组本质上并非在语言与图像之间建立一种新的张力关系，而是图像反过来统治语言。文学在被榨取之后便不再是原先意义上的文学，只是在影视中仅留下文学的残迹。我认为他的意见是有道理的。但是他接着作出这样的结论："因此从一个方面说，影视的诞生就是文学的死亡。"① 对此我持保留态度。

第二，有时候影视也可以丢弃文字，光有图像。正如有的学者说的，图像对文学的扼杀还表现在它独立地创造出一种新的视觉审美文化，成为文学之外的独立的力量、独立的体系、独立的法则，持续地寻找和开辟自己的世界——这就是以影视为主要形态的图像时代的到来。

电影最主要的特点是镜头。有的电影，"电影性"表现得很充分，文字很少。有的电影大段大段的只是镜头、只是图像，没有语言文字。这跟以前传统的文学艺术不一样了。莎士比亚的戏剧，如果没有那些非常精妙的对话，那就不能成为莎士比亚。莎士比

① 金惠敏：《图像增殖与文学的当前危机》，《中国社会科学》2004 年第 5 期。

亚的《奥赛罗》，里面的那些对话非常漂亮，就像诗一样。中国传统的戏曲艺术，例如元曲，实际上都是语言唱主角的。王实甫的《西厢记》中一些名句“碧云天，黄花地，西风紧，北雁南飞，晓来谁染霜林醉，总是离人泪”写得多好啊！这是最美的诗。现在不同了，这种古典形态的以语言文字唱主角的艺术，在电子媒介时代越来越不受待见了。当下是影视当家，影视不需要语言文字来说话，而是用镜头来说话，用图像来说话。有了影视，有了多媒体，有了网络（互联网）……还有多少人尤其是年轻人那么耐心去读小说特别是长篇小说呢？

前国际美学学会主席斯洛文尼亚人阿莱斯·艾尔雅维茨写的《图像时代》，就谈到了有关图像时代的许多现象，分析了这些现象，谈到图像时代的到来对文学的威胁。①

三

在中国，“文学的时代将不复存在”虽是夸大其词，但却是“当代”非常现实的问题。这个问题的出现并非无缘无故，而是随着当今时代中国社会的大变革而提出的。

现在的时代特点是什么？不说抽象的理论，而先从眼前大家日常所见的现象说起。现在我们中国出现了两个大的群体。一个是“网民”，一个是“股民”。从这个现象的背后，可看到它的深刻含义。“网民”的出现反映的是我们现在科学技术（尤其电子媒介）的飞速发展以至整个社会的经济、文化、思想等的巨大变化。“股民”，它反映了社会经济的变化，经济体制的根本变化，背后就是中国市场经济的发展——“股民”是市场经济的伴生物。市场经济是什么，就是资本运作——炒股就是资本运作的一种形态。

① ［斯洛文尼亚］阿莱斯·艾尔雅维茨：《图像时代》，胡菊兰、张云鹏译，吉林人民出版社2003年版。

“网民”“股民”所反映出的我们社会经济政治文化的深刻变化，与文学会不会消亡有非常密切的关系。首先关于“市场经济”体制，资本运作，就与文学有关。马克思在他的经典著作中就谈到资本主义和诗歌是敌对的，大家知道，这个命题指的是资本主义的生产方式、经济运作带来的思维情感等特点，和文学创作有一定的矛盾。市场经济下，大家炒股的炒股，赚钱的赚钱，多少人有心思读小说？山东作家张炜的长篇小说《你在高原》400 万字，有多少人耐心去读？再说诗，虽然它一般较短小，但有兴趣有耐心读的人很少。今天不是诗的时代。有人开玩笑说现在写诗的人比读诗的人要多。

总的来说，进入 20 世纪 90 年代以后，文学不那么火了，文学创作家、文学研究家和文学批评家都走到了社会舞台的边缘。90 年代之后谁最走红？歌星、影星还有球星。流行歌曲风靡一时，香港歌坛的四大天王几乎尽人皆知。而球坛上，马拉多纳、齐达内、菲戈、罗纳尔多和小罗纳尔多、贝克汉姆、梅西……几乎家喻户晓，齐达内比希拉克知名度高。而文学创作家、文学批评家和文学研究家，相对来说就被冷落到一边去了。

也许正是因为今天中国的历史现实，才出现了“文学的时代将不复存在”，“文学会不会消亡”的问题。而过去，人们根本不会去这样设问。

四

德里达、米勒的观点，我认为有许多合理的地方，应予肯定。“电信技术王国时代”对审美文化特别是对文学艺术和文艺理论的确造成巨大的、难以估量的冲击，文学似乎被十二级地震震得晕头转向，显得很狼狈，常常不知所措。

但是，难道真的如米勒、德里达所说“文学的时代”走到尽头了？

非也。

其实，米勒自己也并不真的认为文学的时代就此结束。他所谓“文学的时代将不复存在”，也像黑格尔、丹托等一样，并非“消亡”。

我的一位同事彭亚非研究员写了一篇文章《图像社会与文学的未来》发表在《文学评论》2003 年第 5 期上，他在文中陈述了文学永存的理由和它不可抗拒的未来。他认为，文学的命运牢牢掌握在它自己的手中——因为决定文学不死的是它自己固有的特定的人文本性和人文价值。文学存在的理由不要从外部去找，而要从文学本身去找。文学最大的特点是创造一种内视形象。这种内视审美是文学独有的，语言艺术独有的。其他艺术，比如说戏曲、戏剧、电影、电视、雕塑、绘画、舞蹈、建筑等，它们是通过眼睛的可视性完成的。有的艺术除“视”之外同时也“听”，视听兼有。它们是直接给你感官上的感受。文学不是，文学是用文字阅读唤起你在头脑中的想象，叫你自己去建立那种审美形象，这要比可视的、可听的形象更丰富。它调动了你的主观能动性。如果细细体味的话，最主要的根据在这里，比如说影视改编文学名著，改编《红楼梦》，改编《三国演义》，改编《水浒传》，看改编的名著和读原著最大的区别在于，改编得再好，它也不能够把阅读原著时那个内视的审美效果完全传达出来。读《红楼梦》的时候，许多人都有自己内心的体验，这个内心的体验是影视所传达不出来的（有的是能传达的，更多的是不能传达的）。影视的一个好处就是很感性、很直观，一下子就看到了，但是表面性和肤浅性也就表现在这个地方。因此，影视自有其局限性，观看电影或电视《红楼梦》，从演员扮演的贾宝玉和林黛玉这些角色所得到的审美信息，只是演员所传达的审美信息，但是阅读《红楼梦》的时候，内心所建立起来的却是经过创造所出现的那个贾宝玉、林黛玉的形象，它们远远超出了影视演员所提供给你的审美信息。

阅读《红楼梦》所得到和创造出来的独特而丰富的审美经验和审美体验是在电视剧里不能得到的。它是你的内视的审美情景，内视的审美形象。这就是文学不能够被其他的东西，被图像，被影视完全取代的最根本原因。

还有人说，文学经典本身的那种"味外之旨""韵外之致"，那种丰富性和多重意义，那种独有的审美场域，依靠图像是永远无法接近的。这话很对。拿杂文来说吧，它今天仍有强大生命力。它的意蕴、它的味道、它发挥作用的方式，别的艺术形式很难匹敌。当今有一位杂文大家邵燕祥也是诗人，他写的许多杂文简直妙不可言。有一篇很短的文章，说的是西方有愚人节，在那一天可以说瞎话，骗骗人，开开玩笑，那一天骗人无罪；咱们中国何不来一个说真话节，规定在这一天说真话无罪。话说得尖刻，但击中要害，相当准确，就像一位针灸能手，一针下去就扎到穴位上了。

人们心目中始终有一个极为朴素的观念支撑着：文学是语言的艺术，只要语言不死，文学就不会消亡。而且，文学以它的语言延长和扩展文学的生命。2016 年，一位并非传统意义上的文学家，而是一位创作型的歌手、一位作曲家，美国人鲍勃·迪伦获得诺贝尔文学奖，获奖理由是他"用美国传统歌曲创造了新的诗意表达"。文学通过歌曲演唱的形式焕发了生命光辉。

文学离"八宝山"还远，文学应该会"活下来"，它不会就这么无情无义地撇下我们一走了之。

2016 年 9 月 9 日于北京安华桥寓所

本章主要阅读书目

［德］黑格尔：《美学》第 1 卷，朱光潜译，商务印书馆 1979 年版。

［德］黑格尔：《美学》第 2 卷，朱光潜译，商务印书馆 1979 年版。

［德］黑格尔：《美学》第 3 卷，朱光潜译，商务印书馆 1979 年版。

［意］克罗齐：《作为表现的科学和一般语言学的美学的历史》，王天清译，袁华清校，中国社会科学出版社 1984 年版。

孙周兴编：《海德格尔选集》（两卷本）上卷，上海三联书店 1996 年版。

［美］阿瑟·克莱蒙·丹托：《艺术的终结》，欧阳英译，江苏人民出版社 2005 年版。

［美］阿瑟·克莱蒙·丹托：《艺术的终结之后》，王春辰译，江苏人民出版社 2007 年版。

［德］汉斯·贝尔廷：《艺术史终结了吗?》，常宁生编译，湖南美术出版社 1999 年版（该书于 2004 年由中国人民大学出版社出修订版，书名改为《艺术史的终结？——当代西方艺术史哲学文选》）。

［美］J. 希利斯·米勒：《全球化时代文学研究还会继续存在吗?》，《文学评论》2001 年第 1 期。

［斯洛文尼亚］阿莱斯·艾尔雅维茨：《图像时代》，胡菊兰、张云鹏译，吉林人民出版社 2003 年版。

高建平：《“审美”是审美，“艺术”还是艺术》，《文艺争鸣》2011 年 7 月号。

彭亚非：《图像社会与文学的未来》，《文学评论》2003 年第 5 期。

张冰：《丹托的艺术终结观研究》，中国社会科学出版社 2012 年版。

舒晋瑜：《韩少功：为什么今天很多作家放弃了小说》，《中华读书报》2011 年 6 月 29 日 18 版。

第五章

文学怎样"存在"?

内容提要　文学究竟怎样"存在"?

首先,它并非如克罗齐所说仅仅在"意识"里("艺术即直觉即表现")形成意象并主要存在于意识之中。意象只是意中之象,只是文学艺术作品的"意识存在",远不能说是文学艺术作品。文学艺术作品还必须有它的"物质存在"。只有当作家艺术家依照意象内在逻辑加以组织结构,将它移到意识领域之外并用一定物质手段固定下来时,比如绘画用线条色彩,文学用语言文字,音乐用节奏旋律,戏剧用以演员为中心的各种舞台艺术手段,舞蹈用形体动作,等等,它才具有了确切的形态,它才以具体可感的艺术形式呈现在读者和观众面前,它才能被感知,被接受。

其次,就文学整体而言,它自产生至今日,有过如下的存在方式:最初只是口传文学,有了文字之后,以文字为载体的书面文学逐渐取代口传文学的主导地位,近年来又出现了网络文学,它的前景如何,是否能够成为文学的存在方式甚至占统治地位,还有待观察。

最后,阅读是文学作品获得生命的必要条件。只有经过阅读,文学才算真正地"活"着。文学作品因阅读而增加其生命的厚度。作品常读常新,每一次重新阅读,都会又一次增添作品生命的新内容。阅读,生发出文学作品各种不同的生命，让文学变幻着不同样态“活”着。自有文学千百年以来，正是因为千千万万读者的阅读，才使文学不断焕发青春，获得永恒的生命。文学存在于阅读中，文学在阅读中永生。

文学究竟怎样“存在”？

首先，就单个文学作品而言，它是否如克罗齐所说仅仅在“意识”里“形成意象”（“艺术即直觉即表现”）就算大功告捷并主要存在于意识之中，抑或必须通过一定的“实践”而获得某种物质形式，并且这种物质形式是不是文学艺术存在的不可缺少的一部分？

其次，就文学整体而言，它自产生以至今日，有过怎样的存在方式——如果说最初只是口传文学，那么有了文字之后，是否以文字为载体的书面文学能够完全取代口传文学？近年来又出现了网络文学，它的前景如何，能够成为文学的存在方式甚至占统治地位吗？

最后，离开阅读，文学还能存活吗？

这些问题在美学史、文学理论史上，以及在现实中，都是存在过或存在着这样那样的争议的。而弄清这些问题，对于把握文学的性质和特点有重要意义。

第一节　文学的“意识存在”和“物质存在”

一

1901 年，35 岁的意大利哲学家和美学家克罗齐在《美学原理》中提出了一种非常独特的美学理论：文学艺术（“审美”）即“直觉”、即“表现”，而这种“直觉”“表现”根本上是在意识里完成的；当“直觉品”（文学艺术作品）在意识中成形的时候，文学艺术活动（审美活动）即功成名遂了，此后“物质”手段的“传达”，是“经济”的、“机械”的活动，是文学艺术（审美）之外的事情，无关大局，也无关紧要。这就是说，在克罗齐看来，文学艺术根本上是意识之中的“直觉”“表现”；读者所看到的创作中的“物质”手段和“物质”形式，并不属于“审美”活动和文学艺术本身。

克罗齐的美学思想，在美学史上享有盛誉。威莱克（又译韦勒克）在《西方四大批评家》中说：“贝尼德托·克罗齐的美学理论是二十世纪所产生的最有影响的理论，它不仅在意大利美学界占据统治地位，而且在大多数西方国家里都是如此。在英国，罗宾·柯林伍德和埃德加·卡略特可称为克罗齐派的；在美国，约尔·斯平伽恩是简化克罗齐学说的倡导者；新批评派之父约翰·可罗·兰色姆在关键问题上都引证克罗齐。”[①] 中国学者从20世纪20—30年代起就引入克罗齐美学，受其影响最大最直接的是著名美学家朱光潜和著名作家林语堂等人。尤其是朱先生，他的美学思想的最重要的西方资源之一就是克罗齐。

克罗齐美学有许多值得借鉴之处，但从总体上说，我并不赞同克罗齐的观点。这里主要谈谈本节开头提到的克罗齐关于艺术即“直觉”即“表现”的根本思想，特别是他基于这个根本思想进而认为“传达”并非艺术分内之事这一观点——这密切关系到本书此节所要讨论的问题。

克罗齐之所以如是说，出于他“精心设计”的美学体系。所以，要真正读懂克罗齐，必须从他美学体系的“根儿上”说起。

克罗齐在《美学原理》中说，人类活动有两种：“认识”（知识）和“实践”（意志、行动）。“人类用认识的活动去了解事物，

---

① ［美］雷纳·威莱克：《西方四大批评家》，林骧华译，复旦大学出版社1983年版，第9—10页。

用实践的活动去改变事物；用前者去掌握宇宙，用后者去创造宇宙。”① 他又分别对“认识”（知识）和“实践”（意志、行动）各自包含的内容进行了阐述：“认识”包含两种形式，一是“直觉”（“审美的”），一是“概念”（“逻辑的”）；“实践”包含两种形式，一是“有用的或经济的活动”，一是“道德的活动”。②

文学艺术属于“认识”活动，而且是“认识”中的“直觉”即“表现”也即“审美”活动。

从克罗齐对文学艺术的定位，我们看到他为文学艺术画了两道明确而且不容逾越的红线：

一是文学艺术作为“直觉”“表现”，与“概念”决然不同，不能逾越“概念”这条红线——概念可以依赖于直觉（即直觉可以成为概念的基础），而直觉绝不能依赖概念：“艺术是纯直觉或者说纯表现……是与概念和判断毫不相干的直觉。”③

二是文学艺术作为“直觉”“表现”，与“实践”决然不同，不能逾越“实践”这条红线——“实践”不能离“直觉”（“认识”）而独立（“认识活动是实践活动的基础”），而“直觉”（“认识”）却必须离“实践”而独立，而且要“排除实践活动”④。

这里我们须特别关注克罗齐所谓“直觉”“表现”“审美”（文学艺术）与“实践”的关系。克罗齐说：“我们就必须指斥一切把审美的活动附属于实践的活动，或以实践活动的规律应用于审美的活动之类学说的错误。”他还明白无误地、斩钉截铁地说：“审美的事实在对诸印象加工的表现之中就已完成了。我们在心中作成了文章，明确地构思了一个形状或雕像，或是找到了一个乐

① ［意］克罗齐：《美学原理　美学纲要》，朱光潜等译，人民文学出版社 1983 年版，第 56—57 页。

② 同上书，第 64 页。

③ 同上书，第 316 页。

④ 同上书，第 59 页。

曲的时候，表现品就已产生而且完成了，此外并不需要什么。”[①] 他所谓“此外”，即在“心中”（意识中）的“直觉”“表现”“审美”之外。他认为在“心中”（意识中）所作的“直觉”“表现”“审美”，就已经“完成了”文学艺术的创作任务，“此外”，用“物质手段”对“直觉品”（文学艺术作品）的传达，就不属于文学艺术本身的活动了。也就是说，在克罗齐看来，这种“物质”手段的传达，是“审美的活动”（文学艺术）之外的“实践的活动”，是与文学艺术无关的“机械”的活动。而这种“机械”的“实践活动”，顶多只是“由审美事实到物理现象的翻译（声音、音调、运动、线条和颜色的组合之类）”[②]。而且，这些“由审美事实到物理现象的翻译”，这些“物理的事实”，也只是唤起鉴赏者回忆时的“备忘工具”，或者叫作“再造或回想所用的物理的刺激物”：“那些叫做诗、散文、诗篇、小说、传奇、悲剧或喜剧的文字组合，叫做歌剧、交响乐、奏鸣曲的声音组合，叫做图画、雕像、建筑的线条组合，不过是再造或回想所用的物理的刺激物。记忆的心灵的力量，加上上述那些物理的事实的助力，使人所创造的直觉品可以留存，可以再造成回想……从此可知，那些物理的东西和物理的事实本来只是帮助人再造美或回忆美的，经过一些转变和联想，它们本身就被简称为‘美的事物’或‘物理的美’了。”[③] 而在克罗齐看来，这些所谓“美的事物”或“物理的美”并不是真正意义上的“美”，只是“姑妄言之、姑妄听之”而已，其实它们与“美”，与文学艺术，与“直觉品”、“表现品”是根本不同的两码事，它们是“实践”的产物，是“机械”活动的产物，是文学艺术之外的事物。

---

① ［意］克罗齐：《美学原理　美学纲要》，朱光潜等译，人民文学出版社 1983 年版，第 59 页。

② 同上书，第 106 页。

③ 同上书，第 108 页。

顺便一提，在克罗齐那里，“艺术技巧”也不属于文学艺术活动。因为“直觉品”在心灵中已成，然后“外射”出来——即用物理手段传达出来。“外射”需要技巧，但这“外射”不是“直觉”“表现”“审美”本身，而属于“实践”（“意志”）活动，是“实践”活动的一部分，因此，“艺术技巧”不属于“审美”，不属于文学艺术活动，而属于“实践”的“机械”的活动。克罗齐说：“艺术的技巧就是服务于实践活动的知识，用来产生审美的再造的刺激物。”①

以上就是克罗齐关于文学艺术的根本性质，以及艺术创造与传达手段之间关系的主要观点。

二

克罗齐的这些观点，虽然在某些地方对我们很有启发、但他的大部分说法是不准确的、片面的，有些观点，在我看来则根本不符合审美和艺术事实，是令人难以接受的。

审美和艺术，就其根本性质而言，若有人问“它是物质性的还是精神性的”？我也会回答：它主要是一种精神性的而不是物质性的存在物——就这一点而言，克罗齐所论，确有部分道理。即使建筑艺术这种看起来“物质性”很强的艺术，就其为艺术而言，并不在于它的砖瓦、石料（即使是贵重、美丽的大理石）以及其他建筑材料的物质性质，以及它的物质结构本身；而在于它表现出来的意蕴、意味以及传达这种意蕴、意味的形式（意蕴、意味和形式在成功的艺术中是完美融合的、不分彼此的）。

但是我所说的这种“精神性”，并非如克罗齐那里仅指归属于“认识”范畴里的所谓“直觉”“表现”，更不是克罗齐所一口咬定的“与概念和判断毫不相干的”“纯直觉或者说纯表现”。第

① ［意］克罗齐：《美学原理　美学纲要》，朱光潜等译，人民文学出版社1983年版，第121页。

一，文学艺术的“精神性”，不仅仅是所谓“认识”（克罗齐具体指的是“直觉”“表现”），而是还有情感，并且还应该包括克罗齐排除于“认识”之外的而归于所谓“实践”范畴的“意志”“道德”，等等；第二，文学艺术（“审美”）不仅仅如克罗齐所说是排除了理性的“直觉”，它一定还包含着不同于哲学“概念”的特殊形式的理性活动，甚至它与某些“概念”“判断”也不能完全绝缘。

关于这方面的问题，前些年人们已经讲了很多，虽然意见并不统一，但问题摆出来了，还是比较清晰的，我没有更多的新的思想，故不多论。

我要重点讨论和批评的，是克罗齐所谓艺术“即直觉即表现”也即“完成”等观点的片面性，特别是他把艺术传达排除于文学艺术之外等观点的偏执。在我看来，他的这些说法明显违背客观事实。

读克罗齐的美学著作，可以见到克罗齐的活脱脱的美学性格：他出言无忌，质朴爽快，天真、纯净、烂漫、无邪。但是，愈是如此，愈是清楚地看到他的偏颇和极端。他对自己的美学体系和美学思想，过于自信，过于自爱，过于洋洋自得，过于自我陶醉。而今天看来，却是过于偏执。

克罗齐可谓近代西方美学史上的“过于执”①，只不过是个可爱的“过于执”。对于这种“偏执”，不能不以科学的态度进行讨论、辨析和批评。

三

文学艺术作品（克罗齐所谓“直觉品”），真如克罗齐所说，仅仅是作家艺术家通过片刻“直觉”“表现”在“心中”（意识

---

① “过于执”是中国戏曲《十五贯》中的一个过于固执、主观、自信的典型人物，为广大观众所熟悉。

中）就“已产生而且完成”吗?

非也。

文学艺术作品的产生和完成，当然会是多种多样，没有一个固定的统一的模式。有的灵感突来，下笔成章；有的运思多年，慢工细活；有的激情四射，热辣辣地喷薄而出；有的像冷轧钢那般，在冷静和理智中成形……但是几乎没有一件文学艺术作品是仅在“心中”通过片刻“直觉”“表现”而一次成形，就“已产生而且完成”了。

文学艺术的“意象”、“艺术形象”、“意境”的产生，并非如摄影家手持照相机，一摁快门，“咔嗒”一声，“直觉”“表现”，感光完成。它是一个鲜活的有血有肉的“生命”，它是“生长”出来的。它的成形、生长、成熟，一般说是一个活生生的生命的产生、成长、成熟的过程，犹如女人怀孕、生子，从受精起，胎儿一天天发育，大脑、四肢逐渐长齐、长好，到最后呱呱落地。在这个过程中，一开始，譬如在受精卵阶段，可能什么都看不出来，作家、艺术家自己也感觉不到，后来感觉到了，却还是模模糊糊，只有到孩子（文学艺术作品）生出来，才清晰地看到他的模样。这个过程，在作家艺术家那里绝非片刻的“直觉”“表现”所能概括得了的。

有的作家，在创作的起点，脑子里仅有某个模糊的轮廓或片段的意象，以后才一点点增加意象的因素，最后成形。上海的吴亮在2016年出版了一部长篇小说《朝霞》，受到关注和好评。吴亮在关于这部小说的座谈会上谈自己创作过程时这样说：

> 我没有事先设计好，完全没有。只有一些简单的提纲，几个人物出现。我只知道我有一个东西要写，写什么我都不知道，真是这样。写了大概有一个礼拜以后，我的一个女性朋友也在场。我和她交流，我说可能有我自己的影子，当时

> 名字还没想到，就是一个他，这个视角就是我的视角。她说我建议你看《荒原狼》。有一个荒原狼出现了，我就编了马立克。马立克他看了很多书，这怎么来的？一定有个好家庭，才能翻书，所以给他一个爸爸，马龇伦就开始出现，人物就一个个长出来。

请注意，吴亮说他开始“只知道我有一个东西要写，写什么我都不知道，只有一些简单的提纲，几个人物出现，后来，人物就一个个长出来”。这哪里是片刻的一时的“直觉”“表现”？

有的作家，在创作某部作品的时候酝酿几十年，像歌德的《浮士德》。最近的例子，据 2016 年 9 月 28 日《北京青年报》报道，《收获》披露出来的张爱玲长篇散文《爱憎表》的构思和写作情况。1990 年，70 岁的张爱玲，看到了当年圣玛利亚女子中学校刊“学生活动记录”专栏上她与同学们有关个人喜好的调查问卷，她是这样填写的：“最喜欢吃：叉烧炒饭；最喜欢的人：爱德华八世；最怕：死；最恨：一个有天才的女人忽然结婚；常常挂在嘴上的是：我又忘啦”等等，很有感触，于是用了两个月的时间来写这篇《爱憎表》，回忆少年时光。从当年填问卷到 70 岁写作，时间跨度是 50 多年——当年的填写问卷，已有对生活的（用克罗齐的话）“直觉”“表现”，50 年后写这篇《爱憎表》，又把当年的“直觉”“表现”接续上了。她写得回环往复，舒缓有度，轻松愉快，赏心悦目。她此文的写作，采用列点形式，拟定写作大纲（但不一定严格遵守）。同一段话她会反复重写、添补内容，力求尽善尽美。看她的草稿，知道她每段文字皆惨淡经营，非一蹴而就。

四

文学艺术作品（所谓“直觉品”）真如克罗齐所说，通过片刻“直觉”“表现”在“心中”产生完成，“此外并不需要什么”吗？

非也。

我当然不赞成克罗齐片刻“直觉”“表现”的说法，即使退一步，承认克罗齐片刻“直觉”“表现”说有一定道理，那么片刻“直觉”“表现”也只是创作起步时可能出现的某种情形，是作家艺术家“直觉”“表现”（用我们的话说是最初的感知和体验生活）从而形成艺术意象的第一步。“此外”并非“不需要什么”，相反，还真的“需要”再做许多许多事情，后面的路还很长。

文学艺术意象的孕育和诞生，在我看来仅仅片刻“直觉”“表现”是远远不能如克罗齐所说完成创作文学艺术作品的任务的，更不用说克罗齐派给“认识”的“掌握宇宙”（即使是低层次的初步“掌握宇宙”）的任务。打一个粗浅的比方：如果我们把作家艺术家比作一个特殊的“雷达”，那么，这个“雷达”搜寻、选择、跟踪、捕捉对象，并且整合自己内心的“直觉”“表现”，通过一系列的复杂程序形成荧光屏上的艺术影像的过程，非常复杂，远非“直觉”“表现”那么简单。可以说，每一个有才能的作家艺术家，画家、雕刻家、小说家、诗人、戏剧家、电影家、音乐家、舞蹈家等，在“直觉”“表现”之后，要反复进行“掌握宇宙”和“被宇宙掌握”的运动。一方面，经过作家艺术家的一系列劳动，“宇宙”被作家艺术家的意识所“溶化”、所“酿造”，如同蜜蜂对所采的花进行“改变”一样。而经过这“酿造”，那花就不再是原来的花，它逐渐被作家艺术家的意识所浸泡、所熏染、所改造，从“自在之物”变成“为我之物”，从独立于作家艺术家身外的“宇宙”变成存在于艺术家意识之中的意象。同时作家艺术家也“被宇宙掌握”，渗透于融化于“宇宙”之中，成为“宇宙”的一部分。清初大画家石涛在谈到画家与山川的关系时，曾这样说："山川使予代山川而言也，山川脱胎于予也，予脱胎于山川也。搜尽奇峰打草稿也。"① 石涛这段话，正是指出了画家在"心中""直觉""表现"那"宇宙"时，经过对山川的广泛而深入的体察、选择、比较、集中、概括，"搜尽奇峰"，并用自己的意识溶而化之，以至于"山川脱胎于予""予脱胎于山川"，从而产生了"草稿"——尚存在于画家意识之中的"山川"的意象。其实，"掌握宇宙"和"被宇宙掌握"是同时进行的。所谓"被宇宙掌握"，是说作家艺术家把自己隐没到"宇宙"之中去，使"宇宙"在一定意义上成作家艺术家"自我"的化身。例如，小说家福楼拜在谈到他的《包法利夫人》时，说"爱玛就是我"。戏剧家郭沫若在谈到他的《蔡文姬》时，说"蔡文姬就是我"。中国古代的诗人和画家常常说，写诗、作画是言志、缘情、写意，抒发性灵，那诗中、画中的意象，那一山一水一草一木中间，都有作者的"我"在，也就是说，作家艺术家已经化身在山水草木之中了。而这时的山水草木，也已经不是原来意义上的山水草木，而是体现着、渗透着作家艺术家主观意识的山水草木。

五

意象只是意中之象。在我看来，仅仅有意象，只是文学艺术作品的"意识存在"，远不能说是文学艺术作品。文学艺术作品还必须有它的"物质存在"。

仅仅在克罗齐所说的"心中"（意识中）存在的意象，它可以是比较清晰的，但常常是不确定的、模糊的；在有的作家艺术家那里，"心中"意象可能如在眼前、真真切切，但这不具有普遍性、必然性。更多的作家艺术家，他们脑子里的意象，那艺术的

① 石涛：《画语录》第八章，见俞剑华编《中国画论类编》（上），人民美术出版社 1957 年版，第 153 页。

意识，往往是游移的不固定的东西，往往是心头想象的影子，不能成形。只有依照作家艺术家（用克罗齐的话）“直觉”到的意象本身的存在方式给予一定的物质材料的表现，并且只有当作家艺术家依照那意象内在逻辑加以组织结构，将它移到意识领域之外并用一定物质手段固定下来时，它才具有了确切的形态，它才以具体可感的艺术形式呈现在读者和观众面前，它才能被感知，被接受。

所以，克罗齐说“此外并不需要什么”，是偏狭的。用物质手段把意象固定下来，就是在克罗齐所说的“此外”应该而且必须继续做的一件事情，而且这是文学艺术创作必不可少的一件事情。

同时，特别重要的还要看“怎么写”，即作家怎样把脑中的意象独特地传达出来。最近看到陈丹青与青年女作家蒋方舟的对话，很受启发。陈丹青说：“我很在乎怎么写。……我看一个人的画，根本不看他画什么，我先看他笔头老不老，我看文字也是这样。”① 陈丹青所谓“怎么写”“笔头老”，主要指的是作家“会写”“会表达”“会传达”，能够出色地运用物质手段把意象表现出来。

意象不应该也不可能仅仅停留在艺术家的意识之中，它必然要求通过一定的媒介、给予一定的物质材料的表现，使之得到固定化和外在化。譬如，绘画用线条色彩，文学用语言文字，音乐用节奏旋律，戏剧用以演员为中心的各种舞台艺术手段，舞蹈用形体动作，将各自的艺术意象付诸一定的物质表现。一件艺术品的创作，在它尚未获得一定的物质表现以前，艺术意象始终不能得到最后的确定，文学艺术作品始终不能得到最后的完成——这里说“最后的完成”“最后的确定”，是只就作家、艺术家的创作而言。按照接受美学的观点，艺术只有通过读者和观众的接受才

① 2017年8月15日凤凰读书会发布：《陈丹青：80后作者我能看完他一本书的一个都没有》。

能完成。

作家艺术家用物质手段固定意象，可能不是一次完成，而是反复多次。在这反复多次之中，每作一次，就提高一次，精化一次，完善一次。意象也不断得到深化，精确化，精致化。

六

艺术传达仅仅是“机械”活动吗？

非也。

每一个作家艺术家必须熟悉和掌握自己的特殊的艺术门类的工具、手段和物质材料的性能、特点及规律，将之付诸艺术表现。作家艺术家把它们视为艺术生命的一部分，也视为自己生命的一部分。列夫·托尔斯泰说，作家每下一笔，都是蘸着自己的血肉写出来的。优秀的文学作品，可谓“字字血”。有这样呕心沥血的“机械”活动吗？

而且，每个成熟作家都有自己的语言习惯、遣词用字的方式，而这种习惯和方式形成一个成熟的作家独特的风格，成为他的标志，成为他艺术生命血肉之躯的一部分，是他的“真胳膊”“真腿”，而不是“机械”的“假肢”。就中国作家来说，一看他的语言就知道：这是鲁迅，这是老舍，这是郭沫若，这是茅盾，这是钱锺书，这是徐志摩，这是闻一多……你能把某作家的语言同他的作品分开吗？你能把某作家的语言同他本人分开吗？你能把生命同组成它的血肉分开吗？

不同艺术门类的作家艺术家各有特殊的才能、技巧和禀赋，甚至表现了对各自的工具、手段和材料的喜爱、兴趣和特殊感情。英国美学史家鲍山葵说：“任何艺人都对自己的媒介感到特殊的愉快，而且赏识自己媒介的特殊能力。这种愉快和能力感当然并不仅仅在他实际进行操作时才有的。他的受魅感的想象就生活在他的媒介的能力里；他靠媒介来思索，来感受；媒介是他的审美想象的特殊身体，而他的审美想象则是媒介的惟一特殊灵魂。”① 另一位英国美学家阿诺·理德谈到不同种类的艺术家使用媒介和材料时的不同“禀赋”：“画家的禀赋就是这样的：当他的审美要求被唤醒之后，他就要求通过他所喜爱的色彩和造型的途径，即绘画活动的途径而予以实现。诗人的灵感到来的时候，诗的语言就脱口而出；折磨音乐家或是使他充满痛苦、悲哀、凄怆之情，或者使他极度欢乐，到了某种情况之际他就会把声音编织起来用以表现他灵魂深处的最深刻的价值。他可以创作一首交响乐，给人以刺激和满足，并为他的——以及我们的如饥似渴的灵魂提供一种特殊的乐趣，即‘音乐的’乐趣。艺术家的气质就是这样的，每一位艺术家都有其特殊的禀赋。”② 他们的话是有道理的。画家必须善于用调色板，用线条、色彩来“直觉”、来“表现”、来思索、来感受；诗人必须善于用语言的韵律来“直觉”、来“表现”、来思索、来感受；音乐家必须善于用音节、旋律，用音符来“直觉”、来“表现”、来思索、来感受……他们对各自的媒介、工具、物质材料及其所展示的东西具有一种特殊的敏感，能够精确和熟练地掌握它们的性能和规律，因而能够在一定程度上突破各自的媒介、工具和物质材料的不可避免的局限性，发挥它们最大的表现能力，使它们成为某种艺术意象的最恰切的物质外壳，成为艺术形式的有机组成因素。

此外，每一种艺术，它的媒介、工具、手段，在长期的艺术实践中往往形成了自己的一套格式（程式）。例如，中国古诗中五律、七律、绝句，都有相对固定的格式，中国绘画中人物画、山水画，也各有其特定的技法，如仅皴法和点法，就各有二十多种。中国戏曲中也有各种相对固定的曲调，人物的动作也是程式化的。

---

①［英］鲍山葵：《美学三讲》，张今译，人民文学出版社 1956 年版，第 31 页。

②［英］阿诺·理德：《艺术作品》，《美学译文》（1），中国社会科学出版社 1980 年版，第 95 页。

至于角色类型，更是程式化的表现。外国的许多艺术，虽然没有像中国艺术这样明显的程式化规定，但实际上也是存在某种程式的。十四行诗不是就有相对固定的格式（程式）吗？艺术的格式（包括体裁）本身，并不就是艺术形式。如果不善于利用和使用这些格式，很可能成为束缚手脚的镣铐，妨碍自由的艺术表现。但是，有才能、技巧高超的艺术家，却非常善于掌握各种艺术的规律，在格式之中，充分利用格式的表现力，而又能突破某些格式的局限，从而创造出恰切表现艺术内容的艺术形式。评剧《秦香莲》，就是利用评剧这种体裁和戏剧程式，充分发挥它们的艺术表现力，成功地刻画了秦香莲、陈世美等典型形象，出色地创造出恰切表现艺术内容的完美的艺术形式。

顺便说说，克罗齐也把艺术技巧纳入“机械”的“实践活动”范畴，这是不公平的。作家艺术家长期艺术创作中所形成的艺术技巧，也是他们生命的一部分。平庸的艺术家与天才的艺术家实现的艺术表现将是很不相同的，而且可能差别很大。这里有高低之分、文野之分。这是因为艺术家的才能和技巧在起作用。伟大的俄国作家果戈理总是“善于把不在眼前的事物表现得栩栩如生，好像历历在目一样”①。这就是艺术才能和艺术技巧。

第二节　口语文学·书写文学·网络文学

人们常说，文学是语言的艺术。这是常识，几乎用不着去论证。没有语言，就没有文学。但是，历史发展到今天，语言已经有不同形态：口传语言、书写语言（文字）、网络语言。文学采取哪种形态呢？何时以何种形态存在呢？

对于这个问题的回答，任凭什么权威，说了都不算数，只有

① ［俄］果戈理：《我的忏悔》，见《外国理论家作家论形象思维》，中国社会科学出版社 1979 年版，第 99—100 页。

听凭历史老人的安排和裁决。

一

我曾在本书第二章说，语言发生时，文学就发生了。最早的语言，也可以说是最早的诗、最早的文学。语言是文学的根，是文学之母。

不过，人之初，还没有文字、或刚刚产生文字还没有发展起来和广泛使用，盛行的是肢体语言和口头语言。肢体语言可以滋生原始舞蹈，口头语言则滋生口语文学（或叫口传文学）。有人认为，口语文学这个说法并不完全合适，更为确切的叫法应是口传文学。因为在汉语中，“口语”虽然往往与“书面语”相对，却又与“白话”（“通俗语”）相混称；而唐宋以来的“白话文学”并不都是或往往不是“口传”的，而是也以“书写”的形态存在。[①] 这需要学界进一步研究。

最早的文学是口语文学。在文字产生并普遍使用（书写）之前很长一段时间里，也只有口语文学存在——以口语的形式“创作”和“出版”，以口传的方式“发行”和“流播”。在人类文明发展的早期，如果有文学，无一例外都是口语文学称雄于世。

由于世界各地文明发展的不平衡，当发达地区的人们有了文字并广泛使用很久之后，某些后发达地区，特别是澳洲、非洲、美洲甚至亚洲的许多地方（也包括我们国家西南地区云南、贵州的一些少数民族聚集区），直到 19 世纪甚至更晚，仍然停留在相

① 从汉语发展史看，在先秦，“口语”与“文言”基本一体，“书面语”与“口语”也基本一致；到东汉，“文言”与“口语”逐渐分离，文言主要用于书面语，因此“书面语”与“口语”也分离；口语即白话，后来的白话文学（从唐代变文、王梵志白话诗、唐宋白话小说到五四时期开始的现代白话文学），笼统说可以是口语文学，但主要并非口传，而大都是书写的，属于书写文学或书面文学，同文字产生之前的口传文学以及书写文学盛行之后仍然存在的口传文学不是一回事。关于文言与口语（白话）历代演变，可参见宋晖《‘之乎者也’有所谓》，《读书》2017 年第 8 期。

对原始的状态，没有文字，他们的文学依然是口语文学统治着。

口语文学的样式也有多种。一般说，那时的口语文学，就是在部落社会中人与人交往时、劳动时、祭祀时、巫术或宗教活动时，以及在流行的集体性表演场合所歌唱的诗，所说的饱含祈愿的虔诚的祭祀词甚至咒语，所讲的神话传说故事，以及充满情感的各种叙事……内容质朴而丰富，形式简单而多样。有的可以很长，如史诗，少则几千行，多则数万、数十万乃至上百万行，洋洋大观，可以唱上数天数夜。有的可以短到几个字、一句话、几句话，如载于《吕氏春秋·音初篇》的《候人歌》，其歌词只有一句四个字“候人兮猗”，而且其中的两个字“兮猗”还是语气助词，类似现在的“啊”和“呀”，仅剩下的两个实词“候人”即“等你”。传说：大禹忙于治水，30多岁还未婚。一次遇涂山（今浙江绍兴县西北）女娇，一见钟情而成亲。但大禹新婚四天即为治水告别娇妻，三过家门而不入。女娇思念丈夫，就叫侍女到涂山南面大路口去拦截大禹，唱“候人兮猗”，翻译成现代汉语即“等你啊”。这是有史可查的第一首中国恋歌。[①]。有的原始祭祀词或咒语也常常只有几行，如殷商甲骨卜辞：“癸卯卜，今日雨。其自西来雨？其自东来雨？其自北来雨？其自南来雨？”[②]《伊耆氏蜡辞》：“土，反其宅！水，回其壑！昆虫，毋作！草木，回其泽！”[③] 有的配合原始音乐、舞蹈，只在某个节奏上重复地发出感叹词，我国台湾少数民族有一首民歌《拜访歌》，拜访或是迎接客人时唱的，里面全是虚词。格罗塞《艺术的起源》也谈到原始部

① 《吕氏春秋·音初篇》：“禹行功，见涂山之女。禹未之遇而巡省南土。涂山氏之女乃令其妾候禹于涂山之阳。女乃作歌。歌曰：候人兮猗！”

② 见郭沫若《卜辞通纂》第三七五片，《郭沫若全集·考古编第二卷》之《卜辞通纂》，科学出版社2002年版。

③ 这首歌谣见于《礼记·郊特牲》，乃蜡祭祝词，用祈使乃至命令口气，表现了控制自然灾害的愿望和力图征服自然的意志和气魄。

落的一些诗歌的文本只是许多完全没有意义的感叹词。[①] 有的类似于原始人类的劳动号子，鲁迅称之为“杭育杭育”派文学[②]……当年它们都是口语文学而后来在一些古籍中记录、保存下来，至今仍可想象出其多彩而鲜活的样子。

我国《诗经》中相当一部分作品，我认为也是由口语文学记载下来加以修饰的，譬如《关雎》[③]《芣苡》[④]。其他古籍如《山海经》《淮南子》《庄子》《楚辞》等，也记载了许多口传下来的古诗歌、神话传说、故事，它们是口语文学的宝藏，其中许多作品流传至今，几乎家喻户晓，如女娲补天（《淮南子·览冥训》）、夸父逐日（《山海经·海外北经》）、精卫填海（《山海经·北山经》）、后羿射日（淮南子）、大禹治水（《山海经·海内经》）……

提到国外的口语文学，人们最熟悉的就是古希腊的《荷马史诗》，传说它由盲诗人荷马口唱而流传，后来，在文字普遍使用之后，才有人将口语形态的荷马史诗用文字记录下来，整理出版，共两部，即《伊利亚特》和《奥德赛》，各成24卷，《伊利亚特》

---

① ［德］格罗塞：《艺术的起源》（商务印书馆1984年版）第九章“诗歌”中说：“每一个原始的抒情诗人，同时也是一个曲调的作者，每一首原始的诗，不仅是诗的作品，也是音乐的作品。有一位著作家说：‘在一切科罗薄利舞的歌曲中，为了要变更和维持节奏，他们甚至将辞句重复转变到毫无意义。’……这些诗歌的本文只是一种完全没有意义的感叹词之节奏的反复堆砌而已。这样，我们不得不下一种结论，就是最低级文明的抒情诗，其主要的性质是音乐，诗的意义只不过占次要地位而已。”

② 见鲁迅《且介亭杂文·门外文谈》，《鲁迅全集》，人民文学出版社2005年版，第6卷。

③ “关关雎鸠，在河之洲。窈窕淑女，君子好逑。参差荇菜，左右流之。窈窕淑女，寤寐求之。求之不得，寤寐思服。悠哉悠哉，辗转反侧。参差荇菜，左右采之。窈窕淑女，琴瑟友之。”

④ “采采芣苡（fú yǐ），薄言采之。采采芣苡，薄言有之。采采芣苡，薄言掇（duō）之。采采芣苡，薄言捋（luō）之。采采芣苡，薄言袺（jié）之。采采芣苡，薄言襭（xié）之。”芣苡（fú yǐ）：植物名，即车前子，种子和全草入药。（“芣苡”古时本字是“不以”。“不以”也是今字“胚胎”的本字。“芣苡”即是“胚胎”。见《闻一多全集》）

共有15693行，《奥德赛》共有12110行。

我国也有许多口传的史诗，特别是少数民族，如藏族的《格萨尔王传》共有120多部、100多万诗行、2000多万字[①]；蒙古族的《江格尔》共60余部、10万余行；柯尔克孜族的《玛纳斯》共8部、20余万行。近年来，为了抢救和保存文化遗产，有关部门组织相当多的专业人员进行整理、录音和文字记载。

国外的许多著名的人类学、民俗学著作如英国学者泰勒的《原始文化》、弗雷泽的《金枝》和马林诺夫斯基的《巫术 科学 宗教与神话》，德国学者格罗塞的艺术学著作《艺术的起源》，俄国学者维谢洛夫斯基的诗学著作《历史诗学》……作者通过艰苦的田野考察和长时间研究，提供了世界各地近代尚存的原始部落大量生动鲜活的口语文学实例。如泰勒《原始文化》用三章篇幅考察和记述了澳洲、非洲、美洲等许多原始部落的神话，从日月星辰、虹、瀑布、雷、雨到人、猿、巨人、矮人、疾病、黑夜和死亡，以至部落、民族的名称，庞杂丰富到难以想象——这仅是口语文学之一角。再如维谢洛夫斯基《历史诗学》，考察和论证原始部落的口语文学的各种形态、存在状态，以及对它们的诞生和演变的猜测，他说："我们已经看到，在我们试图考察的条件下如何从合唱的混合艺术中分化出叙事诗、抒情诗与戏剧的形式；如何从合唱队的联系之中分化出继承它的吟唱传统的歌手们；如何随着合唱的混合艺术所服务的仪式过渡到稳固的祭祀形式而出现礼仪和箴言的特殊维护者。"[②] 弗雷泽《金枝》和格罗塞《艺术的起源》，也记述了原始部落和原始民族的许多最原始状态的诗——今天看来不像诗的诗，但那是当时口语文学的真实状态。

① 它是已知世界上最长的一部英雄史诗，就数量来讲，比世界上最著名的五大史诗古代巴比伦史诗《吉尔伽美什》、希腊史诗《伊利亚特》《奥德赛》、印度史诗《罗摩衍那》《摩诃婆罗多》的总和还要多。

② ［俄］维谢洛夫斯基：《历史诗学》，刘宁译，百花文艺出版社2003年版，第408页。

二

口语文学的特征是什么？

口语文学，不言自明，其标志就是口语性，同当时人们的日常用语和日常生活贴得最近，最接地气。例如记载在《吴越春秋》中的那首《弹歌》“断竹，续竹，飞土，逐宍”，泥土味十足，你似乎能看得到歌者唱时的唾沫星子……一听即知为当时猎人脱口而出，狩猎的尘土，与猎人手持猎物的愉快心情一起飞扬。

应特别注意的是，口语形态的原始诗歌，总是与音乐、舞蹈联系在一起，中外皆如此。德国艺术史家格罗塞《艺术的起源》第九章“诗歌”中就特别强调了这一点。中国古代“诗乐舞”一体，更是众人皆知的事实。这也是口语文学时代的显著特征。

因为诗与乐舞一体，就很重节奏，并且一唱三叹，如《诗经·芣苢》：“采采芣苢，薄言采之。采采芣苢，薄言有之。采采芣苢，薄言掇之。采采芣苢，薄言捋之。采采芣苢，薄言袺之。采采芣苢，薄言襭之。”句子的反复和重复特别多。《诗经》的大部分篇章，都保留着或说遗传着口语文学的这个特征。

由于口语性，也就决定了它流播方式的口传性，即口口相传，传播者与听众必须在听得见甚至看得见的距离内。传播中，便于现场互动、感情交流。以此，口语文学是最具有亲和性的文学。

由于口传中的互动和交流，听众往往参与创作和修改。因此，口语文学基本是集体创作，也不是一次完成。台湾学者李亦园在比较口语文学与书写文学的差别时说，书写的文学作品大致都是一个作者的作品，而口语文学作品则经常是集体的创作。一个人的创作在某种情形下通常都不如集体创作那样能适合大众的需要。而且书写文学一旦印刷出版，就完全定型而不易有所变化了。口语文学的作品，即使是一个人的创作，一旦经过不同人的传诵，就会因为个人的身份地位以及传诵的情境而有所改变，这样因时因地的改变正好是发挥文学功效最好的方法，所以说口头文学最能适合大众的需要。口语文学与书写文学另一重要不同点在于听者与读者之别。口语文学是传诵的，所以对象是听者，书写文学是看与读的，所以对象是读者。听者与读者之差别，在于听者是出现于作者之前，读者则不会与作者碰面。假如我们用传播的模式来说明二者的差别，也许就更清楚一点。书写文学可以说是一种单线交通（one way communication），作者很不易得到读者的反应，即使有亦不能改变内容了。口语文学则可说是双线的交通（two ways communication），作者或传诵者不但可以随时感到听者的反应，而且可以借这些反应而改变传诵方式与内容。爱斯基摩人的传说讲述者，经常会在讲述过程中受到听众的抗议，而不得不改变内容以适合当时的需要。台湾高山族中若干族群有时也有类似的现象出现。口语文学的这种应变能力，确比书写文学更能发挥“文学”的作用。①

三

文字产生使书写成了社会上比较普遍的活动方式，渐渐出现了书写文学（或称书面文学），并且愈来愈盛，历史老人眼看着它取代口语文学的地位而成为文学存在的主流形态。

那么，其后口语文学的命运如何呢？也许你会担心它从此就一蹶不振，消失得无踪无影了吧？

不！它虽然被边缘化，但它依然活着。如，从先秦起以至秦汉唐宋，祭神时歌舞的唱词，“角抵”（即百戏）、“参军戏”、“踏摇娘”等歌舞表演，以及民间说唱伎艺“俗讲”、“转变”（“变文”）等，其中都有不少即兴的口头创作，这就是长期以来活着的

① 李亦圆：《从文化看文学》，见叶舒宪主编《文化与文本》，中央编译出版社1998年版，第3—4页。

口语文学。

并且，近代以来，甚至直至网络化时代的今天，仍能看到口语文学的身影。如说唱艺术（特别是相声）中的“现挂”，没有事先的文字稿本，而是因时因事，当场遣词造句，脱口而出——据说有一次侯宝林在天津表演相声，正说到救火，恰巧此时剧场外有救火车拉着警笛呼啸而过，侯宝林“现挂”，即兴发挥了很有味道的台词，引得满场大笑。今天舞台上的“脱口秀”节目，大都没有事先写好的文字稿本，也是即兴的口头创作，有的文学性相当强。如上海“东方卫视”由著名演员、舞蹈家金星主持的“金星秀”，反应机敏的主持人凭着伶牙俐齿、文采斐然的谈话，赢得广泛好评，具有强大艺术吸引力。倪萍主持的“等着我”节目，她与“求助人”的现场对话，有的相当精彩，富有一定的文学性，大都也属即兴口头创作之类。董卿主持的《朗读者》，主持人与朗读者即兴的现场对话，有的相当精彩，富有一定的文学性，也属口头创作类——她无法把现场发生的情况事先全部预料到，准备好，写下来。尤其是2016年里约奥运会开幕式和闭幕式白岩松的现场解说，有相当多的部分是即兴发挥的，幽默潇洒，趣味横生，可谓最新版的口语文学。

此外，近年来朋友聚会，饭桌上的各种“段子”，口头传来传去，大都有“喷饭”效能，而其优秀者，引人“捧腹”之余，觉其针砭时弊，鞭辟入里，“意味”甚浓，列入当代讽刺性的口语文学，无愧。

我特别想介绍给读者的，是现存生命力仍很旺盛的一种口语文学形式：彝族克智。它是彝族民间仍在流传的诗体口传文学，经国务院批准列入第二批国家级非物质文化遗产名录。“克智”又叫“克使哈举”，多在婚丧喜事、逢年过节时表演。由主客双方，各自选出自己能说会道、思维敏捷、知识丰富的代表，边饮美酒边展开克智舌战，比智慧、比知识，随机应变，自由发挥，即兴创作。内容极其广泛，形式多样，有抒情，有叙事，有议论，生动活泼。为了压倒对手，各自运用大量的比喻，语言夸张、流畅，富有音乐感。双方针锋相对，有时进攻，有时防守。有时冲锋，有时退却，有时波翻浪涌，有时风平浪静。有的一夜争执到天明也难分胜负，最后由老人拿酒劝止，往往说："停下来吧，姑娘还多着呢，你们的克智留着以后别的姑娘婚礼上再说吧。"①

但总的来说，口语文学时代已经过去了，可能一去不复返了。即使它仍有存活，也风光不再，远非主角和主流。它不可能再像文字广泛使用之前那样主宰文学天地了。

四

书写文学取代口语文学而成主流，这个历史过程中，有三个关节点需要特别留意：一是文字的产生，一是纸的发明，一是印刷术——雕版印刷特别是活字印刷和印刷机的出现。这三个关节点所产生的变化，是三个革命性转折。

关于文字如何产生、何时产生，有各种不同的说法。文字（主要是象形文字）与语言出现之先后，也有争论。② 我认为，象形文字，不论苏美尔人刻在泥板上的楔形文字，还是古埃及人写在莎草纸上的象形文字及中国人刻在甲骨上的象形文字，可能在语言出现的稍后产生。初期，文字书写的被"运用"，可能不比语言强势；但是越到后来，越显出文字的优越性：它可以传得久远，它可以记得真切，它可以使模糊的认识变得清晰，使不固定的思绪得以固定，它便于向后代和他人传承，它

① 参见百度网"百度百科·彝族克智"。

② 拼音文字产生于语言发生之后，这无疑义；但是，象形文字与语言，谁前谁后，就不好说了。有人认为语言产生之前就有了"文字"——刻在石头或骨头龟甲上的图形、符号等"雏形"文字，可能比语言还早；但是相当多的人不同意此说。

可以使瞬时变为恒久，它可以备忘……总之，它穿越时空界限、口传语言界限，在某种程度上带来人的解放和文学的解放。这是一场革命。加拿大学者哈罗德·英尼斯在他的名著《帝国与传播》中，谈到古希腊口头传统与书写文字这两种媒介之间的剧烈争斗，说：“文字的传播毁灭了一个建立在口头传统上的文明。”[①] 他说的是书写文字在政治上的影响力。单就文学而言，文字出现使得口语文学发展到书写文学，这上了一个台阶，算是一次飞跃。

但是，在书写文学的初期，只就中国情况来看，刻在甲骨、木板、竹片上，刻在石头上，高级一点儿的，写在绢帛上的文字，还是有很大局限。一部《诗三百》，一部《春秋左传》，一部《国语》……得用多少竹简啊，搬动起来要费多少力气啊，阅读起来又多么麻烦啊！那时的书写文学，被那粗陋的书写手段和材料，挤兑得没有多少伸展的空间。

关键在于如何克服和突破书写手段和书写材料的局限。于是聪明的古人发明了纸。据考古发现，中国西汉时就出现了纸张，到东汉蔡伦，改进了造纸技术和工艺，使之得以长足进展。范晔《后汉书》记载：“自古书契多编以竹简，其用缣帛者谓之为‘纸’。缣贵而简重，并不便于人。（蔡）伦乃造意，用树肤、麻头及敝布、鱼网以为纸。元兴元年，奏上之。帝善其能，自是莫不从用焉，故天下咸称蔡侯纸。”纸的发明和广泛应用，又是一场革命。它对于一个国家或民族的政治、经济、文化（包括文学艺术）有着巨大意义。英尼斯谈到古埃及“石头”书写与“莎草纸”书写的争斗：“以石头和象形文字为核心的知识垄断，受到莎草纸的挑战”，“这场社会变革的结果，是读书写字的媒介从石头转为莎草纸，僧侣阶级的地位日益重要……拉美西斯五世驾崩之

① ［加拿大］哈罗德·英尼斯：《帝国与传播》，何道宽译，中国人民大学出版社 2003 年版，第 62 页。

后，王位继承由王族僧侣决定，国王的饬令实际上是阿蒙神的神谕，僧侣神权政治取代了人的王权政治”[①]。英尼斯还说到纸张等媒介在中世纪及其后来宗教改革时的巨大作用，那时，羊皮纸与拉丁文被教会利用以巩固自己的特权和垄断地位。而纸张与俗语、白话则被世俗宫廷和普通百姓用来与教会对抗。这导致欧洲那场著名的宗教改革运动，其主要人物是马丁·路德（Martin Luther, 1483－1546）。

单说文学，纸张的普遍使用，对于文学的广泛传播、快速发展和普及，起到非常重要的作用，使书写文学加快走上霸主地位的步伐。成语“洛阳纸贵”，说的是西晋时一位作家左思创作了一篇《三都赋》，被人们争相传抄，以至都城洛阳之纸，一时供不应求，因货缺而价贵。这个故事象征性地说明纸在文学传播中的价值。

五

但是“洛阳纸贵”也同时暴露了纸张传抄手段的局限。一个抄写手，即使他日夜不停，又能抄写多少字？包括文学作品在内的各种著作，只靠人手传抄，其流播面能有多大？而且费时、费事，错、漏之处，在所难免……此种状况阻碍了文化和文学的进一步发展。这又是一个瓶颈。

于是，聪明的古人发明了印刷术。雕版印刷发明于唐朝，并在唐朝中后期普遍使用。唐长庆四年（824），元稹为白居易《白氏长庆集》所作序[②]中说到白诗在民间的流传情况：“二十年间，

① ［加拿大］哈罗德·英尼斯：《帝国与传播》，何道宽译，中国人民大学出版社2003年版，第13、14、17、28、29页。

② ［唐］元稹：《白氏长庆集序》，见1979年中华书局《白居易集》顾学颉点校本。

禁省[①]、观寺、邮候[②]墙壁之上无不书，王公、妾妇、牛童、马走之口无不道。至于缮写模勒，衒（xuàn）卖[③]于市井，或持之以交酒茗者，处处皆是。”“模勒”即模刻，雕版印刷也——白诗已经通过雕版印刷流传了。据记载，当时成都书肆可以看到一些“阴阳杂记占梦相宅九宫五纬之流”的书，“率皆雕版印纸”[④]。北宋仁宗时，毕昇发明了活字印刷，惜当时未能推广。印刷术先后传到朝鲜、日本、中亚、西亚和欧洲。15世纪中叶，德国人古登堡也发明了金属铸字的活字印刷和印刷机（由榨油机改装而成），他所使用的字母由铅、锌和其他金属的合金组成，而印刷本身使用转轴印刷法。古登堡印刷法很快在欧洲普及。在50年中用这种新方法就已经印刷了三万种印刷物，共1200多万份印刷品。

中国人发明雕版印刷和活字印刷，以及德国人古登堡发明的金属活字印刷和印刷机，再次掀起一场革命。法国伟大作家雨果《巴黎圣母院》中的一位保守的书商安德里·缪斯尼埃一席话，无意间说出了印刷媒介的威力——“印刷术”甚至带来“世界末日”：“先生，我告诉您，这是世界的末日。从未见过学子们这样的越轨行为。这都是本世纪那些该死的发明把一切都毁了。什么大炮啦，蛇形炮啦，臼炮啦，特别是印刷术，即德意志传来的另一种瘟疫。再也没有手稿了，再也没有书籍了！刻书业被印刷术

① 禁省：宫禁之中。（汉）蔡邕：《独断》：“禁中者，门户有禁，非侍御者不得入，故曰禁中。孝元皇后父大司马阳平侯名禁，当时避之，故曰省中。”《汉书·昭帝纪》：“帝姊鄂邑公主，益汤沐邑，为长公主，共养省中。”颜师古注：“省，察也。言入此中，皆当察视，不可妄也。”《文选·左思〈魏都赋〉》：“禁台省中，连闼对廊。”李善注引《魏武集》：“荀欣等曰：‘汉制，王所居曰禁中，诸公所居曰省中。’”（唐）王维《酬郭给事》诗：“禁里疏钟官舍晚，省中啼鸟吏人稀。”（宋）陆游《题阎郎中溧水东皋园亭》诗：“省中地禁清昼长，侍史深注薰笼香。”《三国演义》第一回：“一面使弟子唐周，驰书报封谞。（唐）周乃径赴省中告变。”

② 亦作“邮堠”。传舍，馆驿。

③ 衒（xuàn）卖：叫卖也。

④ 参阅《邓广铭全集》第六卷，河北教育出版社2005年版，第178—180页。

给毁了，世界末日到了。”[1] 由此可以想见它对书写文学的意义。

书写文学在全世界风光了数千年，它占据了百分之九十九的文学空间。看起来，书写文学（但是我需要说一句，之前我们讨论的“书写文学”，都是指“纸质书写文学”）的地位难以撼动。然而，天有不测风云，近年来，蹦出了一位挑战者，它就是网络文学。这是文学界的一位“孙悟空”，它已开始“大闹天宫”。虽然近期看不出它一定能把文学中的“玉皇大帝”（纸质书写文学）掀翻，但是未来的情况，谁能说得准呢？

六

今天，网络文学的称谓已经流行于天下，然而，网络文学的确切指谓，还有歧义。有的人认为，网络文学必须是网络原创文学，纸质书写的文学作品放在网上，不属于网络文学。有的人认为，所谓网络文学，就是以网络为载体而发表的文学作品，其本身并没有一个明确的界限。有的人认为，网络文学，指新近产生的，以互联网为展示平台和传播媒介的，借助超文本链接和多媒体演绎等手段来表现的文学作品、类文学文本及含有一部分文学成分的网络艺术品。有的人把网络文学分为三类样态：一类是已经存在的文学作品经过电子扫描技术或人工输入等方式进入互联网络；一类是直接在互联网络上“发表”的文学作品；还有一类是通过计算机创作或通过有关计算机软件生成的文学作品进入互联网络，如电脑小说《背叛》，以及几位几十位作家甚至数百位网民共同创作的具有互联网络开放性特点的“接力小说”等。

我想，网络文学是正在快速成长、蓬勃发展乃至瞬息万变中的新生事物，现时不必追求它的确切义界，应该以宽容的态度等待其“自然”生成、定型。

---

① ［法］雨果：《巴黎圣母院》第一卷，陈敬客译，人民文学出版社 2015 年版。

但是有一条必须坚持：即网络文学属于文学，因此它必须是文学，至少是历史发展到今天，人类客观历史实践所建构的文学。欧阳友权撰文说：“网络文学即使是眼下的模样，在它的骨子里或者说它骨子里向往的依然是文学，那些由技术传媒和生产方式等不同造成的非文学‘谜面’，其实还得经由文学的法门去揭示才能得出‘谜底’。这不仅因为网络文学的创作量、读者群、人气堆、产业链及其广泛的影响力，足以表征网络时代的文学记忆，还因为它满足并塑造了亿万民众最质朴的精神需求和最具普适性的文学消费，其实这就是在以‘文学’的角色为文学完成自己的使命。……那些为我们耳熟能详的网络小说，打动我们的恰恰是它们的‘文学’元素。《第一次的亲密接触》《致青春》《微微一笑很倾城》所表达的铭心爱情和青春记忆，《鬼吹灯》《盗墓笔记》《藏地密码》等在奇闻中浸透的人性善恶和生命潜能，《杜拉拉升职记》《余罪》《投行男女》等职场打拼的复杂关系，《回到明朝当王爷》《唐砖》《木兰无长兄》等在穿越故事架构中蕴含的人生大义和历史担当……正是这些人文的底色和审美的力量让这些网络小说有了文学的肌质感，也成为它们出身‘网络’而跻身‘文学’的自信之源。”①

他的意见是有道理的。

七

根据中国互联网络信息中心《第38次中国互联网络发展状况统计报告》发布的数据，至2016年6月，全国网民总数达7.10亿，手机网民为6.56亿；网络文学用户达3.08亿，其中手机网络文学用户为2.81亿。从1998年国内网络小说“第一人”蔡智恒推出《第一次的亲密接触》起，不到20年，中国网络文学创作

① 欧阳友权：《网络文学的“谜面”与“谜底”》，《文艺报》2017年3月22日第3版。

总数达约1000万部。据中国作家协会有关人士在接受采访时介绍，目前国内网站签约及推荐作家约有200万人，还有超过2000万人是网上注册但未签约的，加上不定期在网上写短文、发段子的，网络写手可能超过5000万人。每年在网上更新的连载小说数量就达10万多部。现在每周都有上万部网络文学作品被推出。有一位笔名孑与2（原名云宏）的网络文学作家，2012年开始创作网络小说，他的第一部作品《唐砖》点击量过千万，日搜索量超过2万，获2015年第一届网络文学双年奖铜奖。[①] 对于像我这样年近八旬、长期只在“书写文学”圈儿里“混”的人来说，上面这些数据和景象，连想都不敢想，只有目瞪口呆——这次第，怎能仅仅以“不得了”三字形容！

但是，网络创作的方式，也并非青年人的专利，以往总是用“笔”书写的年长的作家，有的也开始用“网络”写作了。六十多岁的上海批评家兼作家吴亮，谈了他以“网络”手段创作长篇小说《朝霞》的情形：“我当时（指写长篇小说《朝霞》时——笔者注）在网上写。我是一个激发型的写作者，有一个画面开始写，写完以后我必须上网，短则一两百字，长则五六百字，不断的空行。一个镜头推拉摇移，或者一个长镜头，一个点，有中镜头，有近镜头，它必须在某个地方叙述停止，像蒙太奇一样，可能我搁那儿还能再写下去，但是有些东西我后来就忘了就没写下去。有些我觉得还可以，就捡起来。写到后来就成为一个本能了，非常顺利。所以我那个时候写到什么程度？我好多次说上帝在帮我。我在里面写了许多对话，全是一稿，这太奇怪了。我就是对着电脑打下去。就这么来的。”[②]

---

① 周珺：《孑与2：我不要写闷闷不乐的历史我要写快乐的历史》，《中国青年报》2017年3月30日B7版。

② 2016年9月4日，吴亮、陈丹青、格非和杨庆祥做客凤凰网读书会，就吴亮最新长篇小说《朝霞》进行对谈，9月14日，“凤凰文化”发布了对谈记录。吴亮的话是对谈记录的一部分。

作家进行“网络”创作，读者也进行“网络”阅读。“网络”阅读近年来又有新动向：开始移动化、多屏化、全网化、跨平台化。手机、平板电脑等移动设备，十分便携，读者可以充分利用碎片化的时间阅读，丰富了阅读场景，增加了阅读时间。“移动阅读”也许会成为网络文学阅读的主要方式。回顾人类的“阅读”史，从龟甲石板、竹简木简、缣帛纸张，到今天的平板电脑、智能手机，阅读越来越便捷，参与阅读的人越来越多，“全民阅读”的景象也许真的会出现。

但是，我还要郑重提出，虽然我说“读者可以充分利用碎片化时间阅读，丰富了阅读场景，增加了阅读时间”，并且提倡“全民阅读”，却绝不是让“阅读”完全流于“碎片化”，完全变成“碎片化”。阅读是增加人的智慧、培养人的素质的重要途径，是提高民族文化软实力的有效手段，这就需要选择有品位、有质量的书籍（当然包括网络文学中的优秀作品）进行阅读，特别是要选择经典进行阅读。如果把阅读从内容到形式完全变成“碎片”，则与阅读的初衷相距甚远。有学者写文章介绍了美国社交网站 Facebook 的创办人、被人们冠以“第二盖茨”美誉的马克·艾略特·扎克伯格（Mark Elliot Zuckerberg）关于阅读的见解。扎克伯格在他的“脸书”个人主页上写道：“阅读能使人的智力得以充实。书籍能让你完全探索一个话题，比当今多数媒体看得更深。我希望能从每天的媒体阅读更多转向读书。在这个注意力被社交媒体过度压榨和碎片化的时代，回归阅读将成为人们重建心灵秩序的第一步。”而且他还以实际行动践行自己的主张。扎克伯格为自己设定了 2015 年的新年挑战：每两周读完一本新书，着重于不同文化、信仰、历史和科技。为此，他在 Facebook 上还专门建立了一个名为“读书之年”的公共页面，并邀请三千万粉丝关注。对此，他在上面写道：“我会在上面公布我正在读的书目。请大家读过这些书之后参与讨论，提出观点。”同时，他还阐述了粉丝们应该共同遵守的基本要求："在每一本书的状态下，他希望所有参与讨论的朋友都是确实已经阅读了该书的人，并且讨论的内容仅限于书本本身。"对此，他解释道："我希望该主页不那么火爆，只有慢下来才会保持它的初衷。"这种冷静、清晰而睿智的见解和作为，与我们所惯常见到的庸俗化的个人炒作、晒图和无聊点赞，不啻天壤之别。他竭力克制的是"碎片化"的肤浅阅读。截至2015年年底，扎克伯格总共阅读了二十二本书，基本完成了自己的新年挑战。其中，有《世界秩序》（*World Order*）、《国家为什么会失败》（*Why Nations Fail*）、《权力的终结》（*The End of Power*）等政治经济类著作，有《三体》（*The Three - Body Problem*）、《游戏玩家》（*The Player of Games*）等科幻文学作品，有《人类简史》（*A Brief History of Humankind*）、《历史绪论》（*Muqaddimah*）、《宗教经验之种种》（*The Varieties of Religious Experience*）等历史宗教书，有《科学革命的结构》（*The Structure of Scientific Revolutions*）、《基因组》（*Genome*）等科学经典，当然，还少不了《创意工厂：贝尔实验室与美国创新的黄金年代》（*The Idea Factory: Bell Labs and the Great Age of American Innovation*）、《与中国打交道》（*Dealing With China*）、《创新公司：皮克斯的启示》（*Creativity Inc.*）等商业类书籍。通览这份年度书单，你会发现其中既有公认经典，更有优秀新书，且阅读的领域极为广泛，可以说完美地兑现了他的新年计划：着重于不同文化、信仰、历史和科技。让人不得不对这位当今年轻人心中的领袖肃然起敬。①

马克·艾略特·扎克伯格的话和行为，对我们具有重要思考价值。

---

①　参见吴靖《国民阅读与文化软实力》，《书屋》2016年10月号（总第228期）。吴靖先生此文很好，我引用了他的颇多文字，特此致谢。

八

虽然网络文学是正在形成中的新生事物，但对它的性质、特点以及它的价值等，还需要探索。2017年3月23日，鲁迅文学院与中国作家协会网络文学委员会联合召开了《网络文学在世界文化视野中的价值发现——网络文学“重写—再造神话”研讨会》①，许多学者认为，很多优秀的网络作家，以整个世界神话谱系为坐标，谱写了自己的“创世神话”，发展出奇幻、玄幻、仙侠、修真等各种小说类型。这些作品不光受到中国读者的欢迎，同时也走出国门，成为世界文化格局中的重要现象。神话形态的网络小说能够让人体会到一种力量感、成长感和生命的鲜活感，很容易被读者看懂并接受，这是神话的可理解性，也是此类小说受到欢迎的生命情感基础。网络作家借助互联网进行“创世”“造物”的工作，已经有意无意地吸收了神话的结构，在此基础上，重视“造境”和“表情”，让读者身临其境，体验作品要表达的人类情感，将“创世”“造境”“表情”三者融为一体。重写—再造神话在世界文化格局中具有重大的意义，我们应该寻找华夏神话传统中的精神源头。华夏神话的核心就是精神世界的伦理诉求，是祖先对人类自身，尤其是人类局限性的思考，中国传统文化崇德不崇利，强调奉献，这是华夏文明的长处和特点所在，也是我们华夏文明的根系命脉所在。

我想，网络文学与神话的密切关联，的确是它不同于传统文学的重要标志之一。我所期待的是，网络文学可以发挥这个特长，弘扬传统文化价值，提高全民族文化素质，增强中华民族软实力。

九

已经有学者努力把握网络文学的各种脾性，总结它的特征。

---

① 见《文艺报》2017年3月23日头版。

有的学者提出："网络文学"是"网络生成文学"，通过"传播性生成"、"创作性生成"和"存在性生成"等基本生成方式，数字技术、计算机网络给人类文学的一个领域——充分使用数字计算机网络的文学领域带来了一场重大变革，继口头文学、书写—印刷文学之后，作为人类文学新范式的网络文学得以诞生。"网络生成"活动以人类主体能动性为主导，以数字技术、计算机网络媒介性功能充分使用为前提，此时，数字技术本身的艺术性已经开启，计算机网络已经将文学推进到了一个新境地，印刷文化时代建构起来的文学创作、文本形态、审美方式等都发生了革命性变化。如此，一种拥有审美独立性和存在方式的网络文学才真正成为可能。[①]

网络文学不同于传统文学的特点之一：它打破了以往创作者、传播者、接受者互相阻隔、泾渭分明的局面，而是将三者联通，造成所谓"三位一体"的格局：创作、传播、接受"不再是彼此孤立独行的个体，而得以水乳交融，你中有我，我中有你"[②]。在网络文学中，接受者也可以成为传播者和创作者，传播者也可以成为创作者和接受者，创作者也可以成为传播者和接受者——当一件网络文学作品问世之后，它的创作、流传和接受，常常是在三者之中循环往复，轮番进行，不辨主客，也分不清你我。

网络文学不同于传统文学的特点之二：在网络文学中，创作者、传播者、接受者也不再是单独的个体，而可能是千千万万上网的参与者。他们之中的任何人，既可以参与创作，也可以参与修改，也可以参与传播，也可以自然而然成为接受者。人人都是创作者，人人都是修改者，人人都是传播者，人人都是接受者。过去西方某些学者说"人人都是艺术家"，可能在网络时代得以实

---

① 单小曦：《网络文学的美学追求》，《文学评论》2014 年第 5 期。

② 贾秀清、栗文清、姜娟：《重构美学》，中国广播电视出版社 2006 年版，第 263 页。

现。当然，我可以补充一句：虽然“人人都是艺术家”（包括艺术鉴赏家），但水平不一，有的是优秀艺术家、大艺术家，有的是一般艺术家、小艺术家。

网络文学不同于传统文学的特点之三：在网络文学作品流通过程中，作品的内容、形式，可能瞬息万变，流动不居。它能否定型？答曰：绝对定型不可能，相对定型可以达成。什么是相对定型？答曰：通过流通，逐渐形成为大多数参与者认可和接受的状态。

网络文学有些什么新品性呢？也有学者加以总结。

首先，从语言“再现”到数字“虚拟”——网络生成活动使文学创作模式发生从“再现”向“虚拟”的转变。相对于传统文学中的再现，网络文学创作可概括为“虚拟”。“虚拟”不是虚假，相反，它是多产而有力量的可以拓展创造进程的一种创作方式、运思方式、存在方式。并且，数字“虚拟”已经从一般性的再现、虚构走向了“模拟”，正是模拟法则的引入，当代虚拟改变了意义生产的整体运作方式，它不仅仅是把世界（外在、内心）信息以类比方式排列于展示平面之上呈现给读者观看，还可以把一切事物信息转化为可计算的数字形式，再通过程序设计和读者实际操作行为，重组和配置资料，仿造和探索形象、场景，从而做到对事件过程予以动态建构的目的。

其次，数字虚拟创作活动使网络文学文本呈现出了复合符号性和赛博文本性，两者结合，最终形成复合符号性赛博文本。网络文学打破了语言符号对文学表意活动的垄断，创造出语言、图像、声音等多种符号复合运作的文本形式。这是数字媒介开拓了文学表意空间的结果。复合符号性的赛博文本可以生产出单一语言符号文本无法形成的复合性审美质素。它不仅能够再现传统纸质印刷媒介语境中就已经存在的文字、图画互生意象，更重要的是它能创造纸媒印刷文本无法创造的动态复合意象。

再次，在审美接受层面，网络文学可以给人带来书写—印刷文学难以带来的独特审美方式——“融入”。网络文学文本可以为读者提供虚拟现实的感知环境，此时这一文本就不再是客观世界的模仿和副本，而是一个与自然世界平行的具有存在性地位的新“可能世界”，处于其中的主体不需要再以客观真实的自然世界为参照，完全被人工“仿象”和艺术氛围所环绕，完全与客观世界相隔绝，感知、意识完全浸蕴在这个“可能世界”之中。如此，读者就可能获得超出古典式或一般沉浸的具有一定深度、广度性沉浸感受。网络文学的虚拟创作和强势交互性需要读者（合作者）发挥更充分的主体性，从而获得“融入”性的行动感和创造性体验。

这些观点对吗？一切皆在探索中。

网络文学——“在路上”。①

第三节　在阅读中永生

一

著名相声表演艺术家侯宝林经常说的一句话是：“观众是我的衣食父母。”

这句话被演艺界普遍接受，时时挂在嘴边。

有些高雅的艺术家、文学家，可能不大喜欢侯宝林的这种看似低俗的声言，认为不过是“江湖艺人”讨生活的一种手段和说

① 参见单小曦《网络文学的美学追求》，《文学评论》2014年第5期。我吸收了该文及其他论者相关论著和文章的一些观点，特此说明并致谢忱。我觉得网络文学这个新生事物特别需要关注，但我对这个特别需要关注的网络文学却没有深入研究，所以硬着头皮做些介绍——我深知这并不符合撰写学术著作的规范，也违背我自己所立下的写作宗旨，只是出于目前学术整体需要，不得已而为之，望将来有机会改进。当然，此刻所介绍的观点，我也并不肯定它们是否完全正确，所以，我以“这些观点对吗？一切皆在探索中。网络文学——‘在路上’”结束此段文字，表明我的学习和探索的立场，以及“不确定”的态度。

词，就像早年间北京天桥“撂场子”“摆地摊”的要把戏者，每表演间歇，或节目进展到一个节骨眼上，就手拿帽子，顶朝下，向观众谦卑地鞠一躬：“有钱的帮个钱场！”。

其实，不必那么清高，也不应那么清高。第一，“观众是衣食父母”，“低俗”点儿说，是演员依靠广大观众养活，若没有观众买票，就没有收入，就没了饭碗。这是大实话，非常朴素，且真真确确，它说出了艺人乃至艺术家得以活命的一个真理。第二，“观众是衣食父母”这句话，“文雅”点儿说，是整个表演艺术的生存之道，离了观众，艺术确确实实就没了活命之地。试想，假如真的没有观众观看，那就没有了人民群众对艺术的内在需求，也就没有了艺术向前发展的驱动力，也就没有了艺术在世间存在的必要。如此，艺术还能活命吗？第三，再往深里说，艺术作品怎样才真正算是有生命？剧作家写出了剧本，或者印在刊物上、印在书里，它这就算有生命了，“活”了？非也！那不算实实在在地“活”，而只是有了潜在的“活”的条件，或者说只是有了潜在的生命。我们设想两种情况：一，倘若艺术作品得不到表演，就好比仍然在娘肚子里没有生下来（没有出世）的孩子，过了时，那就憋死在肚子里了；二，进一步，极端地说，倘若演员有机会表演，而他的表演却没有观众观看，作品也就因为没有观众观看而“死”——没人观看的戏不是死戏一出吗？在这两种情形下，作品都不算获得真正的生命。不论“死”在作者肚子里、“死”在作者剧本里，还是“死”在没有观众观看的表演里，都是没有获得真正生命的“死艺术”。只有作者写出来了，演员表演了，观众观看了，作品才真正地“活”，才算有了生命。是观众的观看激活了作品的潜在生命——在一定意义上也是赋予了作品生命。

艺术“活”在观众之中。

由此推至作家和文学，道理也是一样的。不但像克罗齐所说只在作家意识里“直觉”的作品不能算是成活的有生命的文学作品，即使作家已经写出来甚至印出来了，却未得到读者阅读，那也不能算是成活的有生命的文学作品。藏在藏书楼里从未被阅读过的作品，或者躺在图书馆的书架上从未被借阅过的作品，都是“死作品”。按照接受美学的观点，文学作品在读者的接受中得以完成。就此而言，也可以说文学作品的生命是由作者和读者共同创造的。只有经过阅读之后所呈现出来的作品，才是真正获得了生命的作品，才是真正得以实现、有了活蹦乱跳生命的文学作品。

有的作家说，我写作品是给自己看的。那么，这种写给自己看的作品，是否能获得文学生命呢？

首先，若真有作家说写作品是给自己看的，那大半是骗人的鬼话，不要信。可以说，古今中外没有一个作家写作品完全是给自己看而不公之于世的。即使在我国尚无专业作家的古代，人们的抒发情怀的诗文作品，也是写给别人看的。例如，两千多年前战国时代楚国三闾大夫屈原写《离骚》，也是要向世人倾吐自己的忧愁幽思，向君主表白自己的报国忠心。他虽然把自己的身体投进江水，却把他的作品《离骚》留在了世上。他不愿意让他的《离骚》同他一起淹没于汨罗江。

其次，我们姑且退一万步，相信真有作家写作品给自己看，那么这作品是否真能有生命，要看两种情况：一，要么只在自己“腹中”默写，然后在自己心中“默读”，那这作品等于没有在这个世界上存活过——未出世憋在自己肚子里了，顶多是个死胎；二，要么写出来了，自己阅读，那么，这时他是把写作的“自己”当作作者，把阅读的“自己”当作读者，这时既有“作者”，也有“读者”，而且也有“阅读”活动。经过作为读者的“自己”对于作为作者的“自己”的阅读活动，也就激活了潜藏在作品里的生命，而且通过阅读可能增加了最初写作时所没有的内容，丰富了作品的生命。但，这只是一个人范围里的一点生命，微弱的生命。[1]

我的结论是：不论哪种情况，阅读都是文学作品获得生命的必要条件。只有经过阅读，文学才算真正地“活”着。

二

不错，文学作品只有通过阅读而“活”着，而有生命。但数千年的中外文学史表明，这生命呈现着各种不同的情况：有的是旺盛的生命，有的是微弱的生命；有的是短暂的生命，有的是长久的生命。

所谓旺盛的生命，是说文学作品被读者热读，迸发出强烈的生命火花。比如前面讲过的左思《三都赋》，一时争相传抄，洛阳纸贵，那就是它在当时有着旺盛的生命。再比如20世纪中期，有几部小说《青春之歌》《红旗谱》《红岩》《林海雪原》等，也曾被人们特别是年轻人热读，它们的发行量，每部都在几百万册。改革开放后，有一部报告文学《哥德巴赫猜想》，在《人民文学》上刚一发表，人们即排队购买，一时“京城纸贵”，男女老少争说《哥德巴赫猜想》主人公陈景润。这都表明它们在当时的旺盛生命。另据2016年3月22日中新网引BBC中文网消息：“英国图书专家整理出一份‘基本读物’书单，上面列出了被英国人阅读最多的100本书，雅俗并存，从经典名著《简·爱》到《哈利·波特》到小报上的《女郎凯蒂·普莱斯传记》，一应俱全。其中，《哈里·波特和火焰杯》居英国畅销书之首。”如果信息确实，那

---

① 2017年6月13日忽然读到《北京青年报》上的“文艺评论”版（B1版）对哈佛大学教授王德威的访谈录，故作一个补注。王先生的一段话可以与我的论述相印证。他说：“文学作为一种文字表达意义的有想象力的活动，它永远有公众的层面。为什么？语言本身从来就是一个公众的、大家互相传递的符号，没有一个人可以喃喃自语地写作，就算喃喃自语写作的时候，你其实也有一个对象是对自己，那个自己已经变成他者，永远有‘它’这样一个面向，才能形成一种所谓巴赫金式的，有对话张力的论述和小说。”（该文题目为《王德威：科幻文学的高潮已经过去了》，署名为“本报记者罗皓菱”）

么《哈里·波特和火焰杯》在现时无疑具有旺盛的生命力。

而那些阅读量很少的作品，一般说，生命力是弱的。

但是一时被热读的某些畅销书，在一段时间内看起来生命力旺盛，似乎风光无限，但其中有的作品，热读过后便少有人再读，甚至无人问津。它就只有短暂的生命。前引 BBC 中文网消息还说："调查还发现，超过 10% 的英国人表示读过的书不会读第二遍，20% 的人表示看过的书就扔了。18% 的人表示自己经常重读家里书架上的书。"那种"不会读第二遍""看过就扔"的作品，肯定生命力长不了。而那种被重读的书，一定具有长久的生命。一般来说，这都是文学经典。比如中国自《诗经》《楚辞》《史记》等起，到唐诗、宋词、元曲，再到《三国演义》《西游记》《水浒传》《红楼梦》这四大名著；外国自荷马史诗、希腊悲剧起，到莎士比亚戏剧，雨果、巴尔扎克、托尔斯泰等人的小说……千百年来，一直被阅读，有时被热读，可谓常读不衰。

文学经典"活"在不同时代、不同民族、不同国度人们的阅读之中，它们保持着长久的甚至旺盛的生命力。

三

就读者而言，阅读可以有不同的"质量"：有的人在阅读中很有心得，获取甚多，像一块海绵，充分吸收了书中的养分，这是有"质量"的阅读；有的人则如风掠草皮，没有留下多深的印象，这是无"质量"或"质量"很差的阅读。

《孟子·告子下》中讲了一个故事："弈秋，通国之善弈者也。使弈秋诲二人弈，其一人专心致志，惟弈秋之为听；一人虽听之，一心以为有鸿鹄将至，思援弓缴而射之。虽与之俱学，弗若之矣。"

阅读也是一样。只有专心致志，心无旁骛，才有"质量"；只有有"质量"的阅读，才是增加书籍生命力的阅读。

有的人阅读不但专心致志，心无旁骛，而且虔诚，忘我，到了痴迷的程度。龙应台在悼念著名诗人周梦蝶①时，谈到他读书的趣事：内战烽火连天时，周梦蝶在痛哭的母亲和祖母哀伤的祝福下，只身跋涉到武汉，在炮声隆隆人心惶惶的时候，他一头钻进图书馆里头，从早到晚读《红楼梦》。最后周梦蝶搭船渡海，当大船将要入港时，他远眺陌生的高雄港，心中念念不忘的是还没有读完的《红楼梦》。

这种虔诚、忘我以至痴迷的阅读，才有可能是有“质量”的阅读，或者可以称为深度阅读。对于需要重点阅读的书籍，尤其是经典，必须深度阅读而不能浅尝辄止。

最近有人撰文介绍爱因斯坦年轻时与朋友一起读书的故事。1902年，刚刚大学毕业的爱因斯坦一度沦落到以做家教的形式来艰难谋生的境地。在家教中，与他教的两个学生——学哲学的索洛文和学数学的哈比希特由于志趣相投，三人十分投机，而使授课变成了长时间的探讨和共同学习，成了一系列基于经典阅读之上的学术沙龙，在这个沙龙中他们进行的是深度阅读。三个人开玩笑地将这个小团体称为“奥林匹亚科学院”（Olympia Academy of Sciences），爱因斯坦被任命为“院长”。深度阅读总要引起研讨，研讨又总是基于深度阅读。“科学院”的指定阅读书目涵盖了哲学、科学、文学在内的广阔领域，诸如休谟的《人性论》（*A Treatise of Human Nature*）、马赫（Ernst Mach）的《感觉的分析》（*The Analysis of Sensations*）和《力学史评》（*The Science of*

---

① 周梦蝶，1920年12月30日生于河南淅川。原就学于开封师范宛西乡村师范，由于家境及大环境的变迁，1947年在武昌参加青年军，后随军队赴台。自1952年开始发表诗作，退伍后加入“蓝星诗社”做过书店店员。从军中写诗到武昌街明星咖啡屋骑楼廊柱下，摆设书摊20年，专卖诗集和文哲图书，并出版生平第一本诗集《孤独国》。1962年开始礼佛习禅，终日默坐繁华街头，成为北市颇具代表性的艺文“风景”，文坛“传奇”。1980年因胃病开刀，才结束二十年书摊生涯。之后在家研习禅、佛法。最拿手的是瘦金体小楷，经典之作为“行到水穷处”。周梦蝶2014年5月1日下午2时48分病逝于新店慈济医院，享寿94岁。

Mechanics)、斯宾诺莎(B. Spinoza)的《伦理学》(*The Ethics*)、庞加莱(Jules H. Poincare)的《科学与假设》(*Science and Hypothesis*)、索福克勒斯(Sophocles)的《安提戈涅》(*Antigone*)、塞万提斯的《唐·吉诃德》等。三年多的时间里,三个年轻人经常为某一页、某一句话而争论,这种争论往往持续到深夜,甚至一连几天。在此期间,爱因斯坦基本掌握了黎曼几何,从马赫的理论中洞察到牛顿绝对时空观是一种概念畸形,在斯宾诺莎的哲学中感受到了宇宙背后所蕴含的令人敬畏的美、和谐与自然律的统一性……这一切都构成了后来广义相对论的重要基础。在他取得伟大成就的一个世纪之后,人类依然生活在爱因斯坦的宇宙中,这个宇宙在宏观尺度上受(广义)相对论制约,在微观尺度上受量子力学制约。至于百年间的技术进步,诸如光电电池、激光、原子能、光纤、太空旅行、半导体等,更是无不追溯到他的伟大理论。而为科学史家所公认的是,爱因斯坦的伟大思想以及这些思想所推动的人类文明的飞跃,在很大程度上要归功于他在"奥林匹亚科学院"那三年多的日日夜夜,基于深度阅读,基于深度研讨和争论。正如爱因斯坦所喜爱的哲学家休谟的名言:"真理源于朋友间的争论。"① 我们文学研究所的一帮青年人有一个好的习惯和作风,即自愿组成某部经典(如《论语》)的阅读小组,规定阅读书目,定期开会研讨,交换各自的心得,有时激烈争论。这就达到了深度阅读的程度。

四

文学作品因阅读而增加其生命的厚度。

2016年9月20日,著名蒙古族女诗人席慕蓉。在"北京阅读季·名家大讲堂活动'时光河流'席慕蓉现场分享会暨《席慕蓉

① 吴靖:《国民阅读与文化软实力》,《书屋》2016年10月号(总第228期)。吴靖先生此文很好,我引用了颇多文字,谨此致谢。

诗集》精装版首发式”上说：“诗就是你诚诚恳恳面对自己的生命，把这个感觉想办法表达出来以后，你的读者如果遇见，心里面也会被你唤醒，诗的厚度不是作者而是读诗的读者加上去的，生命的经验慢慢地成长以后，读者再回过头读你的诗的时候，他生命的厚度又把诗变厚了。”席慕蓉这段话反复强调的意思是：诗因诗人的生命与读者的生命在“阅读”中相遇而产生生命；而且正是通过读者的阅读，“他（读者——笔者注）生命的厚度又把诗（的生命）变厚了”；“生命的经验慢慢地成长以后”，读者的生命与诗的生命，互生互长，相得益彰。总之，读者的阅读和再读，不但使自己的生命变厚，而且是诗的生命增长剂。

为什么？因为，阅读本身也是诗的生命的一种创造；所有阅读，或多或少皆如是。

过去人们常说有被动阅读和主动阅读，或消极阅读和积极阅读，其实这都是相对而言。被动的消极的阅读，读者主体精神相对发挥得小一些、弱一些；而主动的积极的阅读，读者十分活跃，主体精神相对发挥得强一些、充分一些。但是任何阅读，不同的读者都会根据自己的阅历、经验、立场、情感、心绪……在自己脑海里创造性地浮现出与作者和其他读者不完全一样的新的形象、意境，正如俗语所说“一千个读者心中就有一千个哈姆雷特”。我说的这“新的形象、意境”，里面就有读者的新构建、新体验，他为作品加进了新的质素，也可以说，这正是席慕蓉讲的为作品增加了“生命的厚度”。所以，阅读也是文学生命的“增殖”和“增值”——所谓“增殖”，是说阅读也是繁殖文学生命的一种活动；所谓“增值”是说阅读是增加文学生命价值的一种活动。

最典型的例子莫过于五四时期中国读者对挪威剧作家易卜生名剧《玩偶之家》的阅读。此剧女主人公娜拉真诚、热情，为了给丈夫海尔茂治病，不得已伪造了父亲签字向人借钱，海尔茂得知，生怕因此影响自己的前程和名誉，大骂娜拉无耻；而当债主了解原委后主动退回借据时，海尔茂马上变了一副笑脸。娜拉看透了丈夫的自私和自己的玩偶地位，愤然出走。娜拉要求个性解放、不做玩偶的品行和态度，受到恩格斯的肯定，赞扬娜拉是有自由意志与独立精神的挪威小资产阶级妇女的代表。《玩偶之家》创作于 1879 年，并首演于丹麦哥本哈根皇家剧院，30 多年以后，在远隔千山万水的中国，掀起了一股“易卜生热”。那正是五四新文化运动时期，新文化运动主将之一胡适以《娜拉》之名将它译成中文，《新青年》出版了“易卜生专号”，胡适撰写《易卜生主义》推介。《玩偶之家》被五四时期的热血青年所热读、热演，他们读出了新意，演出了新意。他们从娜拉的处境，看到的是自己在专制制度和专制思想压榨下的地位，特别是青年人的婚姻不自由。而娜拉的出走，成了五四青年的榜样，他们要像娜拉那样庄严地声称“我是一个人”，他们要追求自由，他们要个性解放。他们读《玩偶之家》，在自己心中创造出了中国的“娜拉”，构建起中国青年个性解放的理想蓝图。特别是中国妇女，以自己心中所构建的娜拉为榜样，冲破传统礼教的压迫，追求自身价值和女性权利，掀起了一轮初级意识上的女权运动。

五四时期青年们重读汉乐府《孔雀东南飞》，也读出了反抗封建婚姻、追求爱情自由和婚姻自由的新意，在阅读中创造了自己的《孔雀东南飞》，为作品增添了新的生命因子。我大学时的老师冯沅君教授，在她上大学（北京女子高等师范学校国文系）的时候（五四时期）就曾把《孔雀东南飞》改编为古装话剧，并饰演其中的焦母。①

① 冯沅君将乐府诗《孔雀东南飞》改编成古装话剧，并亲自登台，饰演剧中封建专制家长焦母，她的同届同学程俊英饰刘兰芝，孙斐君饰焦仲卿，陈定秀饰小姑。女大学生登台演戏，在 20 世纪 20 年代的中国，极为轰动，在北京是头一遭，得到执导此剧的李大钊先生的称赞和《戏剧杂志》社陈大悲先生等人的支持。演出获得了重大成功，连演 3 天，第一天满座，第二天以后就连窗户外边也挤满了人。北大、清华的师生们争相前往观看，李大钊先生的夫人带着女儿前去助威，鲁迅先生和川岛先生亦都来看过戏。

还有一个例子是白先勇的青春版《牡丹亭》，他重读《牡丹亭》“读”出了新意而赋予了《牡丹亭》以新的生命，并且用今天的演员表现出来，使这新生命在各个高校、在中国广大青年人中开放灿烂花朵。白先勇自己说：我让汤显祖的《还魂记》在今天又“还”了一次“魂”。同时，白先勇还在北京大学讲了一年的《红楼梦》，他的重读《红楼梦》也读出了新意，赋予其新生命。余秋雨称之为“一个人的文艺复兴”。欧洲的所谓文艺复兴，就是15世纪人们“重读”古希腊、古罗马的作品，“读”出了新意、赋予了新意、产生了新生命。这是影响世界历史的一件了不起的大事。如果没有文艺复兴，中世纪的黑暗不知还要持续多久，世界肯定不是今天这个样子。

这样的例子不胜枚举。

五

作品常读常新。就是说，每一次重新阅读，都会又一次增添作品生命的新内容。2017年3月11日我的一位朋友给我一封信，说：“今天去参加了白先勇先生的《细读红楼梦》首发式。白先生从2014年起在台湾大学讲《红楼梦》，该书简体版由广西师大出版社出版。最近一段时期以来，作家细读经典，似蔚为风气，‘老一代’作家如王蒙、刘心武谈《红楼梦》不必说，年轻作家也兴起细读文学经典的‘热潮’，如格非之读《金瓶梅》；毕飞宇之读古今小说等，似乎也都涉及您所讨论的‘文学是什么，它怎样存在’的问题。”

我想，他们对文学经典的重新阅读，都有新的文学“生命”诞生，都有新意，都有创意。

但是这新内容，可能与原作意向一致，也可能不一致。譬如《诗经》首篇《关雎》“关关雎鸠，在河之洲。窈窕淑女，君子好逑……”本是先秦时代普通百姓的一首情诗，描写青年男女追求爱情的苦涩和甜蜜，朴实、真挚、风趣。但是到了汉朝帝王专制时代，有人却读出了另外的意思。《毛诗序》说：“《关雎》，后妃之德也，风之始也，所以风天下而正夫妇也。故用之乡人焉，用之邦国焉。风，风也，教也，风以动之，教以化之。”又说：“是以关雎乐得淑女配君子，忧在进贤不淫色；哀窈窕，思贤才，而无伤善之心焉。是关雎之义也。”一首普普通通的情诗，怎么会变成了“后妃之德”“乐得淑女配君子，忧在进贤不淫色”呢？但是，认真想一想，又不能不承认“后妃之德”，确是那时特定读者的一种“创造”。至于今天的读者依据自己的阅读经验对这“创造”如何评价，就是另一回事了。

还有一种情况，不同时代对同一部作品读出不同的意思，甚至前后完全相左。

南京大学一位比较文学教授董晓说，今天重读《静静的顿河》，就读出了与过去它的“红色经典”身份不一样的意思。肖洛霍夫曾因《静静的顿河》获得1941年的斯大林奖金和1965年的诺贝尔文学奖。获斯大林奖，无疑是作为社会主义现实主义的代表作被看待的。毋庸置疑，《静静的顿河》是一部好作品，是经得起时代考验的文学经典。半个多世纪之后，当苏联政权已经瓦解，重读这部作品不难发现，和彼时苏联主流文学截然不同，该小说无论从哪种角度去看，都是对斯大林时期苏联主流文学中的乌托邦情愫的颠覆，其反乌托邦情感是异常明显的。这部作品完好地呈现出了传统俄罗斯文学的特质：史诗般的宏大视野、深沉凝重的抒情，均体现出了俄罗斯古典文学的艺术魅力。它让世人看到了斯大林时代苏联农村的真实景况，感受到了那时苏联哥萨克农民真实的心理状况，展示了斯大林时期苏联真实的充满悲剧感的历史画卷。

对《红楼梦》的阅读亦如此，不同时代、不同社会的不同读者，都读出了自己的《红楼梦》，正如鲁迅所说，经学家看见

《易》，道学家看见淫，才子看见缠绵，革命家看见排满，流言家看见宫闱秘事……[①]这也表现在不同的人对《红楼梦》的改编上——改编是在自己独特解读的基础上进行的，解读者加进了自己的创造。2016年9月10日晚，美国旧金山歌剧院首演英文版歌剧《红楼梦》，由盛宗亮和黄哲伦编剧，盛宗亮作曲，赖声川导演，中、韩、美歌唱家联袂主演。依据他们对《红楼梦》的创造性解读，将纷繁复杂的原著人物精简为7个，并以宝、黛、钗三人爱情为主线，交织着贾、薛两大家庭因失皇宠而衰败，最后黛玉投河、宝玉出家。他们说：“《红楼梦》是一部面向世界的作品，相信凄美不幸的爱情悲剧和家族蒙难对所有人都有吸引力。”这是史上未有的阅读—创造。

不管怎么说，阅读，生发出文学作品各种不同的生命，让文学“活”着。1995年，联合国教科文组织宣布4月23日为“世界读书日”——世上竟有如此巧的事：1616年4月23日是西班牙著名作家塞万提斯和英国著名作家莎士比亚的辞世纪念日，故将此日定为“世界读书日”。这也是世界性地促使文学更好地活着的一个行动。

自有文学千百年以来，正是因为千千万万读者的阅读，才使文学不断焕发青春，具有永恒的生命。

文学存在于阅读中。

文学在阅读中永生。

---

① 人民文学出版社2005年版《鲁迅全集》第八卷《集外集拾遗补编·（绛洞花主）小引》：“《红楼梦》是中国许多人所知道，至少，是知道这名目的书。谁是作者和续者姑且勿论，单是命意，就因读者的眼光而有种种：经学家看见《易》，道学家看见淫，才子看见缠绵，革命家看见排满，流言家看见宫闱秘事……”

本章主要阅读书目

[意] 瓦萨里:《意大利艺苑名人传》,湖北美术出版社、长江文艺出版社 2003 年版。

[德] 格罗塞:《艺术的起源》,蔡慕晖译,商务印书馆 1984 年版。

[意] 克罗齐:《美学原理 美学纲要》,朱光潜等译,人民文学出版社 1983 年版。

[英] 鲍山葵:《美学三讲》,张今译,人民文学出版社 1956 年版。

[美] 雷纳·威莱克:《西方四大批评家》,林骧华译,复旦大学出版社 1983 年版。

[英] 阿诺·理德:《艺术作品》,《美学译文》(1),中国社会科学出版社 1980 年版。

[加拿大] 哈罗德·英尼斯:《帝国与传播》,何道宽译,中国人民大学出版社 2003 年版。

石涛:《画语录》第八章,俞剑华编《中国画论类编》(上),人民美术出版社 1957 年版。

鲁迅:《且介亭杂文·门外文谈》,《鲁迅全集》第 6 卷,人民文学出版社 2005 年版。

郭沫若:《卜辞通纂》第三七五片,《郭沫若全集·考古编第二卷》之《卜辞通纂》,科学出版社 2002 年版。

李亦圆:《从文化看文学》,叶舒宪主编《文化与文本》,中央编译局出版社 1998 年版。

王强:《网络艺术的可能——现代科技革命与艺术的变革》,广东教育出版社 2001 年版。

谭德晶:《网络文学批评论》,中国文联出版社 2004 年版。

贾秀清、栗文清、姜娟: 《重构美学》,中国广播电视出版社 2006 年版。

单小曦:《现代传媒语境中的文学存在方式》,中国社会科学出版社 2008 年版。

马季:《网络文学透视与备忘》,中国社会科学出版社 2010 年版。

蒋述卓、李凤亮：《传媒时代的文学存在方式》，广西师范大学出版社2010年版。

欧阳友权：《数字媒介下的文艺转型》，中国社会科学出版社2011年版。

陈定家：《比特之境：网络时代的文学生产研究》，中国社会科学出版社2011年版。

张燕翔：《新媒体艺术》，科学出版社2011年版。

马立新：《数字艺术哲学》，中国社会科学出版社2012年版。

宫承波、田旭、梁培培：《数字媒体艺术导论》，中国广播电视出版社2014年版。

周志雄：《网络文学的发展与评判》，人民出版社2015年版。

欧阳友权、吴英文：《网络文学批评的价值和局限》，《探索与争鸣》2010年第11期。

单小曦：《网络文学的美学追求》，《文学评论》2014年第5期。

第六章

文学还需要“创造”吗？

内容提要 本雅明所谓“现代信息社会”“以机械复制为特点”的艺术是否还需要“创造”以及“后现代”，生活审美化，审美生活化，文学与生活合一了，文学“创造”是否成了多余之物？这是人们所关切的问题。本雅明认为“复制”与“创造”确有抵牾，“即使最完美的艺术复制品中也缺少一种成分：艺术品的即时即地性，即它在问世地点的独一无二性”。但仔细琢磨就会知道，本雅明的所谓“机械复制”，复制的不是创造本身，而只是创造出来的作品。如摄影、电影的“机械复制”，复制的只是摄影家、电影家“这一次”创造出来的“这一个”原件、母本。而这“复制”，绝不能代替摄影家、电影家“下一次”的“下一个”原件、母本的创造。所以“现代信息社会”的“机械复制”并未取消“创造”。至于“后现代”所谓生活审美化、审美生活化、文学与生活已经合一，因此不需要再特别强调文学“创造性”，这也是一个假命题。其实“文学与生活并未合一”，“艺术是生活的特异化”，文学的“创造”仍然需要。“创造”乃人类前进之阶梯，每前进一步都由“创造”铺路。一句话：文学艺术必须“创造”！这就是文学艺术之真谛！在文学艺术领域，我们要高喊这样一个口号：“创造”万岁！

有人问：本雅明认为“现代信息社会”的艺术“以机械复制为特点”，“复制”与“创造”明显抵牾，倘如此，那么“现代信息社会”的文学创作还需要“创造”吗？

又有人问：今天的社会已经进入“后现代”，生活审美化，审美生活化，文学与生活合一了，文学“创造”是否成了多余之物？

也许上述提问并不完全合理，但这确是需要回答也应该回答的问题。

第一节　“复制”与“创造”

一

德国新马克思主义美学家瓦尔特·本雅明（1892—1940），是活跃于20世纪前半叶美学界颇有建树且产生重要影响的学者。他目光敏锐、尖利，善于捕捉社会思想文化特别是美学和文学艺术的新变化，并力图以马克思主义立场进行观照和解答，迅速形成自己独特的理论思维。写于1936年的《机械复制时代的艺术作品》是他的代表作，虽然直到他死后27年（1963）才正式发表，但是影响深远，至今不断被提及、被引述、被推崇，“机械复制时代”也成为一个重要的具有标志意义的美学概念。

需要正确认识本雅明关于“机械复制时代”的美学内涵。

本雅明认为，工业革命以前的手工劳动社会，人与人之间的主要传播方式是叙说，与之对应的是以叙事性为主的古典艺术，它的特点就是“艺术品的即时即地性，即它在问世地点的独一无二性”[①]；“一件艺术品的独一无二性是与它置身于那种传统的联系相一致的”[②]。而现代信息社会中，人与人之间的传播形式则由

① ［德］瓦尔特·本雅明：《机械复制时代的艺术作品》，王才勇译，中国城市出版社2002年版，第一稿第7页，第二稿第84页。

② 同上书，第91页。

叙说变成了信息，与之对应的则是以机械复制为特点的艺术，如摄影、电影等。摄影和电影改变了传统艺术。[①] “复制技术把所复制的东西从传统领域解脱了出来。由于它制作了许许多多的复制品，因而它就用众多的复制物取代了独一无二的存在。”[②] 而这又与现代社会大众倾向有关——现代大众“具有着接受每件实物的复制品以克服其独一无二性的倾向”[③]。现代大众的这种倾向，以及现代社会以机械复制为特点的艺术，就“导致了传统的大动荡——作为人性的现代危机和革新对立面的传统的大动荡，它们都与现代社会的群众运动密切相联，其最强大的代理人就是电影。电影的社会意义即使在它最富建设性的形态中——恰恰在此中并不排除其破坏性、宣泄性的一面，即扫荡文化遗产的传统价值的一面也是可以想见的”[④]。

本雅明所描述的“大动荡”，是他所看到的和他所理解的那个时代的社会现实和美学现实。而且，那是一场巨大变革的历史开端——本雅明之后这变革一直在进行，以至延续和发展到本雅明当年无缘看到的今天翻天覆地的互联网革命。许多人或许暂时还不理解也不愿接受这新的现实，甚至埋怨它、抵触它。80 年前的本雅明很明智，他与俗见相反，正面迎接它，努力认识它、把握它、应对它，并寻找理论解释，探索出路，确立重新出发的方向。

本雅明只活了短短四十八个春秋（1892 年他生于柏林一个犹太家庭，受纳粹迫害，1940 年被迫自杀），而学术建树颇丰。从 1920 年写作《德国浪漫派的艺术批评概念》到 1940 年写作《论历史哲学》，虽然只给世间留下了十数篇著名论著，但其开拓性的理论思维，却是一笔宝贵遗产。严格说，也许他对那个时代艺术

---

① ［德］瓦尔特·本雅明：《机械复制时代的艺术作品》，王才勇译，中国城市出版社 2002 年版，第 83 页。

② 同上书，第一稿第 10 页，第二稿第 87 页。

③ 同上书，第一稿第 13 页，第二稿第 90 页。

④ 同上书，第一稿第 11 页，第二稿第 87 页。

和美学的把握还不那么全面，或有疏漏，但其思想亮点给学界的启迪，却是深刻、真切而带有方向性的。

然而本书的任务并非全面研究和评价本雅明的美学思想，而是要切合我的论题，着重阐述本雅明所说的这种“大动荡”时代，是否取消了文学的创造性——“机械复制”是否与文学“创造”绝对对立。

二

按照本雅明的说法，“传统艺术”或“古典艺术”① 的特点在于“即时即地性”和“独一无二性”，而且说“原作的即时即地性组成了它的原真性”②。

这确是传统艺术或古典艺术所具有的“创造”性的主要表现，特别是“独一无二性”“原真性”。因为“创造”，就意味着前所未有、第一次、原真性、独一无二。“创造”，就其为创造而言，就是不重复，不因袭，不模仿。可以说，独一无二性是传统艺术或古典艺术“创造性”的标志。虽然古希腊亚里士多德倡言“模仿自然”，但亚氏所谓“模仿自然”的“模仿”，不是“模仿”别的作家、“因袭”别的作家，而是“模仿”外在的“自然”，用今天的话说就是“再现”外在的现实。正如18世纪英国诗人和理论家爱德华·杨格《试论独创性作品》中所说：“模仿有两种：模仿自然和模仿作家；我们称前者为独创，而将模仿一词限于后者。”又说：“独创性作家是而且应当是人们极大的宠儿，因为他

① 这里需要说明，本雅明所说的“传统艺术”或“古典艺术”，与我的划分略有不同。本雅明的“传统艺术”或“古典艺术”指的是工业革命以前的手工劳动社会的艺术，而把摄影、电影等作为新艺术（即他所谓“信息社会”的艺术）；而我则是把工业革命以来的浪漫主义、现实主义（如雨果、巴尔扎克、托尔斯泰等）艺术，都归入“传统”或“古典”。

② ［德］瓦尔特·本雅明：《机械复制时代的艺术作品》，王才勇译，中国城市出版社2002年版，第一稿第8页，第二稿第85页。

们是极大的恩人；他们开拓了文学的疆土，为它的领地添上一个新省区。模仿者只给我们已有的可能卓越得多的作品的一种副本，他们徒然增加了一些不足道的书籍，使书籍可贵的知识和天才却未见增长。独创性作家的笔头，像阿米达的魔杖，能够从荒漠中唤出灿烂的春天；模仿者从那个灿烂的春天里把月桂移植出来，它们有时一移动就死去，而在异乡的土地上总是落得个枯萎。”①

在传统艺术、古典艺术时代，作家们所应当遵循的“模仿”，就是杨格说的第一种模仿，即对自然、对现实的创造性的“模仿”、独特的“模仿”。因为是即时即地性的模仿，就具有原真性、独一无二性。“你”的模仿与“我”的模仿与“他”的模仿，就各不相同。而且因为“你”“我”“他”诸作者之间思想立场、情感态度、文化背景、审美观念的不同，模仿的结果也不会一样。

文艺复兴时代，达·芬奇、米开朗基罗、拉斐尔间就有鲜明区别；到了浪漫主义时代倡导“表现”，倡导“个性”；紧接着的现实主义时代，虽然强调“再现现实”，但是实际上仍然强调个性和特性。所以，浪漫主义和现实主义的作家——雨果、狄更斯、巴尔扎克、司汤达、托尔斯泰等人的作品，都有各自鲜明的独创性的标志。

中国古典作家亦如是，人们不会把李白的诗与杜甫的诗相混，也不会把苏轼的词与李清照的词相混。而且中国的古典作家，总是倡导独创，反对模仿、因袭。明代的公安派领袖袁宏道《叙小修诗》中说，写诗要“独抒性灵，不拘格套，非从自己胸臆流出，不肯下笔”②。他在《与张幼于》中斥责模仿者、因袭者“粪里嚼渣，顺口接屁，倚势欺良，如今苏州投靠家人一般，记得几个烂

① ［英］爱德华·杨格：《试论独创性作品》，袁可嘉译，人民文学出版社 1963 年版，第 5 页。

② 袁宏道：《叙小修诗》，见钱伯城笺校《袁宏道集笺校》卷四，上海古籍出版社 2008 年版，第 187 页。

熟故事，便曰博识，用得几个见成字眼，亦曰骚人，计骗杜工部，囤扎李空同，一个八寸三分帽子，人人戴得”[①]。

可以说，传统的或古典的文学艺术，就是要“创造”，优秀的文学家艺术家都具有各自的独一无二性。

文学艺术的这种“创造性”特点，的确与“机械复制”有某种矛盾。本雅明也承认这个事实，他感觉到了新艺术的“机械复制”与古典艺术的“独一无二性”之间的不协调。他认为，在现代信息社会里，艺术的这种机械复制性的特点，就使得“艺术品的即时即地性丧失了”[②]。又说：“即使最完美的艺术复制品中也缺少一种成分：艺术品的即时即地性，即它在问世地点的独一无二性。”[③]

设想：传统艺术或古典艺术，如果真的以“复制”、“因袭”、“模仿”代替了“创造”，满世界是复制品，到处皆模仿之作，触目都是赝品，人们如何忍受得了？如果真的像宋代江西诗派主张“无一字无来处”“夺胎换骨”“点铁成金”，拾人牙慧；如果真的像明代前后七子所说“文必秦汉、诗必盛唐”……那样的艺术世界将是怎样可怕的令人厌倦的景象？

谢天谢地，幸亏中外的艺术史不是这样。

对传统艺术、古典艺术而言，在一定意义上说假如失去了“独一无二性”，也就失去了它作为艺术“创造”的标志，丢掉了它的“原真性”也就葬送了它的艺术本性。

三

那么，本雅明所谓“机械复制”真的与艺术创造绝对对立吗？

---

① 袁宏道：《与张幼于》，见钱伯城笺校《袁宏道集笺校》卷十一，上海古籍出版社2008年版，第502页。

② ［德］瓦尔特·本雅明：《机械复制时代的艺术作品》，王才勇译，中国城市出版社2002年版，第一稿第9页，第二稿第86页。

③ 同上书，第一稿第7页，第二稿第84页。

现代信息时代的文学艺术，真的就不需要“创造”了吗？

非也。

前面我们所讲的本雅明所谓“复制”与“创造”存在某种矛盾，只是事情的一个方面。事情还有另一方面，即“机械复制”与艺术“创造”二者之间并不相互冲突，又有并行不悖的一面。

这“另一方面”，是更重要的方面。

仔细琢磨就会知道：本雅明的所谓“机械复制”，复制的不是创造本身，而只是创造出来的作品。具体说，本雅明所谓摄影、电影的“机械复制”，复制的只是摄影家、电影家“这一次”创造出来的“这一个”原件、母本——甚至可以无限制地拷贝“这一个”，然后持摄影复制品到处去进行摄影展览，持电影胶片到处去进行电影放映。但是，这“复制”，绝不能代替摄影家、电影家“下一次”的“下一个”原件、母本的创造。譬如，喜剧电影家卓别林 1936 年创作了《摩登时代》，这是一次非凡的艺术“创造”，它获得英国电影和电视艺术学院奖终身成就奖、威尼斯电影节终身成就金狮奖、奥斯卡金像奖荣誉奖，它的拷贝（复制品）到处放映，获得巨大成功。四年之后（1940）他拍摄了《大独裁者》，这是一次根本不同于《摩登时代》的新“创造”，绝非前一次创造的“复制”。1952 年他的《舞台生涯》问世，1967 年他拍摄了最后一部影片《香港女伯爵》……这些都是把前一次创造归零，一次又一次重新开始。卓别林一生拍摄了数十部电影，每一部都是一次重新“创造”。从无声电影到有声电影、从黑白电影到彩色电影、从普通银幕到宽银幕，都是电影家们新的创造。而且每一个电影家，他的每一部电影，都必须是新的创造，每一届奥斯卡获奖电影也都是新创造。不然，将一文不值。

从上面的例子，可以看到“机械复制”与艺术“创造”不相冲突、并行不悖的一面。

其实古典时代也有“复制”，那“复制”与“创造”也是并存的。本雅明在《机械复制时代的艺术作品》第一稿和第二稿中，都说到自古以来艺术品被复制的历史，譬如：希腊人的“铸造和制模”，后来的“木刻”“镌刻”“蚀刻”“石印术”的发明，“文献领域中造成巨大变化的是印刷，即对文字的机械复制”……本雅明甚至说“对艺术品的机械复制较之原来的作品还表现出一些创新”①。古典时代的这些“复制”，与“创造”并不矛盾。印刷术发明之后，小说、诗歌、剧本可以印成书籍大量发行，这都是对作家、诗人、剧作家的创造成品进行复制从而普及到广大人群中去。但是，你可以通过印刷对这一次的作品进行复制，却不能用复制去代替下一部作品的创造——不能以“印刷”取消“创造”。每一篇新的小说、每一首新的诗歌、每一部新的剧本，必须是作家、诗人、剧作家新的创造。

今天的“互联网”时代，作品的“复制”更容易，但那“复制”与“创造”也不矛盾。同样的道理，网络作家也同之前的一切作家一样，绝不能以“复制”代替“创造”，他必须以“创造”求生存，而不能以“复制”讨生活。

上文的主旨只是一点：消除误解——以前有些人常常在本雅明的“机械复制”与艺术“创造”问题上产生误会，以为“机械复制”会淹没或代替艺术“创造”，或者认为“机械复制时代”不需要艺术“创造”。这是错觉。

为了使文学艺术的创作健康地发展和进行，是到了应该消除某些人的这种错觉和误会的时候了。

---

① ［德］瓦尔特·本雅明：《机械复制时代的艺术作品》，王才勇译，中国城市出版社2002年版，第一稿第5—6页，第二稿第81—82页。

第二节　文学与生活并未合一，“创造”仍然需要

关于艺术的基本性质，我曾在《艺术哲学读本》（中国社会科学出版社2008年版）第三章中提出一个基本命题：“艺术——生活的特异化”，并引述古今中外许多资料和例证加以论证。现在我仍然坚持这个观点，对此，本书不再多说什么。现在要着重说的，是在以往所说“艺术——生活的特异化”的理论基础上，针对某些人认为所谓“后现代”生活审美化、审美生活化、文学与生活已经合一，因此不需要再特别强调文学“创造性”的观点，说说我的意见。我同这些学者“文学与生活已经合一”的观点相反，认为在所谓“后现代”，文学与生活并未合一，也并未改变“艺术——生活的特异化”的基本性质。在文学艺术中，“生活的特异化”是作家艺术家“创造”的结果，既然“后现代”并未改变“艺术——生活的特异化”的基本性质，因此，文学的“创造”仍然需要。

一

一段时间以来，人们特别津津乐道于审美（艺术）的生活化和生活的审美（艺术）化，强调艺术与生活合一。美国学者詹明信说：“有一个革命性的思想是这样的：世界变得审美化了，从某种意义上说，生活本身变成艺术品了，艺术也许就消失了。”[①] 前国际美学学会主席阿莱斯·艾尔雅维茨也描述了这样一种观点：

① 詹明信等：《回归“当前事件的哲学”》，《读书》2002年第12期，第12—24页。显然詹明信对此论是有保留的。

“任何东西都可以是艺术，那么任何人也都可以是艺术家。”[①] 德国美学家韦尔施在他的《重构美学》[②] 中以大量事实论述目前世界普遍存在的生活审美化、生活艺术化趋向，证明生活与艺术正走向融合。韦尔施的观点对中国某些当代美学家影响很大，一度炒得沸沸扬扬。

按照韦尔施的说法，全球正在进行一种全面的审美化历程：从表面的装饰、享乐主义的文化系统、运用美学手段的经济策略，到深层的以新材料技术改变的物质结构、通过大众传媒的虚拟化的现实以及更深层的科学和认识论的审美化，整个社会生活从外到里、从软件到硬件，被全面审美化了。美学或者审美策略，已经渗透到了社会生活的各个层面。美学不再是极少数知识分子的研究领域，而是普通大众所普遍采取的一种生活策略，审美范畴成了基础范畴。[③]

但是，这些现象的出现，是否足以证明艺术与生活合一了呢？我的回答是否定的：并没有！

二

关于“后现代”艺术，有人说始于杜尚，甚至说杜尚的作品代表了“后现代”艺术的典型范例。[④] 还有人说，杜尚直接把现成品变成了艺术，也就是生活艺术化了，把艺术与生活拉平了、合一了。

那么，我们就从杜尚说起吧。

---

① ［斯洛文尼亚］阿莱斯·艾尔雅维茨：《图像时代》，胡菊兰、张云鹏译，吉林人民出版社 2003 年版，第 252 页。阿莱斯·艾尔雅维茨并不同意这种观点。

② ［德］沃尔夫冈·韦尔施：《重构美学》，陆扬、张岩冰译，上海译文出版社 2002 年版。

③ 同上书，第 3—7、70 页。

④ ［斯洛文尼亚］阿莱斯·艾尔雅维茨：《图像时代》，胡菊兰、张云鹏译，吉林人民出版社 2003 年版，第 271 页。

杜尚（Duchamp，Marcel，1887—1968），法国画家，生于美术世家。1913 年开始抛弃了所谓的“视网膜艺术”，而采取工业设计图的几何方法，用“现成取材法”创作所谓“现成品艺术”，创作《自行车轮胎》，使现代艺术变成了创造与批评的混合物。杜尚于 1915 年到了美国，1917 年把一个男性小便器命名为《泉》送入艺术展厅。[①] 1919 年在巴黎与第一个达达小组建立联系，创作《带胡须的蒙娜丽莎》，即在《蒙娜丽莎》的画像上加上胡须。[②]

现在要问：把生活中的“现成品”（如小便器这样不登大雅之堂的物品）作为艺术品放入展厅，是否就意味着消除了艺术与生活的界限，使二者合一了呢？没有。小便器在生活中无疑只是一个生活用具，人们使用它，也是极普通、极平常的生活行为，本无特异之处。然而，当杜尚把小便器送去展厅时，就已经与普通生活用品和普通生活行为区别开来、隔离开来了，即将生活特异化了。这时，“艺术展厅”这特定的环境和氛围，迫使“人们用新的角度去看”本是生活用具的小便器，使它“原来实用的意义消失殆尽”，而“获得一个新的内容”。而且，这《泉》的命名也非同寻常，它赋予了小便器另外的意义，成为贝尔所说的“有意味的形式”，从而获得了新的价值。总之，无论你是否把这个原来的小便器、此刻的《泉》看作艺术品，它已经同原来的生活用具和生活行为隔离了，特异化了。阿莱斯·艾尔雅维茨在他那本《图像时代》第十一章“美学：马塞尔·杜尚前后”评论杜尚美

---

① 杜尚是从一家名为莫穆特的制品厂生产的大量无从区别的陶瓷制品中购得这个男性小便器的，1917 年送独立展览会，但当时被作品审定委员会否决——被撤下来。然而会上不承认，会外承认。这件原作已遗失，现在只留下阿尔弗雷德·施蒂格利茨拍摄的著名照片。不过，杜尚还为纽约悉尼·贾尼斯画廊买了另一件，接着又为米兰施瓦茨画廊买了第三件，事实上他一共推出了八件有他的签名并编号的相似作品。——参见［美］阿瑟·丹托《艺术的终结》，欧阳英译，江苏人民出版社 2001 年版，第 29—30 页。

② 有关杜尚资料，乃李媛媛博士搜集整理，致谢。

学现象时说：“艺术的基本特征之一，就是艺术能够摧毁和改变仅仅在瞬间之前还呈现出不能改变的和固定的（从而也是最‘正常的’）艺术的未开发的领域和边界。在这方面正如人们常常提出的稍有些哀婉动人的说法，艺术就像生活本身：它以自身拥有的新奇、以那些瞬间之前我们绝不会认为可能，然而转瞬之后我们又似乎感到它就是具有创造力的人类行为的产物之类的事情和现象而使我们感到惊奇，而这些创造性的人类行为的产物不仅扩大，而且加强和加深了我们对我们自己、对他者自身，以及我们周围的世界和我们自己所熟悉的这个世界的一部分的理解。”① 我认为阿莱斯·艾尔雅维茨声援了我的观点——杜尚将现成物作为艺术品的做法，以及其他后现代艺术家将艺术与生活拉平的行为，并没有使艺术与生活合一从而改变“艺术——生活的特异化”这个事实。

三

与杜尚同样以“复制”出名而晚了几十年的艺术家是安迪·沃霍尔（Andy Warhol，1928—1987）。他用凸版印刷、橡皮或木料拓印、金箔技术、照片投影等各种复制技法“复制”各种生活现成品，如庄稼、牛车、鲜花、水果、可口可乐瓶子、美元；也复制现成的艺术品，如大众传媒的图像玛丽莲·梦露头像、蒙娜丽莎像、毛泽东画像……沃霍尔的第一件创作是可口可乐。“你在电视上看到可口可乐时，你可以知道总统喝可口可乐，利兹·泰勒喝可口可乐，你也可以喝可口可乐。你喝的可口可乐和别人喝的一样，没有钱能使你买到比街头流浪汉喝的更好的可口可乐。所有的可口可乐都是一样的，所有的可口可乐都是好的。”他琢磨着，为什么可口可乐不能成为艺术品？紧接着，有着番茄、牛肉、

---

① ［斯洛文尼亚］阿莱斯·艾尔雅维茨：《图像时代》，胡菊兰、张云鹏译，吉林人民出版社 2003 年版，第 251 页。

沃霍尔作品《金宝罐头汤》

蛤蜊等多种口味的坎贝尔浓汤罐头也进入了他的绘画领域。1962年7月，沃霍尔以32幅《金宝罐头汤》系列画作举办了自己的首个波普艺术展，特别是在1962年展出的“雕塑”作品汤罐和布里洛盒子，最为有名。他的所有作品都用丝网印刷技术制作，形象多次重复，单调、无聊造成视觉疲劳。有人戏谑地说：“麻木重复着的坎贝尔汤罐组成的柱子，就像一个说了一遍又一遍的毫不幽默的笑话。”这种重复和复制，就像二十年都吃相同的早餐，反复做同一件事。他说：“我想成为一台机器。”沃霍尔还尝试以胶片制版和丝网印刷，进行程序化地艺术复制和批量生产。他将自己位于纽约东区47大道的银色工作室称为“工厂”，所谓的艺术品被置于流水线下生产，摒弃艺术技巧和原创性。他的作品没有“原作”可言，全是复制品，他就是要用无数的复制品来取代原作的地位。那么，沃霍尔的这些“现成品”是否意味着艺术与生活合一了呢？同样没有。为什么？因为他把布里洛盒子、汤罐美元钞票可口可乐瓶子，以及许多画像拿去当作他的艺术品展览时，就已经改变了它们原来所处的地位，使它们与原来的生活环境隔离了，从而在新的环境和语境下产生了新的意义。这不是生活的同一化，而是生活的特异化。①

还有一个例子是第二次世界大战后美国波普艺术的另一代表

① 关于沃霍尔的有关资料，参见《百度百科》之《安迪·沃霍尔》。

人物罗伯特·劳森伯格的一系列所谓“混合艺术”作品。他把报纸、广告、商标、影视图像、封面女郎、快餐、卡通漫画……几乎所有可以找到的东西，甚至喂饱的山羊、剪碎的报纸、布料、时钟、摄影、绘画等，一股脑儿地塞进自己的作品中，再用颜色拼合。最知名的作品是《床》《夏日暴雨》《赌注》。单以《床》来说，劳森伯格把睡袋和枕头挂在画布上，再在上面泼上五颜六色的颜料。劳森伯格的艺术理念是：绘画是艺术也是生活，两者都不是做出来的东西。我要做的正处在两者之间。其实，劳斯伯格的作品同杜尚的作品同理，也没有改变“艺术：生活的特异化”的事实——因为他已经把那些所谓“日常生活用品”做了特异化的处理。

1985年劳斯伯格在中国美术馆的个展，直接影响和促进了“八五美术新潮”的发展。这些新潮艺术家在北京举办的艺术展览会上展出的作品“枪击艺术”“滴血艺术”“洒墨艺术”等，也都是生活的特异化。

此外，西方后现代戏剧（如《等待戈多》），中国于坚等人追求的平面的、无深度的、无含蓄的后现代诗歌等等，都不是与生活合一，而是生活的特异化。

四

当今社会大家最熟悉的东西就是广告。现在的生活中——电视上、大街上、报纸杂志上、地铁上、高楼大厦上、各种展销会上……广告无孔不入，渗透到生活的每个角落，躲也躲不开，有时叫人烦得要死。广告中有审美，有的本身就是艺术品。这真可以说审美—艺术生活化了。但，诸位仔细琢磨琢磨：广告中的审美和艺术，取消了审美、艺术同生活的差别了吗？它改变了“艺术：生活的特异化”这个命题了吗？我的回答是：没有。像大家十分熟悉的广告词“味道好极了”“吃嘛嘛香”“两片”……像许多公众人物塑造的广告形象，甚至公益广告形象，都是生活的加工、变异而成，绝不是生活的原样。

再说卡拉OK。这是群众自娱自乐的审美—艺术形式。有人说，唱“卡拉OK”歌曲，这就是生活，就是生活同审美（艺术）的合一。这当然也不是完全没有道理。但是，你想想，当你在卡拉OK歌舞厅里，随着卡拉OK带子唱《敖包相会》，唱《莫斯科郊外的晚上》……的时候，你是扮演了一个临时演员的角色，你进入那规定的情境之中，你自觉不自觉地在创造着某种形象，体验着某种感情，这时的你，既是你，又不是你。因此，卡拉OK也已经将你平时的生活同你此刻的生活隔离了，将生活特异化了。

还有当前相当时髦的所谓行为艺术。美国魔术师大卫·布赖恩是一个著名行为艺术家。他在伦敦泰晤士河塔桥附近的一个离地12米、悬在空中的透明玻璃箱里，生活了44天，只喝水，不吃任何东西。这个玻璃箱高2.1米、长2.1米、宽0.9米。他的这项活动从2003年9月5日晚上起，至2003年10月19日晚上期满。出箱时，他向等候在周围对他欢呼的人群说：这是我一生中最重要的经历。是时，泰晤士河上灯光摇曳，人头攒动，人群中，不断有惊叹的目光、惊叹的表情、惊叹的声音被电视特写镜头放大出来。我们假定行为艺术是完全成立的，那么，它改变了“艺术——生活的特异化”这个命题的意义了吗？

我的回答仍然是：没有。

理由很简单，也很好理解：所有那些行为艺术作品，都不是普通的生活，而是特异化了的生活，是精心设计和加工处理的生活，是与普通生活隔离开来的生活。因此，就行为艺术来说，仍然符合“艺术——生活的特异化”的基本特征。

在“电子媒介时代”“电信技术王国时代”“互联网时代”，文学迅速地游移至后台，而中心舞台则被视觉文化的亮丽辉光所普照。有人干脆把现在描述为“图像时代”，而电视图像大出风头。这就不难理解为什么各种各样的电视连续剧如此泛滥，如此耀武扬威，以致文学也向它献媚。在互联网、电视直播时代，还出现了以前想都不敢想的艺术形式，如电视直播的春节晚会，帕瓦罗蒂等歌唱家能够同时让全世界数亿人即时直接观看的演唱会，两地或三地联网举行的直播文艺晚会等。我相信，将来还会出现许多新的艺术形式。现在的艺术不只存在于博物馆、艺术馆、美术馆里，越来越多的艺术走向街头、走向广场，跃出了原来的狭窄领地，跃出了象牙之塔，跃出了艺术家小小的书斋和画室，跃出了博物馆、艺术馆、美术馆的围墙，到广阔的生活天地里来，迅速平民化、大众化、乡野化。由此，也出现了广场艺术、街头艺术等新形式。但是，这些艺术的新形态仍然是艺术而不是生活，它们仍然不是与生活合一而是与生活相异，即生活的特异化。广场艺术也好，街头艺术也罢，它们仍然是与生活相异而不是与生活同一。你不能把广场上表演的美女，真的当作你的情人去爱。虽然在电子媒介时代，作者与对象、读者与作品之间的关系开始由间接性变为直接性，但“直接性”仍然是生活的特异化。只是，如何（通过什么样的途径、方式和形式）实现这种特异化，其艺术思维、艺术构思却很不一样。如果说古典艺术家常常通过典型化的途径、方式和形式实现这种特异化，现代派艺术家常常通过怪诞的途径、方式和形式实现这种特异化，那么，后现代艺术家，则常常通过“不连贯”“碎片”“平面化”“表层化”“无意义”等途径、方式和形式实现这种特异化。

五

请注意：正是文艺（审美）与生活没有合一、也不会合一，正是“艺术乃生活的特异化”的基本性质没有改变，所以文艺创作仍然需要创造、必然需要创造。因为这“特异”，乃是通过文学家、艺术家的“创造”而来。

为什么艺术一定是生活的“特异化”，而这种“特异”必须经由人的创造？这是一个深奥的哲学问题：乃由宇宙的本性所决定。

宇宙之所以能够生生不息，根本原因之一在于它不断变异，如果它老是一个样子，没有变异，没有新的因素产生，那么它就是死的。宇宙中的万事万物也如此。人类之所以生生不息，之所以不断发展、不断前进，也是因为不断变异，从而不断出现新的生机。一个社会，一个民族，一个国家，一种文化……倘不变异、不出新，老是保持同一个样子，那将是灾难。审美、艺术，作为一种文化现象，作为人类最基本的最符合其本性的本体性活动之一，不能趋“同”而必须趋“异”——不论是就它与生活的关系而言，还是就其自身发展而言，都是如此。《国语·郑语》云：“夫和实生物，同则不继。”“和”即多样组合、多种因素统一，这是变化、变异所致。“同”即保持原样，排斥变化和变异——这只能是死路一条。

既然宇宙之所以能够生生不息的根本原因在于它不断变异、不断出新，因此，就审美、艺术范畴而言，说文学艺术的基本特质之一是对生活进行变异，是生活的特异化，就是顺理成章的事情。

不断变异、不断出新，就要创造，过去如此，现在如此，将来也如此。

我的结论就是：在所谓“后现代”（电信技术王国时代、互联网时代），文学创作仍然需要创造。

第三节　结语：“创造”乃前进之阶梯

一

人类每前进一步，都是由“创造”铺就阶梯而行。

前人类在千万年的劳动实践中，“创造”出最初的旧石器——那些今天看来不像工具的工具，譬如砍砸器、刮削器、尖状器……并且还能够向后来者传授这种“创造”的技能，后来者也能够不断承续和发展这种“创造”的技能，于是，人猿揖别：人类诞生了！

这是通过劳动实践、通过“创造”所迈出的第一步。

伟大的第一步！

之后，通过不断的实践、“创造”，由旧石器到新石器，到玉器，到陶器，到青铜器，到铁器……一直到今天的航天器（宇宙飞船、空间站、火星探测器）。这都是人类踩着“创造”的阶梯而留下的一个个前进的脚印。

之后，“创造”，几乎成了人类生存的一种“本能”。

人类还要踩着“创造”的阶梯，走过今天，走向未来。

二

从人类诞生起，也不断通过客观的历史实践，创造审美文化。诚如马克思在《1844 年经济学哲学手稿》中所说，“劳动创造了美”。这里的所谓“创造”（亦译为“生产”），不仅指创造（生产）了审美对象，而且指创造（生产）了审美主体。马克思在同一篇文章中还具体解说：“只是由于属人的本质的客观地展开的丰富性，主体的、属人的感性的丰富性，即感受音乐的耳朵，感受形式美的眼睛，简言之，那些能感受人的快乐和确证自己是属人的本质力量的感觉，才或者发展起来，或者产生出来。因为不仅是五官感觉，而且所谓的精神感觉、实践感觉（意志、爱等等）——总之，人的感觉、感觉的人类性——都只是由于相应的对象的存在，由于存在着人化了的自然界，才产生出来的。五官感觉的形成是以往全部世界史的产物。”[①] 亦如前引恩格斯在《劳动在从猿到人转变过程中的作用》一文中所说，只是由于劳动，

① 马克思：《1844 年经济学—哲学手稿》，刘丕坤译，人民出版社 1979 年版，第 79 页。

“人的手才达到这样高度的完善，以致像施魔法一样产生了拉斐尔的绘画、托瓦森的雕刻和帕格尼尼的音乐”①。

这里有一个起步非常粗粝非常陋劣的艰苦漫长的过程。

譬如说，原始人最初可能是不穿衣服的，所谓“赤条条来去无牵挂”。为了御寒，他们披了件羊皮（当然是挑那些皮毛丰厚、利于防寒、感觉舒适的羊皮），又渐渐把羊皮裁剪得“看起来顺眼”——这就是“创造性”行为。这“看起来顺眼”的羊皮衣服，就是他们创造的初期的艺术品、最初的“美”。

中华先民曾经创造了美得让人惊艳的玉文化。在辽河流域有红山文化的玉猪龙、玉鸟、玉鸮、玉龟、玉兽以及双龙首玉璜、松石鸟形器；浙江余姚河姆渡文化有青色和淡黄色玉料及萤石制作的玦、璜和项饰；马家浜文化（其时间相当于中原仰韶文化）有玉璜、玉玦等饰品……这都是中华先民创造的丰富多彩的玉文化，在数千年之后我们眼里，它们依然美不胜收。在世界审美文化之林，中华民族的玉文化独具特色，甚至独此一份。

中华先民所创造的陶器（彩陶、黑陶）和瓷器，也妙不可言。龙山文化时代（距今4000千年前）的细泥薄壁黑陶，有“黑如漆、薄如纸”的美誉，赏心悦目，如山东淄博市临淄区桐林—田旺遗址的蛋壳陶杯，最薄处仅0.3毫米，代表了当时制陶业的最高水平。漆器也是中华民族的骄傲，战国楚墓虎座飞鸟，距今约2300多年，是件精美的艺术品（见图）。至于瓷器，更是世所公认，曾经征服世界，至今为西方人视为珍品，津津乐道。此不多论。

① 恩格斯：《劳动在从猿到人转变过程中的作用》，见恩格斯《自然辩证法》，人民出版社1971年版，第151页。

1978 年出土于湖北江陵天星观一号墓的战国漆器《虎座飞鸟》

中华先民的音乐文化，也让世界吃惊：河南舞阳贾湖遗址墓葬出土 8000 年前用大鸟翅骨或腿骨做成的骨笛，七个音孔，可吹出五声和七声音阶。

地球上其他地区的先民，也同样创造出了他们灿烂的文化，譬如古埃及、古巴比伦、古希腊、古印度以及以《圣经》为代表的希伯来文化，都绽放异彩。单以古巴比伦来说，那是已知世界上历史最悠久的古代东方国家之一。巴比伦地处幼发拉底河与底格里斯河（两河）流域。早在公元前 5000 年，就不断有农业居民自两河流域北部的丘陵地区迁入当地谋生。他们具有长期农业传统，掌握了一定的水利灌溉技术。他们最初在幼发拉底河及其支流的沿河地与沼泽地带建立了许多小型村社，利用定期泛滥的河水和沼泽地带丰盛的水草，芦苇及黏土，从事农业、畜牧业和手工业。以后随着生产力的发展，他们逐渐开发了整个南部地区，建立了世界上最早的城市，创造了灿烂的苏美尔文化。约在公元前4000年，居住在这一带的苏美尔人不仅发明了楔形文字（这种文字本身就是精美的艺术品），而且发明了用于书写方字的泥板书。古巴比伦城垣雄伟，宫殿壮丽，充分显示了古代两河流域的建筑水平。尼布甲尼撒二世对巴比伦城的大规模的建设，使其成为当时世界上最繁华的城市之一。① 苏美尔文明，包括它的农耕、手工技艺、文字、建筑，都是当时苏美尔人创造的艺术。

在进入文明社会之后，各民族的文化更加迅速发展。单以中国来说，青铜器是我们的骄傲。鼎是中国青铜文化的象征，世人耳熟能详。先秦有所谓“铸鼎象物”之说。鼎是生活特异化的产物，成为国家权力的象征。而今天，这种生活特异化的鼎，成了一种艺术品。② 不仅是鼎，几乎每一件青铜器上的形状和文饰，都是生活特异化——创造的结果。

世界其他民族，也通过创造而大踏步前进，特别是西方工业革命之后，更是一日千里。以至今日之世界快速走进“互联网”时代。

这都是人类的“创造”之功。而且，广义地说，这都是人类对于“美”的创造——按照马克思的说法，人类“自由自觉”地“按照任何物种的尺度”并且按照人类“内在固有的尺度”进行

① 参见《百度百科》之《古巴比伦》。

② 我这里介绍几种比较著名的鼎。商代司母戊方鼎（1939年殷墟武官村出土）通高133厘米，长112厘米，宽79厘米，重875公斤。司母辛大方鼎（妇好墓出土）高80.1厘米，重128公斤。还有妇好墓出土的偶方彝，高60厘米，重71公斤，两条长边有突出的兽头，腹部是大兽面纹，两长边还有突起的鸮面，总之，装饰的都是猛兽、猛禽，给人威严感。

创造，也即“按照美的规律来塑造物体”①。自从人类通过劳动、通过客观的历史实践创造了人类自身之后，就不断地在不同的历史阶段创造出不同历史时期的美，建构出不同历史时期的美，发展出不同历史时期的美。

三

回到本书主题：文学艺术。

大多数学者都意识到，艺术是一种创造，是破常规的，它不随波逐流、不平庸、不世故。别看它描写的东西往往好像非常日常非常世俗，其实它是在以日常作为武器，来抵制我们的日复一日的庸常，使生活获得新内容，使人们得到新感觉、新思维，得到创造性的发展。写《洛丽塔》的纳博科夫曾说过一句话：“没有一件艺术品不是独创一个新天地的。”他还说：“我们要把它当作一件同我们所了解的世界没有任何明显联系的崭新的东西来对待。”艺术应当是一个独立的有自己的内在逻辑的东西，它不是一种复制，而应是一种崭新的创造。我们既然把小说看作一门艺术，真正写它读它的时候，就应该强调它的创造性，把它看作一个虚构的却又真实可靠的有别于现实世界的新世界。②

创造才是人类的文学艺术的前进之道。中外皆如是。当然要继承，要学习。但继承和学习是为了更好地创造。杨格说：“但愿我们决不忽视、同样也决不模仿他们（指古典作家——笔者注）可佩的作品；但愿他们的权利成为圣物，他们的英名不可侵犯。让我们的思想从他们的思想吸取营养，他们供给最高贵的养料；不过他们滋养、而不是消灭我们自己的思想。我们读书时，让他们的优美点燃我们的想象；我们写作时，让我们的理智把他们关

① 马克思：《1844 年经济学哲学手稿》，刘丕坤译，人民出版社 1979 年版，第 51 页。

② 参见何玉茹《小说：创造一个新世界》，《文艺报》2015 年 4 月 3 日。

在思想的门外。连对待荷马本人，也要像那位玩世不恭者对待崇拜荷马的君主一样，叫他站开点，不要挡住我们的作品，使它受不到我们自己天才的光芒的照耀；因为在别的阳光下，没有什么独创性的东西能够生长，没有什么不朽的能够成熟的。”[①] 杨格还曾说：“独创者的野心不下于恺撒，后者宣称他宁愿在村子里当第一人，而不愿在罗马城当第二人。”[②]

一句话：文学艺术必须独创，必须创造。

以中国文学为例，从古代神话传说开始，都是以“创造”起步，通过“创造”开路。先民们创造出各种神话形象，如夸父逐日：“夸父与日逐走，入日。渴欲得饮，饮于河渭；河渭不足，北饮大泽。未至，道渴而死。弃其杖，化为邓林。”[③] 如此奇异，亏这神话的作者想得出来。其他如精卫填海、后羿射日，也都创造得至奇至异。

单说文学的形式，从“诗三百”的四言体，到屈原的“骚”体，到汉赋、唐诗、宋词、元曲……无不体现着“创造”。

四

中国古代的文学家、艺术家，还总结出自己的富有中国特色的文学艺术的“创造”理念，不同于亚里士多德雄霸西方千年的“模仿自然”之说。

我们以 17 世纪大戏剧家李渔的话来说明。

李渔《一家言释义》（即他为自编的《笠翁一家言》初集所写的自序）中这样说：“凡余所为诗文杂著，未经绳墨，不中体裁，上不取法于古，中不求肖于今，下不觊传于后，不过自为一

① ［英］爱德华·杨格：《试论独创性作品》，袁可嘉译，人民文学出版社 1963 年版，第 10 页。

② 同上书，第 6 页。

③ 《山海经·海外北经》，袁珂校译，上海古籍出版社 1985 年版，第 201 页。

家，云所欲云而止，如候虫宵犬，有触即鸣，非有模仿希冀于其中也。模仿则必求工，希冀之念一生，势必千妍百态，以求免于拙，窃虑工多拙少之后，尽丧其为我矣。虫之惊秋，犬之遇警，斯何时也，而能择声以发乎？如能择声以发，则可不吠不鸣矣。”① 李渔这里说的，就是文学要独创。他说，我写作品，是我内心里头，有一种生命欲求生发出来，要创造，要表达，所以我才写。即有感而发，有所触动而发，绝不模仿什么——既不是模仿别人的模式，也不模仿外在的现实。用我们今天的话说，写作就是写自己，而不是亦步亦趋地模仿别人，也不是依样画葫芦那样模仿现实。如果仅仅照葫芦画瓢，就把自己的个性泯灭了，那宁肯不写。这代表了中国古代独特而高明的美学思想。这段话强调文学艺术是生命本真的表现，是发自灵魂的自然鸣唱。由此出发，不但鄙视模仿，而且瞧不起刻意求工，认为“工多拙少之后，尽丧其为我矣”，而一旦“丧其为我”，也就是文学艺术的死亡。

好多中外著名作家、美学家也都是这样主张的，他们认为写作就是表现内心的一种生命的欲求，好作品都是从自己内心迸发出来、创造出来的。世界上好多大作家，都是用自己的生命来写作、来创造。俄国大文豪列夫·托尔斯泰说，他是蘸着自己的血肉写作。法国大作家福楼拜写到包法利夫人死的时候，感到自己嘴里有砒霜味儿……中国古代的大诗人屈原也是这样，他用自己的生命写出了《离骚》。现代中国的大作家巴金也是这样，他的一些小说，譬如《家》《春》《秋》，就是写自己生命当中最有价值的东西，从生命里生发出来的，而不是凭什么诀窍或技巧。有一次巴金接受记者采访，记者有如下一段记述：“巴老回答我第一个问题的第一句话是：‘我不懂文学，我没有任何的写作诀窍。’这也是他经常在文章里所表白的。给我的第一感觉是，这

① （清）李渔：《一家言释义》，《李渔全集》第一卷，浙江古籍出版社1992年版，第4页。

并非故作谦虚，而是出自巴老的内心，但作为崇敬他的读者，我很难接受这样的回答。或许是看出了我的疑惑，他补充说：‘我只是把这颗心交给了读者。’”[①] 巴金的那颗“心”，是他的真情，也即他的最有价值的生命。郭沫若五四时代的一些诗，像《凤凰涅槃》《炉中煤》《立在地球边上放号》《天狗》《地球，我的母亲》……也是如此。艾青的许多诗，像《大堰河，我的保姆》《我爱这土地》……也是如此。有的作家，一辈子就写一本书，是写他生命当中的最有价值的那一部分。如奥斯特洛夫斯基的《钢铁是怎样炼成的》，就是作者真正用自己的生命来写作、来创造的，作者把自己生命中最有价值的东西，通过创造性劳动，流注于笔端。

最近有人说，“人工智能”，即所谓“机器人”，也可以进行创造、甚至进行文学“创造”。韩少功在《当机器人成立作家协会》[②] 中说：“日本朝日电视台2016年5月报道，一篇人工智能所创作的小说，由公立函馆未来大学团队提交，竟在1450篇参赛作品中瞒天过海，闯过‘星新一奖’的比赛初审，让读者们大跌眼镜。”

他还举出两首诗：

其一：

西窗楼角听潮声，水上征帆一点轻。
清秋暮时烟雨远，只身醉梦白云生。

其二：

西津江口月初弦，水气昏昏上接天。
清渚白沙茫不辨，只应灯火是渔船。

“两首诗分别来自宋代的秦观，和另一位IBM公司的“偶

---

① 《新华社两记者回忆巴老》，《文汇读书周报》2017年3月19日。

② 韩少功：《当机器人成立作家协会》，《读书》2017年第6期。

得”，一个玩诗的小软件。问题是，有多少人在两首诗前能一眼分辨出‘他’和‘它’？至少，当我将其拿去某大学做测试，三十多位文学研究生，富有阅读经验和鉴赏能力的专才们，也多见犹疑不决抓耳挠腮。如果我刷刷屏，让‘偶得’君再提供几首，混杂其中，布下迷阵，人们猜出婉约派秦大师的概率就更小。”

难道机器人真能创造？韩少功给予否定的回答。机器人最大的短处在哪里？第一，机器人是人的作品，与人相比，机器人永远处于从属地位；第二，在价值观方面，差异更大，即机器人跨越不了的就是价值观。他举例说：“一位美籍华裔的人工智能专家告诉我，至少在眼下看来，人机关系仍是一种主从关系，其基本格局并未改变。特别是一旦涉及到价值观，机器人其实一直力不从心。据说自动驾驶系统就是一个例子。这种系统眼下看似接近成熟，但应付中低速还行，一旦放到高速的情况下，便仍有不少研发的难点甚至死穴——比如事故减损机制。这话的意思是：一旦事故难以避免，两害相权取其轻，系统是优先保护车外的人，还是车内的人（特别是车主自己）？进一步设想，是优先一个猛汉还是一个盲童？是优先一个美女还是一个丑鬼？是优先一个警察还是三个罪犯？是优先自行车上笑的还是宝马车里哭的？……这些 Yes 或 No 肯定要让机器人懵圈。”

我认为，文学是一种价值的创造，而且是人的生命价值的创造。机器人（写作软件）再精妙，它也是一种按人工程序的精妙仿造（模仿），这与文学是势不两立、不可调和的矛盾。

生命本身是模仿不来的。生命的活动，必须是创造性的活动。作家诗人这种创造性的生命活动，述诸语言。

作家写在书中的语言，是他用心灵浇灌出来的，是他心灵的诉求、表达和创造。这使我想起德国语言学家洪堡特在《论人类语言结构的差异及其对人类精神发展的影响》中说过的一句话：“心灵是最有力、最敏感、最深刻亦且最富足的内在源泉，它用自己的力量、温暖以及深奥的内涵浇灌着语言。”①

文学家、艺术家这种用心灵浇灌的语言，就是创造。

当代许多著名文学家也异口同声强调“独创”、强调“原创”、强调“创造”。以小说《厚土》等作品驰名，获得多种奖项而备受称道的作家李锐，在接受采访时说：“如果真的冷静下来，以一种文学史的观点来看，你会发现文学史只尊重那个独创者，如果不具备独创性，那有很大的问题。”② 获第九届华语文学传媒大奖“2010 年度诗人奖”的欧阳江河在一次座谈会上说：“诗歌在这个时候，是在这个世界上唯一还能保持一点痛感的东西，还能保持一点血淋淋的东西，在这个意义上讲，我特别呼吁的是什么？写作和阅读双重意义上的原创性，以及它的真实性。”③

许多作家和诗人的写作实践，凡是成功的，字字句句都充满创造，例如舒婷。请看她那首《祖国呵，我亲爱的祖国》：

我是你河边上破旧的老水车，
数百年来纺着疲惫的歌；
我是你额上熏黑的矿灯，
照你在历史的隧洞里蜗行摸索
我是干瘪的稻穗，是失修的路基；
是淤滩上的驳船
把纤绳深深
勒进你的肩膊，
——祖国啊！
我是贫穷，

① ［德］洪堡特：《论人类语言结构的差异及其对人类精神发展的影响》，姚小平译，商务印书馆 1999 年版，第 31 页。

② 木叶：《李锐：文学史只尊重独创者》，《文汇读书周报》2008 年 9 月 5 日。

③ 《朱大可 & 欧阳江河：当下诗歌没有豹的利爪只有猫的舌头》，《凤凰网 · 凤凰文化》2015 年 12 月 10 日。

我是悲哀。
我是你祖祖辈辈
痛苦的希望啊，
是“飞天”袖间
千百年未落到地面的花朵，
——祖国啊！
我是你簇新的理想，
刚从神话的蛛网里挣脱；
我是你雪被下古莲的胚芽；
我是你挂着眼泪的笑窝；
我是新刷出的雪白的起跑线；
是绯红的黎明
正在喷薄；
—— 祖国啊！
我是你的十亿分之一，
是你九百六十万平方的总和；
你以伤痕累累的乳房
喂养了
迷惘的我、深思的我、沸腾的我；
那就从我的血肉之躯上
去取得
你的富饶、你的荣光、你的自由；
——祖国啊，
我亲爱的祖国！

这里的每个字每个词你都认识乃至熟悉，但是每个字每个词你似乎又是那么陌生那么新颖那么独特，它们是人人心中所有却又人人笔下所无。只有诗人舒婷才会石破天惊地把自己比喻为

“我是你河边上破旧的老水车，/数百年来纺着疲惫的歌；/我是你额上熏黑的矿灯，/照你在历史的隧洞里蜗行摸索”，“我是你簇新的理想，/刚从神话的蛛网里挣脱；/我是你雪被下古莲的胚芽；/我是你挂着眼泪的笑窝；/我是新刷出的雪白的起跑线；/是绯红的黎明/正在喷薄……”诗歌意象的排列结构也极为独特，正如一位青年诗人和诗评家所说，在这里，时间交织在一起，分裂被弥合，历史即现在，“新中国”从而得以以“古老中国”的一部分、以“古老中国”的一种新生形式，紧紧地同“古老中国”联系在一起。这个“新中国”是“古老中国”的继承者，同时又是它的承担者、复苏者、再生者。

没有创造，哪得如此绝妙好词！

一句话：文学艺术必须“创造”！

这就是文学艺术之真谛！

在文学艺术领域，我要高喊这样一个口号：“创造”万岁！

本章主要阅读书目

［英］爱德华·杨格：《试论独创性作品》，袁可嘉译，人民文学出版社1963年版。

［德］洪堡特：《论人类语言结构的差异及其对人类精神发展的影响》，姚小平译，商务印书馆1999年版。

［德］瓦尔特·本雅明：《机械复制时代的艺术作品》，王才勇译，中国城市出版社2002年版。

［美］詹明信等：《回归“当前事件的哲学”》，《读书》2002年第12期。

［德］沃尔夫冈·韦尔施：《重构美学》，陆扬、张岩冰译，上海译文出版社2002年版。

［斯洛文尼亚］阿莱斯·艾尔雅维茨：《图像时代》，胡菊兰、张云鹏译，吉林人民出版社2003年版。

［美］埃伦·迪萨纳亚克：《审美的人》，户晓辉译，商务印书馆 2004 年版。

［美］阿瑟·丹托：《艺术的终结》，欧阳英译，江苏人民出版社 2001 年版。

刘鹗：《老残游记》，人民文学出版社 1982 年版。

何玉茹：《小说：创造一个新世界》，《文艺报》2015 年 4 月 3 日。

第七章

中国文论有何独特之处?

内容提要 世界上各个民族都有自己的文学理论和文学批评，其间没有高低之分，只有相异的特色和自身的价值，它们应该得到全世界的尊重。各个民族之间，可以和应该互相交流、互相学习，以求共同发展和提高；但是，这并非消融民族特色，并非追求“舆论一律”和“全球一色”。中华民族有独特的审美心理结构，也有独特的文论。中国自古以来一贯提倡“和而不同”。“和”，即多样性的统一，多种品质的互补包容、多种颜色的和谐共处。“诗文评”，就是中国古代文论特有的名字。它是中国古代评诗论文实践中建立起来的一门特殊学问和独立学科，具有光辉历史，发挥过特有的作用。“诗文评”的命名虽起于明代，其实萌芽于先秦，诞生于魏晋。中国的“诗文评”以其鲜明的民族特色而迥异于西方的“文学批评”，二者似是而非。“诗文评”重在“品评”“品说”“赏鉴”“赏析”“玩味”“玩索”，其“感性”特色更浓厚些；“文学批评”重在“评论”“评价”“评说”“评析”“裁判”，其“理性”特色更浓一些。在表面差异背后，更有中西不同民族在哲学思想、思维方式等文化本性上的区别为其根由。我们不应再套用西方的学术名称和学科称谓硬是把“文学批评”加在我们古代诗学文论的头上，郑重其事地还给它本来就有的称呼：“诗文评”。我们探索古典，而眼睛盯着现在，面向未来。中国现代文学理论（文艺学）是个“混血儿”。我们应该继承优秀传统，吸收外来优秀学术成果，发展中国现代文学理论（文艺学）。

第一节　小序

文论，用现代世界上流行的说法即“文学理论”和“文学批评”（如果按沃伦、韦勒克《文学理论》教科书的界定还应该包括“文学史”），是文学艺术活动的组成部分。它作为人类对自己的文学艺术的自我观照和理性反思，与文学艺术的创作活动相伴而生、与时俱长，几乎与创作活动的历史一样长。要回答“文学是什么”，不能不谈文论。文学艺术活动总体，不能缺少了文学理论和文学批评，以及文学史。

世界上各个民族都有自己的文学理论和文学批评。不同民族之间，其理论和批评，没有高低之分，只有相异的特色和自身的价值。这种民族特色和自身价值，应该得到全世界的尊重。各个民族的理论和批评，借用费孝通先生的话，应该“各美其美，美人之美，美美与共，天下大同”。各个民族之间，它们的包括理论和批评在内的文学艺术活动，可以和应该互相交流、互相学习，互动、互渗，相克、相融，以求共同发展和提高。但是，这并非消融民族特色，并非追求“舆论一律”和“全球一色”。中国自古以来一贯提倡“和而不同”。“和”，即多样性的统一——多种品质的互补包容、多种颜色的和谐共处。我们需要一个万紫千红、丰富多彩的世界。如果世界只有一种颜色，那将是怎样的单调、乏味和无趣？

因此，各个民族的文论，在与其他民族互相交流的同时，应该和必须保持、发展自己的民族特色，从而成为世界文学艺术和理论批评大家庭中独具特色的一员，并且正因为独具特色而对世界审美文化作出自己的、别人不可取代的贡献。

中国文论之独具特色，应该从根源上去找。

第二节 探索中华审美心理结构

古老的中国大地，以黄河流域和长江流域为中心，从传说的三皇五帝和有考古确证的夏商周算起，已经有五千年以上且从未间断的文明史。它与古埃及文明、两河流域文明、古希腊文明、古印度文明一起，在地球上最早点亮火把照耀人类星空。它们是地球全体居民的骄傲。

中华文明，其中一个重要部分是灿烂的审美文化[①]——它的发生和孕育[②]几乎与中华文明史同步，并且成为中华文明的最早标志之一。你到国家博物馆（或者全国各地大大小小博物馆）走走，随处可见粗粝的旧石器和打磨得光滑圆润的细石器、至今仍然堪称精美的各种玉器、绘有红褐图案花纹的彩陶和壁薄如纸的黑陶、造型浑厚的青铜器……从中你不难看到中华先民审美活动的光彩身影；你从古籍中记载的古朴的歌谣“断竹，续竹；飞土，逐

① 王岳川在2011年第6期《文艺争鸣》发表的《经典回归与精神现代化》一文中说：“中国文化中儒家文化、道家文化、佛家文化分别形成中国思想文化的三个维度。儒家强调的是‘和谐之境’，讲求消除心与物的对立，达到心物合一，知行合一，使宇宙与生命、人与自然、人与人、人与社会之间具有和谐之美。道家强调‘逍遥之境’，追求生命空灵之境，以养生为美，以惜生为善，以等生死为精神升华，既重视物质又超越物质，既把握现实又超越现实之上。佛家强调‘慈悲之境’，生命本体与宇宙本体圆融一体，在日常处世中体现宽博慈悲。这三大维度共同展现了中国文化的均衡、稳定、平和、典雅之美。中国文化的美丽精神构成一个鲜活生命体，一个不断提升文化氛围，包含宇宙论、生死论、功利观、意义论的东方价值整体。”这个概括是有道理的，富有启发性的。

② 关于审美的发生，我有另文《从石器上看审美的萌芽》专门论述，已附于《从诗文评到文艺学》书后，可参阅。

宍”[①] 中，从出土于河南舞阳贾湖的七八千年前的骨笛[②]上，也可以想见古人如何用诗歌和音乐、用简约的语言和狩猎时的形体语言，抒发他们辛劳中的感受；你从五千年前彩陶盆壁的原始舞蹈人形[③]上，从《吕氏春秋》所记载的“昔葛天氏之乐，三人操牛尾，投足以歌八阕”[④] 中，可以看到先民们或许在劳动间歇、或许在某种原始祭祀仪式中，“手之舞之、足之蹈之”表达虔诚敬畏之情或愉悦之感；你从宁夏贺兰山、广西左江花山及新疆阿尔泰山等地表现人物和动物形象、狩猎场景、社会习俗的岩画上，可以看到先民们对幸福愉快生活的向往与审美追求。

在先民们尚未完全独立而逐渐走向独立的审美实践中，也萌芽着中华民族独具特色的审美心理结构——这是中国文论的美学基础。

假如我们从先秦诗文来探索和考察中华民族原始审美心理结构的蛛丝马迹，我建议大家注意先民们审美实践的以下几个方面。

（一）逐渐形成偏重于抒情的审美习惯。

“断竹，续竹；飞土，逐宍”，看似在描绘打猎的动作和场面、叙述打猎过程，实则在抒情。两字一句，像急促的鼓点，又像弩箭之连发，富有动感之张力，创造出一种活泼而紧张的气氛；细细品读，你会觉得每句话、每个字都冒着感情的火花，激越飞扬。诗三百多为抒情诗，有写爱情的，《关雎》便是《诗经·周南》中的一首脍炙人口的情歌。诗人闻一多《风诗类抄》说：“关雎，

① 《弹歌》：“断竹，续竹；飞土，逐宍。”“宍”，古“肉”字。这是一首保留在《吴越春秋》卷九《勾践阴谋外传》（东汉赵晔著）的古人狩猎之歌，我相信它是中国最古老的歌谣之一。

② 被誉为“中华音乐文明之源”的这支骨笛，出土于舞阳贾湖裴李岗文化遗址，距今已有七八千年。它用鹤类动物的腿骨钻 7 个音孔制作而成。经专家测试，用它能吹奏出七声齐备的下征调音阶。现存河南省博物馆。

③ 从 1973 年出土于青海省大通县上孙家寨的舞蹈纹彩陶盆，可见原始舞蹈一斑。此系距今五千七百多年的马家窑文化。现收藏于中国国家博物馆。

④ 见《吕氏春秋》卷五《仲夏纪·音初》。

女子采荇于河滨，君子见而悦之。”[①] 该诗以雄雌水鸟和鸣起兴，以导入男女情思，即景生情，达到情景交融的艺术境界，营造出一个浑然天成的爱情场，对后世影响颇大；它描写求爱心理细致入微，真切动人，亦堪为后世楷模。《秦风·蒹葭》是一首描写追求意中人而不得的情歌，写得十分优美，它以清秋水岸为背景，抒发了诗人的追求企慕而又怅然若失的缠绵情愫，一唱三叹，情韵绵长。还有戍边士兵归乡途中所唱的怨歌如《小雅·采薇》，诗末“昔我往矣，杨柳依依，今我来思，雨雪霏霏”四句，被后世誉为千古绝唱。它创造了“以乐景写哀情”的美学意境。清代诗论家王夫之（1619—1692）在《姜斋诗话》（卷上）中说：“‘昔我往矣，杨柳依依。今我来思，雨雪霏霏’。以乐景写哀，以哀景写乐，倍增其哀乐。”[②] 中国从先秦起逐渐形成的这种偏于抒情的文学传统与西方自古希腊荷马史诗以来所形成的叙事传统明显不同。

（二）简约、质朴而隽永、绵长的审美风格。

前面提到的那首《弹歌》，只有八个字，但你如果反复诵读，会感觉到它的韵味永长。诗三百大都四言，许多诗篇寥寥数语，反复吟咏、一唱三叹、余音缭绕，言有尽而意无穷，如《周南·芣苢》：

采采芣苢，薄言采之。采采芣苢，薄言有之。
采采芣苢，薄言掇之。采采芣苢，薄言捋之。

---

① 闻一多：《风诗类抄》，见《闻一多全集》第 4 卷，三联书店 1982 年版，第 47 页。

② 当然，中国文学并不只有抒情传统，切不可对之作绝对化的理解。发表在《陕西师范大学学报》（社会科学版）2011 年第 3 期的董乃斌《〈文心雕龙〉与中国文学的叙事传统》一文，就谈到刘勰对叙事问题的论述，认为中国文学抒情传统虽然深厚强大，《文心雕龙》的叙事观也相当朦胧粗浅，但联系整个中国文学史，特别是叙事文学和叙事理论的发展轨迹，则应该看到，以刘勰为代表的这种文学叙事观不能不说是根深而流远。

采采芣苢，薄言袺之。采采芣苢，薄言襭之。

如潺潺溪水，晶莹清澈，细石游鱼，历历可见，勃勃生机流向永远。多么轻松欢快！多么明媚清纯！

许多散文作品，如《尚书》、《左传》、《国语》、《战国策》、诸子散文，更是文约辞微，借用司马迁在《史记·屈原贾生列传》中称赞屈原的话来评价它们，可谓“其称文小而其指极大，举类迩而见义远”。

（三）温柔中和的审美心态。

所谓“温柔敦厚，诗教也”（《礼记·经解》）[①]、“发乎情，止乎礼义”（《诗大序》），几成古人共识；“喜怒哀乐之未发谓之中，发而皆中节谓之和”“致中和，天地位焉，万物育焉”（《中庸》）是那时人们审美心理的常态。诗三百中很少剑拔弩张、你死我活、誓不两立的场面，即使怨妇诗、弃妇诗，也写得委婉含蓄，如泣如诉。即使像写《离骚》的屈原——这位三闾大夫受了那么大委屈，也只是把他的幽怨寓于香草美人之不被接受的描写之中。这也是“中和”的一种审美表现，所谓“乐而不淫，哀而不伤，怨而不怒”也。屈原已经够“怨而不怒”了，然而即使如此，班固还认为不够，批评“今若屈原，露才扬己，竞乎危国群小之间，以离谗贼。然责数怀王，怨恶椒、兰，愁神苦思，强非其人，忿怼不容，沉江而死，亦贬洁狂狷景行之士。多称昆仑冥婚、宓妃虚无之语，皆非法度之政、经义所载。谓之兼诗风雅而与日月争光，过矣”[②]，太苛刻了！

“和”，被中国古人认为是审美的最佳状态。《荀子·乐论》

---

① （唐）孔颖达解释说：“温谓颜色温润，柔谓情性和柔。《诗》依违讽谏，不指切事情，故云温柔敦厚是《诗》教也。”又说：“诗主敦厚。若不节之，则失之愚。”（《礼记正义》卷五十）

② （汉）班固：《离骚序》，见洪兴祖《楚辞补注》，中华书局1983年版，第49—50页。

云："君子以钟鼓道志，以琴瑟乐心。动以干戚，饰以羽旄，从以磬管。故其清明象天，其广大象地，其俯仰周旋有似于四时。故乐行而志清，礼修而行成，耳聪目明，血气和平，移风易俗，天下皆宁，美善相乐。"

自先秦起，中华民族审美活动崇尚的就是温柔敦厚、心平德和的传统。

（四）注重政教作用、追求美善合一的审美趋向。

在先秦，赋诗、引诗、作诗、吟诗，当然也包含愉悦情性的因素，然而更加重要的常常是发挥其政教、外交、道德教化等社会作用。每当朝会宴享、说理论事、外交知会以及其他需要的场合，人们总是赋诗言志。或者说，从先秦起，人们就形成注重政教、注重实用、美善结合的审美心理趋向，而极少离开社会政教和伦理道德来单纯谈论审美，总是美不离善，善不离美。《左传》中赋诗、引诗、作诗、吟诗的情况非常之多，仅举《左传·隐公元年》记述郑庄公与他的母亲姜氏恩怨故事中的赋诗和引诗为例。庄公怨恨母亲袒护弟弟共叔段作乱，而发誓"不及黄泉，无相见也"，然而究竟是母子连心，庄公很快就后悔发了那样的毒誓；后来颍考叔想了一个"阙地及泉，隧而相见"的办法为庄公解套。庄公进入隧道去见母亲时，赋诗曰："大隧之中，其乐也融融。"他的母亲走出隧道时也赋诗曰："大隧之外，其乐也泄泄。"于是，"母子如初"。记述这段故事之后，《左传》之"传"文作者左丘明说了这样一段话，并且引诗明志："颍考叔，纯孝也，爱其母，施及庄公。诗曰'孝子不匮，永锡尔类'，其是之谓乎！"前面庄公和他母亲的赋诗，是自己即兴作诗言志；后面左丘明所引，则是《诗经·大雅·既醉》中的诗句，借以表达对孝子的赞扬。

"兴于诗，立于礼，成于乐"（《论语·泰伯》），"思无邪"（《论语·为政》），"诗可以兴，可以观，可以群，可以怨，迩之事父，远之事君"（《论语·阳货》）……孔子这些话集中表现了当时人们眼中诗的政教功能和美善合一的审美教育意义。后人更在此基础上加以发展，如荀子又专作《乐论》以驳斥墨子《非乐》，有趣的是，儒墨两家结论相反而出发点却一样，都是"用"——墨子以乐有害而"非乐"，荀子则以乐有益而肯定音乐的巨大作用，认为音乐是"人情之必不免也，故人不能无乐"，它"可以善民心""移风俗"，使"行列得正""进退得齐"，能够导致"民和""民齐"，达到"兵劲城固，敌人不敢婴也"；荀子还说："乐者，圣人之所乐也，而可以善民心，其感人深，其移风易俗。故先王导之以礼乐而民和睦。夫民有好恶之情而无喜怒之应则乱。先王恶其乱也，故修其行，正其乐，而天下顺焉。"

古希腊文艺和审美重于求真，而中国古代自先秦起即重于求善。二者形成鲜明对照。

（五）"赋比兴"的审美旨趣。

古人普遍认为，没有"赋比兴"的诗不是好诗甚至不能称其为诗。

诗三百到处充满"赋比兴"。

"赋"是铺叙、直陈，用朱熹（1130—1200）《诗集传》[①] 的话，即"赋者，敷陈其事而直言之也"。但这不是和尚念经式的干瘪叙事，而是充满情感的描述，如《卫风·氓》，一个弃妇自述同氓婚恋被弃的过程，字里行间，满是悔恨、感伤和决绝之意，读着它，人们的不平之意也随着这位妇女的不幸遭遇而起伏。

"比"是以此喻彼，以比喻来形容情事，用朱熹《诗集传》的话，即"比者，以彼物比此物也"。如《卫风·硕人》用一系列比喻表现卫庄公的夫人庄姜之美："手如柔荑，肤如凝脂，领如

---

① （宋）朱熹《诗集传》以《四部丛刊三编》影宋本二十卷的学术价值为最高，但其卷十二至卷十七缺损，应与北京图书馆旧藏宋刻明印本参阅，另有中华书局 2011 年版。

蝤蛴，齿如瓠犀。螓首蛾眉，巧笑倩兮，美目盼兮。”清代孙联奎《诗品臆说》二十《形容》对此有一段很妙的批评：“形容处断不可使类土木形骸。《卫风》之咏硕人也，曰‘手如柔荑’云云，犹是以物化物，未见其神。至曰‘巧笑倩兮，美目盼兮’，则传神写照，正在阿堵，直把个绝世美人，活活的请出来在书本上滉漾。千载而下，犹如亲其笑貌。此可谓离形得似者矣。似，神似，非形似也。庶几斯人，言形容非斯人莫与归也。”①

“兴”是借物而起兴，用朱熹《诗集传》的话，即“兴者，先言他物以引起所咏之辞也”。寓意、烘托、象征、联想等都可沁人心脾，激发读者的审美想象。如《周南·关雎》“关关雎鸠，在河之洲，窈窕淑女，君子好逑”即用水鸟起兴。

《毛诗序》谈诗有六义，“一曰风，二曰赋，三曰比，四曰兴，五曰雅，六曰颂”；后来人们特别突出了“赋比兴”，并特别强调了“兴”。钟嵘《诗品序》对“赋比兴”（尤其是“兴”）进行了创造性的解释：“故诗有三义焉：一曰兴，二曰比，三曰赋。文已尽而意有余，兴也；因物喻志，比也；直书其事，寓言写物，赋也。宏斯三义，酌而用之，干之以风力，润之以丹彩，使味之者无极，闻之者动心，是诗之至也。”他特别看重“兴”，把它放在首位，认为“兴”是“文已尽而意有余”。这是千古慧眼。

“兴”，它突出地表现了中华民族独特的审美追求。这与西方截然不同。

我想，所有这一切方面（或因素）相融汇相化合，或许可以呈现出当时处于雏形状态的中华民族审美心理结构的面貌。

---

① （清）孙联奎：《诗品臆说》，见《司空图诗品解说二种》，孙昌熙、刘淦校点，齐鲁书社1980年版，第40页。

第三节　为中国古代诗学文论正名

在中华民族审美心理结构基础上建立起自己的文论“诗文评”，就是中国古代文论特有的名字。它是中国古代评诗论文实践中形成的一门特殊学问和独立学科，具有自己的光辉历史，发挥过自己特有的作用。可惜以往我们的认识出现了某种偏差，特别是近代以来，由于受到处于强势地位的西方文论的冲击，我们部分同胞常常有意无意忽视（或者说不够重视）本民族“诗文评”的独立价值和其中包含的无尽宝藏，而只是一味地向西方舶来的“文学批评”看齐，以至长时间以来，“诗文评”这个名字很少被提起。

是该进行反思的时候了。本章就与读者一起全面考察中华民族特殊的文论形式“诗文评”，以及它与西方文学批评的异同。

当我实实在在踏入中国古代诗学文论这片深厚、富饶而广袤的大地，所接触到的许许多多相关古典文献资料和20世纪20年代以来某些学者写的《中国文学批评史》或《中国文学批评》等研究著作，不断使我产生这样一个疑问：以“文学批评”指称中国古代诗学文论是否得当？这是在我探索中国诗学文论古今演化道路上出现的第一个重大问题。我要对某些学者给予中国古代诗学文论的这种“文学批评”的称谓进行辨析，予以“正名”。在一定情况下，“正名”的确重要，“名”之不正，则其“所指”即混淆不清，而且牵扯到随后的一系列理论和实践问题“无所措手足”。祖孔老夫子“名正言顺”之意，我要还中国古代诗学文论一个它本来就有且与其“出身”“成分”“品性”相符的名字。

“文学批评”这一名称，如朱自清先生早已指出的那样，是“文化舶来品”。我必须说明：引进西方学术观念和学术名称，一般而言，当然是应该的、必要的，也是有益的。但是，如果引进的外来学术观念和学术用语不能有益于发扬和展示本民族学术文化的优秀传统和基本品格，甚或模糊、掩盖以至抹杀了这种传统和品格，那就需要慎重考虑这种引进是否得当。中国古代本有的叫作“诗文评”的诗学文论，根据我的研究，它充分表现着古代中华民族学术文化本身的固有品格和优秀传统，它与叫作“文学批评”和“文学理论”的西方文论有着巨大的甚至本质的区别。用“文学批评”的称谓取代中国古代诗学文论“诗文评”的称谓，处处以西方的眼光和西方的标准来衡量中国古代的诗学文论思想，在很大程度上掩盖了中国古代诗学文论自身的品格和传统，甚至“宰割”它，使它变形、变味儿。所以，在论述中国古代诗学文论的时候，我主张最好还是恢复中华民族自己的本来名字“诗文评”，使人们时刻意识到“诗文评”所蕴涵着的中华民族自己的特色和优秀传统，并且充分保护和发扬这种民族特色和优秀传统。

在《从“诗文评”到“文艺学”》（中国社会科学出版社2013年版）的第一编第一章中，我曾详细考察了“诗文评”的由来和特性。我坚定地认为，不弄清“诗文评”由来、内涵和特性，就说不清中国古代诗学文论的内在筋骨和外在风貌。因此我花了相当大的力气去探索“诗文评”作为中国古代诗学文论特定形态的种种问题：摸清它何时孕育萌发，何时正式成立，何时得以命名；我还将中国古代诗学文论与西方诗学文论比较，努力考察它的民族特色，力图从外到内，翻箱倒柜地去探索它具有怎样的与西方不同的特征和品格，从民族文化根性上去解剖它为什么会具有这样的特征和品格。在我看来，以往学者没有给予应有关注的“诗文评”这个称谓，却是中国古代诗学文论的关键性概念和支柱性范畴之一。

第四节 中国“诗文评”不是西方“文学批评”

“诗文评”类论著在对象、内容、品性以及范畴、概念、语码系统等方面，都表明它是一种特殊学问和专门学科。但是直到近代之前，中国学人的学科意识并不强——这门学科虽然早已存在，人们却不一定意识到它作为一门学科的存在。就如同莫里哀喜剧主人公所谓自己天天说话却并未意识到天天说的就是散文一样。

近百年来，中国和外国（主要是日本）一些学者开始以西方学术眼光研究中国古代“论文之说”（“诗文评”），并以西方的学术模式着手建立一个新学科，在这方面日本学者起步比中国人更早。19 世纪末至 20 世纪上半叶，在日本汉学界曾活跃着一位著名学者铃木虎雄，他以对中国诗论的研究论文而获文学博士学位。毕业于东京帝国大学文科大学汉学科，1916 年曾来中国留学两年。1919 年任京都帝国大学文科大学“支那语学·支那文学”讲座教授。他专心研究中国文学和诗论，写了三篇长文《周汉诸家的诗说》《魏晋南北朝的文学论》《格调、神韵、性灵三诗说》，分别发表在 1911 年、1919 年、1920 年的《艺文》杂志，并于 1925 年结集为《支那诗论史》，由日本京都弘文堂刊行。① 可以看到，铃木著作中只用“诗论”而尚未使用“文学批评”一词。但是，从 1927 年中

① 此书由孙俍工译为中文，题为《中国古代文艺论史》，分上下两册，分别于 1928 年、1929 年由上海北新书局出版；六十年后，该书又由许总重新翻译，广西人民出版社 1989 年出版。有关铃木虎雄的情况，我引述和参考了日本三省堂《大辞林》“铃木虎雄”条、许总译铃木虎雄著《中国诗论史·译者序》和百度网发布的刘正（中国人民大学图书馆古籍整理研究所）《东洋史学京都学派诞生的前前后后》的相关资料，特此说明并致谢。

国学者出版第一部中国古代评文说诗的史论著作起，就按西方学术观念给中国古代“论文之说”起了一个洋名“文学批评”，这就是陈钟凡的《中国文学批评史》——作者在该书第一章“文学之义界”和第二章“文学批评”中，就明确“以远西学说，持较诸夏”而“定文学之义界”和“批评”之义界。此后一二十年间，郭绍虞、罗根泽、朱东润、方孝岳等先后出版同类著作，都取《中国文学批评史》或《中国文学批评》的名字[①]。就这样，用西方学术的这个“文学批评”观念，写中国“论文之说”的史论著作，建立起一个独立的“中国文学批评史”学科。“文学批评”这个名字一直沿用至今，到现在“中国文学批评史”类著作已有数十部或上百部。

朱自清曾说：“‘文学批评’一语不用说是舶来的。现在学术界的趋势，往往以西方观念（如‘文学批评’）为范围去选择中国的问题；姑无论将来是好是坏，这已经是不可避免的事实。”[②]西方的学术观念和学术术语不是不可以引入，更不是不可以借鉴；诚如朱自清所说，“这已经是不可避免的事实”。而且西方学术观念和学术术语的引入和借鉴，对中国学术发展确实起过非常积极的作用，功不可没。但是朱自清当时就对这种文化品“舶来”现象保持相当清醒的头脑，话语间伸缩空间很大，判断中带有明显的保留余地：所谓“姑无论将来是好是坏”是也。“好”“坏”，都有可能。在我看来，近百年来引入“文学批评”观念研究中国古代“论文之说”的历史事实，的确有“好”有

① 以出版时间为序，草创时期的中国文学批评史著作依次是：1927 年中华书局出版的陈钟凡《中国文学批评史》，1934 年商务印书馆出版的郭绍虞的《中国文学批评史》上卷，1934 年北京人文书店出版的罗根泽《中国文学批评史》，1934 年世界书局出版的方孝岳《中国文学批评》，1944 年开明书店出版的朱东润《中国文学批评史大纲》。

② 朱自清：《评郭绍虞〈中国文学批评史〉上卷》，《清华大学学报》（自然科学版）1934 年第 4 期。

“坏”，功过参半。“好”的方面，中国文学批评史的确为中国古代文论研究展现出一个新视角和新观念，打开了一个新局面，一些学者用新的学术思想在一定程度上解释了许多旧词语（如“意境”“兴观群怨”等），梳理了古代文论的发展脉络，成绩有目共睹。“坏”的方面，生硬地套用西方观念和术语“宰割”中国传统（如用西方的“真实”去套中国古人所说的“诚”、用“反映”说和“再现”说去套中国的“物感”说，等等），闲置了、放逐了甚至丧失了许多优秀宝藏（如中国阴阳五行说中许多有价值的东西）。更有甚者，现代以来某些过于激进的人士曾一度把古代文化（包括文论）中的许多学术思想当作封建“余孽”进行讨伐，有某种轻慢祖宗、割断传统的倾向。近年学界热议的所谓文论“失语症”，可能与此不无关系（至少是原因之一）。

中西文论相比较，应该看到两个方面：一方面，中西二者有相同、相通的地方，即中国的“论文之说”“诗文评”似西方“文学批评”“文学理论”。但是，二者又有相异、相隔之处，即它并不就是西方的“文学批评”“文学理论”。中国古代的“论文之说”“诗文评”与西方的“文学批评”“文学理论”，二者其实“似是而非”：猛一看，它们所面对的对象和处理的问题大体都是（一）诗、文、曲（在西方则是戏剧）、小说等现在人们通常称为“文学”的作品；（二）作品的作者和创作；（三）作品的阅读、接受和发生的作用；（四）围绕作品、作者、读者、阅读和接受等所出现的种种情况和现象（例如它们与政治、经济、文化等社会各个方面的关系）。粗一看，中西很“似”，好像就“是”；但若仔细瞧，则“非”也——从外在面貌到内在神韵，完全不是那么回事儿。二者存在巨大差异。以往我们在引入西方“文学批评”观念和术语上之所以出现某些负面结果，我认为问题症结即在于：一些学者多看甚至只看中西文论之“同”或“通”（可通约）的方面，即“似”的方面；而少看甚至不看其“异”或“隔”（不可通约）的方面，即“非”的方面。而后者则是关键和要害所在。不同民族的人文学科正是倚仗着相互之间的“异”“隔”和“非”，即自身固有的独特之处，而获得了在世界上存在的价值；也正是因为这“异”“隔”和“非”，才使这多彩的世界文化（包括丰富多样派别林立的学术活动）在“和而不同”中相克、相融、互渗、互动、竞生、竞长，不断发展繁荣。“和实生物、同则不继”（《国语·郑语》），两千多年以前的中国古人就深知这个道理。

人文学科的这种“异”“隔”“非”，即“不可通约”的特点，可能是从“宇宙洪荒”起到地球毁亡止都不能泯灭的。

“诗文评”迥异于西方“文学批评”“文艺理论”的民族特点和风姿面貌，在全球化时代是需要我们特别加以关注的问题。然而，要全面系统地论说中国“诗文评”的特点，特别是在中西比较中全面考察和论述“诗文评”之“异”“隔”“非”等难以“通约”的民族特色，是一个大题目，需要更长的时间、精力和篇幅（或许要一部书或几部书）①，这不是本书的任务，亦非目前笔者学识、才力所能及。本书仅从笔者阅读“诗文评”著作时的印象出发，略及数端。

---

① 在这方面，老一辈学者钱锺书、季羡林以及海外学者刘若愚、叶威廉作出了重要贡献；新时期以来，曹顺庆《中西比较诗学》（北京出版社 1988 年版），黄药眠、童庆炳主编的《中西比较诗学体系》（人民文学出版社 1991 年版），乐黛云、王宁主编《超学科比较文学研究》（中国社会科学出版社 1989 年版），狄兆俊《中英比较诗学》（上海外语教育出版社 1992 年版），马奇主编《中西美学思想比较研究》（中国人民大学出版社 1994 年版），朱徽《中英比较诗艺》（四川大学出版社 1996 年版），饶芃子等《中西比较文学艺学》（中国社会科学出版社 1999 年版），史忠义《中西比较诗学新探》（河南大学出版社 2008 年版），等等，做出了有益的探索。

第五节　中国“诗文评”的民族徽章

笔者接触的“诗文评”著作，其大体内容确如《四库全书总目提要》“诗文评”小叙所说“究文体”“评工拙”“溯师承”“陈法律”“采故实”……明清以来的小说、戏曲评点，又进而阐发作者的创作立意、构思技巧、人物塑造，读者的鉴赏心得，作品的“劝善惩恶”作用种种问题。① 这些“诗文评”著作涉及面广泛而驳杂，文体文风多姿多彩，以非常独特的面孔出现于世界文化之林，与西方类似论著相对照，可见其处处打着中华民族的徽章和印记。今略窥之。

先从字面说起。中国的“诗文评”与西方的“文学批评”，都有个“评”字，一般而论，这“评”字里面都多多少少包含着“评”“判”“说”“议”“论”“品”“赏”等因素，这些意思中西相通。但细考究，这个“评”又不是那个“评”。中国“诗文评”，最突出的意思是“品评”“品说”“赏鉴”“赏析”“玩味”“玩索”，其“感性”的感受、感悟特色更浓厚些。譬如，钟嵘《诗品》，将从晋陆机拟古诗十四首到南北朝梁晋陵令孙察二三百年间约一百二十余人的五言诗，分为上中下三等，加以品评、品鉴、品赏乃至品玩，其谓曹植诗曰：“骨气奇高，词采华茂，情兼《雅》怨，体被文质，粲溢今古，卓尔不群。嗟乎！陈思之于文章也，譬人伦之

---

① “诗文评”名称的产生虽是在明清，但作为对文学（诗、文以及广义的各种文章）和作家的品鉴、品评、赏析、赏玩，则可以追溯到两千至三千年以前。而且，“诗文评”就字面看虽主要是关涉“诗”“文”的，但“诗文评”名称确立之前从先秦至宋元一切关涉“广义文学”和文士的评鉴、品评，“诗文评”名称确立之后发展起来的小说和戏曲的赏析、评点——所有这些都应囊括在“诗文评”范围之内。就是说，“诗文评”麾下的“虾兵蟹将”应该是一个比较庞大的队伍，除“诗评”“文评”之外，还应包括“词评”“曲评”“小说评”以及广义文章学——它是所有这一切品评文字的学科总称和通称。

有周孔，鳞羽之有龙凤，音乐之有琴笙，女工之有黼黻。”张戒《岁寒堂诗话》，谓“渊明‘狗吠深巷中，鸡鸣桑树颠’、‘采菊东篱下，悠然见南山’，此景物虽在目前，而非至闲至静之中则不能到，此味不可及也”，更可谓“玩味”。西方“文学批评”，则重在“评论”“评价”“评说”“评析”“裁判”①，其“理性”的理论、评析特色更浓一些。譬如莱辛的《汉堡剧评》乃为汉堡民族剧院1767年五十二场演出撰写的一百零四篇评论，阐发剧情，分析人物，申说自己的理论主张，批评法国新古典主义的清规戒律，等等。虽然表面上保持了记事文体，但内里充满着理论剖析和逻辑阐述，他自己在第五十篇中就说，这些剧评往往流落为“关于早已众所周知的剧本的冗长的、严肃的、干巴巴的批评；关于在一出悲剧当中应该有什么和不应该有什么的沉闷的探讨；其中甚至包括关于亚里士多德的说明”②。西方其他某些文学批评和文学理论论著，如尼采《悲剧的诞生》等，更多纯理论的论说；即使一些作家写的文论著作，像列夫·托尔斯泰《艺术论》，虽文情并茂，但其主旨仍在论证“艺术是情感的传染”等理论命题。

让我们顺势再进一步考察中国“诗文评”和西方“文学批评”的文体文风（特别是体裁）上的差异。一般而言，虽然如前所述中国“诗文评”的“评”偏重于“品评”“品鉴”“品赏”

① 罗根泽：《中国文学批评史》第一章“绪言”认为：我们译为“文学批评”的英文“Literary Criticism”中的“Criticism”，本意是“裁判”，所以“Literary Criticism”应译为“文学裁判”。罗先生的中国古代文论研究，造诣很深，我获益良多。该书《绪言》对“批”“论”及“评论”等的训诂，亦颇精到，富有启示。但是他主张中文的“批评”一词应以“评论”代替，却并没有突出中国“诗文评”的特点。我认为，不论把“诗文评”称为中国的“文学批评”或“文学评论”（或“文学理论”“文学裁判”），都没有把中西文论的不同特色区分开来；“诗文评”就是“诗文评”，它不是西方的“文学批评”或别的什么名称。[参见罗根泽《中国文学批评史》（一），古典文学出版社1957年版，第5—10页]

② 莱辛：《汉堡剧评》，张黎译，上海译文出版社1981年版，第261页。

“品玩”等，而西方“文学批评”偏重于“评论”“评价”“评判”“评析”等，但它们都是评论文学的，按今天的常理，在体裁上它们似乎都应该是论说文字。然而，稍加对照便知，其实中西大异其趣。西方“文学批评”“文学理论”，的确大都是思理清晰、逻辑严密、辨析分明的理论著作，其典型作品像亚里士多德《诗学》、朗加纳斯《论崇高》、狄德罗《论戏剧艺术》、莱辛《拉奥孔》和《汉堡剧评》、歌德《诗与真》、席勒《素朴的诗和感伤的诗》、雪莱《诗辩》、泰纳《艺术哲学》、海涅《论浪漫派》以及俄国别林斯基、车尔尼雪夫斯基、杜勃罗留波夫等人的著作，莫不如是；有些作品虽然形式是诗（如贺拉斯《诗艺》、布瓦洛《诗的艺术》等），或序言（如约翰生《〈莎士比亚戏剧集〉序言》、巴尔扎克《〈人间喜剧〉序言》等），或书信（如席勒《审美书简》、普希金《给〈莫斯科通报〉出版人的信》等），但内容是论文，逻辑性、论辩性很强。而中国“诗文评”却不然。如陆机《文赋》是一篇以“文”为题材的“赋”，它重在描写而不是论说，你当然也可以把它类比成西方的文学批评文字，但实际上它就是一篇文学作品，你完全可以作为我们中国古代的一篇文学作品（“赋”）来赏读，如赏读宋玉《高唐赋》《神女赋》《登徒子赋》然。再如杜甫《戏为六绝句》和元好问《论诗三十首》，里面包含着“评诗”“说诗”的意思，但它们本身就是诗，你可以作为诗歌来欣赏。而晚唐司空图《二十四诗品》①，的确是“品诗”文字，但又何尝不能看作中国古代的“朦胧诗”呢？其余许许多多这类作品，虽包含“评诗”“评文”“评曲”“评小说”的内容，但大都本身就是文学作品，或为诗，或为小品文，或为笔记小说，或为叙事文，或为论说文，或为抒情文……共同点是里面都充满着审美情趣。即使思维缜密如《文心雕龙》和能言善辩

---

① 《二十四诗品》究竟是否司空图所作，近年有学者提出疑义，今暂从旧说。

如叶燮《原诗》，也文采斐然，浸透诗情画意。之所以如此，也许可以追索到中华民族的文化根性上去：生活在中国这块大地上的人们自古就是一个长于审美的民族、充满诗情的民族。两千多年前的中国思想家孔子站在河边充满激情感叹道："逝者如斯夫，不舍昼夜！"[①] 他思考问题也像作诗；而与孔子差不多同时，古希腊哲人赫拉克利特站在河边却完全是另一种表现："你不能两次踏进同一条河流；因为新的水不断流过你的身边。"[②] 赫拉克利特虽然也用了比喻，但你看他多么冷静、多么理性，好像手拿一把解剖刀，把真理扒皮抽筋，赤裸裸亮给你。如果说西方的许多诗人很像是思想家，那么中国的大多数思想家则像诗人或本身就是诗人。在中国古代，凡有头有脸的人物，几乎个个都会作诗、都善作诗。连一些厮杀于战场的将军也总喜欢赋诗言志，不但在胜利时作诗（如曹操征乌桓凯旋作《观沧海》"东临碣石，以观沧海。水何澹澹，山岛竦峙。树木丛生，百草丰茂。秋风萧瑟，洪波涌起。日月之行，若出其中。星汉灿烂，若出其里"）；而且在兵败临死前也作诗（如楚霸王项羽在"四面楚歌"时悲歌慷慨，自为诗曰"力拔山兮气盖世，时不利兮骓不逝。骓不逝兮可奈何，虞兮虞兮奈若何"）。中国那些为国家、为理想捐躯的英雄们，就义前也常常赋诗一首，如宋末丞相文天祥刑前作《正气歌》："是气所磅礴，凛烈万古存。当其贯日月，生死安足论……"如现代革命者夏明翰刑前写："砍头不要紧，只要主义真，杀了夏明翰，还有后来人。"中国人几乎在自己的一切行为和一切精神产品上都抹上一层诗的光彩。评诗论文的"诗文评"自然更应如此。

与上述"诗文评"著作自由多样、充满审美诗情的文体文风诸特点相联系，我阅读这类著作时还有几点突出的直感印象：第

---

① 《论语·子罕篇》。

② 语见罗素《西方哲学史》上卷，何兆武、李约瑟译，商务印书馆 1982 年版，第 74 页。

一，虽然“诗文评”作品中也不乏长期积累、深思熟虑而形成的评价、判断，但最常见者却是电光石火、灵光一现的瞬时体验感悟，以一语或数语点到即止，活像今天羽毛球场上之“点杀”。如张戒《岁寒堂诗话》比较名家诗风特点时说：“阮嗣宗诗，专以意胜；陶渊明诗，专以味胜；曹子建诗，专以韵胜；杜子美诗，专以气胜。”这“意”“味”“韵”“气”，有一字千金之妙。王国维《人间词话》谈到“红杏枝头春意闹”时说：“着一闹字境界全出矣！”一语击中要害。第二，它们一般不作范畴、概念的严格界说和理论判断的逻辑推演，而喜用生动活泼的形象语言进行审美描述。如严羽《沧浪诗话》所谓“诗者，吟咏情性也。盛唐诗人惟在兴趣，羚羊挂角，无迹可求。故其妙处，莹澈玲珑，不可凑泊，如空中之音，相中之色，水中之月，镜中之像，言有尽而意无穷”；金圣叹《读第六才子书西厢记法之十七》所谓“文章最妙是先觑定阿堵一处，已却于阿堵一处之四面，将笔来左盘右旋，右盘左旋，再不放脱，却不擒住。分明如狮子滚球相似，本只是一个球，却教狮子放出通身解数。一时满棚人看狮子，眼都看花了，狮子却是并没交涉。人眼自射狮子，狮子眼自射球。盖滚者是狮子，而狮子之所以如此滚，如彼滚，实都为球也。《左传》《史记》，便纯是此一方法。《西厢记》也都是此一方法”。第三，如前所述，“诗文评”有与西方完全不同的一套“概念”“范畴”术语及语码系统，而它们的突出特点是常常以两相对待的形式出现，这在西方文论中却少见。如《文心雕龙》之《辨骚》篇中的“奇”与“正”（“真”），“华”与“实”（所谓“酌奇而不失其真，玩华而不坠其实”）；《情采》篇中的“质”与“文”（所谓“夫水性虚而沦漪结，木体实而花萼振：文附质也。虎豹无文则鞟同犬羊，犀兕有皮而色资丹漆：质待文也”）。后来著作中这种对举的术语就更多，如“形”与“神”，“情”与“景”，“文”与“道”，“虚”与“实”，“繁”与“简”，“工”与

“拙”，等等，不胜枚举。第四，在写作时，往往纵马由缰，自由发挥，随心所至，信笔而成，不拘一格，伸缩自如。如金圣叹评点《西厢记》之《拷红》一折，一时心血来潮，竟写下三十三个“不亦快哉”而与所评对象没有什么关系，显然是不按常规出牌。但这段充满激情的文字却脍炙人口，获得人们广泛称赞和喜爱①。第五，虽然也有体大虑周之鸿篇巨制如《文心雕龙》和叶燮《原诗》，但大都是短小精悍的华彩篇章，如各种诗话、词话、文话、曲话、评点之类。这一特点，比比皆是，不胜枚举，读者随便翻出一些“诗文评”作品即一目了然，恕我不再详细例说。

第六节　中国“诗文评”的民族根性

上述“诗文评”的许多特点几乎是秃子头上的虱子明摆着，不言自明；而且对这些特点，大多数学者也取得了共识。但是，假如我们不满足获知“诗文评”这些易于看到的外在风貌，而是拨开表层往内部挖掘，还能不能发现更为隐秘的东西呢？

这是一个更加困难的工作，然而许多学者在努力。如 1991 年人民文学出版社推出的黄药眠、童庆炳主编的《中西比较诗学体系》，就做了积极探索。其中第一编“中西诗学的背景比较”中李壮鹰执笔的第一章“中西诗学的民族传统精神背景比较”、张法执笔的第二章“中西诗学的文化背景比较”、孙津执笔的第三章“中西诗学的哲学背景比较”，第二编“中西诗学的范畴比较”中

① 林语堂在《我来台后二十四快事》中说：“金圣叹批《西厢》，拷红一折，有三十三个‘不亦快哉’。这是他与朋友斫山赌说人生快意之事，二十年后想起这事，写成这段妙文。此三十三‘不亦快哉’我曾译成英文，列入《生活的艺术》书中，引起多少西方人士的来信，特别嘉许。也有一位老太婆写出她三十三个人生快事，寄给我看。金圣叹的才气文章，在今日看来，是抒情派，浪漫派。目所见，耳所闻，心所思，才气横溢，尽可入文。我想他所做的《西厢记》序文‘恸哭古人’及‘留赠后人’，诙谐中有至理，又含有人生之隐痛，可与庄生《齐物论》媲美。”

王一川执笔的第四章“中国的‘诗言志’论和西方的‘诗言回忆’论”和第五章“中国的‘兴’论和西方的‘酒神’论”、柴玮、吴龙辉执笔的第六章“中国的‘感物’论与西方的‘表现’论”、童庆炳执笔的第七章“中国‘虚静’说和西方的‘距离’说”……以对学术情笃意浓的执着态度，勤用力，细思索，大胆设想，小心求证，开掘较为深广。虽然许多章节常常显得各自为政，不少地方的论述尚存诸多疑义，对古籍的个别诠释也有不确切的地方，但许多见解在二十年后的今天仍能给人启示。

今天我也透过表面往深层看，发现中西文论在各自民族的文化发源和精神根柢上有不同走向。

一　“内向”与“外向”（或曰“内视”与“外视”）

中国“诗文评”关于诗的最基本也是最早的论述是“诗言志”[①]，朱自清说它是“开山的纲领”[②]；而古希腊诗学则是“模仿自然”，车尔尼雪夫斯基说，提倡此说的亚里士多德诗学思想“雄霸了两千年”[③]。许多学者都看到这种差异，并且强调“言志”指向内，是“内向”的或“内视”的，因为“志”是情志[④]、“怀抱”[⑤]、内心世界，“诗言志”是说诗是抒发人的内在情志的；而古希腊的“模仿自然”，则明显指向外，是“外向”的或“外视”

---

① 《尚书·尧典》“诗言志”，《左传·襄公二十七年》“诗以言志”，《庄子·天下》“诗以道志”，《荀子·儒效》“诗言是其志也”，《礼记·乐记》“诗言其志也”，等等。

② 朱自清：《〈诗言志辩〉序》，见《朱自清古典文学论文集》，上海古籍出版社1981年版。

③ 车尔尼雪夫斯基说：“亚里士多德是第一个以独立体系阐明美学观念的人，他的概念竟雄霸了二千余年。”见车尔尼雪夫斯基《美学论文选》，人民文学出版社1957年版，第129页。

④ 孔颖达《左传正义》：“在己为情，情动为志，情志一也。”

⑤ 朱自清说：“到了‘诗言志’和‘诗以言志’这两句话，‘志’已经指‘怀抱’了。”见《朱自清古典文学论文集》，上海古籍出版社1981年版，第194页。

的。“诗言志”与“模仿自然”是两条道上背道而驰的车，这已是常识。

现在要着重说明的是：中西文论的这种差异，其实有更深的思想（哲学）根源。从中西各自精神源头看，如果不作绝对的理解，中华民族最早的许多典籍所表现出来的思想趋向，总是“内向”或“内视”的。如人们常说的“经”“史”“子”“集”各部文献，即注重于人自身的精神世界和内在的人事，而不是外在自然。先说“四书五经”。《旧唐书·经籍志》概括“五经”主旨和特点云：“一曰《易》，以纪阴阳变化；二曰《书》，以纪帝王遗范；三曰《诗》，以纪兴衰诵叹；四曰《礼》，以纪文物体制；五曰《春秋》，以纪行事褒贬。”大都是说人的自身之事；即使说到外在自然，也常常是用自然喻人事，如《易》开篇《乾》卦：“乾：元亨，利贞”，《象》曰：“天行健，君子以自强不息。”“行健”二字，即已把天拟人化了，视“天”为“人”；后面一句，更是直接把天与君子之“自强不息”联系在一起。因此《象》传对《乾》卦的诠释，说的主要是人内在的精神世界。再看“史”，不论《史记》《汉书》还是全部二十四史，中国古代的史都是“人”自身的史，而没有“自然”的史。“子”书，《老子》《孟子》《荀子》《韩非子》……它们关注的都是人。董仲舒的“天人感应”，宋明的理学心学，也都是眼睛向内，关注人。“集”部书籍亦如是。

古希腊哲人当然也关注人，但与中国古代思想家相比，更多的是眼睛向外。毕达哥拉斯考察太阳、月亮、星辰的轨道和地球的距离之比，并演绎为数和音乐之和声。柏拉图的“理念”，实际上是整个外在世界的精神模式和范畴。而亚里士多德则认为外在世界是由“质料”和“形式”组成的“实在界”，他所谓“四因”（质料因、形式因、动力因、目的因），且不论科学与否，明显是对外在客观世界的分析。

二　以求“善”为主旨的“伦理”哲学与以求“真”为主旨的“存在”哲学

上述所谓中国古人更“内视”，包括两个方面：对人内心的考察（内省）；关注人之间的内部关系。由于更多地关注人之间的关系（主要是家族、氏族内部和宗法社会多等级的关系），关注人伦，关注人之多层次的情感联系和互相感应，并且往往从身边之人伦关系出发看世界、看自然，以人伦比拟自然；因此，中国最早形成和发展起来的是以求“善”为主旨的“伦理”哲学或“人生哲学”①。中国的“诗文评”正是建立在“伦理”哲学基础之上的，因此伦理和人伦教育色彩极为浓厚，尚“用”的主张很突出。《尚书》中“夔！命汝典乐，教胄子，直而温，宽而栗，刚而无虐，简而无傲。诗言志，歌永言，声依永，律和声。八音克谐，无相夺伦，神人以和”，就是帝命夔典乐以教育子弟的话，强调诗乐的人伦教化作用。孔子说诗，所谓“诗三百，一言以蔽之曰思无邪”，“放郑声，远佞人，郑声淫，佞人殆”，“诗可以兴、可以观、可以群、可以怨”……也重在诗的政教作用。最典型的论述莫过于《毛诗序》中一些话：“《关雎》，后妃之德也，风之始也，所以风天下而正夫妇也。故用之乡人焉，用之邦国焉。风，风也，教也；风以动之，教以化之。”“故正得失，动天地，感鬼神，莫近于诗。先王以是经夫妇、成孝敬、厚人伦、美教化、移风俗。”有些具体观点（如“《关雎》，后妃之德也”等）显然失准，不必为训；但它强调诗的伦理意义和政教作用，无疑代表了中国“诗文评”的总倾向。直到明清小说戏曲评点，都在不断申说“劝善

---

① 钱穆在《中国文化史导论》中说：“在中国根本无哲学，在西方人眼光下，中国仅有一种‘伦理学’而已。中国亦无严格的宗教，中国宗教亦已伦理化了。故中国即以伦理学，或称‘人生哲学’，便可包括了西方的宗教与哲学。而西方哲学中之宇宙论、形上学、知识论等，中国亦只在伦理学中。”（见《中国文化史导论》修订本，商务印书馆 1994 年版，第 226 页）

惩恶”。此外，中国的文论家，从刘勰《文心雕龙》到韩愈、柳宗元，以至宋代理学家，都强调“文以明道”“文以载道”……其中也包含文的政教作用和道德意义，也是“伦理”哲学影响文论的一种表现。

西方（古希腊）更“外视”，更加注重人之外的世界和各种事物，物我二分，追求对外在世界的认知，而且抽象出哲学的一个最基本的实体性的范畴，叫做“存在”或“有”（中国古代则没有类似的实体性范畴，而只有“有”与“无”这样的关系性范畴——中国古代的“有”“无”不是实体而是关系）。“西方哲学中影响最大的第一问题是‘存在’。尽管在大多数现代哲学中‘存在’不再是值得苦苦思考的问题，但它始终是西方哲学思考任何问题的分析框架。”① 他们把学问的重点放在对“存在”的考察和追问上：它是真实的吗？怎样认识其真实性？它存在的状况如何？等等。因此，西方最早形成和发展起来的是以求“真”为主旨的“存在”哲学。西方哲学也不是不关注人，所谓“认识你自己”② 是也；但在它那里，人也是作为“对象”作为“客体”来对待、来考察的，它把人也看成自然物，这个传统一直延续下来，到近代，更有哲学家把人看作一架机器。西方文论正是建立在以求“真”为主旨的“存在”哲学基础上的，它的突出特点是尚“知”——认识世界、认识真理。从两千多年前的亚里士多德“模仿自然”，到文艺复兴达·芬奇“像镜子一样真实地反映面前

① 见赵汀阳《第一哲学的理由和困难》一文最后一节，该文载赵汀阳主编《年度学术 2005：第一哲学》，中国人民大学出版社 2005 年版。

② “认识你自己”，据说是刻在德尔斐的阿波罗神庙的一句箴言。尼采在《道德的系谱》前言中说：“我们无可避免跟自己保持陌生，我们不明白自己，我们搞不清楚自己，我们的永恒判词是：‘离每个人最远的，就是他自己。’——对于我们自己，我们不是‘知者’……”

的一切”[①]，直到 19 世纪法国巴尔扎克“严格摹写现实”[②]，俄国理论家别林斯基、车尔尼雪夫斯基、杜勃罗留波夫等“再现”“复制”“再造”“反映”现实[③]，恩格斯“真实地再现典型环境中的典型人物”[④]……一脉相承。

三　“象思维”与概念思维

许多学者都在为“诗文评”表面看起来“随意”“片断”“感悟”“不系统”等特点（本书上一节也描述了笔者的一些直感印象）把脉，并努力从中西哲学不同思维方式对比中找内在根源，或曰西方重分析而中国重综合，或曰西方重部分而中国重整体，或曰西方重“工具理性”而中国重“实用理性”，或曰西方“清晰”而中国“模糊”……不一而足。看起来，似乎都有某些道理。但是细检索，又都不能完全服人。后来我看到了王树人研究员提交给第十五届国际中国哲学大会的一篇论文《中国哲学与文化之根——“象”与“象思维”》（2007 年春初稿，2008 年 7 月修改），大受触动，觉得比较而言，他的说法更为合理、更为贴切。王树人的核心观点是：中国古代是“象思维”，而西方则是概念思维。这为解释中西文论差异提供了较好的思维方式上的依据。下面是王树人的一段话：

---

① ［意大利］达·芬奇：《笔记》，见伍蠡甫主编《西方文论选》上卷，上海译文出版社 1979 年版，第 183 页。

② ［法］巴尔扎克：《〈人间喜剧〉前言》，见伍蠡甫主编《西方文论选》下卷，上海译文出版社 1979 年版，第 168 页。

③ 别林斯基说：“它（现实主义作品）底显著特色，在于对现实的忠实性；它不改变生活，而是把生活复制、再造，像凸出的镜子一样，在一种观点之下把生活底复杂多彩的现象反映出来……”（见满涛译《别林斯基选集》第一卷，时代出版社 1953 年版，第 191 页）车尔尼雪夫斯基说：“艺术的第一目的是再现现实。”（车尔尼雪夫斯基：《生活与美学》，周扬译，人民文学出版社 1957 年版，第 86 页）

④ 恩格斯：《致玛·哈克奈斯》，见《马克思恩格斯选集》第四卷，人民出版社 1972 年版，第 462 页。

> 就思维内涵而言，两种思维所把握者本质不同。“象思维”所把握者为非实体，属于动态整体，而概念思维所把握者为实体，属于静态局部。如果说思维都需要语言，那么“象思维”所用语言，与概念思维所用完全符号化之概念语言不同，可以称为“象语言”（此为李曙华教授提出）。而所谓“象语言”，在形下层面，也并不局限于视觉形象，还包括嗅、听、味、触等感知之象。所有这些象，作为可思之语言，都属于“象语言”。同时，这种“象语言”除了感知形下层面，还有超感官的形上层面，而且更重要。如老子所说“大象无形”之象。另如由味觉之味引申出种种味象：意味、风味、品味、趣味等象，都具有动态整体之形上意蕴。因思之把握内涵不同以及所用语言不同，所以“象思维”与概念思维在思维方式上也有一些显著不同特点。其一，“象思维”富于诗意联想，具有超越现实和动态之特点。而概念思维则是对象化规定，具有执着现实和静态之特点。其二，“象思维”诗意之联想，具有混沌性，表现为无规则，无序，随机，“自组织”。概念思维之对象化规定，则具有逻辑性，表现为有规则，有序，从前见或既定前提出发，能合乎逻辑地推出规定系统。其三，“象思维”在“象之流动与转化”中进行，表现为比类，包括诗意比兴、象征、隐喻等。概念思维则在概念规定中进行，表现为定义、判断、推理、分析、综合以及逻辑斯蒂演算与整合成公理系统等。其四，“象思维”在诗意联想中，趋向“天人合一”或主客一体之体悟。概念思维在逻辑规定中，坚守主客二元，走向主体性与客观性之确定。

不用我再多饶舌。读者将王树人所说“象思维”“象语言”这些特点，与前述“诗文评”外在风貌诸种表现，如偏重于“品评”“品鉴”“品赏”“品玩”而不像西方“文学批评”偏重于“评论”“评价”“评判”“评析”；多“灵光一现的瞬时体验感悟”而不像西方多“范畴、概念的严格界说”；“喜欢用生动活泼的形象语言进行审美描述”而不像西方多作理论思想的逻辑推演和抽象述说；多“纵马由缰，自由发挥，随心所至，信笔而成，不拘一格，伸缩自如”的精短文字而不像西方那样多系统、有序的长篇大论……稍加对照，自能找出其思维方式上的缘由。

四　“两端”论与“一端”论（或“两点”论与“一点”论）

中国古人看问题总是从关系出发，是“两端”论或“两点”论。所谓“两端”或“两点”，至少有这样两层含义：一是考察事物或事情总是看到它的两面（多面）而不是一面，即它的正反、阴阳、顺逆、好坏……如《老子·五十八章》所谓“祸兮福之所倚，福兮祸之所伏”；二是考察事物或事情总是从与之相联系、相对待的另一（多）事物或事情的关系中来界定其质地和性状，如，当说甲的时候，从不单纯地、孤零零地说甲本身，而是从甲与乙（丙丁……）的关系中考察甲、描述甲、界定甲，说乙时亦如是。古代西方则往往是“一点”论，以孤立个体为单位来论说事物。如，说A就从A出发，界定A本身的性状，结论：A就是A而不是B。说B，也一样：B就是B而不是A。哲学家赵汀阳指出：“这种思维格式的根本弊端在于它的分析单位（unit）都是一个个的封闭个体（莱布尼兹会说是一些‘单子’），比如一个个事物，一个个的个人，一个个的国家，诸如此类。所谓个体，就是不能再分割下去的东西。西方哲学把思想问题最后落实在不可分的个体上，于是在存在论上发现了个体事物，在知识论中则发现了基本命题，在伦理学中又发现了个人价值，在政治学中则发现了个人权利，如此等。”与之相对，“中国哲学的分析单位不是一个个封闭自足的事物，而是任意各种事物之间的任意各种关系。关系为实，事物为虚，当给定了某种关系，然后才能够确定有关的事物具有什么意义。在客观的存在状态上，关系和事物是同时存在着的，但在问题结构中，关系优先于事物”①。赵汀阳的观点是很有见地的。

西方哲学的“一点”（“一端”）论、单性范畴、线性思维……影响了西方文论，导致其中大量出现的是单性概念范畴，如柏拉图的“理念”（“理式”），“摹本”；亚里士多德的“情节”“性格”“形象”“思想”……直到19世纪的“再现”“表现”“现实主义”“浪漫主义”等。与之相对照，中国古人的“两端”（“两点”）论，从“关系”出发，圆形思维，超以象外、得其环中……就造成中国“诗文评”概念范畴常常是两相对待、成对出现（前面已经列举，此不赘述）。2010年第6期《文学评论》发表夏静长篇论文《对待立义与中国文论话语形态的建构》，就对中国古代文论中两相对待的范畴，做了详细考察，着重论述了“对待立义源自对天地万象经验之哲理思考，其一而二的对待性与和二而一的立义性抽绎出一个超验的二元共构的宇宙生命结构模式”，值得重视。

五　尚“和”与尚“斗”

中国尚“和”，与天和，与人和。《尚书·尧典》有云：“克明俊德，以亲九族。九族既睦，平章百姓，百姓昭明，协和万邦，黎民于变时雍。”《左传·昭公二十年》晏子对齐侯谈“和与同”：“和如羹焉，水火醯醢盐梅以烹鱼肉，燀之以薪。宰夫和之，齐之以味，济其不及，以泄其过。君子食之，以平其心。君臣亦然。君所谓可而有否焉，臣献其否以成其可。君所谓否而有可焉，臣献其可以去其否。是以政平而不干，民无争心。故《诗》曰：

① 见赵汀阳《第一哲学的理由和困难》一文最后一节，载赵汀阳主编《年度学术2005：第一哲学》，中国人民大学出版社2005年版。

‘亦有和羹，既戒既平。鬷嘏无言，时靡有争。’先王之济五味，和五声也，以平其心，成其政也。声亦如味，一气，二体，三类，四物，五声，六律，七音，八风，九歌，以相成也。清浊，小大，短长，疾徐，哀乐，刚柔，迟速，高下，出入，周疏，以相济也。君子听之，以平其心。心平，德和。故《诗》曰：‘德音不瑕。’今据不然。君所谓可，据亦曰可；君所谓否，据亦曰否。若以水济水，谁能食之？若琴瑟之专一，谁能听之？同之不可也如是。”张载《正蒙·乾称》曰：“道则兼体而无累也。以其兼体故曰一阴一阳，又曰阴阳不测，又曰一阖一辟，又曰通乎昼夜。语其推行故曰道，语其不测故曰神，语其生生故曰易，其实一事，指事异名耳。”这些足以说明中国古人关于“和”的思想光彩。而这，深深影响“诗文评”的主调：倡导诗之“温柔敦厚”“哀而不伤”“乐而不淫”“以理节情”。以此，中国人没有西方人之“崇高”概念，只是浸透着“和”的“阳刚之美”——壮美。

西方尚“斗”。赫拉克利特说：“和谐来自斗争”，“战争是万物之父，也是万物之主”①。这就决定了西方文论和美学两千年来一直崇尚崇高，崇尚悲剧。这就是西方文论悲剧理论之所以发达的根本原因。

第七节　探索古典，盯着现在，面向未来

一　文艺学：连着过去，通向未来

历史是一个连续的过程。文艺学当然亦如此。马克思曾这样论述人类的历史创造：“人们自己创造自己的历史，但是他们并不是随心所欲地创造，并不是在他们自己选定的条件下创造，而是在直接碰到的、既定的、从过去承继下来的条件下创造。一切已死的先

① 北京大学哲学系外国哲学史教研究室编译：《古希腊罗马哲学》，商务印书馆1961年版，第23页。

辈们的传统，像梦魇一样纠缠着活人的头脑。”[1] 文艺学是在继承中实现发展和创造。我的态度是：探索古典，盯着现在，面向未来。

在《从“诗文评”到“文艺学”》的前言中，我谈到文艺学建设和文艺学展望时说：“我的真正着眼点是如何汲取数千年传统而进行今天的文艺学建设，看看中国古代文化传统、文论传统在建设今天的文艺学时发挥怎样的作用和怎样发挥作用，也看看外来元素如何同中国元素相融汇、相结合；我特别关注未来的文艺学走向，看看中国现代形态的文艺学如何携带中华民族数千年的丰富资源又吸收其他民族优秀学术思想走进现代、走向未来。我确信，继承中华民族优秀传统又正确吸收外来优秀学术思想而建设和发展起来的中国现代形态的文艺学，必将以中华民族的独特面貌昂立于世界学术之林，迈进二十一世纪。我所企望的是，在二十一世纪的全球化世界格局中，中华民族文艺学既与世界学术息息相通、又能够走出中华民族自己的路来，而不是像上个世纪七八十年代刚刚改革开放那几年那样，总是跟着别人的屁股，踩着别人的足迹，说着别人的话语。”[2]

在中国现代文艺学发展中之所以会出现“失语症”，原因之一是过去我们民族各个方面太落后，身体太孱弱，独创性和原创性能力太小、太弱，因而在文化上也失去对世界的影响力，说话没人听，甚至连真正优秀的东西人家也不一定认为是优秀——不买账。这就需要我们的民族各个方面都强大起来，具有足以震撼世界的综合能力。这特别需要发展和提高我们民族文化（包括美学和文论）上的原创能力和独创能力——把我们文化上、美学上、文论上真正具有“独立知识产权”的“品牌”拿出来，给自己，也给世界。

---

① 《马克思恩格斯文集》第2卷，人民出版社2009年版，第470—471页。

② 杜书瀛：《从“诗文评”到“文艺学”》，中国社会科学出版社2013年版，第2页。

中国现代形态的文艺学从萌芽起至今大约走了一百一十年的路程，它的许多论著，在不同阶段也有其惯用的或主要的名称，发生过“文学概论”—“文艺学”—“文学理论”的变化。不管名称如何，它们都是19、20世纪之交至今一百多年间，在外国（西方和苏俄）学术思想冲击下中国古代“诗文评”发生质变之后的新形态。

二　文艺学是“混血儿”

在一定意义上可以说，文艺学是中外杂交产下的“混血儿”，是古今相融之后生出的新生命，是流淌着中外古今多种血液的一种新的学术生命体。

作为“混血儿”，它是中国的但又不纯粹是中国的——它不是也绝不应该是中国古代“诗文评”的翻版，而是它的现代化；它有外来优秀学术文化元素但又不是纯粹外国的——它不能是也绝不应该是外国诗学文论的照搬、挪用，而是它的中国化。它是地地道道的“杂交品种”。

我还想重复地强调几句：“混血儿”是文化发展的常态。只有在经过各种文化相交、相克、相融、相生之后，才能出现优秀学术果实——这同生物学上的“杂交”优势一样。单一物种内部的繁殖或近亲繁殖，只能造成物种的退化；而远缘杂交才能产生优秀品种。从古到今皆如是。例如“意境”这个“诗文评”的招牌概念，其实是“混血”的，它身上至少有中华民族和佛学思想两种基因。在现代文艺学中，“意境”仍然生命力十分旺盛。所以，中国现代形态的文艺学作为“混血儿”是一种美称，我高度肯定它，赞扬它。

当然，历史地考察，我们也应该看到：现代文艺学这个“混血儿”，它“混血”之中占优势的一方是外国因素（西方因素或苏俄因素）。当19、20世纪之交及其最初的二三十年中西交融时，西方是强势文化，这时在中国创立新的文论模式总是向西方靠拢；

尤其在五四时期，“革命”猛士们恨不得“砸烂孔家店”，不分青红皂白推倒一切传统，有人主张干脆“全盘西化”——在这种形势下出现的现代文论，从外在的面孔到内在的蕴涵，当然是西方占主导。20 世纪 50 年代一边倒学习苏联，当时建立起来的“文艺学”模式也类似。

按西方模式或苏俄模式发展起来的“文学理论”或“文艺学”，虽然是顺应历史的产物，也符合逻辑，但是有缺陷。

如何弥补以往的缺陷，如何克服“失语症”，是个十分复杂的问题，在今后的文艺学（文学理论）的建设中也是十分艰巨的任务，需要大家共同探讨，一起努力。

在今天的中国文艺学建设问题上，要防止两种倾向：只强调外来元素而忽视中国元素，或者只强调中国元素而忽视外来元素。如果说前者是“全盘西化”，那么后者就是“狭隘民族化”。

三　转化中的“批判继承”和“抽象继承”

说“文艺学”是“混血儿”，是中西交合、古今融汇的产物，其中的一个重要意思是说它身上流着本民族文化的血液——这就涉及继承本民族传统的问题。

如何继承，始终众说纷纭。

曾经有过两个口号，一个是“批判继承”，一个是“抽象继承”。这两个口号是 20 世纪 50 年代由哲学家或从哲学意义上提出来的，它们的提出都有它们当时的具体语境，有它们的具体针对性——在当时还曾有过激烈的争论（主要发生在关锋等人与冯友兰之间①）。离开当时的语境而评判它们适当与否，永远也说不清

① 半个世纪以前，大约是 20 世纪 60 年代初，我的母校山东大学前后请冯友兰和关锋、林聿时去讲演。前面是冯友兰讲“抽象继承法”，过了不久（大概没有一个月），就是关锋、林聿时讲演，批判冯友兰的“抽象继承法”。两个讲演都在大食堂里进行，人潮如涌，我被挤在边缘。前面的讲演，我只远远地看到冯友兰的大胡子；后来的讲演，连关锋什么模样都没看清，只听见他一句一句斩钉截铁的批判声。

楚。今天借用这两个口号说明“文艺学”继承传统问题，也只能“抽象”地“继承”它们的某些精神，以为我用。

抽象地说，“批判继承”的主要意思是，对待传统要“剔除其糟粕、吸取其精华”；“抽象继承”的主要意思是，将传统“抽象”出其“普遍性的形式”从而加以继承。对于美学、文论来说，两者并不矛盾，两者都需要。

必须看到，文化、诗学文论、“诗文评”，有其特殊性和复杂性。

前面我曾说过，中国古代的“诗文评”里有各种不同的成分，因此必须对它作具体分析。

（一）从一个角度来说，大体可把“诗文评”内含的因素分为两部分：一部分属于意识形态，或与意识形态紧密相关；一部分属于非意识形态，与意识形态没有关系或关系不大。

一方面，“诗文评”是适应旧的体制（即中国长达几千年的帝国专制制度和自给自足的农业社会）而生长发展起来的。所谓适应旧体制，主要指的是它所包含的为帝国专制制度和自给自足的农业社会服务的意识形态部分或者与意识形态关系密切的部分，如《毛诗序》中所谓“《关雎》，后妃之德也，风之始也，所以风天下而正夫妇也。故用之乡人焉，用之邦国焉……先王以是经夫妇，成孝敬，厚人伦，美教化，移风俗”等等。在那个时代，意识形态内容当然是“诗文评”中非常重要的部分，它以此而为旧的帝王专制体制所宠幸，为自给自足的农业社会所需要，并得以在这个体制下存活、发展。而当帝王专制体制灭亡、自给自足的农业社会转变为商品经济社会时，诗学文论中的这一部分也必然跟着消亡。

但是，另一方面，“诗文评”还有很大一部分因素是非意识形态的，与意识形态无关或关系淡薄，如论述诗的声律、形神、风骨、意境，论述文体（体裁与文风），论述诗文的结构与法度、写作方法和手法……这些非意识形态的部分，并不随旧体制旧大厦的倾倒而消亡，它们是可以继承发展的，有些也是可以随新的审美实践、新的审美现实的需要而加以改革利用的。

这就需要运用“批判继承”的方法，去掉糟粕、留下精华。

（二）从另一角度说，传统文化，“诗文评”，其中许多内容具有人类共同的“普适性”，例如：“诗言志”“诗缘情”“情景交融”“文以意为主”“言之不文，行之不远”……数不胜数，它们的基本精神是可以也应该继承的。即使与旧体制的意识形态相关的某些部分，如“文以明道”“文以贯道”“文以载道”“劝善惩恶”……在今天也可以改造利用，为现代文艺学中阐述文艺的审美教育作用服务。就此而言，可以参照当年冯友兰所谓“抽象继承法”，加以“抽象继承”，即“抽象”出它们的“普遍性”的“形式”，加以继承：“文以明道”可以是用今天之“文”明今天之“道”，“劝善惩恶”可以是劝今天之“善”，惩今天之“恶”。

一般而言，“批判继承”更多地涉及内容部分，而“抽象继承”虽也涉及内容，但更多涉及形式部分。

中国现代形态的文艺学的确是可以对中国古代的“诗文评”进行“批判继承”和“抽象继承”的，但它是注入外国基因、在强大的外力刺激和推动下进行的，外来优秀学术思想成为它的有机组成部分，而且总体上它是依外国模式生长起来的。中国古代诗学文论即“诗文评”是现代文艺学的“母本”，给予它中华民族的基因——这基因或隐或现，有时你似乎觉察不到，而它却无处不在。外来的优秀学术文化，则提供给文艺学以“现代”基因。中外古今的互相碰撞、互相融合而发生“生物化学”变化，就是中国现代文艺学的诞生。

四　站在社会历史文化的维度上看待“文艺学”

不能仅就文艺学本身来论文艺学，而是要站在社会历史文化的维度上，要联系整个社会的大环境、整个文化的大氛围，甚至要联系那个时代世界历史的特点，来把握中国现代文艺学的性质和特点，以及它的运行轨迹。因为学术，包括文艺学，说到底是整个社会的一个细胞，是整个时代精神文化的一个因子。由“诗文评”向“文艺学”转化的学术运动，也是整个时代运动、社会运动的一部分。

人类历史上迄今已发生过三次大的转换：第一次，由猿变人；第二次，由原始状态到文明社会；第三次，由农业文明到工业文明。[①] 目前就整个世界范围来说正在进行或将要进行的是第四次大转换，即由工业经济文明向智能经济文明和生态文明的转换。有的学者指出，第一、第二次转换是相互隔绝、彼此孤立、分别进行的，第三次则是在相互影响下相继实现的，具有世界性的弥散和扩张性质，甚至伴着血与火：即“早发内生型”现代化地区和民族（大约五百年前开始现代化的西欧诸民族）向“后发外生型”现代化地区和民族（美、澳、亚、非）相继扩散、推行。[②]

中国无疑属“后发外生型”，中国的现代化是在欧美列强坚船利炮的打击和思想观念的浸染下进行的。这个过程起始虽早在明末利玛窦等来华传播西方的思想观念、宗教、科技[③]，但中西交合促使中国社会发生剧烈运动则在 19 世纪。至 19、20 世纪之交，经过积蓄和酝酿，终于在诗学文论领域也发生了由古典形态的“诗文评”向现代形态的文艺学的转换。因此，从更宏阔的社会史、文化史的角度来看，由“诗文评”向现代文艺学的转换是中

---

① 参见布莱克《现代化的动力：一个比较史的研究》，浙江人民出版社 1989 年版，第 1—4 页。

② 参见许纪霖、陈达凯主编《中国现代化史》，生活·读书·新知三联书店 1995 年版。

③ 实际上，当时文化传播是双向的，利玛窦们既把西方的《几何原本》《万国舆图》《乾坤体义》（西方天文学著作）介绍给中国，也把《论语》《道德经》《中庸》《大学》等介绍给西方，只是到了后来，情况才发生了变化。

国近一、二百年来整个社会由“传统”的帝国专制体制和农业经济社会向“现代”的工业经济社会转换过程的一部分，是整个中国政治、经济、文化、思想现代化过程的一个有机组成因素。当古典诗学文论中大力宣扬“文以载道”，大谈“义理”“考据”“辞章”“经济”的关系时，它从哲学基础、价值取向、思维方式、治学方法……到命题、范畴、概念、术语……以及它所使用的一整套语码，都属于中国“传统”的农业经济社会精神文化范畴，是“古典”思想的一个组成因子。但是，到了梁启超谈“欲新民必先新小说”，王国维谈《红楼梦》的悲剧意义时，文论就开始跨进新时代的门槛了，它们逐渐变成现代精神文化的因子了。到了后来的胡适、陈独秀、鲁迅、周作人，再后来的朱光潜、周扬、蔡仪、胡风等，虽然理论倾向可能不同，但都是“现代”的了，他们的理论思想和做学问的学术范型，是现代精神文化的因子了。

就全世界范围来说，最近的这五百年（从文艺复兴算起）是社会历史大转换的时代。而后二、三百年，中国也卷了进来，近百年来尤甚。整个 20 世纪的中国社会（包括它的精神文化、思想、学术……）都处在这种急速转换之中，而且直到中华人民共和国建立甚至现在这个转换也未最终完成。

这种转换始终伴随着“古今”之争、“中西”之争。“古今”之争、“中西”之争是世纪之争，从 20 世纪一直争到现在，仍然争得不亦乐乎，看来一时半会儿还争不完。当然，今天的“中西”之争同一百年前、几十年前，在内容和强弱对比上已大不相同，如果说当时西方文化是强势、东方文化是弱势，那么，现在二者至少在力量上处于平等地位。东方绝不屈从于西方，当然我们也不要求西方屈从于东方。中西体用，古今厚薄，随时势而不断变换。

这种转换无疑还伴随着剧烈的社会动荡：政治上的改朝换代，

经济上的体制更替，意识形态上的势不两立的搏杀……总之，各种流血的和不流血的战争。

中国现代文艺学就是在这种环境和氛围中生长的。不联系着这样的环境和氛围，你就不能理解其中许多理论命题之所以能够提出来的历史合理性和历史局限性，你就不能理解为什么中国长时期政治和学术分不清楚，为什么学术的独立自由需要费那么大力气去争取。

因此，中国现代文艺学的学术历程是艰难的，甚至充满血和泪。既充满学术范围之外在大的社会环境和文化氛围之下学术同非学术的冲突（常常是学术向非学术投降），也充满学术范围之内的中西、新旧的不同哲学立场、价值取向、世界观、人生观、审美观、学术思想、思维方式、治学方法的相克、相生、争斗、融合。这中间，有死亡，也有新生。

文艺学，它的发展和繁荣必须有多元共生、多元并存、多元竞争、多元对话的时代氛围。在学术上，我们需要的是“和”而不“同”，而不是“同”而不“和”。正如古人所言，“和实生物，同则不继”（《国语・郑语》）。不要认同和习惯于以往相当长时间里形成的“你灭了我、我灭了你”，“你吃掉我、我吃掉你”，“只此一家、别无分店”的定式。事实上，中国现代文艺学的发展历史，从总体上来看，也并不是“你灭了我、我灭了你”的历史，即使从表面上看，似乎一时被“灭”了，消失了，但它的根并没有死，一旦时势变迁，便会“春风吹又生”。我们不能把现代文艺学的历史写成“你吃了我、我吃了你”的历史，不能写成一种学术主张或学术流派、一种学术思想或学术观念绝对正确，是绝对真理；而另一种则是绝对错误，是绝对的“妖孽”“谬种”。这不符合历史事实。而今后的文艺学建设和发展，更不能采取“你吃了我、我吃了你”，“只此一家、别无分店”的方式，只能走多元化、多样化的道路。

我确信，继承中华民族优秀传统又正确吸收外来优秀学术思想而建设和发展起来的中国现代形态的文艺学（文学理论），必将有光辉的未来。

本章主要阅读书目

孔颖达：《左传正义》，《十三经注疏》，中华书局1980年版。

焦竑：《国史经籍志》，中华书局1985年版。

《四库全书总目提要》卷一百九十五，集部四十八“诗文评类一”。

陈钟凡：《中国文学批评史》，中华书局1927年版。

郭绍虞：《中国文学批评史》上卷，商务印书馆1934年版。

罗根泽：《中国文学批评史》上卷，北京人文书店1934年版。

方孝岳：《中国文学批评》，世界书局1934年版。

朱东润：《中国文学批评史大纲》，开明书店1944年版。

朱自清：《评郭绍虞〈中国文学批评史〉上卷》，《清华大学学报》（自然科学版）1934年4期。

朱自清：《〈诗言志辩〉序》，见《朱自清古典文学论文集》，上海古籍出版社1981年版。

钱穆：《中国文化史导论》修订本，商务印书馆1994年版。

黄药眠、童庆炳主编：《中西比较诗学体系》，人民文学出版社1991年版。

饶芃子等：《中西比较文学艺学》，中国社会科学出版社1999年版。

曹顺庆：《中西比较诗学》，北京出版社1988年版。

赵汀阳：《第一哲学的理由和困难》，赵汀阳主编《年度学术2005：第一哲学》，中国人民大学出版社2005年版。

［德］莱辛：《汉堡剧评》，张黎译，上海译文出版社1981年版。

［俄］车尔尼雪夫斯基：《美学论文选》，人民文学出版社1957年版。

［日］铃木虎雄：《中国诗论史》，许总译，广西人民出版社1989年版。

第八章

怎样改造我们的批评？

内容提要 中国有长达两千年的“诗文评”传统，而中国现代文学批评却是以西方观念为基础建立起来的人文学科。

人们看到，当前文学批评存在各种不正之风和弊端，我们的重大任务是改造我们的批评。要克服脱离审美实践、无视文艺特征的诸种弊端，须深入吃透文学作品内部的艺术内涵，又要跳出来给予冷静的评判。借用王国维《人间词话》的话，批评家“须入乎其内，又须出乎其外”。“入乎其内”，可以体察入微；“出乎其外”，则能冷静思考。

改造我们的批评，针对我们的批评现状尤其要大力提倡细读文本。不细读文本而急急忙忙进行批评，写出来的文章必然“隔靴搔痒”。细读文本，这是我们中国当代批评家所缺的一堂课。由于种种原因，大多数当代批评家不重视细读文本，也不习惯于细读文本，不肯在细读文本方面下真功夫。在他们某些下笔千言的批评文章中，“大叙事”“大眼光”的概念术语脱口而出，空洞的华丽辞藻跃然纸上，既脱离创作实际，又脱离具体文本，高高在上，大而无当。

西方“新批评”倡导细读文本是一种有益的主张，但他们在批评实践中，却执意将作者的创作意图冠之以“意图谬误”的恶名，排除在文学批评之外。这就陷入偏执，导致了另一种真正的谬误。必须克服新批评的这种谬误。克罗齐的意见可以借鉴，他认为批评家必须把自己放在创作者的位置，即进入创作的氛围之中，“再循原来的程序走一过”。我们的古人提倡“知人论世”更是防止出现“新批评”谬误的有效方法。“知人论世”历来为中国文人所重，是“诗文评”的良方，也是克服新批评的谬误的有效的理论资源。如果像新批评那样一味鼓吹所谓去除“意图谬误”，既不“知人”，也不“论世”，那么有些作品就很可能不可“解”，或不能真切的“解”，造成理解上的巨大障碍。

此外，改造我们的批评，还必须强调批评家是鉴赏家。不会鉴赏就不会批评。

第一节 文学批评的现状略窥

虽然中国有长达千年以上的“诗文评”传统，但是中国现代文学批评却是以西方观念为基础建立起来的现代人文学科——这其间存在某种学术“断裂”现象（其来龙去脉和功过是非需要专文讨论）。当然，今天的文学批评，也自然而然地吸收了中华民族的传统精神和民族元素，但其骨架和语码姓“西”而不姓“中”。此刻，我不想再对文学批评的概念、任务、功能多说些什么（各种相关的论著和教科书已经讲得够多了），只是想就当前文学批评实践方面存在的问题以及如何改进多费些笔墨。

近来，人们对当前文学批评存在的问题提出了许多批评意见，尖锐地指出当下文学批评中的不正之风和各种弊端：

第一，“圈子”批评——专为自己小圈子的作家写吹捧的“批评”文章，或者应人之约、碍于情面而写所谓“人情文章”。[①]

第二，“金钱”批评或曰“红包批评”——某些作家花钱购买对自己阿谀奉承的“批评”文章，而某些所谓“批评家”为了获取利益也不惜丧失良心和人格。

第三，屈从于权力的批评——正如有的学者所说，这种批评“成为权力的附庸，这个权力，无论来自意识形态、商业意识，还是知识权力……意识形态的指令会使批评失去独立性，商业主义的诱惑会使批评丧失原则，而知识和术语对批评的劫持，则会断送批评这一文体的魅力”[②]。屈从于权力，就不敢说真话。这种人缺乏对真理的敬畏、对人生的真爱。

以上三者，属于文学批评中的歪风邪气，改造我们的批评当然首先要割除这种歪风邪气，但它们涉及的是少数批评者和作家的个人品格和道德修养，越出了学术范围，不能用学术手段解决，此处暂且不多论。

第四，“隔靴搔痒”的批评——出于种种原因，批评者尚未精

---

① 最近我读了两篇文章，一是载于2017年7月17日“凤凰读书”网的黄永玉致曹禺的信（此信原刊于湖南文艺出版社2017年7月版《见字如面》一书），黄永玉作为曹禺的好友，毫不客气地说：“我不喜欢你解放后的戏。一个也不喜欢。你心不在戏里，你失去伟大的灵通宝玉，你为势位所误！从一个海洋萎缩为一条小溪流，你泥溷在不情愿的艺术创作中，像晚上喝了浓茶清醒于混沌之中。命题不巩固，不缜密，演释、分析得也不透彻。……‘醒来啊麦克白，把沉睡赶走！’我爱祖国，所以爱你。……我不对你说老实话，就不配你给与我的友谊。”二是2017年7月29日《新民晚报》上林明杰的一篇文章《贾平凹的雅量》，说的是福建省书法家协会副主席朱以撒毫不客气地“大骂”贾平凹的书画作品：“像他这样没打基本功的人，凭着胆子，敢下笔，涂涂抹抹，谈不上多少技法储备……我并不看好他在这方面有什么远大前景……一个人没有什么基本功却如此大胆，的确让人惊奇。”又说：“至于绘画，没有画过模特，笔下人物就多是歪瓜裂枣，生理上的缺陷让人看了心酸……一册翻阅完毕，我有些要昏厥过去了。”而贾平凹也将朱的文章收入自己的书画集。这两篇文章是跳出“圈子”、打破“人情”的真正的文艺批评，这是正常的批评者与被批评者的关系，值得提倡。

② 谢有顺：《如何批评，怎样说话——谈当代文学批评的现状和出路》，《文艺研究》2009年第8期。

研文学文本，看不清作品的真面目，抓不住问题的要害和痛痒之处，因而说些不中肯、无关痛痒的话。清初文论家王夫之在《夕堂永日绪论·内编》（见《船山遗书》）中论诗时，曾打过一个比方："隔垣听演杂剧，可闻其歌，不见其舞；更远则但闻鼓声，而可云所演何齣乎？"他是讽刺创作者不能看清所写对象而模模糊糊下笔，肯定写不出好作品。因此他提出"身之所历，目之所见，是铁门限"。写批评文章何尝不是如此？批评家对作品也必须遵守这个"身之所历，目之所见，是铁门限"的规则。不然，写出来的文章只能"隔靴搔痒"，无益有害——这种批评占用学术空间、浪费学术资源和读者时间而不解决任何问题，这等于使文学批评事业慢性自杀，其严重性也不容忽视。

第五，20 世纪中叶以来，曾经盛行某种脱离文学艺术特点的"政治批评""道德批评""社会批评""历史批评"，满篇政治、道德、历史、社会流行观念和术语，充斥"大叙事""大道理""大理想"，唯一缺乏的，就是对作品进行认真而深入的艺术分析。因而，它们下笔千言却"搔"不到文学艺术本身的任何"痒"处，于艺术本身同样有害无益。此风至今仍未完全断绝。

第六，上述批评作风恶性发展，最典型的例子莫过于发表在 1959 年第 2 期《中国青年》上对《青春之歌》的一篇批评文章《略谈对林道静的描写中的缺点》，作者郭开以主流政治的权威意志，远远离开作品本身的艺术品格而对小说家杨沫横加指责，充满阶级斗争的火药味，通篇是棍棒式的盛气凌人，用近乎荒唐的政治批评语式和道德批评模式，对作品进行政治宣判和道德宣判。此情此景，连当时思想并不开放的老作家、老批评家茅盾、何其芳等人也不能忍受。郭开的文章可能是这类批评的一个极端的例子，但是，那个时期以至"文化大革命"十年，或轻或重、或浓或淡的郭开式的批评，并不少见。问题是，新时期以来，郭开式的批评虽然受到重创，但是余孽尚存。直到今天，不是还能看到影影绰绰的郭开式批评或它的变形不时现身吗？因此必须对之继续清算，力求根除。

第七，“理念先行”的批评。这是新时期以来不算少见的批评现象。这种“理念先行”又有两种情况，一是没有细读作品文本即用自己先入为主的观念对作品说三道四。它不像几十年前盛行的政治批评、道德批评那样以坚硬的政治、道德判断的模式代替艺术分析，而是用当今流俗观念所制成的“小资”式语言鸡汤、娱乐主义和生活享受的诱惑，以及刚刚从西方舶来的半生不熟的种种概念术语的漫天轰炸，掩盖批评者艺术眼光的贫乏和低俗。二是虽然读了文本甚至细读了文本，但仍是理念先行，用自己既有的顽固观念硬套在作品身上，以强烈的自我意识强加于批评对象，宰制作家作品。青年学者刘艳在《文本细读：回到文学本体》一文中曾对这种现象做过如下描述：“也许是观念性批评浸淫时间已久，理念先行的惯性思维太过强大了，时下各路文学批评尤其针对当下写作的即时性文学批评，观念性批评浸淫导致的弊端依然清晰可见。很多文本细读的文章，批评者也有可能在理论尤其观念的路径上愈行愈远……一篇看似很认真细致的文本细读文章，读来也会让人觉得困惑，疑惑它是不是一篇社会学的或者政治经济学的论文？很多批评者常常先自内心设定了偏好的理论框架，在文本细读时摘取里面符合他理论框架的内容，然后一一填塞。我们的年轻人，也许是通过写作和批评来实现自我的目的太过急切，甚至来不及细细读完作品，就开展起了无比细致的‘文本细读’，虽然其情也真、其意也切，但这种并没有细读过文本的‘文本细读’文章是否有益作家的写作、有益读者的阅读，不免让人打个大大的问号。”①

第八，20 世纪 90 年代以来兴起的文化批评。必须说明，我绝

① 刘艳：《文本细读：回到文学本体》，《文艺报》2016 年 7 月 27 日。

不是对文化批评全盘否定，也并非视文化批评为“弊端”。但是，我与文化批评家们有重大分歧。文化批评在世界范围内，曾经对盛极一时的文本中心主义进行过有力的反拨，它在重建文学与社会的关系方面做出了贡献。就中国的具体情况而言，因为文化批评相对而言具有比较开阔的眼界，所以对我们过去那些比较死板、狭义的批评活动有所匡正，也带来某种新因素，是一种有益的补充，但是文化批评也时时走偏。在我看来，文化批评的最大缺憾有两点。其一，它试图在文学领域占山为王，涵盖一切、淹没一切，从而以文化取代文学，以文化批评取代文学批评，这也就取消了文学批评的合理存在；其二，因为它模糊了文化与文学的界限，使文学消融于文化之中，从而在文化批评中忽视甚至无视对文学文本的艺术分析（或者以文化分析、社会分析代替艺术分析），使文学文本沦为一种文化档案或社会档案，使艺术探讨处在一种被忽视的状态。这样的文化批评，对于作家艺术家来说，没有多少助益。

别林斯基称文学批评为“运动的美学”，他说：“这是一种不断运动的美学，它忠实于一些原则，但却是经由各种不同的道路，从四面八方引导你达到这些原则，这一点就是它的进步。”① 别林斯基针对当年俄国的情况，强调文学批评要通过不断的批评实践，“挺身出来主持公道”，反对庸俗低劣，推崇积极进取的美学情怀，从多方面推动革命民主主义美学理论原则的建立和发展。现在我们需要借鉴别林斯基关于“运动的美学”的一般原则，促使我们中国当前的文学批评通过“不断运动”，“挺身出来主持公道”，以守住文学批评的本分，尽文学批评应尽的责任，纠正文学批评中的各种不正之风，使我们的文学批评走上健康发展的道路。

1941 年延安整风运动时，毛泽东针对恶劣学风，曾写了《改

---

① 《别林斯基选集》第 1 卷，上海译文出版社 1979 年版，第 324 页。

造我们的学习》。眼下，面对文学批评的严峻形势，我们的任务是：改造我们的批评。

改造我们的批评包括两个方面的内容。

一是“态度”。批评家要树立对真理的敬畏，对历史的真诚，对人生的热爱，形成正确的价值立场，从而敢于说真话（现实的批评中的形形色色的问题，关键就是有的批评家由于种种原因和多重干扰，不敢讲真话、不愿讲真话①）。并且批评家要保持独立的人格和良知，说自己的话，如有的学者所谓“文学批评从不承认对作家的‘跟帮’角色，它最大的野心，就是通过‘作家作品’这一个案来‘建构’属于批评家们的‘历史’”②。解决“态度”问题，主要不是学术范围里的问题，故在这部学术著作中不多说。

二是“水平”和“能力”。这里牵扯到多方面的学术问题，下节我们对其中的部分问题重点予以讨论，尤其是突出中国经验。

第二节　细读文本

改造我们的批评，针对我们的批评现状尤其要大力提倡细读文本。不细读文本而急急忙忙进行批评，写出来的文章必然“隔靴搔痒”。

细读文本，这是我们中国当代批评家所缺的一堂课。由于种种原因，大多数当代批评家不重视细读文本，也不习惯于细读文

---

① 最近读了寇鹏程教授发表在《文艺理论研究》2017年第3期上的文章《“十七年”时期的笔名发表与当代文学批评生态》，令人深思。许多笔名的背后隐藏着一个可怕的事实：某些批评家（相当大一部分）由于种种原因不敢或不愿讲真话。这不仅是文学批评的生态问题，更是社会生态问题。这是当代文学批评的悲剧。但愿这个悲剧不再继续。

② 程光炜：《文学史的兴起——程光炜自选集》，河南大学出版社2009年版，第403页。

本，不肯在细读文本方面下功夫。在他们某些下笔千言的批评文章中，“大叙事”“大眼光”的概念术语脱口而出，空洞的华丽辞藻跃然纸上，既脱离创作实际，又脱离具体文本，高高在上，大而无当。学者当中的有识之士已经意识到这种弊病的严重性，深感“文本细读”之重要，大声疾呼需要“补课”。陈晓明在《众妙之门——重建文本细读的批评方法》中呼吁，中国当代文学理论与批评一直未能完成文本细读的补课任务，以至于我们今天的理论批评（或推而广之——文学研究）还是观念性的论述占据主导地位。程光炜和陈思和等人一致强调“文本细读”是克服当下文学批评中各种弊病的一剂良药。

陈晓明对中国当代批评家提出“细读文本”的“补课”要求，主要是参照西方文学批评的经验。其实，回顾我们中华民族的历史，会发现我们的古人在“细读文本”方面做得并不比西方人差。他们不但很看重细读文本，而且很善于细读文本，只是他们没有“细读文本”的概念、术语。而且，毋宁说，中国古代的许多文论家做得比新批评派的“细读文本”更加辩证、更加全面、更加合理，是我们今天的批评家应该学习和继承的一笔宝贵遗产。

例如，清代文论家叶燮对杜甫《玄元皇帝庙作》的细读可称典范。仅举出他对于“碧瓦初寒外”一句诗的细读解说，即可窥一斑：“‘碧瓦初寒外’句，逐字论之，言乎外，与内为界也。初寒何物？可以内外界乎？将碧瓦之外，无初寒乎？寒者，天地之气也。是气也，尽宇宙之内，无处不充塞，而碧瓦独居其外，寒气独盘踞于碧瓦之内乎？寒而曰初，将严寒或不如是乎？初寒无象无形，碧瓦有物有质，合虚实而分内外，吾不知其写碧瓦乎？写初寒乎？写近乎？写远乎？……然设身而处当时之境会，觉此五字之情景，恍如天造地设，呈于象，感于目，会于心。意中之言，而口不能言；口能言之，而意又不可解。划然示我以默会相象之表，竟若有内有外，有寒有初寒，特借碧瓦一实相发之。有中间，有边际，虚实相成，有无互立，取之当前而自得，其理昭然，其事的然也。”① 这样的细读和解说，可谓深入骨髓。

再如金圣叹对《水浒传》的细读，也非常精到。仅举几段。《读第五才子书法》中谈李逵的独特性格：“李逵是上上人物，写得真是一片天真烂漫到底。看他意思，便是山泊中一百七人，无一个入得他眼。《孟子》‘富贵不能淫，贫贱不能移，威武不能屈’，正是他好批语……任是真正大豪杰好汉子，也还有时将银子买得他心肯。独有李逵，便银子也买他不得，须要等他自肯，真又是一样人。”金圣叹仅用寥寥数语就能在对比中把人物性格的不同特点揭示得了了分明。《第二十五回回首总评》：“此一百六人也者，固独人人未若武松之绝伦超群。然则武松何如人也？曰：武松，天人也。武松天人者，固具有鲁达之阔，林冲之毒，杨志之正，柴进之良，阮七之快，李逵之真，吴用之捷，花荣之雅，卢俊义之大，石秀之警者。断曰第一人，不亦宜乎？”《第二十七回回首总评》又说到武松性格的多面性：“上文写武松杀人如麻，真是血溅墨缸，腥风透笔矣。入此回，忽然就两个公人上，三番四落写出一片菩萨心胸，一若天下之大仁大慈，又未有仁慈过于武松也者……盖作者正当写武二时，胸中真是出格拟就一位天人，凭空落笔，喜则风霏露洒，怒则鞭雷叱霆，无可无不可，不期然而然。固久非宋江之逢人便哭，阮七李逵之搭刀便撼者所得同日而语也。”

我们看到，中国古代文论家的这种细读，不只是对作品作出某种判断、下某种断语（他们从不满足于此），而是用自己的睿智把作品中的生命之火点燃，进行生命的激发——这才是深层次的批评。法国学者米歇尔·福柯的一段话也许对我们有所启示：“我忍不住梦想一种批评，这种批评不会努力去评判，而是给一部作

① （清）叶燮：《原诗·内篇》，见郭绍虞主编《中国历代文论选》下册，中华书局1963年版，第85页。

品、一本书、一个句子、一种思想带来生命；它把火点燃，观察青草的生长，聆听风的声音，在微风中接住海面的泡沫，再把它揉碎。它增加存在的符号，而不是去评判；它召唤这些存在的符号，把它们从沉睡中唤醒。也许有时候它也把它们创造出来——那样会更好。下判决的那种批评令我昏昏欲睡。我喜欢批评能迸发出想象的火花。它不应该是穿着红袍的君主。它应该挟着风暴和闪电。”①

中国古代文论家还通过细读，深入作品内里，善于挖掘作家描写的独特艺术手法。例如金圣叹细读《水浒传》即是如此。金圣叹在《水浒传》第十一回回首评中关于“犯”与“避”（即同中异，异中同，重点在于写出个性）方法的总结，最有价值。所谓“犯”，即敢于写看似相同的东西；所谓“避”，即善于在同中见异，写出个别性，独特性，避免雷同。“犯”“避”法，又有情节的“犯”与“避”以及性格的“犯”与“避”。关于前者，金圣叹这样说：“如武松打虎后，又写李逵杀虎，又写二解争虎；潘金莲偷汉后，又写潘巧云偷汉；江州城劫法场后，又写大名府劫法场；何涛捕盗后，又写黄安捕盗；林冲起解后，又写卢俊义起解；朱同、雷横放晁盖后，又写朱同、雷横放宋江等，正是要故意把题目犯了，却有本事出落得无一点一画相借，以为快乐是也。真是浑身都是方法。”更重要的是性格的“犯”与“避”。譬如，金圣叹精辟地分析了《水浒传》中几个同是“粗卤”的人物，但又有互相不同的个性特点，他在《读第五才子书法》中说：“如鲁达粗卤是性急，史进粗卤是少年任气，李逵粗卤是蛮，武松粗卤是豪杰不受羁勒，阮小七粗卤是悲愤无说处，焦挺粗卤是气质不好。”经这样细读、分析，人们对这些粗卤人物的个性特点，便

① ［法］米歇尔·福柯：《权力的眼睛——福柯访谈录》，严锋译，上海人民出版社1997版，第104页。

十分了然。[①]

金圣叹之后继续阐述“犯”“避”法的是毛宗岗和张竹坡。毛宗岗在《读三国志法》中说：“三国一书，有同树异枝、同枝异叶、同叶异花、同花异果之妙。作文者以善避为能，又以善犯为能。不犯之而求避之，无所见其避也。惟犯之而后避之，乃见其能避也。如纪官掖，则写一何太后，又写一董太后；写一伏皇后，又写曹皇后；写一唐贵妃，又写一董贵人；写甘、糜二夫人，又写一孙夫人，又写一北地王妃；写魏之甄后毛后，又写一张后，而其间无一字相同。……妙哉文乎，譬犹树同是树，枝同是枝，叶同是叶，花同是花，而其植根安蒂，吐芳结子，五色纷披，各成异采。读者于此，可悟文章有避之一法，又有犯之一法也。”[②]毛宗岗细读《三国演义》对“犯”“避”法的运用作了进一步阐发，指出：不犯而避，无所见其避；唯犯而后避，乃见其能避，而犯中之避，越能见出鲜明个性。

张竹坡在《金瓶梅》“读法”[③] 第四十五条中，也细致地论述了性格刻画上的犯避法：“写一伯爵，更写一希大，然毕竟伯爵是伯爵，希大是希大，各人的身份，各人的谈吐，一丝不紊。写一金莲，更写一瓶儿，可谓犯矣，然又始终聚散，其言语举动又各各不乱一丝。”

我未见国外的批评家像金圣叹、毛宗岗、张竹坡这样把《水浒传》《三国演义》《金瓶梅》读得如此之透、如此之细，把握人物性格如此之精，穿透人物心理如此之彻底，不禁拍案叫绝：“至矣，尽矣，蔑以加矣！”

熟悉中国古代“诗文评”的朋友，不难从历代文论、诗话、

---

① 金圣叹评点水浒的有关文字，参阅中华书局影印本《第五才子书施耐庵水浒传》1975 年版。

② 参阅（清）邹梧岗参订本《第一才子书》。

③ 见张竹坡批评第一奇书《金瓶梅》，齐鲁书社 1987 年版。

词话、曲话、小说评点中找到“细读文本”的精彩例证。

文本细读的目的何在？“要在文本细读中回到文学本体。”[①]这是青年学者刘艳提出的一个命题，我认为，这个命题很有意义。按我的想法，“在文本细读中回到文学本体”，它对克服文化批评泯灭文化与文学的界限将文学化为乌有的弊端，起了很好的作用，有效保护了文学的本体存在。

如何实现在文本细读中回到文学本体？刘艳认为，要在文本细读中，发现文本当中的文学性生成的要素，找出对创作有益、有启发意义的理论范式和一些理论规律，摒弃和克服预先设置的框架和理念先行的观念。她很赞赏有些作家对经典作品所作的文本细读，认为他们放下从上而下俯瞰的姿态，最大限度地祛除观念性批评的弊病，不说空话、套话和无用的话，由“小说家说小说”，生动有趣又不失理趣。她的这些观点对改造我们的批评也有价值。

但是，刘艳在谈文本细读要回到文学的本体时，主要强调“先要回到文学的‘叙述’上面来”，并且呼吁“真正贴近文本的‘气味’”。对此，我有些疑虑。“回到文学的‘叙述’”和“贴近文本的‘气味’”固然对回到文学本体有意义。然而，它是问题的关键吗？依鄙见，“回到文学的‘叙述’上面来”和“真正贴近文本的‘气味’”只是具体做法，而非关键。关键是根本观念的改变。譬如，针对文化批评以及曾经盛行的离开文学艺术特征的政治批评、道德批评、社会批评等这些脱离文学本体的病根，要从修正观念上下功夫——只有从根本上改变上述批评观念，才能回到文学本体。

---

① 刘艳：《文本细读：回到文学本体》，《文艺报》2016年7月27日。

第三节　“入乎其内”“出乎其外”

细读文本，需要“入乎其内”“出乎其外”。

王国维在《人间词话·六十》中说过一段话：“诗人对宇宙人生，须入乎其内，又须出乎其外。入乎其内，故能写之；出乎其外，故能观之。入乎其内，故有生气；出乎其外，故有高致。”王国维是从文学创作的角度说这番话的。但是，若将这段话移用于文学批评，也许能够发挥它意想不到的作用。

所谓“入乎其内”“出乎其外”，王国维原指作家、诗人出入于“宇宙人生”。我们从批评角度，除了强调批评家仍然需要出入于“宇宙人生”之外，更具体地要求批评家出入于“文学作品”：“入乎其内”，可以体察入微；“出乎其外”，则能冷静思考——旁观者清，有时候，“不识庐山真面目，只缘身在此山中”。

而这里的关键，则在于批评家能否深入吃透文学作品内部的艺术内涵。这所谓“文学作品内部的艺术内涵”，不同流派的美学家所指可能各有不同。在马克思主义美学家那里，应该指作品内容形式完美统一的艺术整体的全部深刻蕴藏，如人物形象、艺术意境、语言、结构、情感、思想以及作品蕴含的意识形态倾向等等。如果按现象学、美学家英伽登（Roman Ingarden，1893—1970）的说法，“文学作品内部的艺术内涵”则是由四个异质的层次构成的一个整体结构——语音和更高级的语音组合层次、不同等级的意义单元层次、再现的客体层次、图式化观相层次。类此，形式主义美学、新批评、存在主义美学、心理分析美学、结构主义美学、解构主义美学等，其“文学的内部”皆各有所指。但是不论如何，任何优秀的批评家都必须以艺术行家的素养（真正懂艺术）进入艺术作品的深层、底里，把握其艺术精髓，从而读懂、读透艺术作品。前面我们说到文学批评的种种不正之风和弊端，其共同的原因之一可能在于：批评者既不能如王国维说的那样“入乎其内”——深入到作品内里亲身体察，以艺术行家的素养真正把握作品内涵；又不能如王国维说的那样“出乎其外”——跳出作品之外，以美学家的眼光对作品进行观照、审视，作出中肯的艺术分析、阐释和评价。优秀的批评家、真正能够搔到作家艺术家痒处的批评家、让作家艺术家心服口服的批评家，必须像王国维说的那样，既“入乎其内”又“出乎其外”，既懂创作、又懂理论，既能形象思维又能抽象思维，成为出入创作和理论、形象思维和抽象思维两界的“两栖人”，写出既真正懂艺术、能够点准艺术的穴位，又有理论高度、思想深度的批评文章。

海德格尔（Martin Heidegger，1889—1976）在《艺术作品的本源》（见《诗·语言·思》，彭富春译，文化艺术出版社 1991 年版）一文中对梵·高的名画《农鞋》的阐释，就是以存在主义美学立场深入艺术作品内部、作出地道的美学解析的例子。海德格尔这样写道：“从农鞋磨损的内部那黑洞洞的敞口中，劳动者艰辛的步履显现出来。那硬邦邦、沉甸甸的破旧农鞋里，聚集着她在寒风料峭中，迈动着在一望无际、永远单调的田垄上的步履的坚韧和滞缓。鞋皮上粘着湿润而肥沃的泥土。夜幕降临，这双鞋底在田野小径上踽踽而行。在这农鞋里，回响着大地无声的召唤，成熟谷物宁静的馈赠，及其在冬野的休闲荒漠中无法阐释的冬冥。这器具聚集着对面包稳固性无怨无艾的焦虑，以及那再次战胜了贫困的无言的喜悦，隐含着分娩时阵痛的哆嗦和死亡临近的战栗。”

海德格尔说的是画，文学作品亦然。

第四节　克罗齐作为“他山之石”

细读本文，必须避免和克服“新批评”的文本中心主义导致的弊病。

“新批评”理论家鄙视那些联系于作者而评价其作品的批评文章，给它造出一个罪名“意图谬误”。为什么是“意图谬误”？他们的理由是：因为人们常常将作者的创作意图与对作品的价值判断混为一谈，并以作者的创作意图代替对作品的价值判断，这样便导致了对作品的错误评判，此之谓“意图谬误”。因此，他们提出，批评家应当将作者的创作意图排除在文学批评之外。

这是因噎废食。

本来，“新批评”倡导细读文本是一种有益的主张，从某种意义上说是对文学批评的一个贡献。但是，他们在批评实践中，却执意将作者的创作意图冠之以“意图谬误”的恶名，排除在文学批评之外。这就陷入偏执，导致了另一种真正的谬误。

为了克服“新批评”的这种谬误，我又想起了克罗齐，我认为他的一个观点可以供我们作为“他山之石”。克罗齐在《美学原理》中有一节专谈艺术批评，他要求批评家在“判断”作品的时候，要“把它在自己心中再造出来”[①]。如何再造？克罗齐认为，必须把自己放在创作者的位置，即进入创作的氛围之中，“再循原来的程序走一过”[②]。在克罗齐看来，批评家与创作家是统一的、契合的。“唯一的分别在情境不同，一个是审美的创造，一个是审美的再造。下判断的活动叫做‘鉴赏力’，创造的活动叫做‘天才’……批评家要有几分艺术家的天才，艺术家也要有鉴赏力。”[③] “批评家也许是一个小天才，艺术家也许是一个大天才；但两人的天才的本质必仍相同。要判断但丁，就必须把自己提升到但丁的水平，从经验方面说，我们当然不是但丁，但丁也不是

① ［意］克罗齐《美学原理　美学纲要》，朱光潜等译，人民文学出版社1983年版，第129页。

② 同上书，第130页。

③ 同上书，第131页。

我们；但是在观照和判断那一顷刻，我们的心灵和那位诗人的心灵就必须一致，就在那一顷刻，我们和他就是二而一。”① 但是，批评家与作者很可能不在同一时代。克罗齐认为这就需要“历史的解释”：“历史的解释努力把在历史过程中已经改变的心理情况在我们心中恢复完整。它使死的复活，破碎的完整，以便我们去看一个艺术品（一个物理的东西）如同作者在创作时看它一样。”②

克罗齐的总体美学思想我并不赞成，但他上述这些观点却很有见地，“于我心有戚戚焉”。克罗齐这些话的一个中心意思，就是要求批评家进入作者的创作氛围，这样才能真正把握文学艺术作品的精髓。如此，则文学批评、艺术批评，不但不能排除作家艺术家的创作意图，恰恰相反，要进入作家艺术家的创作氛围，深入领会和掌握他们的创作意图，只有如此才能真正把握作品。

借用克罗齐的“他山之石”，不是可以冲破并克服“新批评”偏执于“意图谬误”的“谬误”，使我们中国的文学批评在补“细读文本”这一课时得到更健康的发展吗？

回顾我们的历史，我哑然失笑：其实不用远隔千山万水去找克罗齐，我国古代文论中也有克服新批评偏执于“意图谬误”的“本山之石”。中国古代的文论家，绝大多数自己就是作家，他们集作家、文论家于一身，他们深知创作意图和创作奥秘，因而他们的“诗文评”文章具有重视作者“创作意图”的天然倾向。因为重视并深知“创作意图”、创作甘苦、创作规律，所以他们的诗评、文评，总是像庖丁解牛那样，“手之所触，肩之所倚，足之所

① ［意］克罗齐：《美学原理　美学纲要》，朱光潜等译，人民文学出版社 1983 年版，第 132 页。

② 同上书，第 137 页。

履，膝之所踦，砉（huā）然向然，奏刀騞（huō）然，莫不中音”①。他们评论起“作品”来：“以神遇而不以目视，官知止而神欲行。依乎天理，批大郤，导大窾，因其固然，技经肯綮之未尝，而况大軱乎……恢恢乎其于游刃必有余地矣。”②

这里哪儿存在什么“意图谬误”？

我们中国当代的一些大学者也很强调文学艺术的研究者和批评家须懂文学艺术创作，例如朱光潜、宗白华，都教导学生要学会一门艺术，能够亲自进行写作，如此，自然重视“创作意图”。有些理论家、批评家，自己就是作家或曾经是作家，例如何其芳和冯至是诗人，黄药眠是散文家，善于和惯于抽象思维的蔡仪曾经写小说；当代作家中，王蒙的批评文字更能道出小说创作的痛痒，张炜的理论批评文字，也写得中肯、可爱③。之所以如此，深知“创作意图”是原因之一。

对于优秀的文学批评来说，不存在什么“意图谬误”！

---

① 庄子：《养生主》，见王夫之《庄子解》，中华书局 1964 年版，第 31 页。

② 同上。

③ 2017 新年过后重读此章并再次修改，忽然看到，最近，批评家李敬泽与张定浩对话中有关文学批评的一些意见（见“凤凰网”2017 年 1 月 4 日 15:37 发布《凤凰读书会——张定浩：写作是把黑暗的东西向爱转化》），李敬泽把批评家分为“学院派批评家和作家型批评家”，说：“一种批评家有学术背景，是我们通常所说的高度理论化；另外一种批评家——也是我在看《爱欲与哀矜》（张定浩新著）时才忽然想到的，我和定浩可能都有这种偏移——当我们在谈论文学的时候，主要的知识资源和背景来自于作家本身。”张定浩则说：“在我的印象里面，很多好的作家也是好的批评家，好的批评家本身他也是好的作家，这两个完全是一体的。……我觉得在文学领域里面，文学理论本身就是一种创作，一代一代的理论家，他们提出了一些东西，就像他提供了一些创作，创作和理论是可以共存的。”我的主张：优秀的批评家、真正能够搔到作家艺术家痒处的批评家、让作家艺术家心服口服的批评家，必须像王国维说的那样，既“入乎其内”又“出乎其外”，既懂创作、又懂理论，既能形象思维、又能抽象思维，成为出入创作和理论、形象思维和抽象思维两界的“两栖人”，写出既真正懂艺术、能够点准艺术的穴位，又有理论高度、思想深度的批评文章。

第五节　知人论世

改造我们的批评，须认真从我们古代优秀的批评传统中汲取建设资源和营养。古代文论家重视“创作意图”只是其中一例。为了真正深入、全面地把握作品，我们的先人有过许多有效的实践，写了许多富有民族特色的批评论著，从先秦散见于其他书籍中的“诗文评”文字，到汉代《诗大序》，魏晋南北朝刘勰《文心雕龙》、钟嵘《诗品》，唐代白居易《与元九书》，以及宋元明清大量的诗话、词话、文话、曲话、小说评点……提出了许多高明的理论主张，成为世界审美文化的宝贵遗产。其中之一，就是孟子的“知人论世”说：“颂其诗，读其书，不知其人，可乎？是以论其世也。”①

“知人论世”历来为中国文人所重，是“诗文评”的良方，也是克服“新批评”的谬误的有效理论资源。如果像“新批评”那样一味鼓吹所谓去除“意图谬误”，既不“知人”，也不“论世”，那么有些作品就很可能不可“解”，或不能真切地“解”，造成理解上的巨大障碍。

譬如，杜甫《喜达行在所三首》之三：“死去凭谁报，归来始自怜。犹瞻太白雪，喜遇武功天。影静千官里，心苏七校前。今朝汉社稷，新数中兴年。”假如不知作者杜甫的人生际遇，也不知道当时的世事变迁，你会觉得此诗不知所云，不但全诗理解不了，举任何一句，也如读天书。但是，如果你知道此诗是忠君爱国的杜甫写于安史之乱之中，便可循此导线，索解明白。唐肃宗至德元年（756）八月，杜甫被叛军俘获，第二年四月，他乘隙逃

① 《孟子·万章下》：“孟子谓万章曰：‘一乡之善士，斯友一乡之善士；一国之善士，斯友一国之善士；天下之善士，斯友天下之善士。以友天下之善士为未足，又尚论古之人。颂其诗，读其书，不知其人，可乎？是以论其世也。是尚友也。”

脱，费尽千辛万苦投奔肃宗朝廷临时所在地凤翔，被授予左拾遗的官职。此诗就是杜甫写他逃至凤翔行在被授官职时的感受。古人解此诗曰："脱一生于万死，在道时犹不觉，及归乃自怜耳，起语悲痛。奔波初定，故曰影静。精神顿爽，有似心苏。官指文臣，校乃武卫。"（仇兆鳌《杜诗详注》）王夫之也曾举出这首诗中的一句"影静千官里"，说此句"自然是喜达行在之情"（《夕堂永日绪论·内编》）。若不了解上述作者经历和写作背景，怎么会把这句诗与"喜达行在之情"联系在一起？

中国古代的批评家，很善于作"知人论世"的文章。你去读一读钟嵘的《诗品序》，所谓"至于楚臣去境，汉妾辞宫。或骨横朔野，魂逐飞蓬。或负戈外戍，杀气雄边。塞客衣单，孀闺泪尽。或士有解佩出朝，一去忘反。女有扬蛾入宠，再盼倾国。凡斯种种，感荡心灵，非陈诗何以展其义？非长歌何以骋其情"云云，就会看到他总是联系时代变迁和作者生活遭际来把握文学作品。你再去读一读韩愈《梅圣俞诗集序》、柳宗元《答韦中立论师道书》、黄宗羲《缩斋文集序》等，你就会看到他们是如何具体"知人论世"的：韩愈评好友梅尧臣（圣俞）的诗"愈穷则愈工"，柳宗元自述为文的"明道"宗旨和自我锤炼的追求，黄宗羲论其小弟黄宗会（泽望）的诗文"盖天地之阳气也"，都是在充分"知人"而又"论世"之后才作出这些精辟解析和评价的。

不只是古人，当代许多著名文学史专家，也善于以"知人论世"的方法解读作品。例如我们文学研究所的余冠英研究员，积数十年研究经验，练就了一身真功夫。2003 年纪念《文学遗产》创刊 50 周年时，我的两位老同事曹道衡和徐公持回忆《文学遗产》的老主编余冠英学术成就时，就详细介绍了他是如何以"细读"加"知人论世"的方法解读古典文学作品的。余先生解汉乐府歌辞《善哉行》为"宴会时主客赠答的歌"，解《平陵东》为"义公被官府所劫，勒索财物"等，都是直接从歌辞本身去体味，加上“知人论世”，然后提出与旧说不同的说法，得到学界的普遍接受。余先生说：“……诗歌的微妙之处，牵涉到每个诗人的写作个性和习惯，稍予疏忽，便难以觉察。所以读诗要非常细心。”①了解“每个诗人的写作个性和习惯”就是“知人论世”。因能“知人论世”，余先生还善于区分人们不易区分的同类诗人之间的不同之处。有人问：“王维和孟浩然有何区别？”一般人答不上来。余先生说：“不一样。王维厚，孟浩然稍薄。”

“颂其诗，读其书，不知其人，不论其世，可乎？”我们要明确回答：万万不可也。

第六节　批评家须是鉴赏家

前面我曾说，批评家需要既懂创作、又懂理论，既能形象思维、又能抽象思维，成为出入创作和理论、形象思维和抽象思维两界的“两栖人”。现在我要补充：批评家还要集创作、理论、鉴赏于一身。

在一定意义上说，鉴赏是批评的基础，要有好的批评必须先有好的鉴赏。美国批评家哈罗德·布鲁诺说：“我将文学批评的功能多半看作鉴赏。”②

何为鉴赏？鉴赏中表现出怎样的心理特点？

鉴赏是一个美学概念，它表现的是审美接受中的一种特殊活动状态。朱光潜《西方美学史》谈康德《判断力批判》时，直接把“鉴赏”注解为“审美判断”，《判断力批判》中有一句译文是“鉴赏（即审美的判断）是凭借完全无利害观念的快感和不快感，

---

① 曹道衡和徐云持在《文学遗产》创刊50周年会议上的发言，见《〈文学遗产〉纪念文集》，文化艺术出版社1998年版。

② 刘淳：《哈罗德·布鲁姆：我将文学批评的功能多半看作鉴赏》，《文艺报》2017年3月10日。

对某一对象或它的表现方式的一种判断力”。康德在《判断力批判》中详细阐发了他所谓“鉴赏”（“审美判断”）的特点。[①]

从心理活动看，阅读文学艺术作品与阅读科学或哲学著作大不相同。阅读科学或哲学著作，基本上是一种冷静的理智的认识和思维的过程。而鉴赏则是感受、情感、意志、想象、理解占有十分重要的地位，愉耳、悦目、赏心、怡神，逐步深入。具体而言，鉴赏必须从对作品的感受开始。所谓愉耳、悦目，就是听觉或视觉的美的感受。感受是任何鉴赏活动的基础和起点，舍此，鉴赏则无从谈起。几乎与感受同时（或稍后一点）而产生的，是我们的心理活动从感官的感受进入情绪和情感的感动。几乎与这种情绪和情感的感动一起发生的，是我们的意志活动，要求实践的意志力量。但是，鉴赏活动中的这种要求实践的意志力量，却又与现实生活中要求实践的意志力量不一样。在生活中，某种意志力的驱使可以导致立即进行直接实践活动；而在艺术鉴赏中的意志力量，则不要求立即直接去实践。你看《白毛女》就不能立即采取直接“消灭”黄世仁的行动。艺术鉴赏中的这种意志力量，虽不要求立即实践，但最终会促使我们去为美好的事物而斗争。

鉴赏过程中的心理活动还要继续下去。如果仅仅停留在由感官的感受，到情绪、情感的感动，到意志冲动力的阶段，那么，我们的这种感受、情绪、情感、意志，相对来说就只是肤浅的，甚至是不确定的、不稳固的，因为它们还没有进入理智、理性的高度。事实上，任何艺术欣赏活动，最后都必然进入理智阶段。

① 康德从质（肯定、否定等）、量（普通、个别等）、关系（因果、目的等）和方式（必然、偶然等）四个方面对审美判断作了严格的界定和概括：从质上讲，“那规定鉴赏判断的快感是没有任何利害关系的”；从量上讲，“美是那不凭借概念而普遍令人愉快的”；从关系上讲，“美，它的判定只以一单纯形式的合目的性，即一无目的的合目的性为根据的”，这也就是美的没有明确目的而却有符合目的性的矛盾或二律背反；从方式上讲，“美是不依赖概念而被当作一种必然的愉快的对象”，这必然是建立在人都有“共同感受力”（又称“共通感”）这个前提下的。

鉴赏者不能只感受、只感动、只想实践某种愿望却丝毫不考虑为什么。这样，我们的鉴赏就达到了理智把握的阶段。有了这种理智的基础，我们再回过头来检查一下我们的那些感受、情绪、情感、意志到底对不对，我们会根据理智的规定，对此前的心理活动的正确与否加以校正，加以指导，加以规范。只有理解得深刻，才感受得更清楚；也只有理解得正确，才能爱得或恨得更强烈，这就是“理以导情”。

在鉴赏中，感受、情绪、情感、意志、理解、思维虽有区别，但无明显的更无绝对的界限。它们几乎是同时存在，互相交织在一起的。它们互相渗透、互相影响，但绝不能互相代替，缺少了其中任何一个因素都是不行的。而想象，则是贯串于欣赏过程的始终。

上述诸多心理因素的结合，使艺术鉴赏既有愉耳、悦目的美的感受，又有陶情养志的情感的感动和意志的激发，最后达到赏心、怡神的理智的满足。

在艺术鉴赏的心理活动过程中，我们还要特别指出其中两种心理现象及其相互关系，来进一步说明鉴赏中的心理活动特点，这就是欣赏中的共鸣与观赏。

共鸣与观赏，是艺术鉴赏的心理过程中情感、意志与理智几种心理因素的特殊的活动状态，是把握科学理论的心理过程中不存在、也不需要的。然而，文学批评中却非常需要，而且作家最喜欢批评家是真正的鉴赏家，能够通过鉴赏，深入作家的心灵，与他产生共鸣。台湾作家白先勇说：“作家最在乎什么？读者突然了解你，你写的是什么他知道。我想这个是作为作者，最高兴的一种共鸣，一种心灵上的共鸣，精神上的共鸣。”①

所谓共鸣，就是鉴赏者在具体感受的基础上，进而深深地被

① 《白先勇对谈余秋雨：文学艺术对历史的推动力超过思想》，《凤凰网·凤凰文化》2017 年 3 月 13 日。

欣赏对象所感动、所吸引，因而从情感、意志到思想达到了契合一致。这时，观众、读者与创造艺术形象的艺术家，“同声相应，同气相求”，爱其所爱，憎其所憎，同悲欢，共休戚。例如，清代的陈其元在其《庸闲斋笔记》中讲过这样一个故事：某商人的女儿，貌美，会作诗，酷爱《红楼梦》，后来得了肺病。快死的时候，她父母把这部书烧了。她在床上大哭说：“奈何烧杀我宝玉！”这是一个有点极端的例子，但是它可以说明鉴赏者与鉴赏对象之间的契合一致能够达到怎样紧密的程度，共鸣中的情感、意志、思想状态可以达到怎样强烈的程度。

但是，鉴赏者不能只是处于这种共鸣状态。他必须既入乎其内，产生共鸣，又出乎其外，进入观赏的境界。

所谓观赏，就是鉴赏者与鉴赏对象之间拉开一定的距离，更多一些理智思考的成分，使鉴赏者意识到自己与鉴赏对象之间有一定的区分，从而把鉴赏对象的丰富内涵加以细细品赏和认识，更准确、更深刻地把握鉴赏对象的性质，使它的艺术感染力量沿着正确的轨道扩展、深化。共鸣和观赏，都是情感、意志、理智之间的统一的交错的运动，不过，在共鸣中，更多的是情感活动；在观赏中，更多的是理智活动。艺术鉴赏既不能没有共鸣，也不能没有观赏，而是必须达到共鸣与观赏的统一。

此外，艺术鉴赏的心理活动还有一个与把握科学理论的心理活动的显著不同之点：它允许个人趣味甚至个人偏爱的存在。

优秀的批评家必须是出色的鉴赏家。

本章主要阅读书目

《别林斯基选集》第 1 卷，上海译文出版社 1979 年版。

［意］克罗齐：《美学原理　美学纲要》，朱光潜等译，人民文学出版社 1983 年版。

［德］海德格尔：《艺术作品的本源》，见《诗 · 语言 · 思》，彭富春

译，文化艺术出版社 1991 年版。

《孟子·万章下》，杨伯峻译注《孟子译注》，中华书局 1960 年版。

（清）叶燮：《原诗·内篇》，人民文学出版社 1979 年版。

《第五才子书施耐庵水浒传》，金圣叹评点，中华书局 1975 年影印本。

王国维撰：《人间词话·六十》，彭玉平评注，中华书局 2014 年版。

刘艳：《文本细读：回到文学本体》，《文艺报》2016 年 7 月 27 日。

主要参考文献*

《论语译注》，杨伯峻译注，中华书局1980年版。

《春秋左传注》，杨伯峻编著，中华书局1990年版。

《吕氏春秋》，张双棣等译注，中华书局2007年版。

《孟子译注》，杨伯峻译注，中华书局1960年版。

《荀子》，安小兰译注，中华书局2007年版。

《礼记译解》，王文锦译解，中华书局2001年版。

《诗大序》，见《毛诗正义》“十三经注疏”本，中华书局1980年版。

《山海经》，袁珂校译，上海古籍出版社1985年版。

陆机：《文赋集释》，张少康集释，人民文学出版社2002年版。

刘勰：《文心雕龙注》，范文澜注，人民文学出版社1962年版。

钟嵘：《诗品》，陈延杰注，人民文学出版社1962年版。

欧阳修等：《六一诗话、白石诗说、滹南诗话》，人民文学出版社1962年版。

严羽：《沧浪诗话校笺》，郭绍虞校笺，人民文学出版社1961年版。

魏庆之编：《诗人玉屑》，王仲闻校勘，上海古籍出版社1978

* 为什么每章末用的是“阅读书目”一词而书末用的是“参考文献”一词？我的用意在于表明，“文献”，一般具有经典性；而每章后的“书目”，则不一定是经典，仅仅是读者理解该章内容的一般读物而已。

年版。
《笤溪渔隐丛话》，胡仔纂集，廖德明校点，人民文学出版社 1981 年版。
《第五才子书施耐庵水浒传》，金圣叹评点，中华书局 1975 年影印本。
王夫之：《姜斋诗话笺注》，戴鸿森笺注，人民文学出版社 1981 年版。
李渔：《闲情偶寄》，杜书瀛译注，中华书局 2014 年版。
叶燮等：《原诗 · 一瓢诗话 · 说诗晬语》，人民文学出版社 1979 年版。
《历代诗话》，何文焕辑，中华书局 1981 年版。
《历代诗话续编》，丁福保辑，中华书局 2006 年版。
《人间词话》，王国维撰，彭玉平评注，中华书局 2014 年版。
《鲁迅全集》，人民文学出版社 2005 年版。
《郭沫若全集 · 考古编第二卷》之《卜辞通纂》，科学出版社 2002 年版。
陆侃如、冯沅君：《中国诗史》，百花文艺出版社 2011 年版。
陆侃如、冯沅君：《中国文学史简编》，大江书铺 1932 年版。
陈钟凡：《中国文学批评史》，中华书局 1927 年版。
郭绍虞：《中国文学批评史》，商务印书馆 1934 年版。
罗根泽：《中国文学批评史》，北京人文书店 1934 年版。
方孝岳：《中国文学批评》，世界书局 1934 年版。
朱东润：《中国文学批评史大纲》，开明书店 1944 年版。
《朱自清古典文学论文集》，上海古籍出版社 1981 年版。
钱穆：《中国文化史导论》修订本，商务印书馆 1994 年版。
郭绍虞主编：《中国历代文论选》，中华书局 1963 年版。
俞剑华编：《中国画论类编》，人民美术出版社 1957 年版。

(古希腊) 《柏拉图文艺对话集》，朱光潜译，人民文学出版社 1959 年版。

[古希腊] 亚里斯多德：《诗学》，罗念生译，上海人民出版社 2005 年版。

[意] 维柯：《新科学》，朱光潜译，人民文学出版社 1986 年版。

[英] 爱德华·杨格：《试论独创性作品》，袁可嘉译，人民文学出版社 1963 年版。

[德] 莱辛：《汉堡剧评》，张黎译，上海译文出版社 1981 年版。

[德] 康德：《判断力批判》（上），宗白华译，商务印书馆 1964 年版。

[德] 席勒：《审美教育书简》，冯至、范大灿译，北京大学出版社 1985 年版。

[德] 黑格尔：《美学》第 1、2、3 卷，朱光潜译，商务印书馆 1979 年版。

《马克思恩格斯选集》第四卷，人民出版社 1972 年版。

[英] 爱德华·泰勒：《原始文化》，连树声译，上海文艺出版社 1992 年版。

[英] 詹姆斯·乔治·弗雷泽：《金枝》，徐育新、汪培基、张泽石译，中国民间文艺出版社 1987 年版。

[德] 格罗塞：《艺术的起源》，蔡慕晖译，商务印书馆 1984 年版。

[意] 克罗齐：《美学原理　美学纲要》，朱光潜等译，人民文学出版社 1983 年版。

《别林斯基选集》（三卷本），上海译文出版社 1979 年版。

[俄] 车尔尼雪夫斯基：《生活与美学》，周扬译，人民文学出版社 1957 年版。

[俄] 列夫·托尔斯泰：《艺术论》，丰陈宝译，人民文学出版社 1958 年版。

[俄] 普列汉诺夫：《没有地址的信 艺术与社会生活》，曹葆华译，人民文学出版社 1962 年版。

[俄] 维谢洛夫斯基：《历史诗学》，刘宁译，百花文艺出版社 2003 年版。

[英] 鲍山葵：《美学三讲》，张今译，人民文学出版社 1956 年版。

[英] 罗素：《西方哲学史》，何兆武、李约瑟译，商务印书馆 1982 年版。

[英] 维特根斯坦：《逻辑哲学论》，韩林合译，商务印书馆 2013 年版。

[英] 维特根斯坦：《哲学研究》，陈嘉映译，上海人民出版社 2001 年版。

[德] 海德格尔：《艺术作品的本源》，《诗 · 语言 · 思》，彭富春译，文化艺术出版社 1991 年版。

孙周兴编：《海德格尔选集》（两卷本），上海三联书店 1996 年版。

伍蠡甫主编：《西方文论选》，上海译文出版社 1979 年版。

附　录

文　学

杜按：20 世纪 80 年代初，我应邀撰写了《中国大百科全书》第一版“文学”条（该书于 20 世纪 80—90 年代由中国大百科全书出版社陆续出版，1993 年出齐）。最近中国大百科全书要出第三版，又约我写该词条。三十多年过去了，审美实践和文学观念都发生了重大变化。今据第一版原文，进行了重要修改，作为附录刊于本书，供读者参考。

——2016 年 12 月 22 日

文学　literature　艺术的基本样式之一，亦称语言艺术。它以语言文字为媒介和手段描写现实生活，塑造艺术形象，表现人们的精神世界，通过审美的方式发挥其多方面的社会作用。

“文学”观念的语义学演变　“文学”一词在中国古籍中早已有之，但其含义与现代美学中专指语言艺术的概念不同。在先秦时代，“文学”兼有“文章”、“博学”两重意义，即将现代所说的文学、哲学、历史等都囊括在“文学”之中。至两汉，人们开始把“文”与“学”、“文章”与“文学”区别开来，称有文采的、富于艺术性的作品为“文”或“文章”，而把学术著作叫作“学”或“文学”——这与现代所说“文学”一词的含义差别很大。到了魏晋南北朝，一方面许多人仍然沿用汉代的说法，把现代所说的文学称为“文章”，把现代所说的学术称为“文学”；另一方面也有许多人开始在同一种意义上来使用“文学”和“文章”，即把这两个词都用来表示现代所说的文学，而将学术著作另外称为“经学”“史学”“玄学”等。但到了唐、宋时期，一方面，把类似于今天富有审美意味的作品，具体称为诗、词、传奇、话本等；另一方面，由于强调“文以明道”或“文以载道”，以至出现了重道轻文的倾向，于是又不大重视“文”与“学”的区别，重新把“文章”与“博学”合为一谈，“文学”一词又成了一切学术的总称。一直到清代，“文学”一词通常都是在这种意义上被使用的。如清末民初的学者章炳麟在《文学总略》一文中就说：“文学者，以有文字著于竹帛，故谓之文，论其法式，谓之文学。”文学作为专指语言艺术的美学术语，在中国是 20 世纪初、特别是五四新文学运动以后才被确定下来，并被广泛使用的。自此，“文学”这个概念才比较严格地排除了非艺术的含义，而成为艺术的一种样式的名称。

在西方，古希腊只有“悲剧”“喜剧”“史诗”等概念，并没有把它们综合在一起的类似现代的所谓“文学”。古罗马以及后来欧洲其他国家和民族也大体如是。古拉丁语和中拉丁语中“文学”(literature）一词源于字母 litera，多半指书写技巧、作文知识及其运用；许多现代西方学者指出，“文学”（“literature”）的现代观念的形成，不过是近 200 来年的事情，或开始出现于 1800 年斯塔尔男爵夫人《从文学与社会制度的关系论文学》一文；之后，文学即专指语言艺术，它取代了以前的“诗”“诗的艺术”等术语而被广泛使用。

文学的存在形态（口语文学、书写文学、网络文学） 语言是文学的根，是文学之母，最早的语言，孽生出最早的诗、最早的文学。不过，人之初，还没有文字，或刚刚产生文字还没有发展起来和广泛使用，盛行的是肢体语言和口头语言。肢体语言可以孳生原始舞蹈，口头语言则孳生口语文学（或叫口传文学），这是文学第一种存在形态，它以口语的形式“创作”和“出版”，以口传的方式“发行”和“流播”。口传文学因口口相传，传播者与听众必须在听得见甚至看得见的距离内，最远距离不能远于人耳听不到的地方。由于世界各地文明发展的不平衡，当发达地区的人们有了文字并广泛使用很久之后，某些后发达地区，特别是澳洲、非洲、美洲甚至亚洲的许多地方（也包括我们国家西南地区云南、贵州的一些少数民族聚居区），直到19世纪甚至更晚，仍然停留在相对原始的状态，没有文字，他们的文学依然是口语文学统治。一般说，那时的口语文学，就是在部落社会中人与人交往时、劳动时、祭祀时、巫术或宗教活动时，以及在流行的集体性表演场合所歌唱的诗、所说的饱含祈愿的虔诚的祭祀词甚至咒语，所讲的神话传说故事，以及充满情感的各种叙事。口语文学的样式也有多种。有的可以很长，如古希腊荷马史诗、中国藏族《格萨尔王传》，少则几千行，多则十数万乃至上百万行，洋洋大观，可以唱上数天数夜。有的可以短到几个字、一句话、几句话，如《候人歌》，其歌辞只有一句“候人兮猗”（见《吕氏春秋·音初篇》）。有的原始祭祀词或咒语也常常只有几行，如殷商甲骨卜辞：“癸卯卜，今日雨。其自西来雨？其自东来雨？其自北来雨？其自南来雨？”有的配合原始音乐、舞蹈，只在某个节奏上重复地发出感叹词。有的类似于原始人类的劳动号子，鲁迅称之为“杭育杭育”派文学。口语文学其标志是口语性和口传性，同当时人们的日常生活贴得最近，最接地气，最具有亲和性；口语形态的原始诗歌，总是与音乐、舞蹈联系在一起；因为诗与乐舞一体，就很重节奏，并且一唱三叹，由此，句子的反复和重复特别多。

文字产生，文字的书写成了社会上比较普遍的活动方式，渐渐出现了书写文学（或称书面文学），并且愈来愈盛，历史老人眼看着它取代口语文学的地位而成为文学存在的主流形态。其后口语文学虽然被边缘化，但它依然活着。如，中国先秦起以至唐宋，祭神时歌舞的唱词，“角抵”（即百戏）、“参军戏”、“踏摇娘”等歌舞表演，其中都有不少即兴的口头创作，这就是长期以来活着的口语文学。并且，近代以来，甚至直至网络化时代的今天，仍能看到口语文学的身影。如，彝族民间仍在流传的诗体口传文学“克智”、说唱艺术（特别是相声）中的“现挂”、舞台上的“脱口秀”，都是即兴的口头创作；近年来朋友聚会，饭桌上的各种“段子”，口头传来传去，其优秀者，引人“捧腹”之余，觉其针砭时弊，鞭辟入里，“意味”甚浓，列入当代讽刺性的口语文学当之无愧。但总的来说口语文学时代已经过去了，进入了书写文学的时代。

书写文学取代口语文学而成主流，这个历史过程中，有三个节点：一是文字的产生，一是纸的发明，一是印刷术、雕版印刷特别是活字印刷和印刷机的出现。这三个节点所发生的变化，是三个革命性转折。文字书写的被“运用”，逐渐显出文字的优越性：它可以传得久远、记得真切，它可以使模糊的认识变得清晰、使不固定的思绪得以固定，它便于向后代和他人传承，使瞬时变为恒久，它可以备忘……总之，它穿越时空界限、口传语言界限，在某种程度上带来人的解放和文学的解放。这是一场革命。加拿大学者哈罗德·英尼斯在他的名著《帝国与传播》中说：“文字的传播毁灭了一个建立在口头传统上的文明。”但是，在书写文学的初期，刻在甲骨、木板、竹片、石头上，写在羊皮或绢帛上，还是有很大局限。于是聪明的古人发明了纸。纸的发明和广泛应用，又是一场革命。它对于文学的广泛传播、快速发展和普及，起到非常重要的作用，使书写文学加快走上霸主地位。成语“洛阳纸贵”，说的是西晋时一位作家左思创作了一篇《三都赋》，被人们争相传抄，以至都城洛阳之纸，一时供不应求，因货缺而价贵。这个故事象征性地说明纸在文学传播中的价值。但是“洛阳纸贵”也同时暴露了纸张传抄手段的局限。这又是一个瓶颈。于是，聪明的古人发明了印刷术。中国北宋仁宗时，毕昇发明了活字印刷。15 世纪中叶，德国人古登堡也发明了金属铸字的活字印刷和印刷机，再次掀起一场革命。

书写文学在全世界风光了数千年，它占据着百分之九十九的文学空间。然而，天有不测风云，近年来，蹦出了一位挑战者，它就是网络文学。这是文学界的一位“孙悟空”，它已开始“大闹天宫”。网络文学是网络生成文学，它给人类的文学领域带来了又一场重大变革。“网络生成”活动以人类主体能动性为主导，以数字技术、计算机网络媒介性功能充分使用为前提，计算机网络已经将文学推进到了一个新境地，一种拥有审美独立性和存在方式的网络文学开始形成。网络文学打破了以往创作者、传播者、接受者互相阻隔、泾渭分明的局面，而是将三者联通，造成所谓“三位一体”的格局，创作、传播、接受得水乳交融，你中有我，我中有你——当一件网络文学作品面世之后，它的创作、流传和接受，常常是在三者之中循环往复，轮番进行，不辨主客，也分不清你我。在网络文学作品流通过程中，作品的内容、形式，可能瞬息万变，流动不居，通过流通，逐渐形成为大多数参与者认可和接受的状态。

今天，网络文学的称谓已经流行于天下，它是正在快速成长、蓬勃发展乃至瞬息万变中的新生事物，作家进行“网络”创作，读者也进行“网络”阅读。近年来，“网络”阅读又有新动向：开始移动化、多屏化、全网化、跨平台化。手机、平板电脑等移动设备，十分便携，读者可以充分利用碎片化时间阅读，丰富了阅读场景，增加了阅读时间。“移动阅读”也许会成为网络文学阅读的主要方式。

人们对文学性质特征的认识过程 文学作为一种客观存在的社会精神现象，当它应社会的必然要求而产生（见文学的起源）

以后，它就按照一定的客观规律，经历着自身的发展过程（见文学的发展）。而且，不同时代、不同社会、不同阶级（在阶级社会中）、不同民族的文学，通常表现出不同的特点。

随着文学的产生和发展，人们对文学的性质和特征也有了逐步深入的认识和把握。在人类社会的童年时代，人们对文学现象（或者说在当时只是混沌一体的诸意识现象中的文学因素）的认识自然是幼稚和粗疏的，往往把文学（以及其他艺术现象）视为神的赐予，直到古希腊仍然有所谓“诗灵神授”的说法。随着社会的进步，文学自身的发展，以及人类认识水平的提高，人们逐渐认识到文学乃是人类活动的产物，是一种社会精神现象，是一种审美文化。在西方，理论家们提出诗是“自然的摹仿”（亚里士多德《诗学》）、诗“寓教于乐”（贺拉斯《诗艺》）、“诗，因此是一种摹仿艺术，它是一种再现，一种仿造，或者形象的表现；用比喻来说，就是一种说着话的画图，目的在于教育和怡情悦性”（锡德尼《为诗一辩》）、“按照诗的本质，一个人不能既是崇高的诗人，又是崇高的哲学家，因为哲学把心从感官那里抽开来，而诗的功能却把整个的心沉没在感官里；哲学飞腾到普遍性相，而诗却必须深深地沉没到个别事例里去”（维柯《新科学》）、文学是“现实的复制或再现”（车尔尼雪夫斯基《生活与美学》）、文学是“情感的传染”（列夫·托尔斯泰《艺术论》）、“诗是强烈感情的自然流露”（华兹华斯《抒情歌谣集·序言》）……在中国先秦时代，虽然人们还把文学同学术混在一起，但对当时文学的主要形式诗歌的性质，已经有了一定的认识。在《尚书·虞书·舜典》中就有所谓“诗言志”的说法（见言志与缘情）。稍后，孔子论述了诗歌“兴、观、群、怨”的社会作用。荀子注意到了诗歌及音乐“入人”“化人”的审美力量。汉代的《诗大序》和《礼记·乐记》强调了诗乐吟咏情性的抒情性质，并论及了诗乐与时代、现实的关系（见《诗序》）。魏晋南北朝时期的曹丕、陆机、刘勰、钟嵘等更在他们的文学理论著作中，进一步深入地把握了文学的性质和特征。他们强调了文学的地位和作用；论述了诗歌的“指事造形，穷情写物”的审美性质；区分了不同的文学体裁的特点；指出了“神思”“感兴”对文学创作的特殊意义；注意到作家的个性、气质和学识深浅雅正对文学创作及作品风格的重要影响；同时还提出了一系列新的概念，诸如“文气”“风韵”“风力”“风骨”“形似”“滋味”等，来说明文学的许多特殊品格（见《典论·论文》《文赋》《文心雕龙》《诗品》）。此后，从隋唐到明清的一千多年间，在魏晋南北朝时期已经取得的对文学性质和特征认识的基础上，对文学的许多品格把握得更加精细入微。唐代王昌龄、皎然、刘禹锡以及自日本入唐的遍照金刚等人提出了诗“境”的概念，初步论述了诗歌主观的情、意与客观的景、象相结合所产生的艺术境界的特点（见意境），白居易强调文学须“为时”“为事”而作，韩愈倡导文以明道；宋代严羽认为诗有“别材”“别趣”，标举“妙悟”“兴趣”（见《沧浪诗话》兴趣说）；明代李贽鼓吹文学须表现“童心”；公安派提倡诗歌要“独抒性灵”（见性灵说）；清代叶燮认为诗歌是主观的“才、胆、识、力”与客观的“理、事、情”相结合的产物，等等。他们都对抒情文学的特殊性质提出了各自的理解。而对戏曲、小说等叙事文学的特点，明清的许多文人学者也开始有了较深的认识，如李渔在《闲情偶寄》中论述了戏曲的一系列特殊规律，金人瑞、毛宗岗、张竹坡等人在《水浒传》《三国演义》《金瓶梅》等小说评点中，阐发了人物性格的创造法则等等。19 世纪末 20 世纪初，中国许多学者开始将西方一些美学思想同中国古典美学相结合，来观察和解释文学现象。如梁启超强调小说与改良主义政治运动的密切关系，阐述了小说的“熏”“浸”“刺”“提”的艺术感染力量；王国维接受了康德、特别是叔本华的美学思想，宣扬文学的本质乃是“解脱”人生的“痛苦”，并总结了中国历代关于诗的“意境”或“境界”的论述，对这个概念作了全面界说。五四以后，对文学的认识进入了一个新的阶段，20 世纪中期，马克思主义美学在中国取得主导地位。

马克思主义的文学观　按照马克思主义美学观点，文学以及其他艺术，同政治思想、法律思想、道德、哲学、宗教等一起，都是社会意识形态，属于一定经济基础上的上层建筑。因此，文学具有社会意识形态共有的普遍品格。它归根结底要被一定的经济基础所决定和制约，随经济基础的变化而变化——这决定了任何文学现象都必然具有一定的历史具体性，没有超时代、超社会、超历史的文学；而且任何文学现象都不是与社会无关的纯个人的事业，而是具有或大或小的社会普遍性。文学同其他社会意识形态一样，一旦产生，就具有相对的独立性。它绝不仅仅是经济基础的消极结果，而是对经济基础发生或大或小的反作用，表现出积极的社会倾向性；文学的发展除最终决定于经济基础之外，还有其他社会意识形态对文学的影响，同时文学还有其自身的历史继承关系，表现出它内在的客观规律性。而且，经济对文学的影响一般说也不是直接的，而是经常通过文学自身的发展因素，以其他社会意识形态为层层中介而发生作用。这就涉及文学这种社会意识形态的特殊品格。

第一，虽然所有的社会意识形态最终都是经济基础的反映并都反作用于经济基础，但它们与基础并非处于等同的距离，而是处于不同的地位，以自己特殊的方式与基础发生关系。最接近基础的首先是政治和法律；其次是道德；再次是哲学、艺术（文学）、宗教。政治和法律总是直接反映并直接反作用于基础；道德相对于哲学、艺术、宗教而言，与基础的关系也更密切；而文学（艺术）同哲学、宗教一起属于“更高的即更远离物质经济基础的意识形态”（恩格斯《费尔巴哈与德国古典哲学的终结》）。它高高悬浮于空中，具有较大的相对独立性。它与经济基础之间的关系，也不那么直接，而是隔着一些“中间环节”。这些“中间环节”就是政治、法律或者还可以加上道德。一般地说，文学（艺术）和哲学、宗教总是通过政治、法律以至于道德这些中介物与基础发生关系的。文学的特征之一，就是通过揭示人们的精神世界，描绘社会生活以及政治、法律、道德、哲学、宗教等在人的灵魂中的种种影响和表现，从而间接地对经济基础作出反映并发生影响的。

第二，文学的特殊品格还表现在它与处于同一层次上的哲学、宗教的关系和区别。一方面，文学与哲学、宗教总是互相渗透、互相作用的。哲学作为一定的世界观，对文学活动进行指导；而文学则不但反映一定的哲学思想，还给一定的世界观的形成以积极影响。宗教在历史上有时是支配的意识形态，给文学艺术以很大影响，如欧洲中世纪的基督教、中国六朝时代的佛教对文学艺术的影响就十分强烈和明显；而文学艺术也给宗教以积极影响。另一方面，文学与哲学、宗教从对象到内容到形式又都明显不同。哲学是以理论思维（或称抽象思维）的方式把握世界，它是以概念、范畴、理论体系等普遍性、必然性的形式反映普遍性、必然性的内容。在把握世界的过程中，哲学通过扬弃个别偶然现象而获得赤裸裸的一般必然本质，它是以逻辑力量作用于人的理解力和思考力的。而文学则是以艺术思维（或称形象思维）的方式把握世界，以形象和形象体系等具体可感的个别现象的形式描绘人的灵魂，反映社会生活的本质规律。在把握生活的过程中，文学并不抛弃生活的个别偶然现象形态，而是通过集中、概括、提炼、凝缩，创造出个别与一般、现象与本质、偶然与必然相统一的艺术形象，并把作家自己的思想感情、理想、愿望，把自己褒贬、爱憎的态度，熔铸到形象之中去。因此，文学的内容是具体的、生动的、丰富的、饱含着感情的、具有审美力量的、能够给人以感染的，文学的形式是符合美的规律的、具有愉悦性的。文学形象首先作用于人的想象力，同时也作用于人的感受力、思考力和理解力。至于文学与宗教，也有根本的区别。宗教是以表象思维的方式掌握世界，它用“上帝”“魔鬼”等虚幻的表象观念歪曲地反映人的生活。在内容上，它是反科学的，不能正确地反映生活的本质规律；在形式上，宗教的表象观念只是某种象征，是没有生命的一般化的东西，并不像文学形象那样是活生生的具体感性的个性（至于某些宗教形象如敦煌佛像等，本身已经是十分精美的艺术品，则另当别论）。

文学不只是作为一种特殊的意识形态表现出同其他意识形态的许多不同之点，而且还作为一种特殊的艺术样式表现出同其他艺术样式（绘画、雕刻、音乐、舞蹈、戏剧、电影等）的一系列相异之处。

文学虽然和其他艺术一样，都要以艺术思维（或称形象思维）的方式掌握世界，反映人的全面的社会生活，表现人的精神世界。但是，文学是以语言文字为塑造形象的媒介和手段的，这就决定了它同绘画（以色彩线条）、雕刻（以立体材料）、音乐（以声音的节奏旋律）、舞蹈（以人的形体和表情）、戏剧（以演员为中心的综合舞台手段）、电影（以银幕影像所造成的时、空、视、听综合造型效果）等其他艺术样式有着一系列不同的特点。文学之外的其他艺术样式，由其塑造形象的媒介和手段的性能所决定，它们的艺术形象具有直接的物质可感的形式。绘画形象可以直接看得到；雕刻形象不但可以直接看得到，而且还可以直接触摸得到；音乐形象可以直接听得到；舞蹈形象、戏剧形象、电影形象（尽管只是银幕映象），既可以直接看到它们连续的动态，直接听到它们的声音，还可以直接感受到演员的各种丰富的表情，产生由视觉和听觉、形体动作和语言表情等综合艺术手段所造成的富有直感性的艺术效果。而读一本小说或一首诗，看到的却只是语言文字。语言文字虽然也有其物质表现，如字和词的声音、韵律等；

但是，作家不能用语言文字这种物质材料构成直接可视可闻的形象，读者也不能从文学作品的语言文字上直接看到或听到艺术形象。在阅读文学作品的时候，只有通过理智的观念的活动，理解了语言文字所包含的意思，从而激发起、呼唤起相似或相同的生活经验和体验，才能在读者的观念中、想象中构造起作家所描绘的艺术形象。同其他艺术相比，文学是更多地诉之于读者审美想象力和创造力的一种艺术。有才能的作家总是善于最大限度地调动读者的想象力，善于让读者重新体验作家自己曾经体验的思想感情，善于给读者提供充分的可能和条件，使读者重建艺术形象。当然，这重建起来的文学艺术的形象只能是观念中的形象。

文学形象的这种间接性、观念性、想象性，一方面使它不如绘画、雕刻、戏剧、电影形象等那样具有直接的物质可感性和感性形态的鲜明性、确定性。但是，从另外的角度来看，文学也有其他艺术所不及的许多优点。正因为以语言文字为媒介和手段，文学形象的塑造，可以不像绘画、雕刻、音乐、舞蹈、戏剧、电影等艺术那样受时间、空间、主观、客观等条件的限制，因而有非常广阔的自由天地。音乐很难表现人物和事物的色彩和形体；绘画和雕刻很难表现声音；戏剧明显地受到时间、空间的限制；电影虽然通过蒙太奇等手段争取到更多的时、空自由，但仍不及文学的语言材料那样具有包罗万象、无所不能的性能。同其他艺术所使用的媒介和材料相比，文学所使用的语言文字是最“柔软”、最灵活、可塑性最强、使用最方便的一种万能的材料。它具有一种跨越时、空，“穿透”一切有形的或无形的事物的能力，对于它来说，世上几乎没有什么障碍物。它既能描绘声音，也能描绘色彩，既可以刻画千姿百态的形状，也可以表现千变万化的运动。因此，在一定意义上可以说，文学把其他艺术的一切成分和所有手段都包括在自身之中，因而具有极为丰富的艺术表现能力。文学可以十分广阔地反映社会生活面，描绘最复杂的、各种各样的社会事件，捕捉那些似乎不可捉摸的、瞬息万变的社会情景。文学特别善于多方面、多层次地刻画形形色色人物的复杂性格，描写出人物性格的发展过程，不管这个过程多么曲折，文学总可以寻踪追迹，将它惟妙惟肖地表现出来。文学还特别善于表现和描绘人的精神生活的一切领域。

由于语言是思维的直接现实，因而以语言为媒介和手段的文学，在所有艺术中是思想性更强的一种艺术。文学在把握生活的本质规律、分析生活和评价生活、提出重大的有意义的社会问题、表现深刻的思想认识等方面，胜过其他艺术。文学形象比起造型艺术的形象和音乐形象来，也往往更能够表现出历史的和哲学的深度和高度。

文学的本质和定义 考察中外历史，人们会看到历来有各种关于“文学”（在现代“文学”概念形成之前常常指“诗”“文”“剧”“曲”等）的说法，它们或是一种感性描述，或是一种理性判断，或是经过慎重思考和周密推敲而作出的严格理论表述……它们都是对文学本质的把握。文学作为一种特殊的社会精神文化现象，是人类社会这棵大树上开出的一朵小花。离开人类社会和它的精神文化这棵大树，文学无法存活。它与大树整体、与大树的枝枝叶叶有着千丝万缕且息息相关的联系。因而，造成文学本质的多重性、多元性。自从人类诞生以来，其历史就是其自身生生不息的活动史，就是作为主体的人通过历史实践不断地对世界（外在世界和内在世界）进行掌握从而“建构”人类文化的历史。人类历史实践（对世界的掌握），按照苏联美学家 M. C. 卡冈的说法，大体分为三类：一是“物质—实践的”，它所“建构”的是物质文化；二是“实践—精神的”，它所“建构”的是伦理道德文化、宗教信仰文化、审美愉悦文化、政治文化等；三是“精神—理论的”，它所“建构”的是科学文化、哲学文化等。文学（以及其他艺术）属于“实践—精神的”那一类之中的审美愉悦文化。但是，文学既然是人类社会和它的精神文化这棵大树上的有机成分，那么它不但同“实践—精神”类的伦理道德文化、宗教信仰文化、政治文化等亲如手足、密切关联，而且同科学文化、哲学文化、物质文化等也不能割舍。因此，作为审美愉悦文化，它自然以审美价值以及以它为根柢而形成的审美愉悦性为其不可或缺的基本性质和品格，但还常常融合着哲学的、道德的、政治的、科学的、宗教的多种因素，组成一种以审美价值和审美愉悦性为灵魂的有机文化生命活体，因此它常常带有哲学的、道德的、政治的、科学的、宗教的性质和品格，我们也就可以分别从上述方面对文学进行解说，对文学作多角度、多侧面、全方位的透视和解剖，可以找出文学的哲理性、伦理性、政治性、科学性等，分别为文学下定义。例如有所谓“哲理诗”，有所谓“政治小说”，有所谓“伦理剧”，有所谓“科幻小说”，有所谓“宗教诗”……尽管从总体说，文学本质具有上述多重性和多元性，但是在众多文学作品中，并不是所有性质和品格都必须样样具备，有的作品这种性质和品格突出，有的作品那种性质和品格突出。然而，有一种性质和品格不可或缺，这就是审美价值以及以它为根柢的审美愉悦性。审美价值和审美愉悦性是文学的灵魂，也是文学的酵母——如果一部作品、一个文本，单单具有哲学的、或道德的、或政治的、或科学的、或宗教的性质和品格，它不能成其为文学文本或文学作品，而只是哲学文本，或伦理道德文本，或政治文本，或科学文本，或宗教文本；只有同时具有审美价值和审美愉悦性，才能激活其他性质和品格成为文学文本或文学作品的有机成分。所以，文学也有它最为本分的本质：从根本上说它是一种以创造审美价值为本职要务的文化现象，是人类审美实践活动的一种，是艺术的一种。从这个角度，给它的定义是：文学是以语言文字为基本媒介而进行的人类审美价值之创造、抒写、传达和接受。第一，语言文字是文学不可或缺的基本媒介（区别于艺术的其他样式如绘画、雕塑、音乐、舞蹈、建筑以至于电影、电视等所使用的媒介），从发生学的意义上说，“语言”可以说就是“原诗”。第二，审美价值，这是文学之根柢和魂魄，是文学的“审美愉悦性”之源。第三，创造是文学之基本品格，无创造即无文学。文学永远是第一个，因为那是创造。看起来文学家使用的是人们使用了千百年的普通语言文字，字似乎还是那些字，词似乎还是那些词，却在文学家笔下神奇般地创造出新的意味，新的审美价值。第四，文学家创造的审美价值需要表现出来。表现，就要用他那支饱含情感的生花妙笔抒写。文学家的才能，至少一半体现在抒写上。第五，传达是文学创造的不可或缺的一部分，没有传达也即没有艺术。第六，文学实现于接受之中，文学生命在接受中得以存活，在接受中得以增殖，以至在接受中得以永生。

文学的本质是人作为历史主体在客观的历史实践中不断建构的产物。作为历史主体的人在发展变化、历史在发展变化，这不断变化着的历史主体在不断发展着的历史实践中所建构的文学本质，必然是历史的变化的。同时，不同历史、不同社会的变化着的人，对文学本质的把握和认定，也必然不同。因此就出现了历来对文学的种种不同说法、不同定义。要看到，这些所谓“定义”总是五花八门、各言其是、变动不居。有些或许存在相通或相近之处；有些则风马牛不相及，几乎不可“通约”。中外历史上从来没有各个时代、各个社会、各个阶级、各个群体的人们一致认可、绝对统一的文学定义。这是历史事实。不论在中国还是在外国，数千年来，“文学”的内涵和外延都曾几经变迁，数千年来的“文学”观念也几经变迁。“文学”观念的这种变动不居，是正常现象。文学的内涵和外延常常在“缩编”和“越界”中游弋。现在也还没有哪一种文学理论可以给文学下一个适用所有时代、所有人，放之四海而皆准的亘古不变的定义。文学的本质具有历史性、时代性，文学的定义也同样具有历史性、时代性。文学的永恒本质和永恒定义，现在没有，将来也没有，而且不会有。

文学的不同体裁和种类　在整个艺术领域中，文学是具有自身特点的一种样式。而就文学本身而言，它又具有各种不同的体裁和种类。中国古代有所谓“文”、“笔”之分或“诗”、“笔”之分，即分为韵文和散文两类。中国现代美学通常把文学分为诗歌、散文、小说、戏剧文学四种体裁（见文学体裁）。在西方美学中，也有人把文学分为诗歌和散文两种基本类型。还有人从内在性质上——即以文学所反映的对象和内容、所用的塑造形象的方法等为标准，把文学现象分为叙事的、抒情的、戏剧的三大类。文学的不同体裁和种类之间，虽有大体上的区别，但无绝对界限。而且不管什么体裁、什么种类的文学作品，都有着共同性和统一性。它们都以反映在作品中的现实生活以及融化于其中的作家的认识、评价和思想感情为内容，以内容的组织结构、存在方式及其语言表现为形式。而优秀的文学作品的内容与形式，总是辩证地完美地统一在一起，成为一个有机的整体（见文学作品）。

参考文献

马克思、恩格斯：《马克思恩格斯关于历史唯物主义的信》，艾思奇译，人民出版社 1956 年版。

郭绍虞主编：《中国历代文论选》，中华书局 1963 年版。

伍蠡甫主编：《西方文论选》，上海译文出版社 1979 年版。

后　记

这本书原来用的名字是《文学原理读本》。“原理”之“原”，《说文》解释是：“水泉本也。”也就是说“原”乃水之本源。推衍开来，“原”，也可以理解为原初、本根、基元的意思。“文学原理”就是从根上解说“文学是什么”等一系列基本问题——这是文学理论家应该努力探讨的基本理论课题，也是大学课堂应该传授的基础知识。我本来也想写一部“大书”，但是后来改变主意写成一本只讲关键问题的《文学是什么——文学原理简易读本》，我觉得这样更符合学术研究的要求。

这本书写了四年，每写好一章，便将它作为单独的学术论文发表各学术刊物上：第一章以“文学可以定义吗，如何定义”为题发表于《文艺争鸣》2016 年 6 月号。第二章以“文学的发生”为题发表于《文艺理论研究》2017 年第 1 期，人民大学复印资料《文艺理论》2017 年第 5 期全文转载。第三章以“文学有进步吗”为题发表于《南都学坛》2017 年第 1 期，《高等学校文科学术文摘》2017 年第 2 期转摘 2500 字。第四章一部分以“艺术的终结：从黑格尔到丹托”为题发表于《艺术百家》2016 年第 5 期。第五章一部分以“口传文学 · 书写文学 · 网络文学”为题发表于《文艺争鸣》2016 年 12 月号；另一部分以“文学在阅读中永生”为题发表于《天津文学》2017 年第 4 期。第六章以“文学还需要创造吗”为题发表于《社会科学战线》2017 年第 4 期。第七章主要观点已见于《文学遗产》2011 年第 6 期《论诗文评》。第八章以“改造我们的批评”为题发表于《文艺争鸣》2017 年 4 月号。当写完了这本书的初稿之后，回过头来看看自己在哪些地方付出了努力，也许不是没有意义的。我总结了以下几个方面。

一、重点批评了那些在反本质主义的名义下提出文学不可定义的思想，认为“文学不可定义”是一个假命题。从方法论上说，他们的失误同他们所反对的本质主义的失误相似：本质主义崇尚极端的“绝对”，认为文学存在着超历史的绝对的永恒的不变的本质，成为极端的绝对主义者；“文学不可定义”论者则崇尚极端的“相对”，认为本质永远是相对的、不定的甚至是不可把握的，成为极端的相对主义者。本书提出：文学虽然没有那种超历史的终极的永恒的凝固的亘古不变的本质，但是并非没有相对意义上的本质。而这相对意义上的本质是由人类（大写的人）的客观历史实践所建构的，因而是随历史、随时代而变化的，它具有相对意义上的客观规定性，因而文学就有其相对意义上的可认定性、可把握性、可定义性（本书第一章）。

二、关于文学的发生，本书特别讨论了中国学者（例如陆侃如、冯沅君等）在这个问题上的贡献，指出他们早在 20 世纪 30 年代就论述了文学发生的机制和最初的形态（见陆侃如、冯沅君《中国诗史》和《中国文学史简编》），但他们却长期被忽视甚至被遗忘（本书第二章）。

三、关于“艺术的终结”（中国学者所谓“文学消亡”）问题，本书特别指出：黑格尔这个命题说的是他所谓“显现理念”的艺术，这是他的“体系”之内的艺术；黑格尔同时还认为“终结”之后有“新近时期的”艺术即“由艺术家的主体性来选择和控制”的艺术存在，而这种表现“艺术家的主体性”的人道的艺术，则是黑格尔“体系”之外的艺术。因此，即使在黑格尔那里，艺术也不会如当下某些中国学者所理解的“终结”或“消亡”。

文学亦如是。除非地球毁灭了，人类灭亡了（本书第四章）。

四、关于文学是否有“进步”的问题，本书不同意西方某些学者所谓文学不存在进步与否的问题。我从“大历史”的视野，论证文学存在着“进步”和发展。这是无法否认的事实。某些学者所说的文学无所谓“进步”云云，其立论不够全面，而且眼界小矣。（本书第三章）

五、关于中西文论异同，本书提出：中国的“诗文评”（文论）与西方的“文学批评”，都有个“评”字，但这个“评”又不是那个“评”。中国“诗文评”，最突出的意思是“品评”“品说”“赏鉴”“赏析”“玩味”“玩索”，其“感性”的感受、感悟特色更浓厚些。西方“文学批评”，则重在“评论”“评价”“评说”“评析”“裁判”，其“理性”的评析特色更浓一些。这些不同，源于中西民族根性的不同。中西相对照：有“内向”与“外向”；“求善”与“求真”；“象思维”与“概念思维”；“两端”论与“一端”论；尚“和”与尚“斗”的对照（本书第七章）。

论说“文学是什么”，当然是一部“理论”的书。然而在一般人看来，“理论”是有“架子”的。一提“理论”，总与“高深”“晦涩”“难懂”联系起来，觉得它有一副“不苟言笑”的“冷峻”的面孔，令人难以接近，甚至有点儿“可怕”；更甚者，觉得“理论”是教训人的教条和打人的“棍子”。不过这应当不是大部分理论的正常面目。许许多多好的理论，本来不应该是这个样子。当然，看理论书不能像看小说、看戏剧、看电影那样给你形象的、感性的、情感的冲击和陶冶，而是给你逻辑的导引，要调动你的抽象思维能力做出理性的判断和分析。这常常需要一定的专业知识和思维训练，懂得它一般的“游戏规则”。不过对正常人来说获得它们并不困难。

“理论”何以面目“可怕”？何以有“教条”“棍子”恶名？部分原因，甚至大部分原因，是在我们某些搞“理论”的人自己身上——是一帮“歪和尚”把“理论”的经给念歪了。必须声明：我绝非置身事外而仅仅批评别人，我首先骂的是我自己——我何尝不是“歪和尚”之一呢，虽然我还未严重到那样的程度。以往，包括我自己在内一些“歪和尚”的某些“理论”，常常“培养”和“训练”出一般人对所谓“理论”的“畏惧”情绪。他们遇见“理论”会侧目而视。这是理论的悲哀。

现在，我想痛改前非，改邪归正。在写“理论”著作时，我想尽量通“人情”（普通人之常情），说“人话”（普通人能够懂的话），做到通情达理；尽量恢复“理论”的活泼泼的生气，露出些笑容，把“理论”著作和文章写得不那么干瘪和枯燥。我想让读者知道我爱他们。让他们知道理论家不是“教师爷”，理论也不是“棍子”。我想做他们可以拉拉家常的无话不谈的朋友。

感谢钱中文研究员为本书作序。他是我半个多世纪的同事和老友，作为我的兄长，他的学问人品都是我的榜样。我们一起在文学研究所文艺理论研究室赤诚为学，正直做人，走过 50 多年风风雨雨，熔铸 50 多年友情而老而弥深。此序乃友谊的记录。

感谢张婷婷教授为我写序。她是我的第一位博士生，出身书香门第，多才多艺，纯正善良，三年苦读，成绩斐然，以优秀论文获文学博士学位，供职于解放军艺术学院 18 年，赤心教学生而潜心做学问，担任领导职务，又是位一心为公的“拼命女郎”。她的序更甚于师生情谊。

感谢本书的责任编辑郭晓鸿编审。我的许多著作是在中国社会科学出版社出版的，同该社编辑成了好朋友，郭晓鸿博士就是其中之一。她在审读和编辑本书时，一丝不苟，字斟句酌。这种敬业精神和对学术认真负责的态度令我敬佩。

2016 年 11 月 10 日草，2017 年 3 月 14 日改